APRIL DAWSON
More Than This

APRIL DAWSON

MORE THAN THIS

Roman

LYX

LYX in der Bastei Lübbe AG
Dieser Titel ist auch als E-Book erschienen.

Originalausgabe

Copyright © 2020 by Bastei Lübbe AG, Köln

Textredaktion: Susanne George
Covergestaltung: Sandra Taufer, München, unter Verwendung von Motiven
von Shutterstock (© Alinute Silzeviciute / © tomertu)
Satz: Greiner & Reichel, Köln
Gesetzt aus der Adobe Caslon
Druck und Einband: GGP Media GmbH, Pößneck

Printed in Germany
ISBN 978-3-7363-1292-0

3   5   7   6   4

Sie finden uns im Internet unter: www.lyx-verlag.de
Bitte beachten Sie auch: www.luebbe.de und www.lesejury.de

Für alle Romantikerinnen da draußen.
Ich bin eine von euch.

Playlist

Harry Styles – Falling
Queen – You don't fool me
Nea – Some Say
Colbie Caillat – Realize
Lewis Capaldi – Forever
Billie Eilish – Everything I ever wanted
Christina Aguilera – Bound to you
HAEVN – The other side of sea – Symphonic Version
The Fray – Say when
New Hope Club – Love again
Harry Styles – Lights up
Ed Sheeran – Save myself
5 Seconds of Summer – Want you back
Maisie Peters – Favourite Ex
Meghan Trainor – After you
5 Seconds of Summer – Better Man
Niall Horan – Nice to meet ya
The Fray – Heartless
Alessia Cara – Out of love
Niall Horan – Put a little love on me
Lizzo – Good as hell

Kapitel 1

GRACE

Was war das denn? Schweißgebadet richte ich mich auf und blicke keuchend auf meine Hände. Meine Finger zittern, denn sie haben in meinem Traum an Zayns Haaren gezogen, während meine Lippen nach seinen gegiert haben. Ich schüttle den Kopf, um diese intensiven Bilder von uns beiden aus meinen Gedanken zu bekommen, denn auch wenn Zayn durchaus attraktiv ist, sind wir beide nur Freunde. Wieso also träume ich davon, mit ihm rumzumachen?

Es könnte daran liegen, dass der Großteil meiner Freunde verliebt ist und ich es auch gerne wäre. Da hat mir vielleicht mein Unterbewusstsein einen Wink mit dem Zaunpfahl geschickt, um mich daran zu erinnern, dass ich seit einer Weile keine Dates mehr gehabt habe. Wieso ich dann ausgerechnet von Zayn, dem Partylöwen und Frauenheld unserer Clique träume, will mir nicht in den Kopf. Mein Herz klopft noch immer wild in meiner Brust, was mir klarmacht, dass an Schlaf nicht mehr zu denken ist.

Ein Blick auf den Wecker zeigt mir, dass es gerade mal fünf Uhr früh ist. Wenn ich innerlich unruhig bin, dann höre ich Musik, zeichne oder gehe joggen, um den Kopf freizubekommen. Da es aber noch finster ist und ich im Dunkeln nicht gerne laufe, öffne ich die Schublade und greife nach meinem Lieblingsbuch. Meine Mutter hat mir als Kind jeden Abend aus den Büchern ihrer Lieblingsautorin Jane Austen vorgelesen.

Dass genau sie auch meine Lieblingsschriftstellerin geworden ist, ist da kein Wunder. Von *Emma* über *Northanger Abbey* bis zu meinem Lieblingsbuch *Stolz und Vorurteil* habe ich jeden Roman mehr als zwanzigmal gelesen. Vielleicht ist das auch der Grund, weshalb ich selbst eine Schwäche für Romantik entwickelt habe. Insgeheim habe ich stets davon geträumt, einen Mann kennenzulernen, der mich zu Picknicks einlädt, mir Liebesbriefe schreibt, der redegewandt und intelligent ist.

Mir ist bewusst, dass ich die Erwartungen hochschraube für meinen zukünftigen Partner, aber ich will mich nicht mit weniger zufriedengeben als dem, was ich meiner Meinung nach verdient habe. Ein Mann wie Mr Darcy wäre für mich das, was einem Traummann gleichkommt, nur dass ich bis jetzt keinem begegnet bin, der ihm auch nur im Entferntesten ähnelt. Meine Schwäche für fiktive Charaktere, egal ob aus Büchern oder Filmen, begleitet mich schon seit der Highschool. Nicht nur einmal wurde ich ausgelacht, weil meine Schwärmerei für Nick Carter von den Backstreet Boys tiefer ging, als sie sollte.

Das ist jetzt nicht anders, derzeit habe ich eine Schwäche für Tom Hiddleston oder besser gesagt für ihn in seiner Rolle als Loki. Männer mit dunklen Haaren und klaren Augen haben es mir angetan. Im wahren Leben jedoch gibt es keinen Mann, der mein Herz höherschlagen lässt. Das letzte Date ist eine ganze Weile her, und danach habe ich mich auf meine Arbeit konzentriert, die mich mehr und mehr in Beschlag nimmt.

Der Blick in den Spiegel an diesem Morgen lässt mich frustriert aufstöhnen. Nach dem Aufwachen aus dem verrückten Zayn-Traum habe ich so lange gelesen, bis mir die Augen von selbst wieder zugefallen sind. Und nun habe ich tatsächlich einen Abdruck vom Buchrücken auf der Wange, der aussieht wie eine lang gezogene Narbe. Ich will jetzt nicht behaupten, dass ich wie Taylor und Daniel eine Leseratte bin. Außer Jane Austens Büchern lese ich eigentlich nichts. Mir fehlt es an Zeit, außer wenn es um meine Lieblingsautorin geht.

In der Küche treffe ich auf meine beste Freundin Addison, die gerade Rühreier zubereitet. In unserer Clique ist sie diejenige, die uns alle mütterlich umsorgt, sich unsere Probleme anhört und uns lecker bekocht, wenn sie es zeitlich einrichten kann.

»Das riecht ja himmlisch«, schwärme ich und öffne den Kühlschrank, um mir eine Flasche Wasser zu holen.

»Danke. Für meine Beste nur das Beste.« Am Ton ihrer Stimme erkenne ich, dass sie übermäßig freundlich zu mir ist, was mich aufhorchen lässt.

»Okay?« Es klingt mehr nach einer Frage, denn auch wenn Addison gerne für uns alle kocht, legt sie sich in den letzten Tagen mehr ins Zeug als sonst.

»Ja, klar. Ich meine, du bist der Hammer, und ich kann mir ein Leben ohne dich nicht vorstellen …« Ihre Körperhaltung ist steifer als üblich, und ihre Blicke wirken hektisch. Sie ist nervös, die Frage ist nur, wieso?

»Du kannst geradeheraus sagen, wenn du etwas möchtest, Addy. Du brauchst mich nicht zu mästen. Außer du findest, ich wäre zu dünn.«

»Ach Quatsch. Du siehst gut aus, so wie du bist. Aber es gäbe tatsächlich etwas, worum ich dich gerne bitten würde.«

»Na, dann schieß mal los.« Ich habe ja gewusst, dass etwas im Busch ist. Also öffne ich die Flasche und trinke einen Schluck, ehe ich mich auf einen der Barhocker an der Küchentheke setze und meine Freundin gespannt ansehe.

»Ich habe schon vor Wochen Zayn versprochen, dass ich ihn auf eine Lesung begleite, aber Drake und ich haben uns ja wieder versöhnt und möchten dieses Wochenende gerne etwas allein unternehmen. Immerhin waren wir eine ganze Weile getrennt.«

»Ich habe dieses Wochenende nichts Bestimmtes vor, also wäre es kein Problem, wenn ich für dich einspringe, vorausgesetzt, Zayn hat nichts dagegen.« Kaum habe ich seinen Namen ausgesprochen, erscheint das Bild von ihm und mir vor meinem inneren Auge. Glasklar sehe ich seine Lippen, sein freches Grinsen, und ich spüre regelrecht seine Hände auf meinen Hüften. Die Hitze, die plötzlich durch meine Adern fließt, ignoriere ich geflissentlich.

»Erde an Grace.« Addison fuchtelt mit den Händen vor meinem Gesicht herum.

»Wie bitte?« Für einen Moment bin ich weg gewesen, habe mich ein wenig in meinem Traum von Zayn verloren. Ich muss tatsächlich den Kopf schütteln, um wieder klar denken zu können.

»Ich habe Zayn schon gefragt, und er freut sich sehr, dass du ihn begleitest.«

»Wenn das so ist, dann bin ich dabei. Ich war schon seit Jahren auf keiner Lesung mehr.«

»Ging es nicht bei der letzten um Jane Austen?« Sie stellt die Pfanne auf den Untersetzer, der auf dem Esstisch liegt, und schenkt sich ein Glas Orangensaft ein.

»Ja, die Sprecherin der Hörbücher hat damals gelesen.«

»Ich glaube, dass es diesmal um Fantasy geht. Das hat Zayn zumindest gesagt.«

»Das macht nichts. Mir ist klar, dass unser Playboy keinen ausgeprägten Hang zur Romantik hat.«

»Das mit Sicherheit nicht«, entgegnet meine beste Freundin kichernd und bittet mich zu Tisch.

Die nächsten Tage vergehen im Nu. Sie sind vollgepackt mit Büroarbeit, sodass ich abends völlig erschöpft nach Hause komme. Nach der ganzen Hektik und den vielen Telefonaten, die mein Job als selbstständige Gartengestalterin mit sich bringen, freue ich mich auf die Ruhe und Entspannung, wenn ich heimkomme. Zweimal die Woche besuche ich meine Freundin Aaliyah, die alleinerziehende Mutter, die im Erdgeschoss wohnt. Ich habe mich mit ihren kleinen Söhnen angefreundet und genieße die Zeit, die wir miteinander verbringen.

An diesem Donnerstagabend will mich Zayn von zu Hause abholen, damit wir gemeinsam zur Lesung fahren können. Nachdem ich geduscht habe, ziehe ich mir Jeans, eine weiße Bluse und darüber einen cremefarbenen Pullover an. Mein hüftlanges Haar trage ich offen, und auf Make-up verzichte ich gänzlich. Dann checke ich den Inhalt meines Rucksacks. Eine Angewohnheit, die ich seit Jahren habe. Bevor ich irgendwo hingehe, sehe ich nach, ob ich auch alles eingepackt habe. Kalender, Tablet, Regenschirm, Geld, Taschentücher, Parfüm, Smartphone und was mir sonst noch einfällt.

Diese Zeit nehme ich mir, da ich für alle Eventualitäten gerüstet sein möchte. Es ist sechs Uhr, als Zayn klingelt. Da Daniel und Taylor ausgegangen sind, eile ich zur Tür, um ihm zu öffnen. Wie jedes Mal haut mich der Anblick von Zayn um. Er ist ein Mann, dem du auf der Straße einen zweiten Blick zuwirfst oder ihm gar hinterhersiehst. Was nicht nur an seiner Attraktivität liegt, sondern an seinem gesamten Auftreten.

»Hey. Ich habe gehört, du hast dich meiner erbarmt und musst mich zu einer öden Lesung begleiten«, begrüßt Zayn mich mit einem strahlenden Lächeln, das aber nicht ganz seine Augen erreicht. Etwas belastet ihn, das spüre ich schon länger, aber er überspielt es, wenn er mit uns, seinen Freunden, zusammen ist.

»Ich weiß nicht, wer dir den Unsinn erzählt hat, denn ich freue mich sehr darauf, mit dir auszugehen.«

»Dann werde ich mich wohl besonders ins Zeug legen.«

»Das musst du gar nicht. Sei einfach du selbst. Dann wird der Abend fantastisch.«

Wir betreten eine kleine Buchhandlung, die charmant und nostalgisch eingerichtet ist. Hier gibt es keine grelle Beleuchtung wie in den großen Geschäften, sondern gedimmtes Licht, dazu dunkle Bücherregale und diesen besonderen Geruch alter Bücher, den man liebt oder hasst, wobei ich eindeutig zur ersten Kategorie gehöre. Erstaunt lasse ich den Blick schweifen und stelle fest, dass es auch einen zweiten Stock gibt und dass wirklich alle Wände voller Bücher sind. Dieser Laden hat etwas Ungewöhnliches, was absolut positiv gemeint ist. Solch ein Ambiente findet man nur selten.

»Toll, nicht wahr?«, sagt Zayn mit einem amüsierten Lächeln.

»Es ist wunderschön hier. Ich frage mich, wieso er mir bislang nicht aufgefallen ist, wo doch mein Lieblings-Coffeeshop gleich um die Ecke ist.«

»Ich glaube, das ist so von der Inhaberin gewollt. Er soll im Verborgenen sein, gefunden werden, denn so weiß der Kunde es umso mehr zu schätzen.«

»Also, diese Buchhandlung hat seit gerade eben eine Kundin mehr.«

»Das wird Doris aber freuen.«

»Doris?«

»Ja, ihr gehört die Buchhandlung. Sie ist leidenschaftliche Sammlerin alter Bücher und hat jeden Winkel dieses Ladens selbst gestaltet. Komm mit nach oben, die Lesung fängt gleich an.«

Wir gehen die Treppe hinauf und dann durch einen langen Gang voller Bücher zu einem Saal, in dem am Eingang ein Tisch mit den Büchern des Autors steht, der heute lesen wird. Der Name sagt mir nichts, aber die Buchcover gefallen mir sehr. Zayn erklärt mir, dass der Autor hauptsächlich High Fantasy schreibt, was sein Lieblingsgenre ist. Zayn hat jedes Buch von ihm gelesen, und er hat sogar in seiner Umhängetasche alle Bücher dabei, um sie signieren zu lassen.

»Ich wusste gar nicht, dass du so viel liest.«

»Das liegt daran, dass wir uns meistens im Pub oder bei Fernsehabenden treffen. Zu Hause genieße ich die Ruhe und entspanne mich bei einem guten Buch.«

»Wieder etwas Neues über das Phänomen Zayn May gelernt.«

»Ach, ich bin leicht zu durchschauen.«

»Das sehe ich anders. Ich bin gut im Lesen von Menschen, aber du machst es mir hin und wieder schwer.«

Zayn neigt den Kopf, zwinkert mir zu und legt die Hand auf meinen Rücken, um mich zu unseren Plätzen zu führen. »Vielleicht ist das etwas Positives. So bleibe ich mysteriös und interessant.«

Zayns Stimme ist eine Spur tiefer geworden und trifft mich völlig unerwartet. Genau in dieser Tonlage hat er im Traum mit mir gesprochen, ehe wir übereinander hergefallen sind. Die Gänsehaut, die sich in seiner Nähe auf meinem Körper ausbreitet, ist daher völlig normal. Das rede ich mir so lange ein, bis ich es schließlich glaube.

Nach der überaus interessanten Lesung gehen wir in meinen Coffeeshop, in dem ich schon lange Stammkundin bin. Verblüfft fällt mir auf, dass er ganz ähnlich wie der Buchladen eingerichtet ist. Hier dominiert ebenso das Außergewöhnliche, dunkle Möbel, antik wirkende Deko, Regale voller Bücher, in denen man stöbern kann, und viele Grünpflanzen. Und das Beste an diesem Café ist, dass es nie so voll ist wie in vielen *Starbucks*-Filialen. Hier kennt man mich beim Vornamen, und ich fühle mich einfach wohl. Jeffrey, mein Lieblings-Barista, verwöhnt mich immer wieder mit einer neuen Teesorte, die ich ausprobiere.

»Und, wie sieht es diesmal aus? Hast du Lust auf ein Date mit mir?«, fragt mich Jeffrey wie jedes Mal, wenn ich einen Tee bestelle.

»Tut mir leid, aber leider bin ich schon einem anderen versprochen.«

»Du brichst mir das Herz, Grace.«

»Sorry, aber da kann man leider nichts machen.«

Zayn und ich schnappen unsere Becher und suchen uns einen freien Tisch. Ich spüre seinen Blick im Rücken, also drehe ich mich halb um und erwische Zayn tatsächlich dabei, wie er mir auf den Hintern guckt.

»Na? Was Interessantes entdeckt?«, frage ich über die Schulter, ehe ich mich setze.

»Durchaus«, antwortet er mir zwinkernd. Zayn hat die Ärmel seines Jeanshemdes hochgekrempelt und lehnt sich entspannt zurück. Sein Bartschatten, gepaart mit dem verwegen aussehenden Haar, lassen ihn wie eine moderne James-Dean-Version aussehen. Keine Spur von schlechtem Gewissen, weil er mich begafft hat.

»Du hast doch nichts dagegen, dass ich dir ein Kompliment mache?«

»Ganz und gar nicht. Ich freue mich über Lob, zu welchem Körperteil auch immer.«

»Na, dann warte, bis ich eine Ode an deine perfekten Beine schreibe.«

»Du spinnst doch«, sage ich und erröte.

»Unterschätz dich nicht. Ich kann dir drei Männer zeigen, die sich nach dir umgedreht haben.«

»Was? Tatsächlich?«

»Natürlich. Mich überrascht das nicht, aber dich anscheinend schon.«

»Na ja, ich bin nicht der Typ, der oft auf Partys oder in Bars angesprochen wird. Ich denke, meine schüchterne Art ist kein Magnet für ledige Männer.«

»Also, ich hätte dich angesprochen, da kannst du dir sicher sein.« Er grinst mich frech an und trinkt einen Schluck von seinem Kaffee. Als er den Becher absetzt, hat er Milchschaum auf seiner Oberlippe.

»Na, das ist ja sehr beruhigend.« Ich beuge mich etwas zu ihm vor und wische mit dem Daumen den Milchschaum ab. Überrascht weitet Zayn die Augen und versteift sich, als ich ihn berühre, weshalb ich mich schnell wieder zurückziehe.

Bin ich zu weit gegangen? Ich wollte ihm nur helfen, aber nun denke ich, dass ich es besser gelassen hätte. Ich erröte schon wieder, doch Zayn ist so lieb und geht nicht darauf ein, sondern lenkt das Gespräch auf ein anderes Thema, sodass mit der Zeit das Kribbeln vergeht, das die Berührung seiner Haut ausgelöst hat.

Ein paar Tage später trifft sich unsere ganze Clique in dem Saal, den wir für die diesjährige Silvesterfeier gemietet haben. Wir haben alle gemeinsam angepackt und den kahlen Raum allmählich in eine echte Partylocation verwandelt.

»Reich mir mal bitte den Karton mit den Ballons«, fordere ich meine beste Freundin auf.

Addison müsste nur auf den Tisch neben sich greifen, aber meine Frage hat sie gar nicht erreicht, denn sie hat nur Augen für ihren Freund Drake. Er flüstert ihr gerade etwas zu und verschränkt seine Finger mit ihren. Ich habe bestimmt laut genug gesprochen, aber die zwei bekommen nichts mit von dem, was um sie herum passiert. Ich schnaube etwas verärgert, während ich auf den Karton zustapfe und ihn mir kralle. Durch mein energisches Auftreten wachen die beiden aus ihrer Trance auf und sehen verwirrt in meine Richtung.

»Willst du die schon mit Gas füllen?«, fragt Addy überflüssigerweise.

»Genau das habe ich vorgehabt, als ich dich gebeten habe, mir den Karton zu reichen.« Gegen meinen Willen klingen meine Worte etwas harsch.

»Tatsächlich? Entschuldige bitte, ich habe dich nicht gehört.«

»Ich weiß, deshalb habe ich ihn mir eben selbst geholt.« Ich schenke ihr ein Lächeln, aber irgendwie verrutscht es mir leicht. Ich liebe meine beste Freundin und freue mich, dass sie mit Drake ihr Glück gefunden hat, aber diese ganze Liebeswolke, die unsere WG erfüllt, geht mir mitunter auf die Nerven. In letzter Zeit bin ich ständig von Pärchen umgeben, seien es nun Taylor und Dan, die noch immer so verliebt sind wie am ersten Tag, oder Addy und Drake, die kaum die Finger voneinander lassen können und sich ständig heiße Blicke zuwerfen, oder Luke und Ronan, die so süß miteinander sind, dass man von der Beziehung der beiden nur schwärmen kann.

Kann sein, dass ich deshalb in letzter Zeit manchmal so gereizt bin, weil ich schon seit Längerem selbst gerne in einer Beziehung wäre. Single in einer großen Stadt zu sein ist nicht so, wie es in den Filmen und Serien oft dargestellt wird. Dort begegnen die Figuren ständig und an jeder Ecke potenziellen Traumprinzen, und natürlich sind sie charmant, perfekt und erobern die Herzen im Sturm. Ich dagegen habe in der letzten

Zeit kaum einen Mann kennengelernt, der mich wirklich interessiert hätte.

Keine potenziellen Mr Darcys für mich, aber ich mache mich nicht verrückt, nur weil ich allein bin. Ich versuche es zumindest, frage mich aber natürlich trotzdem, woran es liegen könnte, dass ich noch immer Single bin. Viele meiner Freunde bezeichnen mein Aussehen als engelhaft, was übrigens auch schon meine Großmutter getan hat. Angesichts meines schlanken Körpers, der hellblonden Locken und der blauen Augen ist das nicht ganz abwegig, aber ich mag diesen Vergleich mit einem Engel nicht. Die Leute glauben schnell, mich in eine Schublade stecken zu können. Mich als liebe, süße Barbie abstempeln zu können, aber das bin ich nicht. In mir steckt viel mehr, aber manchmal steht mir meine Schüchternheit im Weg, sodass es für andere schwer ist, das zu erkennen.

Meine Grandma hat mir beigebracht, die Körpersprache anderer zu deuten, um so zu wissen, mit was für einem Menschen man es zu tun hat, selbst ohne mit ihm geredet zu haben.

Meine Mom ist die einzige Tochter meiner Großeltern, die der High Society von New York angehörten. Als sie meinem Vater begegnete, wusste sie von Anfang an, dass es Liebe ist, und war bereit, für diesen Mann alles zu riskieren. Genau das hat sie schlussendlich auch getan. Mein Großvater missbilligte ihre Beziehung zu dem angehenden Musiker, der sich damals mit Kellnerjobs über Wasser hielt, und ging sogar so weit, meine Mutter zu enterben, nachdem sie meinen Dad heimlich geheiratet hatte.

In den Kreisen meiner Großeltern betrachtete man die Ehe als großen Skandal, weshalb meine Eltern nach New Jersey in ein kleines Häuschen am Stadtrand von Ocean City zogen. Es ist die beste Entscheidung ihres Lebens gewesen, denn so konnte ich in Frieden aufwachsen. Bis meine Großmutter an meinem achten Geburtstag auf unserer Türschwelle erschien und uns mitteilte, dass mein Großvater an einem Hirnschlag gestorben sei.

Sie war der Meinung, dass er einen Fehler gemacht habe, und entschuldigte sich bei meiner Mutter, worüber diese sehr froh war. Damit war die Familienfehde endlich beigelegt. Grandma hatte durch den Tod ihres Mannes selbst eine Veränderung durchgemacht. Sie wandte sich mehr der Gartenarbeit zu, statt irgendwelche schicken Teepartys zu besuchen. Durch ihren Einfluss habe ich gelernt, dass man genau darauf achten sollte, wie man sich vor anderen, vor allem fremden Menschen gibt.

Auch wenn sie keinen so intensiven Kontakt mehr zu den gehobenen Kreisen von Manhattan pflegte, musste ich einen Debütantinnenball über mich ergehen lassen und wurde an meinem sechzehnten Geburtstag mit allem Brimborium in die Gesellschaft eingeführt. Es war eine schillernde Welt, die mich durchaus faszinierte, als ich auf die Highschool ging. Da aber bei meinen Schulfreunden nur zählte, was für ein Auto man fuhr oder welche Labels man trug, habe ich mich irgendwann von ihnen abgewandt.

Ich habe schon damals gewusst, was ich mit meinem Leben anfangen und welche berufliche Laufbahn ich anstreben wollte, also habe ich mich ganz darauf konzentriert, war auf keiner Party meiner Klasse und bin erst ausgegangen, als ich Addison im ersten Collegejahr begegnet bin. Sie hat mich durch ihre Lebenslust und ihr Selbstvertrauen darin bestärkt, zu sein, wer ich bin, und mich offener gemacht. Zwar fällt es mir noch immer schwer, mich Fremden gegenüber zu öffnen, aber es wird mit jedem Jahr etwas leichter.

Ich fülle die Ballons mit dem meerblauen Glitter mit Helium und befestige sie über der Bühne, die für den DJ aufgebaut wurde. Drake und Addy, deren Job das Planen von Events ist, haben dieses Jahr für die Silvesterparty das Motto »Unter dem Meer« gewählt. Allerdings nicht nach dem Vorbild der harmlosen Disneyversion, mit einer singenden Krabbe, sondern im Stil des Films *Aquaman*. Bei unserem Mädels-Filmabend haben wir wie gebannt auf den Fernseher gestarrt. Die anderen haben die meiste Zeit nur für Jason Momoa geschwärmt. Es gab auch Szenen mit Schokosauce und Handschellen, Bilder, die ich noch immer zu vergessen versuche.

Als das Deckenlicht ausgeschaltet wird, um die neu installierte Beleuchtung zu testen, ist der ganze Raum plötzlich in Blau- und Grüntöne getaucht, und als Krönung wird »The Other Side of Sea« von Haevn gespielt, meiner derzeitigen Lieblingsband. Dieser Song steht für das Motto unserer Party. Für mich sind die Klavierklänge wie ein Weg, der an einen Ort der Ruhe führt. Ich fühle diesen Moment sehr intensiv. Ich lasse mich verzaubern von den Klängen, der klaren Stimme, der Deko und der Atmosphäre. Nach einer Weile lasse ich kurz meinen Blick schweifen. Alle meine Freunde sind hier, helfen, wo sie nur können, um unsere alljährliche Silvesterparty zu einem Highlight des Jahresausklangs zu machen.

Pacey nippt an seinem Glas, das mit brauner Flüssigkeit gefüllt ist, und blickt dann an die Decke, unsere Pärchen Luke und Ronan, Addy und Drake und Taylor und Daniel halten einander und sagen kein Wort. Dann ist da noch Zayn, der einfach mit geschlossenen Augen dasteht und den Violinenklängen lauscht. Seine Arme ruhen an den Seiten, er wirkt gelöst und tiefenentspannt. Das ist eigentlich immer so, wenn er sich mit uns trifft. Wobei, am Anfang sieht er meist erschöpft und traurig aus, aber kaum kommt jemand auf irgendein Thema zu sprechen, wird er locker, und das, was ihn offenbar beschäftigt hat, scheint er vergessen zu haben. Zumindest für eine Weile.

Wieder sehe ich den Traum vor mir. Es beginnt mit heißen Küssen und endet damit, dass Zayn mich gegen die Wand presst und hart nimmt. Mein Puls beginnt wieder zu rasen, wenn ich an den einen und auch einzigen Traum denke, den ich vor einer Woche gehabt habe. Er verwirrt mich, und ich kann es mir immer noch nicht erklären, wieso ich von uns beiden geträumt habe. Immerhin hege ich keine romantischen Gefühle für Zayn. Fühle mich auch nicht körperlich zu ihm hingezogen. Ich habe in ihm nie mehr als einen guten Freund gesehen, wieso dann dieser Traum, der so gar nicht zu mir passt?

Ich liebe Zärtlichkeiten, lange Vorspiele und gefühlvollen Sex im Bett und stehe nicht auf diese Stellung, von der ich geträumt habe. Aber es hat keinen Sinn, den Traum zu analysieren, denn was sollte mir das bringen? Zayn und ich, das wäre keine gute Verbindung, weil wir einfach zu verschieden sind.

Kapitel 2

GRACE

Morgen ist Silvester, ein altes Jahr geht zu Ende und ein neues beginnt, und ich kann nicht wirklich behaupten, dass das vergangene in jeder Hinsicht ein erfülltes für mich gewesen ist. Klar, ich habe mit Aaliyah eine weitere beste Freundin gewonnen, und dann ist da noch der berufliche Erfolg. Abgesehen davon habe ich keinerlei finanzielle Sorgen, denn dank des Erbes meiner Großmutter bin nicht nur ich abgesichert, auch meine Kinder und ihre Kinder werden es sein. Aber in Liebesdingen hat sich nichts verändert.

Natürlich sehne ich mich nach einem Partner, aber das steht nicht an erster Stelle auf meiner Liste, die ich jedes Jahr neu schreibe. Neben den alljährlich wiederkehrenden Themen – mehr ausgehen, mich gesünder ernähren, Sport machen, die Welt bereisen und so weiter – stehen darauf auch Träume und Wünsche, die mir schon länger am Herzen liegen. Diese Liste führe ich, seitdem meine Großmutter an meinem zwanzigsten Geburtstag gestorben ist. Sie ist es gewesen, die mir gesagt hat, dass das Leben kurz ist und wir unsere Ziele nie aus den Augen verlieren sollen. Ich versuche es. Das tue ich wirklich, aber irgendwie habe ich das Gefühl, als würde etwas fehlen, das mir dabei hilft, diese Liste abzuarbeiten.

»Na? Alles klar bei dir?«, fragt Zayn.

Erst jetzt merke ich, dass er vor mir steht, so tief bin ich in

Gedanken versunken gewesen. Ich schenke ihm ein scheues Lächeln und reiße mich zusammen.

»Alles gut. Ich bestaune nur die Location«, sage ich und blicke an die Decke, wo das Licht nun anders fällt und es aussieht, als wären da tatsächlich Wellen und wir unter dem Meer. Wundervoll.

»Du hast einen etwas verlorenen Eindruck gemacht, Sherlock.«

»Nicht das schon wieder.« Ich wende mich schnaubend ab, kann aber nicht verhindern, dass sich meine Mundwinkel heben. Seit wir vor ein paar Tagen gemeinsam die Serie *Sherlock* gesehen haben, sind all meine Freunde der Meinung, dass ich dem Hauptcharakter sehr ähnlich bin und Addison den perfekten Mister Watson mit seinen sarkastischen Kommentaren darstellt. Ich finde es zwar schmeichelhaft, wenn ich mit Benedict Cumberbatch verglichen werde, immerhin ist er einer der faszinierendsten und besten Schauspieler. Doch dass ich wie die Figur der Serie sein soll, bereitet mir etwas Kopfzerbrechen, auch wenn ich weiß, dass meine Freunde das in keinster Weise böse meinen.

»Bin ich wirklich so merkwürdig wie der Detektiv in der Serie?« Ich will nicht unsicher oder verletzt klingen, aber ich bin etwas sensibel geworden.

Zayns Brauen wandern nach oben, als wäre er überrascht, dass mich der Spitzname kränken könnte. »Nein. Aber du bist genauso genial wie er.«

Okay, das habe ich nicht erwartet. Ich soll genial sein? Da ich nichts sage, redet er weiter. »Erinnerst du dich an die coole Szene, als Sherlock zum ersten Mal Watson begegnet?«

»Klar. Wie könnte ich die vergessen?« Es ist eine meiner Lieblingsstellen und quasi der Startschuss der ganzen Show.

»Du bist manchmal genauso gut im Lesen von Menschen, deshalb, und nur deshalb, nenne ich dich so.«

Von dieser Seite habe ich das gar nicht betrachtet. Ich kaue nervös an meiner Unterlippe und komme mir plötzlich albern vor, weil ich so emotional auf den Spitznamen reagiert habe. »Dann hältst du mich also nicht für einen bindungsgestörten Soziopathen?« Ich versuche meine Unsicherheit mit einer scherzhaften Bemerkung zu kaschieren. Dieses doofe Silvester lässt mich dünnhäutig werden.

»Im Moment nicht, aber der Abend ist ja noch jung.«

»Sehr witzig.«

»Spaß beiseite. Natürlich nicht. Du bist attraktiv, bodenständig und genial. Da kann sich der Sherli was von abschneiden.«

Ich spüre, wie ich rot werde. Langsam sollte ich an die Komplimente der Jungs gewöhnt sein, aber noch immer fällt es mir schwer, sie anzunehmen. »Gut, dann hätten wir das geklärt. Gehst du noch mit ins Restaurant?«

»Ich glaube eher nicht, da ich noch in einem Club verabredet bin.«

»Gehst du noch aus?«, frage ich neugierig.

»Ja, das hatte ich tatsächlich vor.«

»Aber musst du morgen nicht arbeiten?« Ich weiß, dass er Assistent des Chefdesigners bei einem Modelabel ist.

»Ich habe gekündigt.«

Schon wieder? Ich hatte gedacht, dass dieser Job besser sei als die davor und er nicht so schnell das Handtuch werfen würde. »Wieso das denn?«

Da die Musik nun verstummt ist, höre ich ihn schwer seufzen. Er fummelt an seiner Armbanduhr rum, das tut er immer, wenn ihn etwas beschäftigt. »Es hat keinen Spaß mehr gemacht, der Job war einfach nichts für mich. Ich musste immer länger arbeiten, und das ist keine Option.«

Ich würde gerne fragen, wieso ihm die Abende so wichtig sind, dass er einen begehrten und gut bezahlten Job aufgibt, aber er kratzt sich am Oberarm, und das ist, wie ich mittlerweile weiß, ein Zeichen, dass er nicht weitersprechen möchte.

»Das heißt, du kannst wieder jeden Abend die Puppen tanzen lassen?«

»Genau das. Endlich wieder mehr Freizeit. Komm doch mit, wir werden bestimmt viel Spaß haben. Nur du und ich, ohne die anderen. Diese Pärchen sind doch nicht zu ertragen.«

Ich kichere, weil es ihm genauso geht wie mir, schüttle aber den Kopf. »Leider habe ich morgen ein Meeting mit einem Kunden und muss früh raus.«

Zayn sieht enttäuscht aus, nickt aber.

»Außerdem triffst du sowieso immer einen Haufen Leute. Da würde ich nur stören.«

»Du könntest niemals stören, Grace.«

Seine Worte erwärmen mein Herz.

»Pacey trifft sich später mit einem Date und kann auch nicht. Dann muss ich wohl oder übel allein losziehen.«

»Sieh es positiv«, sage ich und klopfe ihm freundschaftlich auf den Oberarm. »So hast du die freie Wahl bei den Ladys und musst nicht mit ihm teilen.«

Seine Miene hellt sich augenblicklich auf. »Da hast du allerdings recht, von dieser Seite habe ich es noch gar nicht betrachtet. Danke, Sherlock.«

Er küsst mich auf die Wange und winkt mir zu, ehe er zu den anderen geht, um sich zu verabschieden. Seine kindliche Vorfreude entlockt mir ein Lächeln. Zayn ist jemand, der für den Augenblick lebt, über die Zukunft redet er nie, und auch über seine Familie wissen wir nichts, aber wir alle lieben ihn, so wie er ist, das haben wir schon immer getan.

Schließlich muss ich über meinen albernen Traum den Kopf schütteln, denn Momente wie diese führen mir klar vor Augen, dass jemand wie Zayn niemals zu mir passen würde. Während er unberechenbar, wild und ungezügelt ist, bin ich eher das Gegenteil, ruhig, zuverlässig und hingebungsvoll. Mein Unterbewusstsein hat mir nur einen Streich spielen wollen, und es wird Zeit, diese Bilder endlich zu vergessen.

Ich wünschte, ich wäre in manchen Dingen mutiger, wünschte, es würde mir leichter fallen, aus mir herauszugehen. Auf meiner Unterlippe kauend, blicke ich an meinem Outfit für die heutige Silvesterparty hinab. Es handelt sich um ein sexy rotes Cocktailkleid, das ich mir vor Jahren im Sale gekauft habe. Es bedeckt gerade mal so meinen Po, weshalb ich es nie angezogen habe. Bis heute. Es steht mir, auch wenn es überhaupt nicht zu meiner üblichen Garderobe passt. Normalerweise trage ich Hosen, und ab und zu darf es auch ein Rock oder ein Kleid sein, das kommt auf meine Laune an. Prompt fällt mir meine Großmutter ein, die stets dafür gesorgt hat, dass meine Outfits züchtig und die Röcke nicht zu kurz gewesen sind. Sie hat immer gesagt, dieses kleine Stückchen Offenheit ist den Klatsch der Leute nicht wert.

Dieses Kleid ist aufreizender als alle anderen, die ich besitze. Ich puste mir eine Strähne aus dem Gesicht, fahre mir durchs offene Haar und betrachte wieder mein Spiegelbild. Anders muss nicht gleich schlecht sein, und ich sehe gut aus. Aber trotz allem ziehe ich es wieder aus, weil ich mir zwar vorgenommen habe, aus mir rauszugehen, aber das schaffe ich nicht über Nacht. Doch allein dass ich das Kleid anprobiert habe, zeigt mir, dass ich auf einem guten Weg bin.

Ich habe meine Liste für das neue Jahr noch einmal durchgesehen und zwei Punkte weiter nach oben gerückt. Gerne würde ich meine Schüchternheit ablegen, weil ich nicht immer rot werden möchte wie ein Krebs, wenn mir jemand emotional zu nahe kommt. Außerdem möchte ich endlich den Richtigen finden. Mir ist bewusst, dass dies ein schwieriges Unterfangen sein wird, aber es würde mich allein schon freuen, wenn ich Männern gegenüber offener wäre. Nicht jedes Date muss gleich ein potenzieller Mr Darcy sein. Vielleicht habe ich zu hohe Erwartungen und muss mir eingestehen, dass ich nicht nach jemand Perfektem suchen kann, wenn ich es selbst nicht bin.

Ich ziehe meinen lilafarbenen Jumpsuit mit Trägern an und darüber einen schwarzen Blazer, der meinem Oberkörper schmeichelt. Taylor hat mir den Jumpsuit zum Geburtstag geschenkt, und ich liebe ihn. Das Outfit passt perfekt zu meiner hellen Haut, der weiche Stoff fühlt sich super an, und die Farbe ist wunderschön. Da Tae Modebloggerin ist, wundert es mich nicht, dass sie den richtigen Riecher bei diesem Teil hatte, das wie für mich gemacht ist. Ich fühle mich nun wohl in meiner Haut, verspreche mir aber selbst, dass ich das rote Kleid bald tragen werde. Wieder ein neuer Punkt für meine Liste.

Ich schnappe mir meine Tasche und gehe ins Wohnzimmer, wo all meine Freunde schon versammelt sind. Die Jungs sehen sich ein Spiel der Lakers an, das sie aufgenommen haben, während die Mädels in ein Gespräch vertieft sind. Luke ist der Erste, der mich entdeckt, er zwinkert mir zu und formt mit den Lippen ein Wow, was mir ein Lächeln ins Gesicht zaubert.

»Rapunzel ist auch schon da und sieht wieder mal unglaublich aus«, sagt Pacey anerkennend und lässt mich erröten. Wieder einmal.

»Danke für die Blumen, Pace. Das hört man gern.« Es tut tatsächlich gut, dieses Kompliment zu hören, nachdem ich mich für ein weniger spektakuläres Outfit entschieden habe.

»Ist nur die Wahrheit, Gracie.« Dieser kleine Charmeur kann es einfach nicht lassen.

»Sind wir dann alle so weit?«, fragt Zayn in die Runde und schaltet den Fernseher aus.

Wir nicken fast gleichzeitig und machen uns auf den Weg. Es ist zwar erst achtzehn Uhr, aber da wir alle quasi Gastgeber sind, haben wir beschlossen, früh zur Location zu fahren. Die Party steigt wieder in dem Fabrikgebäude, in dem wir auch letztes Jahr gefeiert haben, weil Drake und Addy sich dort das erste Mal geküsst haben und Tae gemerkt hat, dass Daniel mehr für sie ist als nur ein Freund. Vielleicht bringt mir diese Location ja auch Glück bei meiner Partnersuche. Sie hat immerhin meine Freunde in Liebesdingen einen Schritt weitergebracht.

Als wir eintreffen, haben die Caterer bereits das Büfett aufgebaut. Während Addison noch die Notausgänge kontrolliert, kümmert sich Drake um die Klimaanlage. Endlich fängt der DJ an, Musik aufzulegen, was uns sofort in Partystimmung versetzt, zumindest kann ich das von mir behaupten. Bevor die Gäste kommen, ruft uns Drake an die Bar, wo schon neun Cocktails auf uns warten.

»Ich möchte auf euch anstoßen, Leute«, sagt Daniel, als jeder das Glas in der Hand hält. »So viele Jahre sind wir nun befreundet, und in letzter Zeit hat es so manche Veränderung gegeben, aber unsere Freundschaft ist stärker und inniger geworden. Manche Freunde haben die Liebe gefunden, andere wiederum haben das Gefühl, neue Geschwister gefunden zu haben.« Er sieht dabei mich an, und ich weiß, dass die letzten Worte an mich gerichtet sind. Da ich Einzelkind bin, betrachte ich Addison und Daniel tatsächlich als Geschwister.

»Ich trinke auf unsere Freundschaft, auf das, was ist, und auf alles, was noch kommt, denn eines weiß ich: Egal, welche

Steine uns in den Weg gelegt werden, wir sind füreinander da und räumen sie gemeinsam weg.«

»Auf uns!«, ruft Pacey laut und stößt so heftig mit uns an, dass die Cocktails aus unseren Gläsern schwappen.

Wir trinken den B52 in einem Zug aus. Ich bin kein großer Trinker, brauche keinen Alkohol, um Spaß zu haben, was aber nicht heißt, dass ich Abstinenzlerin bin.

Während die anderen sich im Raum verteilen, bleibt Luke an meiner Seite. »Wie geht es dir, Angie?«

Sein Kosename entlockt mir ein Lächeln. Wir haben uns dieses Jahr an Halloween als Drag Queens verkleidet. Ich war Angie, der verruchte Engel, mit einem doch eher züchtigen Outfit. Luke ist als Lavina gegangen, mit feuerroter Perücke und einem Flamencokleid. Ronan hat sich als unser Bodyguard verkleidet und ist uns überallhin gefolgt, um auf uns aufzupassen. Es ist ein unglaublicher Spaß gewesen, und so habe ich wieder einen neuen Kosenamen bekommen. Ich weiß schon gar nicht mehr, wie viele ich inzwischen habe.

»Ich fühle mich gut«, erwidere ich und meine es auch so. »Dieses Jahr wird das beste meines Lebens.«

»So viele positives Vibes. Das gefällt mir!«, meint Luke begeistert und nimmt sich ein Corona.

»Ich habe es satt, allein zu sein.«

»Du bist doch nicht allein. Du hast uns und deine Eltern.«

»Ja, das stimmt, und dafür bin ich auch dankbar, aber ich fühle mich einsam.« Ich bin emotional stark genug, diese Worte auszusprechen, sie entsprechen der Wahrheit.

Luke legt den Arm um meine Schultern und drückt mich an sich. »Ich verstehe genau, was du meinst. Wir Paare sind schon ekelhaft verliebt. Es ist nicht zum Aushalten, oder?«

»Genau das sage ich doch immer.« Ich verdrehe die Augen, was ihn zum Schmunzeln bringt.

»Weißt du noch, wie ich gelitten habe, als ich nicht den Mut hatte, mich zu outen?«

Ich kann mich sehr wohl daran erinnern, es ist ein schlimmes Jahr für Luke gewesen, weil die Angst ihn gelähmt hat, sobald er den Schritt wagen wollte. Es hat lange gedauert, bis er sich stark genug gefühlt hat.

»Du warst da. Du hast mir Mut zugesprochen und dir meine Sorgen angehört. Und nun will ich, dass du weißt, dass ich dir das nie vergessen habe. Du wirst immer einen Platz in meinem Herzen haben, den Ronan nicht mal ansatzweise einnehmen kann. Ich bin immer da für dich, wenn du reden oder auf die Pirsch gehen möchtest.«

»Danke, Luke.« Ich erwidere seine Umarmung, fühle mich geerdet und bin ihm überaus dankbar. Luke hat die Gabe, einem mit seiner herzlichen Art das Gefühl zu geben, dass man nicht allein ist und es immer einen Silberstreif am Horizont gibt. Er ist derjenige unter den Jungs, mit dem ich mich von Anfang an am besten verstanden habe. Manchmal kann ich ihm Sachen anvertrauen, die ich selbst Addison nicht erzählen könnte. Zwischen uns stimmt einfach die Chemie, deshalb habe ich mich ihm auch gerade geöffnet, weil er mich versteht wie niemand sonst.

Ich bestelle mir ein Wasser, und Luke ordert eine Margarita für seinen Freund. Während wir auf die Getränke warten, sehen wir uns im Raum um. Langsam trudeln die Gäste ein, und wenn meine Freunde und ich eines lieben, dann ist es, Menschen zu beobachten. Viele von ihnen kenne ich, manche sehe ich zum ersten Mal.

»Ist das nicht die alte Flamme von Daniel? Die, mit der er letztes Jahr geknutscht hat?«

Ich sehe Evie sofort, als sie den Raum betritt. Das bläuliche Licht fällt auf ihr gewelltes Haar, als sie sich durch die Menge schlängelt und entschlossen auf Daniel und Taylor zusteuert. Luke und ich gehen alarmiert ein paar Schritte in Richtung unserer Freunde, um sie zu warnen, doch Evie ist schneller. Ich erinnere mich noch daran, als Dan und sie sich letztes Jahr geküsst haben und Taylor gemerkt hat, dass sie eifersüchtig ist. Evie hatte ihren Anteil daran, dass unsere Freundin sich endlich eingestanden hat, dass ihre Gefühle für Daniel tiefer gehen, als sie geglaubt hat.

Zu unserer Überraschung umarmt sie Taylor, und beide strahlen um die Wette. Auch Dan nickt ihr freundlich zu.

»Ähm, habe ich etwas verpasst?«, fragt Luke und kratzt sich am Hinterkopf.

Mir ist inzwischen klar, wieso die Situation nicht eskaliert. »Sie ist glücklich vergeben, wie Dan und Tae, deshalb gibt es kein böses Blut.«

»Woher weißt du das? Sie ist doch allein gekommen«, fragt mich Luke neugierig, während wir zur Bar zurückgehen.

»Das sehe ich an dem bombastischen Verlobungsring. Sie streicht unbewusst immer wieder darüber. Ein Zeichen, dass sie möglicherweise über ihren Verlobten redet oder vielleicht an ihn denkt.«

»Du siehst auch immer Dinge, die kein Normalsterblicher erkennen würde.«

»Ach was, das ist nur ein wenig Beobachtungsgabe, sonst nichts.« Meine Großmutter hat, was mich betrifft, ganze Arbeit geleistet.

»Das ist eine glatte Untertreibung.«

Ich lächle nur und schnappe mir mein Wasser, ehe Luke mit dem Kopf in die Richtung unserer Freunde nickt. »Komm, lass uns zu ihnen gehen. Ich möchte wissen, ob deine Theorie stimmt.«

Natürlich hat sie gestimmt, und als ich Taylor darauf angesprochen habe, ob es sie stört, dass seine Exflamme hier ist, hat sie ehrlich geantwortet, dass die Vergangenheit eben genau das sei. Vergangen. Daniel und sie sind überglücklich, verlobt und werden in sechs Monaten heiraten. Es gibt nichts, was die zwei davon abhalten könnte, glücklich zu sein, und mittlerweile versteht sie sich gut mit Evie, weil sie dieselbe Leidenschaft für Mode teilen.

Nachdem ich ein paar Worte mit meinen Freunden gewechselt habe, mische ich mich unter die Gäste. Treffe auf alte Freunde und mache neue Bekanntschaften. Als ich mir eine Cola hole, tippt mich jemand an der Schulter an. Ich drehe mich um und entdecke Ian, Drakes Cousin, der einmal mit Taylor ausgehen wollte.

»Hey, dich habe ich aber lange nicht mehr gesehen.« Nicht seitdem er Taylor in der WG besucht und sie zu einem Date eingeladen hat. Er ist in meine Freundin verknallt gewesen, aber Daniel hat ihm einen Strich durch die Rechnung gemacht und ihr erstes Treffen sabotiert, ehe Taylor und er sich hätten näherkommen können.

»Ich hatte viel zu tun. Aber als Drake mich eingeladen hat und da die letzte Party schon der Hammer gewesen ist, konnte ich nicht widerstehen.«

»Ich freue mich auf jeden Fall, dich wiederzusehen. Möchtest du etwas trinken?« Ich gebe dem Barkeeper ein Zeichen.

»Ein Bier, bitte.«

Ich gebe die Bestellung auf und greife nach meiner Flasche.

»Du siehst gut aus«, sagt Ian plötzlich, sodass ich mich fast verschlucke.

Ich sehe aus Reflex an mir runter, ehe ich seinen Blick erwidere. »Danke, du aber auch.«

Ich übertreibe nicht. Er trägt ein weißes Button-Down-

Hemd, das sich um seinen Oberkörper spannt. Entweder hat er an Muskelmasse zugelegt, oder das Hemd ist ihm viel zu klein. Sein kupfernes Haar ist inzwischen etwas länger, und eine wilde Locke fällt ihm ins Gesicht. Er sieht mich aus warmen türkisfarbenen Augen an. Ja, er ist in der Tat ein sehr attraktiver Mann. Der Barkeeper reicht ihm die Flasche, und wir trinken schweigend. Für Ian ist es ein angenehmes Schweigen, das merke ich an seiner lockeren Haltung und den entspannten Schultern. Er fühlt sich sichtlich wohl, doch für mich ist es etwas seltsam, mit dem einstigen Verehrer meiner Freundin zusammenzustehen. Ich weiß, dass er lange um Taylor geworben hat, wie man so schön sagt.

»Genießt du die ruhige Zeit? Du hast doch jetzt Winterpause, oder?«, fragt er und lenkt damit das Thema auf meine Arbeit.

»Ich habe jetzt viele Gespräche mit potenziellen Kunden und mache Pläne und Skizzen für ihre Gärten. Wenn sie zufrieden sind und wir uns finanziell einigen können, schließen wir eine Vereinbarung ab.«

»Das heißt, du hetzt von einem Termin zum nächsten und planst das kommende Jahr?«

»Sozusagen. Es ist etwas hektisch, da es viele Termine sind, aber bis jetzt habe ich es gut einteilen können, sodass ich es wohl schaffen werde.«

»Ich würde gerne mal einen deiner Gärten sehen, die du angelegt hast«, sagt er fast verlegen und fährt sich durchs dichte Haar.

Flirtet er mit mir? Oder bittet er mich sogar um ein Date? Oder will er rein aus Interesse einen meiner Gärten sehen? Ich kann Menschen gut einschätzen, aber wenn es um mich oder um Gefühle geht und ich so tun muss, als könnte ich flirten, dann sterbe ich innerlich tausend Tode vor Nervosität.

»Klar, du kannst mich gerne mal bei der Arbeit besuchen.«

»Darf ich deine Nummer haben?«

»Sicher.« Wir tauschen unsere Nummern aus, dann stellen wir uns an einen der Stehtische und unterhalten uns mit anderen Leuten. Ian ist wirklich witzig, wirkt teilweise genauso schüchtern wie ich. Meine Chancen, um Mitternacht geküsst zu werden, stehen schon mal nicht schlecht.

Ich flirte bewusst mit Ian, zumindest gebe ich mir Mühe. Ich werfe meine Haare zur Seite, berühre ihn immer mal wieder am Oberarm, tue alles, um nicht allzu verkrampft zu wirken, und für meine Verhältnisse läuft es ziemlich gut.

Kurz vor Mitternacht tanzen wir miteinander, und ich fühle mich wunderbar. Ich hatte schon fast vergessen, wie schön es ist, mit einem Mann zu tanzen. Doch dann geschieht etwas mit seiner Körperhaltung. Er schaut hinter mich und versteift sich, ehe sein Blick sehnsüchtig wird. Und da täusche ich mich sicher nicht, denn er sieht aus wie Mr Bingley aus *Stolz und Vorurteil*, der hoffnungslos verliebt in Jane Bennet ist. Ich drehe mich tanzend um, und meine Vermutung bestätigt sich. Hinter uns stehen Daniel und Taylor und unterhalten sich mit Charlotte und Miranda. Taylor muss über etwas, was Charlie gesagt hat, plötzlich lachen, und genau in diesen paar Sekunden sehe ich in Ians Augen noch immer die Gefühle, die er für Tae empfindet. Er schluckt schwer, sieht zu Dan und ballt kurz die Hände zu Fäusten. Ich und der Tanz mit mir sind vergessen. Innerhalb von Sekunden wurde ich zur Wingwoman degradiert, da er noch längst nicht über Tae hinweggekommen ist. Er hätte um Taylor gekämpft, das sehe ich ihm an, aber es wäre von vornherein ein verlorener Kampf gewesen. Diese ganze Situation macht mich todtraurig. Zum ersten Mal seit Langem habe ich es gewagt, mich offener zu geben gegenüber jemandem, den ich nur flüchtig kenne, und dann war die ganze Mühe umsonst. Diese Situation führt mir vor Augen, dass ich wieder nicht als potenzielles Date angesehen werde, sondern als jedermanns Schwester, die immer ein offenes Ohr für alle hat. Genervt und enttäuscht verabschiede ich mich von Ian, der plötzlich merkt, dass mir sein Schmachten nicht entgangen ist. Er hält mich nicht auf, als ich kopfschüttelnd gehe.

Eine Schwere legt sich über mich, als ich auf meine Uhr blicke und feststelle, dass bald Mitternacht ist und ich noch immer niemanden gefunden habe, den ich in wenigen Minuten küssen kann. Das neue Jahr läuten wir, wie es in Amerika Tradition ist, immer mit einem Kuss ein. Letztes Jahr hat Drake Addy einen Kuss aufgezwungen, weil er nicht wusste, wie er sie sonst zum Schweigen bringen sollte, was allerdings nicht bedeutet, dass sie ihn nicht genossen hätte. Dan und Tae hätten sich fast geküsst, sind aber noch nicht so weit gewesen. Pacey, Zayn und Luke sind im Skiurlaub eingeschneit gewesen und haben es letztes Jahr nicht auf die Party geschafft, aber diesmal sind wir wieder alle zusammen.

Pacey hat eine hübsche Frau mit goldblondem Haar kennengelernt, und die beiden scheinen sich gut zu verstehen, denn sie reden ohne Unterlass miteinander und lachen viel. Zayn unterhält sich mit einer Gruppe Frauen, die ich nicht kenne, und sieht so aus, als würde er sich pudelwohl fühlen. Luke und Ronan kuscheln in einer Sitzecke, Tae und Dan unterhalten sich miteinander, und Addy und Drake tanzen. Dann wäre da noch ich, das fünfte Rad am Wagen, das es nicht schafft, jemanden zu finden, den sie an Neujahr küssen kann. Normalerweise küsse ich nur Männer, für die ich auch Gefühle habe, stehe aber kurz davor, meine Prinzipien über Bord zu werfen, weil ich mich nach jemandem sehne, den ich einfach in den Armen halten kann.

Ich trinke mein Cola aus und gehe aus dem Saal, der mir langsam zu eng erscheint. Im Treppenhaus setze ich mich auf die oberste Stufe und atme tief durch. Ich fahre mir übers Gesicht, lege die Handflächen in den Nacken und blicke an die Decke. Was ist nur los mit mir? Bis jetzt hat es mir nicht viel ausgemacht, ob ich einen Mann an meiner Seite habe oder nicht. Aber seitdem alle in meinem Freundeskreis verliebt sind oder jemanden gefunden haben, der ihnen das Bett wärmt, fühle ich mich wie eine Versagerin. Das Einzige, was Wärme in meinem Bett erzeugt, ist der Laptop auf meinen Schenkeln, wenn ich wieder einmal einen Serienmarathon mache.

Die Paare um mich herum lieben sich aufrichtig, mit jeder Faser ihres Körpers, und ihre tiefen Gefühle führen mir vor Augen, dass ich diese Art von Liebe noch nie erfahren habe. Ich hatte einen Freund, dachte, er wäre der Richtige, aber die Realität hat mich schnell auf den Boden zurückgeholt. Ich bin fast dreißig Jahre alt und habe noch nie wahrhaftig geliebt. Innig, hingebungsvoll, über alle Maßen und weltenerschütternd. Aber ich habe vor, das irgendwann zu erleben, denn ich bin keine Frau, die so leicht aufgibt.

»Hey, was machst du hier ganz allein?«

Ich senke den Kopf und entdecke Zayn, der sich neben mich setzt und mich mustert. »Ich musste mal aus dem stickigen Raum raus.« Ich lasse die Hände sinken und stütze sie auf den Oberschenkeln ab.

»Das wundert mich, die haben hier eine super Klimaanlage eingebaut. Du lügst den alten Zayn doch nicht etwa an, oder?«

»Das würde ich niemals wagen, oh großer, weiser Zayn.«

Er hebt stolz das Kinn, als würden meine Worte sein Ego in den Himmel befördern. »Schön, dass du meine Größe anerkennst ... wobei ... Warte, das war jetzt etwas zweideutig.«

Ich kichere und schüttle den Kopf. Alberner Typ, wie schafft er es nur immer wieder, mich zu erheitern, vor allem dann, wenn mir nach Weinen zumute ist?

»Ich habe nichts anderes von dir erwartet, mein Lieber.«

»Ja, ja, schon gut. Ich sehe es ja ein, dass ich ein wilder Lüstling bin, aber du lenkst vom Thema ab. Was ist los? Wieso sitzt du hier allein rum?«

»Ich musste nachdenken, also habe ich mir ein ruhiges Plätzchen gesucht.«

»Aber anstatt Ruhe bekommst du mich.«

»Was?«

»Ich habe heute keine Begleitung und keine Lust, jemand Neues kennenzulernen, also stehe ich dir in allen Belangen zur Verfügung.« Er wackelt anzüglich mit den Brauen und bringt mich erneut zum Lachen.

»Das ist zwar lieb von dir, aber ich will nicht, dass du dich aus Mitleid mit der armen, kleinen Gracie abgibst.« Meine Worte überraschen mich selbst. Ich bin zwar klein, aber nicht arm. Nur dass meine Hormone anscheinend verrücktspielen, oder liegt es daran, dass so viel Liebe in der Luft liegt, an der ich aber nicht teilhabe?

»Wenn ich Zeit mit dir verbringe, Grace, dann ist das nie aus Mitleid, sondern weil ich deine Gesellschaft genieße und unter anderem deinen Humor mag. Also, was soll diese Unsicherheit?.«

»Frag mich etwas Leichteres. Ich glaube, es treibt mich in den Wahnsinn, dass alle um mich herum verliebt sind.«

»Ach, dich auch? Dann können wir uns ja die Hand reichen, denn ich kann das Gesäusel und diese verliebten Blicke auch nicht mehr ertragen.«

»Aber ich will das.«

»Was?« Er runzelt die Stirn.

»Liebe, Familie, 1,5 Kinder und ein Haus mit kaputter Veranda und einen Mann, den ich jedes halbe Jahr erinnern muss, dass er sie endlich repariert.«

»Ich bin nicht der Daddy-Typ, aber eine Frau zu haben wäre schon schön.«

»Mit vierzig möchte ich nicht allein sein.« Das wäre eine schreckliche Vorstellung, da ich unbedingt Kinder haben möchte.

»Ich auch nicht, aber ich sag dir mal was.« Er dreht sich so, dass er mir ins Gesicht sehen kann.

»Okay, ich bin ganz Ohr«, sage ich und bin neugierig, welche Beziehungstipps Zayn mir geben möchte.

»Wenn wir beide bis zu unserem vierzigsten Lebensjahr niemanden gefunden haben, dann heirate ich dich.«

»Wie romantisch.« Ich verdrehe die Augen. Schön, dass ich immerhin für den Notfall tauge. »Das kann doch nicht dein Ernst sein.«

»Doch. Du bist schön, klug und kannst nicht kochen. Die perfekte Mischung.«

»Na, besten Dank aber auch.« Ich versuche beleidigt zu tun, aber mein Lächeln wird breiter. Ich kann wirklich nicht kochen.

»Haben wir einen Deal?«, fragt er mich in ernstem Ton. Der Schalk ist aus seinen Augen verschwunden, er scheint diesen Unsinn tatsächlich ernst zu meinen. Aber wenn ich so darüber nachdenke, gibt es sicher Schlimmeres, als mit Zayn May verheiratet zu sein. Ich reiche ihm meine Hand, die er ergreift und schüttelt.

»Okay, wir haben einen Deal.«

Kaum habe ich die Worte ausgesprochen, höre ich die Partygäste runterzählen. Das neue Jahr ist nah.

»Zehn, neun, acht.«

»Es ist so weit. Ein neues Jahr, ein neues Kapitel in unserem Leben.« Zayn lächelt, ehe er plötzlich ernst wird. Er kommt mir näher.

»Sieben, sechs.«

Er rückt zu mir auf, sodass sich unsere Oberschenkel berühren. Ich schlucke.

»Fünf, vier, drei.«

Nun neigt er den Kopf und sieht mir tief in die Augen. Ich bin zu geschockt, als dass ich mich bewegen könnte. Ich kann nur ihn ansehen und dem Rauschen in meinen Ohren lauschen, da mein Puls sich mit jeder Sekunde beschleunigt.

»Zwei.«

Sein Atem streichelt meine Lippen. Er ist mir so nah, dass sich unsere Nasen längst berühren. Ich keuche auf.

»Eins.«

Und dann haucht Zayn einen Kuss auf meine Lippen. Sehr zart und sanft, aber trotzdem bringt er mein Herz in Aufruhr. Ich atme seinen männlichen Geruch tief ein. Meine Augen sind aufgerissen, und ich blicke auf Zayns geschlossene Lider. Was passiert hier? Vielleicht ist es für Zayn nur ein freundschaftlicher Neujahrskuss, aber für mich entwickelt es sich zu etwas, was ich gerne wiederholen möchte.

Kapitel 3

»Dein Telefon hört einfach nicht auf zu vibrieren.«

Eine mir unbekannte Stimme reißt mich aus einem traumlosen Schlaf.

»Was?«, murmle ich und blinzle gegen das Tageslicht an, das sich mir in die Netzhaut brennen will.

»Dein Smartphone vibriert seit einer gefühlten Stunde, und ich will weiterschlafen.«

Ich auch, aber ich muss erst mal wissen, wo ich bin und wo zum Teufel sich mein Telefon befindet. Eher schlecht als recht erhebe ich mich vom Bett und fahre mir mit den Händen übers Gesicht. Doch ich kann die Müdigkeit nicht vertreiben, wenigstens hat sich dafür meine erste Frage geklärt. Ich bin zu Hause – und offenbar habe ich meine Silvestereroberung mitgenommen, die sich nun umdreht und weiterschläft.

Jetzt höre auch ich dumpf das Vibrieren. Ich stehe auf, steige über Klamotten, die auf dem Schlafzimmerboden verstreut sind, und finde mein Smartphone in der Hosentasche. Doch als ich sehe, wer anruft, würde ich es am liebsten wieder zurückstecken oder, noch besser, gleich gegen die Wand werfen. Zögernd wiege ich das Telefon in meiner Hand hin und her. Ich könnte den Anruf meines Vaters ignorieren, aber er würde doch nicht lockerlassen. Das hat er noch nie getan.

Ich hebe ab und halte mir das Smartphone etwas weiter weg

vom Ohr, als er ohne jede Begrüßung gleich mit den Vorwürfen anfängt. Weist mich darauf hin, wie undankbar ich sei, dass ich ein Versager sei, weil ich bei keinem Job durchhalte, und dann kommt auch noch, dass sich meine Mom für mich schäme, was völlig aus der Luft gegriffen ist. Ich ahne langsam, wieso er sauer ist, es wird daran liegen, dass ich nicht zu seiner Party gekommen bin. Die Silvester-Gala meines Vaters ist alles andere als spaßig, gleicht eher einer Totenwache, bis einer der Gäste mal wieder zu viel tankt und einen Skandal auslöst, über den sich alle wochenlang den Mund zerreißen werden.

»Bist du jetzt fertig?« Ich entdecke meine Boxershorts und ziehe sie an, nachdem ich mir das Smartphone zwischen Schulter und Wange geklemmt habe.

»Noch lange nicht, Freundchen.«

Am anderen Ende der Verbindung höre ich ein Schnauben. Die Feier ist wohl nicht so gelaufen, wie er es sich vorgestellt hat, und das muss er nun an mir auslassen. An wem denn sonst?

Ich nehme das Telefon wieder in die Hand. »Hör zu: Solange Mom nicht zu den Partys kommt, werde ich es ebenfalls nicht tun. Du kannst so viel brüllen, wie du willst, aber ich werde nicht neben dir stehen und lächeln, wenn das eigentlich der Part deiner Frau sein sollte.«

Immer wenn ich das Thema auf meine Mutter lenke, wird mein Vater nachdenklich, vielleicht sogar ein bisschen traurig. Aber die Traurigkeit wird schnell von Bitterkeit überschattet.

»Sie wollte nicht.«

»Hast du sie gefragt?«

»Natürlich habe ich das! Aber sie hat wie immer nicht geantwortet und ist wieder ins Bett gekrochen.«

Ich umklammere das Telefon fester, weil ich mich hilflos fühle. Meine Mutter leidet, und ich kann ihr nicht helfen, weil sie niemanden an sich heranlässt.

»Was sagt der Psychiater?«

»Gar nichts. Sie weigert sich auch, mit ihm zu sprechen.«

»Verdammt.« Ich gehe im Schlafzimmer auf und ab, weil ich nicht weiß, was ich sonst tun soll. »Was können wir denn noch machen?« Nachdem ich verzweifelt die Worte ausgesprochen habe, bleibe ich stehen und blicke an die Decke, dabei versuche ich vergeblich, ein Seufzen zu unterdrücken.

»Ich habe vor, den Garten umgestalten zu lassen, sodass sie ihn mit lauter Blumen bepflanzen kann. Vielleicht blüht sie dann auch selbst wieder auf.«

»Die Idee, den Garten rollstuhlgerecht zu gestalten, ist gut. Sie ist früher immer so gerne im Garten gewesen.« Früher. Ja, früher ist sie um die Blumenbeete herumgetanzt, nun ist alles verwelkt, und das nicht nur, weil wir Winter haben, sondern weil sie zugelassen hat, dass alles verkommt.

»Da hast du recht.« Nun ist es an ihm zu seufzen.

Die ganze Situation setzt uns beiden zu, und ich wünschte, ich wüsste einen Ausweg. Wüsste gerne, wie ich meiner Mutter helfen kann. Seine Wut auf mich muss verraucht sein, denn nun gleicht er wieder dem Vater aus früheren Zeiten. Aber diese Momente sind meist nicht von langer Dauer.

»Hast du gut ins neue Jahr gefeiert?« Eine ungewöhnliche Frage, nachdem er mich minutenlang angebrüllt hat. Seine Stimme klingt versöhnlicher, ich denke, er checkt langsam, dass ich nicht schuld an seiner misslungenen Silvesterfeier bin.

»Aber sicher. Wie jedes Jahr war es ein tolles Fest.« Mehr sage ich nicht dazu, weil mein Vater meine Freunde nicht kennt, und das soll auch so bleiben, denn wie gesagt, dieses ruhige Gespräch, das wir jetzt führen, ist eine Ausnahme.

»Ich denke, du wirst mir auch dieses Jahr nicht mehr über deine Freunde erzählen, oder?«

»Nein.« Das tue ich nicht, weil ich meinen Vater kenne, er würde dann endlos Fragen stellen.

»Dann sehen wir uns in ein paar Tagen.«

»Ja.«

Leider, will ich anfügen, aber dann denke ich daran, dass ich meine Mom wiedersehen werde und lächle bei dem Gedanken an sie. Dann legt er auf, ohne Verabschiedung, ohne weitere Worte. Ich werfe mein Smartphone auf den Schreibtisch und bereue es sofort wieder, weil mir eingefallen ist, dass ich nicht allein bin. Doch Renée schläft nach wie vor tief und fest. Sie umklammert meine Decke, als wäre sie ein Lover, und dann fällt mein Blick auf ihren Po, der noch rosa glüht.

Sie wollte es ein wenig härter letzte Nacht, und da ich es auch gerne wilder im Bett habe, war ich sofort bereit, ihr diesen Wunsch zu erfüllen. Sie ist eine Freundin von Grace, wenn ich mich recht entsinne. Eine ehemalige Collegefreundin, die mich auf der Silvesterparty schon von Weitem mit den Augen ausgezogen hat. Nachdem ich mit Grace das neue Jahr begrüßt habe, bin ich auf Renée zugegangen. Sie ist eine Bombe im Bett, feurig beim Küssen, und ich denke sogar, dass sie mich witzig gefunden hat, bin mir aber nicht mehr sicher, denn wir haben nicht wirklich viel gequatscht. Wir wussten beide, dass wir Sex mehr brauchen als Gespräche.

Ich blicke aus dem Schlafzimmerfenster auf die schneebedeckten Straßen Manhattans, die wenig befahren sind, weil die meisten noch ihren Rausch ausschlafen, so wie ich es tun sollte, aber der Anruf meines Vaters hat mir einen Strich durch die Rechnung gemacht. Nun ist nicht mehr an Schlaf zu denken. Das Gespräch über meine Mom hat mich aufgewühlt, weil ich ihr unbedingt helfen möchte, aber nicht weiß, wie. In Momenten wie diesen wünschte ich mir, ich könnte mit Grace reden. Sie ist die einzige von meinen Freunden, die keine unangenehmen Fragen stellen würde, auch wenn sie wüsste, wer meine Eltern sind.

Ich habe in Bezug auf meine Familie nie gelogen, habe aber keine Namen genannt, weil ich bei meinen Freunden ich selbst sein kann und nicht so tun muss, als wäre ich glücklich. Bei meinem Dad sieht die Sache anders aus, denn ich darf nicht nach außen zeigen, wie verkackt unser Familienleben ist. Grace kann gut zuhören, und ich bin mir sicher, sie würde mir hilfreiche Ratschläge geben, wie ich am besten mit der Situation umgehen kann.

Ich wende mich vom Fenster ab und blicke auf meinen Laptop, spiele dabei mit dem Gedanken, ihn zu starten, um vielleicht ein wenig zu schreiben, aber worüber? Schon lange fehlt es mir an Inspiration, und ich bin mir sicher, es würde mich nur frustrieren, an meinem Skript zu arbeiten. Also wende ich mich wieder der schlafenden Renée zu. Ihr schulterlanges schwarzes Haar ist zerzaust, was daran liegen könnte, dass ich es gepackt habe, als ich hart von hinten in sie gestoßen habe. Bei dem Gedanken daran werde ich wieder geil, die letzte Nacht verlangt nach einer Wiederholung. Also wecke ich sie auf und wiederhole die letzte Nacht.

Nachdem Renée gegangen ist, mache ich mir einen starken Kaffee, setze mich auf die Couch und scrolle auf meinem Smartphone ein wenig durch Social Media. Früher hat mich das Ganze etwas verwirrt, weil ich bei vielen Plattformen angemeldet war und die Flut an Nachrichten nicht bewältigen konnte. Aber seitdem ich nur noch bei Instagram bin, habe ich das Gefühl, den Überblick zu haben. Die Zahl der Nachrichten hält sich in Grenzen, ich beantworte ein paar und rufe dann das Profil von Grace auf.

Das Erste, was mir plötzlich auffällt, ist, dass ich meiner

Freundin nicht mal folge. Wir sind zwar erst seit ein paar Monaten wirklich eng befreundet, aber allen anderen außer ihr folge ich. Das werde ich sofort ändern. Dann stelle ich fest, dass sie weit mehr Follower hat als ich. Ich werfe einen Blick auf ihren Feed, und dann wird mir auch klar, wieso. Er ist romantisch angehaucht, was viele mögen, überall Blumen, Jane Austens Bücher, Selfies und Fotos mit Freunden. Dann stoße ich auf ein paar Bilder, die sie inmitten verschiedener Blumenbeete zeigen. Die Fotos sehen professionell aus, als wären sie mit einer Spiegelreflexkamera aufgenommen worden.

Ihr langes, fast weißblondes Haar ist auf den meisten Bildern offen und umspielt ihre Taille. Ich kenne keine andere Frau, die so lange Haare hat, doch es sieht nicht merkwürdig aus, sondern passt zu ihr. Ich könnte mir Grace mit kürzeren Haaren gar nicht vorstellen. Zu Hause in der WG hat sie es meist zu einem Pferdeschwanz gebunden, oder sie trägt einen geflochtenen Zopf. So oder so sieht sie wirklich gut aus.

Sogar von mir und den Jungs ist ein Foto zu finden. Sie hat es bei einem unserer Fernsehabende gemacht, ohne dass ich es gemerkt habe. Darunter hat sie geschrieben: »Wenn aus Fremden Freunde werden. Sehr dankbar für diese Jungs in meinem Leben.«

Ihre Worte berühren mich. Ich weiß, dass wir immer viel Spaß zusammen haben und dass sie sich mit Luke am besten versteht, aber dass sie auch Pacey und mich liebgewonnen hat, freut mich, auch wenn er und ich meist auf der Suche nach Frauen sind, die wir vernaschen könnten.

Als mein Blick bei einem Foto von ihr hängen bleibt, auf dem sie mit einem Blumenkranz im Haar in einem Weizenfeld steht und in die Kamera lächelt, blitzt ein Bild vor meinem inneren Auge auf. Das von einer blonden, jungen Frau in einem schönen, aber zerrissenen Kleid, die in einem Kornfeld einem

Assassinen gegenübersteht und beschließt, Kriegerin zu werden. Das Foto von Grace inspiriert mich, zieht mich in seinen Bann, und dann sehe ich ihn, den roten Faden meines Romans.

Die nächsten Tage verbringe ich damit, meinen Roman zu plotten. Ich notiere mir einzelne Szenen, mache ausführliche Beschreibungen der Hauptfiguren und stelle eine Playlist mit Songs zusammen, da ich ohne Musik nicht schreiben kann. Ich lege nur kurze Pausen ein, um mein tägliches Workout zu machen und eine Kleinigkeit zu essen. Ich bin wie in einem Rausch und sehe die Szenen bildhaft vor mir. Einen intensiveren Schreibdrang habe ich noch nie zuvor verspürt, da ich bislang eher zum Spaß geschrieben habe. Jetzt allerdings kribbeln meine Finger, weil sie die Ideen in meinem Kopf endlich zu Papier bringen wollen.

Eines Nachmittags merke ich, dass es mir guttun würde, endlich mal meine Wohnung zu verlassen. Also packe ich meine Sporttasche und fahre ins Fitnessstudio, zu dem auch ein Hallenbad gehört, um ein paar Bahnen zu schwimmen. Im Gegensatz zu Addy, die ebenfalls dort trainiert, gehe ich nur selten an die Geräte, sondern nutze vor allem die Sauna sowie das Schwimmbecken. Wenn ich schwimme, entspanne ich mich. Im Wasser wirkt alles weit weg, alle Probleme und Belastungen, und übrig bleibe ich: ein junger Mann, der noch immer auf der Suche nach sich selbst ist und der für jeden Freund in seinem Leben dankbar ist.

Ich schwimme so lange, bis ich das Gefühl habe, vor Anstrengung keine Luft mehr zu bekommen. Das Auspowern habe ich nach den letzten Tagen, an denen ich nur am Laptop gesessen habe, bitter nötig. Als ich an den Rand kraule, meine Schwimmbrille absetze und den Kopf in den Nacken lege, erblicke ich eine lächelnde Addison.

»Hey. Alles okay? Du bist so schnell geschwommen, als wäre eine Horde Piranhas hinter dir her.«

Ich brauche ein paar Atemzüge, um etwas sagen zu können, also steige ich erst aus dem Wasser und setze mich an den Beckenrand. Addison lässt sich neben mir nieder. »Ich bin in den letzten Tagen nur zu Hause gewesen und habe mich kaum bewegt, da wollte ich mich mal richtig auspowern.«

»Das ist dir nach dieser Show sicher gelungen. Ich habe gar nicht gewusst, dass du so ein guter Schwimmer bist.«

»Wir sind auch noch nie gemeinsam schwimmen gewesen.«

»Stimmt. Vielleicht sollten wir mal alle zusammen einen Ausflug ins Erlebnisbad machen und dort einen entspannten Tag verbringen.«

»Ich wäre dabei, das klingt nach einer schönen Abwechslung.«

»Okay, dann werde ich es den anderen vorschlagen«, sagt Addison begeistert. »Hast du heute noch was vor, oder hast du Lust, zu uns zu kommen? Ich will etwas kochen, und wir könnten uns mit den anderen einen Film ansehen.«

»Gerne. Ich gehe noch schnell duschen, dann wäre ich startklar.«

»Okay, dann bis gleich.«

Als wir in der Wohnung meiner Freunde ankommen, strecken sich uns drei Hintern entgegen. Zwei sind nicht hübsch anzusehen, einer jedoch sieht wirklich knackig aus. Graces Hintern ist wohlproportioniert, während Drakes und Dans nicht der Rede wert sind. Meine Freunde spielen Twister, eins meiner Lieblingsspiele, sodass ich nicht zögere und sofort einsteige. Wie zu erwarten, gewinne ich die Partie und ernte einige Beschimpfungen von den Jungs und ein Augenrollen von Grace. Tja, verlieren will gelernt sein. Währenddessen hat uns

Addison Pilzrisotto gekocht und einen Salat gezaubert, worauf wir uns mit Heißhunger stürzen.

Es ist längst nach Mitternacht, als meine Freunde ins Bett gehen. Nur Grace und ich sind übrig und eine halbe Flasche Rotwein.

»Möchtest du auch schlafen gehen?«, frage ich, da ich nicht möchte, dass sie aus Höflichkeit aufbleibt.

»Nein, eigentlich wollte ich mir noch einen Film ansehen. Bist du dabei?«

»Habe ich Mitspracherecht beim Aussuchen?«

»Wir befinden uns in einem demokratischen Haushalt. Natürlich darfst du wählen, ich kann dich aber überstimmen.«

»Ach, und wieso?«

»Weil es meine Wohnung ist.«

»Na schön. Also, dann such mal einen aus.«

Ich beobachte sie, während sie vor dem Regal mit den DVDs steht. Sie trägt einen Pyjama mit Karomuster, ist ungeschminkt, hat die Haare zu einem unordentlichen Dutt zusammengebunden und sieht sehr süß aus. Mein Blick bleibt an ihren Lippen hängen, die ich an Silvester geküsst habe. Es ist mit keinerlei Gefühlen verbunden gewesen, außer rein freundschaftlichen, aber bis jetzt habe ich Grace auch nicht als potenzielle Frau für mich gesehen. Sie ist eher wie eine kleine Schwester, auf die ich aufpasse, aber etwas hat sich seit Silvester verändert, oder bin es, der sich verändert hat?

Wie dem auch sei, Grace ist eine meiner engsten Freundinnen und tabu für mich, auch wenn ich mich jetzt frage, wie es wohl wäre, sie richtig zu küssen. Wie es wäre, ihre Haut zu berühren.

»Zayn? Hast du gehört?«

Ich schüttle den Kopf und blicke sie an. »Entschuldige, was hast du gesagt?«

»Wie wäre es mit *Con Air*?«

»Den kenne ich schon auswendig, ich könnte sogar die Dialoge mitsprechen.«

»Na gut, dann *Bad Boys* Eins?«

»Nee, ich hätte eher Lust auf Comedy.«

»Oh, wie wäre es dann mit *Last Action Hero* mit Arnold Schwarzenegger?«

»Du bist wirklich ein wandelndes Lexikon, was die Filme aus den Neunzigern angeht.«

»Das hoffe ich doch, denn ich liebe die Filme von damals.«

»Gut, dann leg mal los. Lass die Zeitreise beginnen.«

Kapitel 4

GRACE

Für dieses Jahr habe ich bereits ein paar kleinere Aufträge an Land gezogen, die sich leicht koordinieren lassen, aber was ich noch brauche, ist ein dicker Fisch, ein großes Projekt, das mich meinem Traumhaus näher bringt. Seit Jahren spare ich auf ein Anwesen in Ocean County, New Jersey, das schon viele Jahre unbewohnt ist. Ich war noch ein Teenager, als ich es bei einem Spaziergang mit meinen Eltern entdeckt habe. Die Liebe zu Gärten und der Natur ist in mir, seit ich denken kann, und als ich die alten Obstbäume, die Wiesen voller Wildblumen, den kleinen Wald und das Haus gesehen habe, habe ich gewusst, dass ich es eines Tages kaufen muss.

Es ist nicht gerade günstig, weshalb ich schon seit einer geraumen Weile am Sparen bin. Das Haus selbst ist nicht groß, aber im Preis von zwei Millionen Dollar, den ein Makler grob geschätzt hat, sind ein Nebengebäude, das ich für eine eigene Gärtnerei nutzen könnte, und zwei Hektar Land enthalten. Schon seit einigen Jahren arbeite ich an einem Entwurf für meinen eigenen Garten, in dem ich auch einen kleinen See anlegen möchte, ändere allerdings ständig etwas, weil es nie ganz perfekt ist. Aber noch weiß ich nicht mal, ob es überhaupt verkauft wird, doch meine Hoffnung ist nach wie vor groß, und ich spare fleißig.

Da mein Ururgroßvater damals schon den Wert von Immobilien in New York erkannt und einige gekauft hat, hat das sein ganzes Leben verändert. Er hat einen großen Kredit aufgenommen, der innerhalb kürzester Zeit durch die Mieteinnahmen abbezahlt gewesen ist. Danach hat er sein Immobilienimperium weiter ausgebaut und ist sogar zum Bürgermeister von New York gewählt worden. Ich wünschte, ich hätte ihn kennenlernen können, hätte erfahren können, wie er von einem armen Jungen zu einem angesehenen Geschäftsmann aufsteigen konnte. Nach seinem Tod habe ich zwei Immobilien geerbt, deren Wohnungen ich vermietet habe. Natürlich könnte ich einen Teil davon verkaufen und mir das Anwesen ohne mit der Wimper zu zucken leisten, aber das will ich nicht. Mein größter Wunsch ist es, mir das Geld für ein eigenes Haus selbst zu verdienen.

Zwei Wochen sind seit der Silvesterparty vergangen, und nun scheint das große Projekt zum Greifen nah, denn ich habe einen Termin mit einem potenziellen Kunden, dem Autohändlermogul Irwing May, der seinen Garten umgestalten möchte. Wir werden zuerst über seine Wünsche und Vorstellungen sprechen, dann besichtige ich den Garten und mache mich danach an die Entwürfe und einen Kostenvoranschlag, damit wir darüber beim nächsten Treffen reden können.

Überraschenderweise wohnt Mr May nicht einmal eine Meile entfernt von dem Grundstück, das ich kaufen möchte, und bis zum Haus meiner Eltern sind es gerade einmal zwanzig Minuten zu fahren. Als ich gegen zehn die angegebene Adresse erreiche und mein Auto parke, blicke ich beeindruckt auf das Herrenhaus mit imposanten Säulen, das sich vor mir erhebt. Die breite, geschwungene Auffahrt endet vor einem riesigen Springbrunnen. Hier und dort stehen Buchsbäume, die zwar mit Schnee bedeckt sind, aber man erkennt trotzdem, dass sie in Form von Figuren und Kugeln geschnitten sind. Das alles macht einen äußerst gepflegten und luxuriösen Eindruck, aber es wirkt nicht wie ein Heim, in dem ich leben möchte. Ich gehe zur Eingangstür und betätige die Klingel. Eine Frau mit einem strengen Dutt, aber freundlichen Augen öffnet mir kurz darauf.

»Guten Tag. Mein Name ist Grace Willet-Colden. Ich habe einen Termin mit Mister May.«

»Richtig, bitte kommen Sie doch herein. Ich bin die Hausangestellte, mein Name ist Delilah.«

Ich betrete den Eingangsbereich des Hauses, der jedes Hotelfoyer in den Schatten stellt. Der Boden ist aus glänzendem gold-beigem Marmor, in dessen Mitte ein Wappen oder Logo eingraviert ist. Hier und dort stehen Möbel wie eine Couch oder eine Kommode sowie mehrere Topfpflanzen, die den Raum etwas wohnlicher machen, denn die weißen Wände wirken eher kalt.

»Darf ich Ihnen die Jacke abnehmen?«

Ich ziehe meinen Wintermantel aus, bedanke mich und reiche ihn ihr.

»Sie können gerne im Flur vor dem Arbeitszimmer Platz nehmen. Mister May ist gleich bei Ihnen.«

»Danke.«

Ich warte nicht lange auf den »Herrn des Hauses«, denn anders kann ich ihn nicht beschreiben. Zweifellos strahlt er Autorität aus. Er wirkt freundlich, als er auf mich zukommt, aber seine Augen haben einen traurigen Schimmer.

»Miss Willet-Colden, willkommen in meinem Heim. Bitte folgen Sie mir.«

Er geleitet mich in sein Arbeitszimmer und bietet mir einen Stuhl vor seinem Schreibtisch an.

Das Gespräch an sich verläuft wie die meisten, nur dass es sich hier um das bislang größte Projekt meiner Laufbahn handelt, wenn ich der Quadratmeterzahl Glauben schenken darf. Er möchte den ganzen Garten umgestalten lassen, damit er barrierefrei und rollstuhlgerecht ist. Das hat er mir zuvor nicht gesagt, was bedeutet, dass ich umplanen muss. Danach gehen wir ins Freie. Da vor dem Haus Schnee lag, habe ich angenommen, dass man von der Gartenfläche nicht viel sehen kann, doch mein Kunde war so freundlich und hat den Schnee räumen lassen, sodass ich einen Eindruck von dem riesengroßen Areal gewinnen kann. In meinem Kopf nimmt ein Entwurf Form an, doch ich erwähne jetzt noch nichts. Ich lasse meine Kunden gerne im Dunkeln tappen, wenn sie es erlauben, und überrasche sie dann mit meinen Ideen. Da ich alles gesehen habe, was ich sehen muss, teile ich ihm mit, dass ich mich melden werde, sobald ich mit den ersten Skizzen fertig bin, und verabschiede mich.

New Jersey im Winter ist wunderschön, eine Idylle mit vielen schneebedeckten Feldern und Wiesen und nur wenigen Bauten. Zumindest in diesem Teil von Ocean County. Ich habe mir bewusst einen Ort ausgesucht, der ländlich, aber trotzdem in nicht allzu weiter Entfernung von der Stadt gelegen ist. Nun zumindest hoffe ich, dass ich hier einmal wohnen werde. Das Büro in Manhattan würde ich behalten, um auch dort Kunden empfangen zu können, aber ich denke, manche würden für eine Besprechung auch die eineinhalbstündige Autofahrt nach New Jersey auf sich nehmen.

Es ist Mittag, als ich in meinen Pick-up steige und durchatme. Meine Finger sind steif gefroren, weil wir lange in der Kälte gestanden haben, woraufhin ich sie anhauche, um sie etwas zu wärmen. Ich drehe die Heizung voll auf und warte ein wenig, bis mir nicht mehr kalt ist. Auf dem Weg zurück in die Stadt ruft mich auf halber Strecke Addison an. Ich drücke auf die Taste der Freisprechanlage am Lenkrad.

»Hey, Honigkuchenpferd.« So nenne ich sie, seit sie mit Drake zusammengekommen ist, denn sie kann nicht aufhören, wie ein verliebter Teenie zu lächeln. Ich tue zwar immer so, als wäre ich davon genervt, aber eigentlich finde ich es süß.

»Selber Hey. Bist du noch unterwegs?«

»Ich war bei einem Kunden in New Jersey und fahre jetzt wieder ins Büro.«

»Hast du Lust, nach der Arbeit mit Tae, Luke und mir in eine Cocktailbar zu gehen?«

»Klar, das klingt gut.«

»Super. Luke holt uns mit dem Auto ab, sodass wir uns nicht den Arsch abfrieren müssen.«

»Das ist perfekt, denn ich habe für heute schon genug gefroren.«

»Wie war's denn? Ist es ein großes Projekt?«

»Wohl eher das größte, das ich jemals an Land gezogen habe.«

»Das hört man gerne. Du kleiner Workaholic bist doch gerne ausgelastet.«

»Da hast du recht, aber ich wünschte, ich wäre in anderen Dingen auch ausgelastet, wenn du verstehst.«

»Klar, verstehe ich, was du meinst, aber da legst du dir vielleicht selbst Steine in den Weg. Schnapp dir einfach einen willigen Kerl und genieße die Zeit.«

»Ich wünschte, ich könnte es. Aber ich sehne mich nicht nach schnellem Sex. Ich will mehr.«

»Du weißt, dass das so manchem Kerl eine Heidenangst einjagt.«

»Deshalb will ich ja einen, der dasselbe sucht wie ich.«

»Diesen Mann gibt es sicherlich, du wirst nur eine Weile brauchen, um ihn zu finden.«

»Ich kann warten. Es bleibt mir ja eh nichts anderes übrig.«

»Wenn dann der Richtige kommt, wirst du sehen, dass das Warten sich gelohnt hat. Denn es gibt nichts Schöneres, als die Liebe seines Lebens gefunden zu haben.«

Ich weiß, dass sie von sich selbst spricht, und ich freue mich unglaublich für sie, denn niemand anders hat das Beziehungsglück mehr verdient als meine beste Freundin.

»Danke für die aufbauenden Worte. Gut Ding braucht Weile, und deshalb werde ich mich jetzt nicht verrückt machen. Immerhin bin ich schon eine Weile Single und komme ganz gut damit zurecht.«

»Wir reden später weiter. Ich hab dich lieb. Fahr vorsichtig, hier in Manhattan schneit es mal wieder.«

»Okay, bis nachher.«

Im Büro wartet ein ganzer Berg von Papierkram auf mich. Inzwischen bedaure ich es, keinen festen Angestellten zu haben. Als Gartengestalterin habe ich oft mit externen Firmen zu tun, die einen großen Teil der anstehenden Arbeiten ausführen. Für den »Feinschliff« bin dann ich verantwortlich. Seit einigen Jahren engagiere ich in den Semesterferien ein paar Studenten, die sehr motiviert sind und einen guten Job machen. Aber da ich inzwischen eine Menge zufriedene Kunden haben, die viel Mundpropaganda betreiben, wird das Auftragsvolumen ständig größer. Deshalb rufe ich nun kurz entschlossen bei der Jobvermittlung an und teile mit, dass ich jemanden benötige. Sie werden mir ein paar Interessenten schicken, und dann heißt es wohl, Bewerbungsgespräche zu führen.

Ich erledige noch das Nötigste, ehe ich um fünfzehn Uhr in meinen Pick-up steige und nach Hause fahre. Natürlich wäre ich mit der U-Bahn schneller, weil ich garantiert im Stau feststecken werde, aber da ich ein Hörbuch-Abo habe, genieße ich die geschenkte Zeit und tauche erneut in Jane Austens Welt ein.

Als ich die Wohnungstür öffne, riecht es schon herrlich nach leckerem Essen. Mein Magen begrüßt meine Mitbewohner lauter als meine Stimme, was Taylor zum Lachen bringt, die gerade auf der Couch Wäsche zusammenlegt.

»Hast du schon wieder den ganzen Tag nichts gegessen?« Addisons Stimme klingt etwas tadelnd, aber sie hat recht, ich vergesse manchmal, etwas zu mir zu nehmen, wenn ich tief in der Arbeit versunken bin. Eine unschöne Angewohnheit, die ich hoffentlich ablege, wenn ich Unterstützung im Büro habe.

»Nein, Mom! Sorry, ich werde gleich das in mich reinschaufeln, was du liebevoll gezaubert hast.« Ich nenne Addison öfter Mom, wenn sie mal wieder ihre mütterliche Seite rauskehrt, um sie ein bisschen zu ärgern. Aber andererseits ist sie wie der Kleber, der diese WG zusammenhält.

»Na, dann hoffe ich, dass dir der Eintopf schmecken wird. Du bekommst mindestens zwei Teller.«

»Glaub mir, Addy, ich könnte einen ganzen Thanksgiving-Truthahn verdrücken.« Diese Aussage bringt beide zum Lachen.

»Wie kannst du nur immer so viel essen und doch so schlank bleiben?«

»Keine Ahnung. Guter Stoffwechsel? Oder zu viel *Gilmore Girls* gesehen, und ihre Fähigkeit, so viel futtern zu können, ist einfach auf mich übergegangen.«

»Vielleicht ist es eine Mischung aus beidem«, wirft Taylor kichernd ein.

»Komm, iss jetzt, nicht dass dir Luke alles wegfuttert, wenn er kommt.«

Das ist mein Stichwort. Da ich meinen Mantel schon abgelegt habe, stürze ich mich gleich aufs Essen, mahne mich selbst aber, langsam zu machen, damit mir nicht schlecht wird. Taylor macht die Wäsche fertig, während Addy die Küche aufräumt. Beide sind noch nicht zurechtgemacht.

»Wann will Luke denn da sein?«

»Er sollte eigentlich jede Minute kommen«, sagt Taylor und geht in ihr Zimmer, um sich umzuziehen.

Addison setzt sich zu mir, während ich den Teller leer esse. »Luke hat vorgeschlagen, dass wir doch jeden Mittwoch ausgehen könnten, so als Preparty vor unserer Freitagsrunde.«

»Das klingt machbar, denn ich habe beschlossen, meinen ersten festen Mitarbeiter einzustellen.«

»Tatsächlich?«

»Ja. Der Garten von Mister May, bei dem ich heute war, ist gigantisch groß, und er möchte ihn komplett umgestalten und rollstuhlgerecht machen. Ich werde oft vor Ort sein müssen und deshalb jemanden brauchen, der sich ums Büro und die Gestaltung der kleineren Gärten kümmert.«

»Ich hoffe, du wirst bald jemanden einstellen können, Drake und ich haben lange nach dem richtigen Team gesucht. Nicht jeder ist so motiviert wie wir.«

»Ich lasse es einfach auf mich zukommen. Ich will nichts erzwingen. Falls ich erst im Frühling jemanden finde, kann sich der- oder diejenige auch schon gleich in den Gärten beweisen.«

»Gut, dass du es so gelassen angehst.«

»Los, spring unter die Dusche, ich räume hier auf.« Ich beuge mich zu ihr und gebe ihr einen Kuss auf die Wange, genau in dem Moment, als sich die Tür öffnet und Luke reinkommt, mit Zayn im Schlepptau, der uns mit offenem Mund anstarrt.

»Sorry, wollte euch nicht beim Knutschen stören«, scherzt er und schluckt sichtlich, weil er sich sicher schon mit seiner schmutzigen Fantasie uns beide wild küssend vorstellt. Er wendet schnell den Blick ab und fährt sich durch Haar. Oh ja, er stellt sich uns definitiv ohne Klamotten vor.

»Wir sind schon fertig«, erwidert Addison zwinkernd und streckt ihm die Zunge raus. Auch sie erkennt, dass Zayn gerade keine keuschen Gedanken hat.

Ich nehme es ihm nicht übel, solange er nicht drauf rumreitet. Ich schüttle lächelnd den Kopf und begrüße die Jungs mit einer Umarmung. Danach eile ich ins obere Badezimmer, das Gott sei Dank frei ist, da Taylor einen eigenen Schminktisch in ihrem Zimmer stehen hat, an dem sie sich nun sicher gerade zurechtmacht. Ich gönne mir eine heiße Dusche, um die Kälte zu vertreiben, die ich den ganzen Tag in den Knochen gespürt habe. Danach löse ich meinen geflochtenen Zopf, den ich immer bei der Arbeit trage, und will mir schon einen Pferdeschwanz binden, lasse aber die Hände sinken, als ich in den Spiegel sehe, der zwar noch etwas beschlagen ist, aber meine Konturen gut erkennen lässt. Ich wische über den Spiegel und betrachte mich.

Mein Haar fällt so, dass es meine Brüste und meine Intimzone bedeckt, meine Wangen sind vom warmen Wasser gerötet und meine Augen klar. Und da wird mir bewusst, dass ich kein auffälliges Make-up oder tiefe Ausschnitte brauche, um auf mich aufmerksam zu machen. Ich bin selbstbewusst genug, um sagen zu können, dass ich hübsch bin. Natürlich hätte ich gerne mehr Busen und einen prallen Po, aber im Großen und Ganzen mag ich meine Figur, so wie sie ist. Diese positive Einstellung zu meinem Körper habe ich meiner besten Freundin Addison zu verdanken, die immer schon stolz auf ihre üppigen Kurven war und sogar als Model entdeckt worden ist.

Ich öffne den Schrank, um mir ein Badetuch rauszuholen, muss aber feststellen, dass keine mehr da sind. Ich habe einen großen Stoß unten auf dem Couchtisch gesehen, als Taylor die Wäsche zusammengelegt hat, und dort wird er wohl noch immer liegen. Also schlinge ich ein Handtuch, das gerade mal meinen Po bedeckt, um meinen Körper und will in mein Zimmer laufen. Doch im Flur pralle ich mit jemandem zusammen, den ich in meiner Hektik nicht gesehen habe. Da ich zu schnell gewesen bin, reiße ich uns beide zu Boden. Schwer atmend streiche ich mir das feuchte Haar aus dem Gesicht und stelle fest, dass es Zayn ist, den ich wie ein Footballspieler niedergerungen habe.

»Na, na, Gracie. Nicht so stürmisch.« Zayns belustigte Stimme lässt seinen Körper unter mir vibrieren.

Zuerst dringen seine Worte nicht zu mir durch, weil ich mich in einem Schockzustand befinde, erstens, weil es überhaupt zu dieser Situation gekommen ist, zweitens, weil ich halb nackt auf seinem festen Körper liege, und drittens, weil seine warme Hand auf meinem Po ruht. Es ist sicher ein Versehen, dass seine Hand dort gelandet ist, da bin ich mir sicher, und doch stellt diese Berührung so einiges mit meinem Körper an.

»Es tut mir so leid. Ich habe dich nicht gesehen.« Meine Stimme ist nur ein keuchendes Flüstern.

»Das wundert mich nicht, wenn du den Kopf beim Gehen gesenkt hältst.«

Das ist eine nervige Eigenschaft von mir, ich mache es öfter, selbst in der Stadt, wo ich leicht gegen eine Straßenlaterne knallen könnte. »Blöde Angewohnheit. Ich wollte nur schnell in mein Zimmer, damit mich Dan nicht halb nackt sieht.«

»Jetzt bin ich es, der dich so sieht und …« Zayn stockt und fährt mit dem Daumen, der auf meinem Hintern ruht, über meine Haut und erstarrt, als er es selbst bemerkt. Peinlich berührt löse ich mich endlich von ihm und stehe etwas mühsam auf, da das Handtuch wirklich viel zu kurz ist. Ich erwarte, dass Zayn etwas sagt, doch der liegt wie steif gefroren auf dem Boden und presst die Augen zu.

»Du kannst die Augen aufmachen. Bin schon verhüllt.«

Zaghaft öffnet er sie, blickt auf meine milchig weißen Beine und schluckt. »Es tut mir leid, Grace. Ich wollte dich nicht betatschen.« Nun steht auch er auf und sieht mir entschuldigend, fast gequält in die Augen.

»Ist schon gut. Ich habe es ja irgendwie provoziert.« Was? Was rede ich denn für einen Schwachsinn? Ich soll was getan haben? Zayn will schon etwas sagen, aber ich komme ihm zuvor. »Muss jetzt los.« Ich habe das letzte Wort noch nicht ausgesprochen, als ich mich in Bewegung setze und in mein Zimmer laufe.

Kapitel 5

GRACE

Ich leuchte rot wie ein Krebs vor lauter Scham, das weiß ich, ohne in den Spiegel blicken zu müssen. Mir wird abwechselnd heiß und kalt, wenn ich an den peinlichen Moment denke, als ich Zayn umgestoßen und halb nackt auf ihm gelegen habe. Das ist mittlerweile ein paar Stunden her, und ich verstecke mich hier wie ein Feigling in der Damentoilette, weil ich die Blicke von Zayn nicht ertrage. Er will mit mir darüber reden, aber ich will es einfach nur vergessen, weil es etwas gibt, das mich zutiefst schockiert: Es hat mich erregt, als Zayn mich berührt hat.

Mir ist klar, dass dies eine natürliche Reaktion ist, wenn man bedenkt, wie lange ich schon nicht mehr von einem Mann berührt worden bin. Aber hier geht es um Zayn, meinen Freund, meinen Kumpel, den ich heimlich Casanova nenne, weil er mehr Frauen als jeder andere Mann, den ich kenne, abgeschleppt hat. Heimlich bewundere ich ihn sogar für seine Lockerheit und dafür, dass er so gut flirten kann. Ich kann wirklich nur staunen, wie viele Frauen sich auf eine Nacht mit ihm einlassen.

Wenn er einmal anfängt, sich für eine Frau zu interessieren, dann dauert es nicht mal eine Stunde, bis sie ihm verfallen ist. Meist bringt er sie zu uns an den Tisch, bevor sie dann gemeinsam abhauen, um sonst was zu tun. Zayn geht immer respektvoll mit den Ladys um, lädt sie auf Drinks ein und ist auch sonst ein Gentleman, aber seine Anzahl an Affären lässt mich persönlich noch mehr daran festhalten, dass ich, sollte ich mal wieder einen Mann kennenlernen, nur mit ihm schlafe, wenn auch tiefe Gefühle im Spiel sind. Meine Großmutter hat stets gesagt, dass das Leben zu kurz ist, um sich mit halben Sachen zufriedenzugeben.

Heute Abend sind wir im *Outlaw*, einer Cocktailbar im Herzen Manhattans. Wir sind erst eine Stunde hier, und ich verstecke mich. Ich atme ein paarmal tief durch und nicke meinem Spiegelbild aufmunternd zu, ehe ich wieder an unseren Tisch gehe.

»Da bist du ja wieder.« Es ist Luke, der mich angrinst, als wüsste er, wieso ich durch den Wind bin. »Ich dachte schon, ich müsste mich auf die Suche nach dir machen.«

»Red keinen Unsinn, so lange war ich gar nicht weg.«

»Na ja, mindestens zwanzig Minuten. Dies reicht für zwei wilde Orgasmen, aber du siehst zu ordentlich aus, um es mit einem Typen auf der Toilette getrieben zu haben.«

»Ach, Luke, wenn du mich kennen würdest, wüsstest du, dass ich nie mit jemandem in einer Besenkammer oder Toilette rummachen würde.«

»Da täusch dich mal nicht. Stille Wasser sind tief, und wenn der richtige Mann da ist, könntest du nicht warten, bis du zu Hause bist, um ihn zu vernaschen.«

»Ich schlafe nicht mit jemandem beim ersten Date.«

»Ach, Schätzchen, von Dates habe ich doch gar nicht gesprochen. Ich meine, sieh dir unseren Zayn an.«

Er deutet zur Bar hinüber, an der Zayn steht und sich mit einer hübschen Latina unterhält. Sie ist sichtlich von ihm angetan und fährt sich ständig durchs Haar, ein Zeichen, dass sie absolut bereit wäre, mit ihm auf die Toilette zu verschwinden.

Er berührt flüchtig ihren Arm, und sie rückt mit jedem gesprochenen Wort näher an ihn heran.

»Er hat keine Hemmungen und fühlt sich sichtlich wohl in seiner Haut. Auch die Kleine ist scharf auf ihn, und das ist nichts Verwerfliches.«

»Aber es ist nicht das, was ich suche.«

»Was suchst du denn?«, fragt mein Freund mich und stützt die Unterarme locker auf dem Tisch ab. Taylor und Addison sehen mich erwartungsvoll an, auch wenn die beiden genau wissen, was ich suche.

»Liebe, Romantik, Loyalität, Respekt, Humor. Das ist es, was ich suche. Sex ist wichtig, aber für mich ist es wichtiger, jemanden zunächst kennenzulernen, Gefühle zu entwickeln und erst dann die Hüllen fallen zu lassen.«

»Das klingt schön.« Taylor lächelt mich an und nickt zustimmend.

»Ich weiß, dass es altmodisch klingt, aber ich wünsche mir, von jemandem umworben zu werden, Liebesbriefe zu bekommen und mit romantischen Picknicks überrascht zu werden. Ich habe gewisse Ansprüche und werde mich nicht irgendeinem Kerl an den Hals werfen, nur weil er heiß aussieht und gut flirten kann.« Ich werfe einen kurzen Blick in Zayns Richtung, doch er ist nicht mehr zu sehen. Ist wohl bereit, die gereifte Frucht zu ernten, wie es Pacey ausdrücken würde.

»Eines Tages wird jemand kommen und dich einfach umhauen, und dann reden wir noch einmal darüber«, meint Luke abschließend und bestellt eine Runde Cosmopolitans für uns.

»Drake hat mir einen Schlüssel für sein Apartment gegeben«, meint Addison plötzlich.

»Das ist doch toll, oder?«, fragt Taylor, weil sie wie ich sieht, dass Addison auf den Tisch blickt.

Meine beste Freundin hebt den Kopf und schaut mich an.

»Es ist ein großer Schritt. Immerhin reden wir hier von Drake O'Hara, der eher eine Bindungsphobie hatte und abgesehen von seiner Familie alle Leute auf Abstand gehalten hat.«

»Aber jetzt ist die Sache anders, jetzt gehörst du zur Familie«, wirft Luke ein.

»Weil du ihn mit deinem Charme um den Finger gewickelt hast und er dir nun aus der Hand frisst«, scherzt Taylor.

Addison legt den Kopf in den Nacken und lacht herzlich.

»So könnte man es auch ausdrücken.« Doch dann wird sie ernst.

»Dir gefällt die Vorstellung nicht, dass du aus der WG ausziehst, oder?«, frage ich sie. Das habe ich schon geahnt, als sie die Worte ausgesprochen hat. Sie hat nicht so gestrahlt, was ein Zeichen dafür ist, dass sie noch etwas beschäftigt.

»Ich übernachte bei Drake, aber nach dem Büro komme ich immer erst nach Hause, um zu duschen und um mit euch zu reden oder zu essen. Ich habe Angst, euch nicht mehr jeden Tag zu sehen, wenn ich zu Drake ziehe.«

»Seine Wohnung ist nur ein paar Meter von unserer entfernt und nicht am anderen Ende der Stadt. Wenn du willst, ziehe ich dann in dein Zimmer, und wir können von Balkon zu Balkon miteinander reden.«

»Du meinst, wir sollen die Nachbarn an unseren pikanten Gesprächsthemen teilhaben lassen?«

»Genau, die meisten würden das sicherlich spannend finden.«

»Na ja, da wäre ich mir nicht so sicher.«

»Addy, jetzt mal Spaß beiseite, du freust dich doch auch, dass er dir einen Schlüssel gegeben hat, oder?«

»Natürlich, aber ich habe das Gefühl, dich im Stich zu lassen, wenn ich quasi zu Drake ziehe.«

»Ach, Quatsch. Ich bin ein großes Mädchen und kann auf mich selbst aufpassen. Natürlich werde ich es vermissen, dich die meiste Zeit um mich zu haben, aber du hast die Liebe deines Lebens gefunden, und als beste Freundin sage ich dir, dass ein Schlüssel für sein Apartment ein großer, aber auch wunderbarer Schritt ist, den ihr gehen müsst.«

»Ach du.« So schnell kann ich gar nicht schauen, da steht Addy auf, um mich zu umarmen.

Ich schließe die Augen, drücke sie fest und schlucke diese Schwere in mir runter, denn auch wenn ich mich für Addy freue, fürchte ich mich vor dem Tag, an dem sie auszieht. Das wäre das Ende einer Ära, immerhin sind wir seit zehn Jahren fast täglich zusammen gewesen, aber das Leben geht nun mal weiter, und wir können nicht ewig gemeinsam in einer WG wohnen. Außerdem habe ich ja selbst vor, ein Anwesen in New Jersey zu kaufen, und unser Leben verändert sich. Dan und Tae werden bald heiraten und eine Familie gründen, Addy und Drake mit Sicherheit ebenfalls, und auch ich werde nicht ewig allein bleiben, sondern irgendwann dem Richtigen begegnen.

»Genug von dem Gesülze. Wir sind hier, um Spaß zu haben, über Männer zu lästern und zu trinken!« Luke hat recht, und wir nicken zustimmend.

»Amen, Bruder«, sagt Addison und hebt ihr Glas, um mit uns anzustoßen.

Da morgen ein Arbeitstag ist, verlassen wir noch vor zehn Uhr die Bar. Luke hat uns nach Hause gefahren, sodass wir Mädels uns wenig später müde, aber glücklich die Stufen zu unserer Wohnung hinaufschleppen. Allerdings haben wir Mühe, zu unserer Tür zu gelangen, da der ganze Flur voller Umzugskartons steht.

»Mrs Campbell hat wohl einen neuen Mieter gefunden, wie es scheint«, sagt Taylor und quetscht sich an den Kartons vorbei, um aufzuschließen.

»Ja, das hat sie. Ich habe sie im Altersheim angerufen«, erzähle ich den anderen.

»Du hast mit ihr telefoniert?«

»Ja. Ich wollte hören, ob es ihr gut geht.«

»Du bist echt ein Engel.«

Ich lächle, blicke auf die Kisten und frage mich, wer wohl unsere neuen Nachbarn sind. Ich kenne jeden, der hier im Haus wohnt, und wir alle kommen gut miteinander aus. Eine harmonische Nachbarschaft sozusagen. Mit Aaliyah verbindet mich mittlerweile sogar eine Freundschaft.

Ich folge Addy und Tae in die Wohnung, wo wir Pacey und Daniel schlafend auf der Couch vorfinden. Dan muss sich im Fitnessstudio verausgabt haben, wenn er so früh schon eingeschlafen ist. Denn er braucht genetisch bedingt nur zwei Stunden Schlaf, wie er immer sagt, und das vorzugsweise zwischen vier und sechs Uhr früh.

»Willst du sie aufwecken?«, frage ich Taylor, doch sie schüttelt nur mit einem seligen Lächeln den Kopf.

»Dan wird in ein paar Stunden aufstehen und dann ins Bett kommen, also lasse ich ihn in Ruhe. Pacey kann einfach auf der Couch weiterschlafen.«

Ich decke die Jungs zu und gehe in mein Zimmer, wo ich mich aus den Klamotten schäle und in Shorts und Tanktop schlüpfe, um mich ins Bett zu kuscheln. Ich schnappe mir mein Smartphone, um den Wecker zu stellen, und entdecke eine neue Nachricht. Sie stammt von Zayn.

Zayn: Ich hoffe, ihr hattet noch viel Spaß und seid gut nach Hause gekommen. Da ich gemerkt habe, dass du nicht mit mir reden willst, habe ich mich früher vom Acker gemacht. Ich möchte mich bei dir entschuldigen, ich hätte dich nicht streicheln oder berühren dürfen. Es war ein Reflex, und ich bereue es zutiefst. Ich hoffe, dass dies nicht unsere Freundschaft gefährden wird, denn du bist meine Freundin, und ich möchte dich nicht verlieren.

Ich muss lächeln und schreibe ihm eine Antwort.

Grace: Von Verlieren kann keine Rede sein. Es war ein Versehen, und ich nehme es dir nicht übel. Eher muss ich mich wohl entschuldigen, weil ich dich gemieden habe. Es ist mir unendlich peinlich, dass ich dich umgerannt habe.

Ich will das Smartphone schon weglegen, als es piept, was mich wundert, denn schließlich ist Zayn mit einer hübschen Frau im Schlepptau gegangen.

Zayn: Dir braucht gar nichts peinlich zu sein. Du bist eben umwerfend, und das hat zu unserem Zusammenprall geführt ☺
Grace: Du kleiner Charmeur. Verschieß dein Pulver nicht bei mir, sondern bei deiner Begleitung.
Zayn: Die ist schon seit einer Weile weg.
Grace: Wieso denn das?
Zayn: Weil ihr Mann angerufen und gefragt hat, wo sie bleibt, und dann habe ich sie gebeten zu gehen.
Grace: Autsch. Geht es dir gut?
Zayn: Ich werde mir einen Becher Eiscreme genehmigen und den Herzschmerz damit betäuben.
Grace: Witzbold.
Zayn: Du hast mich erwischt. Nein, ich werde noch ein wenig am Laptop sitzen und dann schlafen gehen.

Grace: Du hast meine Frage nicht beantwortet. Bist du okay?
Zayn: Es frustriert mich, dass die meisten Frauen mich nur fürs Bett haben wollen.
Grace: Du willst das doch so, oder?
Zayn: Ja, ich will zwanglosen Sex, aber auch die Frauen kennenlernen, mit ihnen reden. Ich will mehr als ein Sextoy sein, aber den meisten scheint das zu reichen, und früher war das auch okay so, aber mit der Zeit hat sich etwas verändert.
Grace: Na ja, dein Ruf eilt dir wohl voraus, weshalb die Damenwelt in dir vielleicht nur guten, schnellen Sex sieht.
Zayn: Vielleicht sollte ich es langsamer angehen.
Grace: Wenn du es wirklich willst, dann tu es. Und wenn du jemanden brauchst, der dich motiviert, keusch wie ein Mönch zu sein, bin ich dein Mann.
Zayn: Oder Frau.
Grace: Du weißt, was ich meine.
Zayn: Das tue ich, Hübsche.
Grace: Okay, dann schlaf gut.
Zayn: Gute Nacht, Grace. Träum was Schönes.

Ich decke mich zu und drehe mich auf die Seite in der Hoffnung, gleich einzuschlafen, aber meine Gedanken lassen mich nicht, denn sie kreisen um Zayns geschriebene Worte. Er ist bei unseren Treffen immer gut gelaunt und für jeden Spaß zu haben, aber er redet selten über seine Gefühle, seine Familie oder die Jobs und darüber, wieso er sie ständig schmeißt. Ich hätte nie gedacht, dass Zayn von den Frauen seiner One-Night-Stands mehr als nur ihren Körper möchte, aber anscheinend habe ich mich da geirrt.

Kapitel 6

ZAYN

»Mom?« Ich klopfe an und öffne die Tür zu ihrem Schlafzimmer, das sie seit einer Ewigkeit nicht mehr verlassen hat.
Die Luft riecht abgestanden, als hätte man seit ein paar Tagen
nicht mehr gelüftet. Da Dad mal wieder unterwegs und Delilah, unsere Hausangestellte, krank ist, könnte es auch stimmen.
Ich gehe zum Bett und blicke auf den dünnen und geschwächt
wirkenden Körper meiner Mutter. Sie sieht mich nicht an, als
ich sie begrüße, auch zeigt sie keine Reaktion, als ich alle Fenster öffne und die Kälte des Winters sich im Zimmer ausbreitet.

Ich setze mich auf die Bettkante, während meine Mutter an
die Decke starrt. Ihr Haar sieht wie ein Vogelnest aus, und ihre
Haut ist sehr blass. Keine Spur von dem sprühenden Leben,
das sie einst gewesen ist.

»So kann das nicht mehr weitergehen.« Ich weiß nicht, an
wen ich diese Worte richte, wohl an uns beide, denn ich fühle
mich am Ende meiner Kräfte. Nach dem Reitunfall, der zur
Folge hatte, dass ihre Beine gelähmt sind, hat sie ihren Lebens-
willen verloren. Sie hat seit Monaten kein Wort mehr gesprochen und jede Therapie verweigert. Der Rollstuhl neben dem
Bett verstaubt schon allmählich. Dieser kleine Moment hat das
Leben unserer ganzen Familie von Grund auf verändert.

»Dad ist auf Geschäftsreise.« Ich habe das Gefühl, als würde ich Selbstgespräche führen, weil ja nichts von ihr zurück-

kommt, aber ich höre nicht auf damit. Sie ist die Einzige, der ich mich anvertrauen will. »Versteh mich nicht falsch, aber ich bin froh, wenn ich mir mal nicht anhören muss, dass ich ein Versager bin.« Ich lächle, aber es ist ein trauriges Lächeln, eines, das sich falsch anfühlt. »Wir haben schon seit einer Weile nicht mehr normal miteinander geredet. Er will mich dazu bringen, für ihn zu arbeiten, aber das ich das Letzte, was ich will. Das führt nur zu Streit.« Ich seufze auf und werfe einen Blick auf meine Mutter, die mich noch immer nicht ansieht.

»Er und ich haben uns früher nie so gestritten, weil du immer da gewesen bist, um einzugreifen und zu schlichten. Du hast uns öfter den Kopf gewaschen, als mir lieb gewesen ist.« Die Erinnerungen an alte Zeiten treiben mir Tränen in die Augen, die ich wegzublinzeln versuche. »Du hast diese Familie zusammengehalten, und nun …« Ich schniefe und schließe gequält die Augen. »Ich weiß, dass du leidest, Mom. Ich kann mir zwar nicht vorstellen, wie du dich gerade fühlst, aber das Leben geht weiter, auch wenn man nicht mehr laufen kann. Ich bin für dich da, so wie du mein Leben lang für mich da gewesen bist. Aber du musst mir auch eine Chance geben und wenigstens mit mir reden.«

Vor lauter Verzweiflung ist meine Stimme dünn geworden, doch meine Mutter bleibt stumm und starrt ins Nichts. Ich schüttle den Kopf, schlucke meine Traurigkeit runter und stehe auf, um die Fenster wieder zu schließen. Als ich auch das letzte geschlossen habe, blicke ich hinaus auf den mit Schnee bedeckten Garten. Mom hat es geliebt, in ihm viel Zeit zu verbringen, um ihn zu hegen und pflegen oder inmitten der Idylle ein Buch zu lesen.

Die Liebe zum geschriebenen Wort habe ich von meiner Mutter geerbt, die selbst als Kind kein einziges Buch besaß und ihre Leidenschaft erst viel später entdeckt hat. Sie stammt aus Venezuela und ist in einer armen Familie aufgewachsen. Dann begann sie zu studieren und wurde auf dem Campus als Model entdeckt. Sie wurde in den Neunzigern zur Miss Venezuela gekrönt und ist noch immer die schönste Frau für mich, das wird sie wohl für immer bleiben. Ich gebe ihr einen Kuss auf die Stirn, sage ihr, dass ich sie lieb habe, und verabschiede mich. Nachdem ich die Tür hinter mir geschlossen habe, lehne ich mich erschöpft dagegen.

Wie konnte das nur passieren? Wie haben wir zulassen können, dass Mom uns immer mehr entgleitet? Ihr Zustand wird nicht besser, und ich weiß nicht, was Dad mit den Ärzten besprochen hat. Ich lebe in der Wohnung meiner Eltern in Manhattan, weil zu Hause die Luft zwischen Dad und mir zu dick geworden ist, und ich liebe auch mein eigenes Reich, aber jedes Mal wenn ich Mom besuche, merke ich, wie sehr ich sie vermisse. Ich habe ihre Stimme noch im Ohr, aber was ist, wenn ihr Schweigen anhält und ich sie vergesse?

Ich muss einen kühlen Kopf bewahren, aufgeben ist nicht drin und panisch werden erst recht nicht. Irgendwie werde ich eine Möglichkeit finden, sie wieder ins Leben zurückzuholen, und wenn ich Himmel und Hölle in Bewegung setzen muss.

Ich hole tief Luft und gehe in die Küche, um für meine Mutter eine Suppe zu kochen und einen Kartoffelauflauf zuzubereiten. Normalerweise kocht Delilah, aber mein Mistkerl von Vater hat meine Mutter in ihrem Zustand allein gelassen. Wie konnte er das nur tun?

»Zayn. Was für eine Überraschung! Ich wusste nicht, dass du hier bist.« Mein Onkel Byron betritt die Küche und reicht mir die Hand, die ich ergreife und schüttle. Erst jetzt bemerke ich die Tüte in seiner Hand.

»Du hast Essen mitgebracht?«

»Ja, dein Vater musste nach Denver fliegen und wird heute

Abend wieder nach Hause kommen, und da Lilah krank ist, hat er mich gebeten, deiner Mom etwas zu essen zu bringen.«

Meine Wut auf meinen Vater erlischt, da er dafür gesorgt hat, dass sich während seiner Abwesenheit jemand um Mom kümmert.

Mein Onkel stellt die Tüte in den Kühlschrank, dreht sich wieder in meine Richtung um und schaut mir zu, wie ich das Gratin mit geriebenem Käse bestreue und ich den Ofen stelle. »Wie geht es ihr?«, fragt Byron und sieht mich mit trauriger Miene an.

»Keine Veränderung. Du kannst gerne zu ihr gehen. Vielleicht freut sie sich ja, dich zu sehen.«

»Ich würde ja gerne, aber dein Vater hat gemeint, dass wir es langsam angehen lassen sollen, da ihr Zustand so schlecht ist. Und um ehrlich zu sein, habe ich auch ein wenig Angst davor, sie zu sehen.«

»Wieso denn das?«

Nun blickt mich Byron verwundert an. »Hat dein Dad dir nie erzählt, was damals passiert ist?«

Ich schüttle den Kopf.

»Dein Vater und ich waren gemeinsam auf einer Veranstaltung, und ich war es, der Sofia als Erstes gesehen hat. Es war Liebe auf den ersten Blick. Zumindest für mich. Irwing war genauso hin und weg von deiner Mutter wie ich, aber er war immer schon der Charmantere von uns beiden, und so hat sie sich für ihn entschieden.«

Ich gehe zu einem der Küchenhocker, weil ich das Gefühl habe, unbedingt sitzen zu müssen.

»Ich freue mich für meinen Bruder, dass er die Liebe seines Lebens gefunden hat. Aber deine Mom ist für mich immer die tollste Frau auf der Welt geblieben, und sie jetzt am Ende zu sehen, könnte ich nicht verkraften.«

Ich nicke, weil ich verstehe, was er meint. »Ist das der Grund, wieso du nie geheiratet hast?«

Mein Onkel und ich haben noch nie über Liebesdinge geredet, aber nun bin ich froh über dieses Gespräch, weil es mich ablenkt.

»Nein. Der wahre Grund ist, dass ich vor ungefähr zehn Jahren festgestellt habe, dass ich an Männern interessiert bin.«

Diese Offenbarung kommt nicht völlig überraschend, da mein Dad schon länger spekuliert hat, dass Byron schwul sein könnte. Es ist nur eine Frage der Zeit gewesen, dass er sich einem von uns anvertraut.

»Und auch da niemand in Sicht, den du heiraten möchtest?«

»Noch nicht, aber ich gebe die Hoffnung nicht auf.«

»Möchtest du mir beim Essen Gesellschaft leisten?« Ich weiß nicht, wann ich das letzte Mal hier mit jemandem zusammen am Tisch gegessen habe. Delilah hat immer etwas zu tun, und mein Dad ist oft nicht zu Hause, weshalb ich nur kurz etwas esse und dann meistens wieder nach New York fahre. Heute möchte ich so lange bei meiner Mutter bleiben, bis mein Vater zurückkommt. Nachdem ich Mom Suppe und Gratin gebracht habe, unterhalten mein Onkel und ich uns und essen gemeinsam zu Mittag.

Byron bleibt bei mir, bis mein Dad das Haus betritt, der mir ohne jede Begrüßung einen Termin für ein Bewerbungsgespräch mitteilt, das er für mich organisiert hat. Diesmal soll ich als Assistent bei Coleman & Sons arbeiten, was sich cool anhört, mich aber nicht wirklich reizt. Byron will vermitteln, aber mein Vater bringt ihn mit einem Blick zum Schweigen.

Um keinen Streit vom Zaun zu brechen, verabschiede ich mich schnell und ziehe Leine, nachdem ich noch einmal nach meiner Mom gesehen habe. Auf der Heimfahrt rufe ich Pacey an, der leider nicht rangeht, also versuche ich es bei Luke und

Dan, doch die haben schon etwas vor. Ich möchte den heutigen Abend auf keinen Fall allein verbringen. Ich könnte um die Häuser ziehen und würde bestimmt eine Frau kennenlernen, aber ich brauche einen Freund, jemanden, der mir vertraut ist. Nach den Besuchen bei Mom fühle ich mich immer ein wenig verloren. Schade, dass ich Pacey nicht erreiche. Er ist bislang der Einzige, der von dem Reitunfall meiner Mutter weiß.

Schließlich fahre ich ins *Irish Pub*, unser Stammlokal, und setze mich an die Bar.

»Du siehst nicht gut aus«, stellt Nate fest.

Ich lächle schwach. »Nur emotionaler Ballast. Geht wieder vorbei.«

»Na, dann mache ich dir mal ein Club Sandwich aufs Haus. Hilft nicht unbedingt gegen den Ballast, aber du wärst wenigstens satt.«

»Danke, Nate. Der Service hier ist wie immer exquisit.«

»Für meine Stammkunden nur das Beste.«

Ich bedanke mich, bestelle mir ein Bier und sehe mich um, während ich warte. Die Bar ist wie jeden Abend gut besucht. Viele Pärchen, die Nates berühmten Eintopf essen, und ein paar Gruppen, die an den hinteren Tischen sitzen. Plötzlich bleibt mein Blick an weißblonden Haaren hängen. Es ist Grace, die es sich dort in einer Nische gemütlich gemacht hat und konzentriert auf ihren Skizzenblock schaut. Ihre Hand bewegt sich flink über das Papier, und sie scheint völlig abgetaucht in ihrer Arbeit zu sein. Wenn jetzt ein Tornado alles durcheinanderwirbeln würde, würde sie es wahrscheinlich kaum merken.

Ihr langes Haar umspielt ihren schlanken Körper wie eine weiche Decke. Sie hört auf zu zeichnen und fährt mit dem Ende des Bleistifts über ihre Lippen. Das tut sie öfter, wenn sie nachdenkt oder konzentriert ist. Oder sie leckt mit der Zunge über ihren Mund, was sie vor allem dann tut, wenn sie hungrig ist.

»Nate, bringst du mir bitte das Sandwich dorthin?« Ich deute mit dem Kopf in Graces Richtung, und er folgt meinem Blick.

»Klar, kann ich machen.«

Ich gehe hinüber zu Grace und bleibe neben ihrem Tisch stehen, doch sie blickt nicht auf, also setze ich mich auf die Bank ihr gegenüber. Erst da löst sie sich von ihrem Skizzenblock, oder vielleicht auch, weil Nate in dem Moment kommt und den Teller mit dem Sandwich auf den Tisch stellt.

»Hey.« Trotz der Schwere, die sich über mich gelegt hat, bringe ich ein ehrliches Lächeln zustande.

»Selber hey.« Sie lächelt mich freundlich an und legt den Block zur Seite, um aufzustehen und mich kurz in den Arm zu nehmen. Kurz steigt mir ihr Honigduft in die Nase, dann setzt sie sich wieder und schaut mich an. »Heute ohne Begleitung?«

»Ich habe es bei Pacey versucht, aber er geht nicht ran. Und da die anderen wie meist mit ihren Liebsten unterwegs sind, will ich nicht stören.«

»Ja, die Liebe schwirrt durch die Luft.« Das Seufzen in ihrer Stimme scheint unbeabsichtigt, aber ich kann ihren Frust heraushören.

»Echt zum Kotzen«, scherze ich, und Grace kichert und nickt zustimmend.

»Das stimmt, man wird allmählich griesgrämig, wenn man keinen Partner hat.«

»Bei mir liegt es nicht daran, dass ich keine Partnerin habe, sondern eher daran, dass die, die sich verlieben, immer weniger Zeit für ihre Freunde haben.«

»In den meisten Fällen ist das leider so. Sieht wohl so aus, als wären du und ich die einzigen Singles in unserer Clique.«

»Moment. Pacey ist doch auch Single.«

Ein wissendes Grinsen umspielt Graces Mund.

»Was weißt du, was ich nicht weiß?« Ich kenne diesen Gesichtsausdruck, den hat sie immer, wenn sie die Profilerin rauskehrt.

»Ich weiß noch gar nichts, aber ich ahne etwas.«

»Ja? Dann raus mit der Sprache, wenn er es nicht mal seinem besten Kumpel anvertraut, muss es was Schlimmes sein.«

»Schlimm ist es sicher nicht, aber ich denke, er ist verliebt.«

»Was?«

»Hast du nicht sein permanentes Lächeln bemerkt, das ständige Tippen auf dem Handy und das Strahlen, wenn er eine neue Nachricht bekommt?«

»Männer strahlen nicht, Grace«, kläre ich sie auf, um von meinem Schock abzulenken.

»Du weißt, was ich meine.«

»Aber er hat seit Wochen keine Frau an seiner Seite gehabt.« Ich will sie davon überzeugen, dass sie sich irrt, aber dann trifft mich die Erkenntnis. Es sind oft kleine Dinge, die nicht wirklich auffallen. »Du bist gut.«

»Ach, das ist reine Beobachtungsgabe. Ich freue mich für Pacey. Er hat eine Freundin mehr als verdient.«

»Das stimmt. Er ist der Beste, aber auch ein Arschloch.«

»Wieso denn das?«

»Weil ich nun der einzige Single von uns Jungs bin.«

»Sieh es positiv, so bekommst du mehr Frauen ab. Ich bin bei den Mädels auch die Einzige ohne Partner.«

»Dann müssen eben wir beide um die Häuser ziehen.«

Grace senkt den Blick auf meine Hände, die auf dem Tisch ruhen, ehe sie mir in die Augen sieht und mich total überrascht. »Klar, ich bin dabei.«

»Wunderbar, dann esse ich noch schnell auf, und los geht's!«

»Warte mal, du willst jetzt gleich ausgehen?«

»Ja, wieso denn nicht?«

»Weil es Mittwoch ist und ich morgen arbeiten muss.«

»Hast du Meetings, die du nicht verschieben kannst?«

»Doch, ich könnte sie verschieben …«

»Na, dann wäre die Sache ja geklärt.«

»Du verlierst keine Zeit, was?«

»Wir sind jung und sollten Spaß haben.«

»Ja, schon, aber ich habe mich gar nicht zurechtgemacht.«

Ich lasse den Blick über ihr Outfit schweifen. Sie trägt ein burgunderfarbenes Strickkleid zu blickdichter Strumpfhose und flachen Stiefeln. »Du siehst toll aus.«

»Das sagst du jetzt nur, damit ich nicht kneife.«

Ich beuge mich vor, hebe mit Daumen und Zeigfinger ihr Kinn an und blicke ihr tief in die Augen, denn die Worte, die jetzt meine Lippen verlassen werden, sollen ihr im Gedächtnis bleiben. »Ich sage das, weil es die Wahrheit ist. Du siehst in diesem Kleid wunderschön aus, aber es ist auch egal, was du trägst, denn wenn du lächelst, verblasst dein Outfit sowieso. Das darfst du niemals vergessen, okay?«

Grace schluckt und sieht mich mit geweiteten Augen an. Meine Worte sind dem Anschein nach zu ihr durchgedrungen, denn sie nickt und errötet.

Ich liebe es, wenn sie das tut. Sie sieht dann so süß aus, und ich lege es manchmal darauf an, sie zum Erröten zu bringen, einfach weil ich den Anblick genieße. Grace ist eine Frau wie keine andere. Ich bin stets von Frauen umgeben, die sich sehr wohl ihrer Attraktivität bewusst sind. Bei Grace hingegen ist es kein Fishing for Compliments, sondern sie findet tatsächlich, dass sie an manchen Tagen nicht hübsch genug oder zu langweilig sei, dabei weiß sie gar nicht, wie attraktiv und zauberhaft sie ist.

Nachdem ich sie Silvester geküsst habe und sie halb nackt auf mir gelegen hat, frage ich mich öfter, wie es wohl wäre, Grace noch einmal zu küssen. Sie Haut an Haut zu spüren. Das sind verbotene und heimliche Gedanken, die ich niemals aussprechen würde, aber sie beschäftigen mich. Auch wenn ich an meinem Roman sitze, denn die Hauptfigur ist an Grace angelehnt, und bei der Sexszene, die ich geschrieben habe, musste ich an sie denken und mich danach unter die kalte Dusche stellen. Auch jetzt sind meine Gedanken nicht ganz jugendfrei, wenn ich ihre Lippen betrachte, also sollte ich besser damit aufhören. Denn mit Grace zu schlafen würde mich meinen Kopf kosten, wenn es nach Daniel geht, der Grace wie eine Schwester liebt. Und da ich nicht sterben möchte, verdränge ich die Fantasien und überlege, wo Grace und ich jetzt feiern könnten.

Kapitel 7

GRACE

Ich kann es nicht fassen, dass ich tatsächlich mit Zayn auf Partytour bin. Ohne Make-up und in meinem Tagesoutfit, aber seine Worte haben mir geschmeichelt, und ich habe ihm geglaubt, dass er mich hübsch findet, also habe ich die Unsicherheit über Bord geworfen. Und da ich sowieso beschlossen habe, offener zu werden und Neues zu wagen, bin ich nun in unserer ersten Location. Einer Bar in Midtown, die zurzeit überaus angesagt ist. Der Boden der Tanzfläche besteht aus Sicherheitsglas, durch das man auf den darunterliegenden Club schaut, wo hauptsächlich Jazzmusik gespielt wird.

Zayn scheint alle und jeden zu kennen. Der Türsteher hat uns sofort durchgelassen, sodass wir nicht bei der wartenden Schlange anstehen mussten. An der Bar bekommen wir Freigetränke, und während wir dort stehen, kommen immer wieder Leute an, die Zayn begrüßen, wobei die meisten von ihnen Frauen sind. Insgeheim frage ich mich, mit wie vielen von ihnen Zayn wohl geschlafen hat, auch wenn es mir egal sein könnte, beschäftigt es mich.

Auch wenn ich anfangs Bedenken gehabt habe, bin ich jetzt froh, dass ich zugesagt habe. Die Musik ist toll, die Drinks schmecken köstlich, und die Location tut ihr Übriges und begeistert mich mit den Lichteffekten und der Innenausstattung. Auf der Tanzfläche lasse ich gänzlich los und bin in meinem

Element wie schon lange nicht mehr. Ich genieße, entspanne und freue mich einfach, einen harten Arbeitstag tanzend ausklingen zu lassen.

Plötzlich legen sich Hände um meine Taille. Ich erschrecke heftig und löse mich panisch aus dem Griff des Mannes. Dann drehe ich mich um und blicke auf einen Typen, den ich noch nie gesehen habe. Er versucht mich wieder anzufassen, aber ich weiche ihm aus und mache mich auf die Suche nach Zayn. An der Bar, wo er vorhin noch gestanden hat, ist er jedoch nicht mehr.

Ich drehe mich wieder in die Richtung des Mannes, der mich bedrängt hat, und sehe Zayn, der den Typen am Kragen gepackt hat und auf ihn einredet. Es hat sich eine Traube von Menschen um die beiden gebildet, die wohl hoffen, heute noch eine Schlägerei mitzuerleben. Ich eile sofort auf Zayn zu. Er soll sich nicht meinetwegen hier prügeln.

Als ich nah genug bei den beiden bin, höre ich Zayn noch sagen: »Halt dich von ihr fern, Eric, oder ich verpass dir eine.«

»Was denn? Ist sie etwa deine Freundin?«

»Ja, das ist sie, und wenn sie jemand berühren darf, dann bin ich das, verstanden?«

Der Typ grinst Zayn nur an, doch dieser packt noch einmal fester zu und wiederholt seine Worte, was ihn etwas in Panik versetzt.

»Ja doch. Lass mich los.«

Zayn tut es schließlich, und der Typ zieht schnell Leine. Zayn dreht sich um, entdeckt mich und kommt mit besorgter Miene auf mich zu. Er nimmt mein Gesicht in beide Hände, als wollte er sich so versichern, dass es mir auch wirklich gut geht.

»Alles in Ordnung?«

»Ja. Danke.« Seine Hände beben an meinem Gesicht, als würde die Wut ihn noch immer beherrschen.

»Dieses verdammte Arschloch, wie kommt er darauf, dich zu betatschen? Ich habe zuerst gedacht, du wirst schon selbst mit ihm fertig, aber dann habe ich die Panik in deinen Augen gesehen und bin auf ihn losgestürmt.«

»Alles ist gut.«

»Okay. Komm, lass uns von hier verschwinden.«

Wir steigen in seinen Sportwagen und fahren schweigend durch die Stadt. Zayns Hände krallen sich ums Lenkrad, sodass seine Knöchel weiß hervortreten, und ich habe das Gefühl, dass er mehr durch den Wind ist als ich.

»Es geht mir gut, Zayn. Beruhige dich.«

»Dieser miese Dreckskerl. Wenn ich nicht gewesen wäre, wer weiß, was der noch …«

Er lässt die Worte ungesagt, aber ich weiß natürlich, was er meint, und mich rührt seine Sorge um mich. »Klar, ich habe mich erschreckt, aber ich bin eine Freundin von Daniel Grant, dem Bodyguard, und weiß, wie man sich verteidigt.«

Ich habe tatsächlich vor einiger Zeit zusammen mit Addy in Dans Fitnessclub einen Selbstverteidigungskurs für Fortgeschrittene absolviert. Meinem Mitbewohner war es wichtig, dass wir uns zur Not auch selbst wehren und aus egal welcher Situation befreien können.

»Trotzdem.«

»Hey …« Ich lege meine Hand beruhigend auf seine und lasse ihn spüren, dass es mir gut geht. Bei einem Freund wie ihm kann es mir doch nur bestens gehen. Er hätte sich für mich sogar geprügelt. Ich kenne Zayn als lustigen und positiven Menschen, aber ihn wütend und wild zu erleben, hat mich ehrlich gesagt fasziniert und dazu gebracht, ihn mit anderen Augen zu sehen.

»Ich bin nicht aus Porzellan und stärker, als ich aussehe, also mach dir keine Sorgen mehr, okay?«

Zayn blickt auf meine Hand, ehe er sich wieder auf die Straße konzentriert. »Okay«, antwortet er nun ruhiger. Ich will meine Hand wegziehen, doch Zayn greift nach ihr, hält sie die ganze Heimfahrt lang, und ich bin überaus dankbar dafür.

Am nächsten Morgen stehe ich früh auf und fühle mich nicht mal müde, obwohl ich nur ein paar Stunden geschlafen habe. Ich mache mir eine Tasse Tee und gehe hinauf zur Dachterrasse. Normalerweise frühstücken wir gemeinsam, aber heute habe ich das Verlangen, mit meinen Gedanken allein zu sein. Ich setze mich im Wintergarten auf die Couch, die Taylor und ich hochgeschleppt haben bei ihrem Einzug, weil sie in ihrem Zimmer keinen Platz dafür hatte. Wir haben sie vor Kurzem reinigen lassen, den ganzen Wintergarten aufgeräumt, überall Lichterketten und Duftkerzen verteilt und uns so eine Wohlfühloase geschaffen.

Früher habe ich hier Töpfe, Blumenerde und die Gerätschaften gelagert und wäre nie auf die Idee gekommen, diesen Raum zu verschönern. Aber ich bin immer schon kreativer und einfallsreicher gewesen, wenn es um Gärten geht, nicht um Räume. Als ich hier eingezogen bin, habe ich zunächst den Garten auf der Terrasse angelegt, erst danach haben Addison und ich gemeinsam die Wohnung eingerichtet.

Ich wärme meine Finger an der Tasse und blicke auf den fallenden Schnee. Die vergangene Nacht beschäftigt mich sehr, nicht wegen des Vorfalls mit dem Fremden, sondern eher wegen der Tatsache, dass ich es genossen habe, in Zayns Nähe zu sein und seine Hand zu halten. So schön es auch gewesen ist, umso mehr Angst macht es mir, denn diese Schmetterlinge, die ich die ganze Zeit über gespürt habe, bevor ich eingeschlafen bin, sind falsch. So, so falsch.

Aber mein Herz hört schon lange nicht mehr auf das, was mein Kopf sagt, das habe ich schon vor einer Weile lernen müssen. Am besten mache ich einen großen Bogen um Zayn und hoffe darauf, dass die Gefühle von selbst verschwinden. Diesen Plan will ich in die Tat umsetzen, und wenn das jemand schafft, dann wohl ich. Ich trinke meinen Tee aus und erhebe mich mit entschlossener Miene, um zur Arbeit zu fahren, die es täglich schafft, mir ein Lächeln aufs Gesicht zu zaubern.

Mein Büro liegt fünf Blocks von unserer Wohnung entfernt und befindet sich in der Nähe des Central Parks. Meine Räume sind kleiner als die der anderen Leute, die in diesem Gebäude arbeiten. Der Eingangsbereich und der Besprechungsraum sind einladend gestaltet, und natürlich sind überall Pflanzen verteilt, die eine heimelige Atmosphäre schaffen. Schließlich muss ich als Gartengestalterin auch mit dem Büroambiente Eindruck machen. Meine Firma ist eher klein, aber dafür bin ich umso leidenschaftlicher bei der Sache. Im Großen und Ganzen mache ich das meiste allein, weshalb die Durchführung meiner Projekte natürlich länger dauert, aber mein Ideenreichtum und meine Präzision sind der Grund, wieso ich erfolgreich und meistens ausgebucht bin.

Mein heutiger Termin, den ich gestern nicht verschieben konnte, läuft gut. Preston Blakely, ein erfolgreicher Banker, hat ein Haus in Manhattan geerbt, und ich soll den Garten gestalten. Da ich die Pläne schon hatte, habe ich ein Angebot und einen Entwurf erstellen können, die beide gut aufgenommen wurden. Wir haben uns schnell geeinigt und vereinbart, dass die Arbeiten im Mai beginnen. Ich arbeite meistens an zwei bis drei Projekten gleichzeitig, da es immer wieder Phasen gibt, in denen ich auf Lieferungen oder externe Firmen warten muss. Während die Arbeit an einem Garten ruht, kann ich bei einem anderen weitermachen.

Mein System hat sich bewährt, und mein Kundenstock erweitert sich stetig, was mich natürlich freut, aber nun brauche ich wirklich so schnell wie möglich Unterstützung. Die Vermittlungsagentur will mir in den kommenden Tagen ein paar Leute schicken, die aufgrund ihrer Bewerbungsunterlagen geeignet sein könnten. Ich hoffe, dass ich schnell fündig werde, denn nicht nur mein Schreibtisch quillt langsam über.

Da mein Dad beruflich in der Stadt ist, mache ich heute früher Schluss und fahre zum Broadway. Dort wird mein Dad in einem der Theater die nächsten drei Wochen bei einer Neuaufführung des *Zauberers von Oz* mit seinem Orchester spielen.

Da ich schon als Kind oft mit meiner Mutter bei seinen Konzerten war und selbst Geige gespielt habe, wollte ich zuerst Musik studieren, aber dann war meine Leidenschaft für die Natur doch stärker, und ich habe mich für ein Gartenbaustudium entschieden.

Ich melde mich bei der Security an und gehe in den Theatersaal, um nach meinem Dad Ausschau zu halten. Als ich die Bühne entlanggehe, begrüße ich ein paar Kollegen meines Vaters, die ich kenne. Schließlich entdecke ich ihn, als er gerade seine Geige in den Kasten legt. Als würde er spüren, dass ich da bin, hebt er den Kopf, und sein Gesicht beginnt wie die Sonne zu strahlen.

»Dad!«, rufe ich und kann nicht anders, als mich wie ein fröhliches Kleinkind in seine Arme zu werfen.

»Gracie«, flüstert er in mein Haar und drückt mich fest an sich. So stehen wir eine ganze Weile da, bis ich ihn loslasse und ihm helfe, den Kasten vom Boden aufzuheben. Seit ein paar

Monaten plagen ihn Rückenschmerzen, die er aber zu verbergen versucht.

»Wie geht's meiner Kleinen?«

»Ganz gut. Kann mich nicht beschweren.«

Er sieht mich forschend an. »Mach mir nichts vor, dich bedrückt doch etwas.«

»Was? Wie kommst du darauf?«

»Du bist nicht die Einzige, die sich die Talente deiner Großmutter aneignen konnte.«

Ich seufze auf und lasse die Schultern hängen. Er hat ja recht. Ich muss mit jemandem über Zayn sprechen, und mein Dad ist nicht wie andere Väter. Mit ihm kann ich auch getrost über mein Liebesleben reden.

»Ich glaube, ich entwickle Gefühle für Zayn.«

»Den Partylöwen eurer Truppe?«

»Ja, genau der.«

»Oh.« Er kratzt sich am Bart und muss mein Geständnis erst mal verdauen.

Während wir ins Theaterrestaurant gehen, betrachte ich das Profil meines Vaters. Er ist, seit ich denken kann, gertenschlank, hat nie ein Gramm weniger oder mehr besessen und gleicht noch immer dem Mann, der er bei der Heirat meiner Mutter gewesen ist. Nur dass die Schläfen inzwischen ergraut sind, aber gerade das macht ihn noch attraktiver. Wir setzen uns an einen freien Tisch und sehen einander an.

»Behandelt er dich gut?« Mit dieser Frage habe ich jetzt nicht gerechnet.

»Ja, das hat er immer schon getan, aber Zayn weiß nichts von meinen Gefühlen.«

»Wieso nicht?«

»Weil ich ja selbst nicht weiß, was mit mir los ist.«

»Das verstehe ich jetzt nicht. Bist du in ihn verliebt?«

»Noch nicht, aber es fehlt nicht mehr viel.«

»Und du sagst ihm nichts, weil …«

»Weil wir nicht zusammenpassen.«

»Sagt wer?«

»Ich tue es. Er ist immer auf der Suche nach einem neuen Abenteuer und nicht gerade der Mensch, der sich nach einer Beziehung sehnt.«

»Woher willst du das wissen, wenn du ihm nicht sagst, was du fühlst?«

Die Kellnerin erscheint, und mein Vater bestellt zwei Tassen grünen Tee. Das gibt mir Zeit, über seine Worte nachzudenken. Sollte ich es wagen und Zayn meine Gefühle offenbaren? Was ist, wenn er sie nicht erwidert? Was, wenn das unsere Freundschaft zerstören würde?

»Nun sag schon, was geht in deinem Kopf vor?«

»Ich habe Angst vor seiner Reaktion.«

»Das haben alle, die verliebt sind und sich dem anderen öffnen. Natürlich gibt es keine Garantie, dass der andere ebenso empfindet.«

»Aber wir sind grundverschieden, aus uns könnte nie ein Paar werden.«

»Sieh dir deine Mutter und mich an. Obwohl wie verschieden sind, lieben wir uns. Eine Beziehung ist kein Zuckerschlecken, man muss jeden Tag um sie kämpfen, und vor allem muss man sie zu schätzen wissen.«

»Aber wie weiß ich, dass es Liebe ist?«

»Sie entwickelt sich langsam. Lass dir jetzt Zeit. Dann, wenn du dir sicher bist, gibt es keinen Weg zurück. Es kann auch sein, dass die Gefühle wieder verblassen und du dich unnötig gesorgt hast. Mit der Zeit wirst du erkennen, wohin dich dein Weg führt.«

»Danke, Dad.«

Er streckt seine Hand über den Tisch und streicht mir zärtlich über die Wange. »Egal wer dein Herz auch erobern wird, er wird ebenso für dich da sein, wie ich es tue. Und wenn nicht, werde ich ihm eins mit der Geige überbraten.«

Kapitel 8

GRACE

»Du willst tatsächlich wieder mit Zayn um die Häuser ziehen?«, fragt mich Luke eine Woche später, während wir uns auf
Shoppingtour befinden. Er hängt einen Kaschmirpulli wieder
an die Kleiderstange und richtet seine gesamte Aufmerksamkeit auf mich.

»Er und ich sind ja die einzigen Singles in der Truppe. Wir
müssen uns zusammentun.«

»Ja, dass Pacey mal eine Frau abbekommt, hatte ich nicht
erwartet. Eher hätte ich gedacht, dass er wie Hugh Hefner in
einer Villa mit einem Haufen Playboy-Häschen zusammen-
leben wird. Aber ich hatte unrecht. Er wirkt glücklich.«

Es ist nicht mal drei Tage her, dass er uns Linda vorgestellt
hat. Taylor und Dan haben spontan alle zu einem Filmabend
eingeladen, und da hat Pace beschlossen, sie mitzubringen und
uns vorzustellen. Im Gegensatz zu unserem Freund ist sie eher
der stille Typ, deutlich kleiner als er, aber wie man so schön
sagt, Gegensätze ziehen sich an.

Linda ist Kindergärtnerin, hat eine Million Sommersprossen und moosgrüne Augen. Sie ist freundlich und nett, aber
noch zurückhaltend, was völlig verständlich ist. Immerhin
kennt sie uns nicht, aber trotz allem habe ich den Eindruck,
dass sie sich sehr gut in unsere Chaotentruppe einfügen wird.
Ihre Gefühle für Pace hat sie kaum verhehlen können, wenn er

gesprochen hat, hat sie ihm mit einer Hingabe gelauscht, als wäre er Tom Hiddleston. Den würde ich zum Beispiel so anhimmeln. Aber auch meinen Freund hat es ziemlich erwischt. Sie vergöttern einander, und so toll ich es auch gefunden habe, so hat es mir tief in meinem Inneren einen Stich gegeben, weil auch ich gerne das haben möchte, was die beiden haben.

Deshalb habe ich mich vor dem Treffen mit Luke entschieden, ein Foto in meinem Profil bei einer Dating-App hochzuladen. Ich habe nämlich beschlossen, mir Zayn endgültig aus dem Kopf zu schlagen und mein Schicksal selbst in die Hand zu nehmen. Jetzt hoffe ich nur, dass ich keinen Fehler gemacht habe, denn ich habe mit diesen Portalen überhaupt keine Erfahrung.

»Sie passen perfekt zueinander.«

»Ja, aber sie sind zu süß, klebrig wie Honig. Wenn Ronan und ich jemals so ein Süßholz raspeln, dann möchte ich, dass du mir eine Ohrfeige verpasst, okay?«

»Ist gebongt. Mach dasselbe bei mir, falls ich jemals so etwas tun sollte.«

»Ich dachte, du stehst auf Kitsch und Liebesbekundungen. Ganz in Jane-Austen-Manier.«

»Ja, aber nur in Filmen und Büchern und hinter verschlossenen Türen. Öffentliches Abschlabbern ist nicht so mein Ding.«

»Da verpasst du aber etwas, nichts fühlt sich besser an, als aller Welt zu zeigen, dass man seinen Partner liebt. Dazu kommt der Nervenkitzel, womöglich wegen Erregung öffentlichen Ärgernisses verhaftet zu werden.«

»Bis jetzt habe ich nie den Drang verspürt, es zu tun, aber vielleicht ändert sich das ja mit dem Richtigen an meiner Seite. Wer weiß?«

»Apropos Richtiger, wie läuft das Online-Dating?«

Ich zucke mit den Schultern, weil ich bis jetzt nicht wirklich viel zu berichten habe. »Ich habe vor Kurzem ein Foto von mir hochgeladen.«

»Welches?«

»Eines, das Addy von mir in Hawaii gemacht hat.«

»Im Bikini?«

»Ich trage eine Tunika darüber.«

»Gut so. Bei zu freizügigen Fotos kommen die Leute auf falsche Gedanken. Und, hast du schon Nachrichten oder Kommentare bekommen?«

»Warte.« Seit ich unterwegs bin, habe ich nicht auf mein Smartphone gesehen. Und tatsächlich, es sind fünf Nachrichten eingegangen. Doch als ich sie öffne und lese, kann ich nur mit den Augen rollen.

»Was ist?«

»Na ja, wirklich seriöse Nachrichten habe ich nicht bekommen, eher zweideutige Einladungen.«

»Wo hast du dich denn registriert?«

»Bei Tinder.«

Luke sieht mich amüsiert an. »Ach ja?« Sein Grinsen lässt mich Böses vermuten, und mir wird ganz mulmig zumute.

»Ja. Als ich Singlebörse eingegeben habe, ist diese App als Erstes angezeigt worden.«

»Na ja, wenn du bei Tinder bist, wundern mich die zweideutigen Angebote nicht.«

»Ach nein?«

»Nein. Weil Tinder keine Seite ist, wo man die Liebe seines Lebens findet, sondern eher Partner für eine Nacht.«

»Was?« Das kann doch nicht wahr sein!

»Ja, Süße. Bei Tinderdates dreht sich meist alles um Sex.«

»Mist. Ich werde mein Profil gleich löschen.«

»Wieso denn?«

»Ich will keinen Sex.«

Luke hebt ungläubig die Brauen.

»Na gut, ich will es, aber nur mit jemandem, für den ich auch Gefühle habe.«

»Lust ist auch ein Gefühl.«

»Du weißt, was ich meine.«

»War nur ein Scherz. Natürlich weiß ich, was du meinst.«

»Deshalb werde ich mein Profil sofort löschen, wenn ich nach Hause komme.«

Luke geht zur Kasse, um eine Jeans, einen Pulli und drei Shirts zu bezahlen. Dann bedeutet er mir mit einem Nicken, ihm zu folgen. Wir gehen weiter in die Damenabteilung, damit auch ich stöbern kann.

»Zayn hätte dir das mit Tinder auch erklären können. Schließlich ist er dort angemeldet.«

»Das tut jetzt nichts mehr zur Sache. Dieses Thema ist abgehakt.«

»Okay, aber du willst mit Zayn um die Häuser ziehen?«

»Na ja, beim letzten Mal hatten wir viel Spaß.«

»Das heißt, du willst tatsächlich Party machen? Mit unserem Casanova?«

»Wieso denn nicht? Ich bin ein Partytiger und kann genauso hemmungslos flirten wie Zayn.« Okay, das ist gelogen, was Luke natürlich sofort durchschaut. »Na schön, vielleicht kein Flirtweltmeister, aber ich mag Partys.«

»Ich finde es super, dass du etwas mit Zayn unternimmst, aber ich habe einfach Angst, dass du irgendwann allein dastehst.«

»Wie meinst du das?«

»Was ist, wenn ihr auf eine Party geht, wo du niemanden kennst, und er mit einer seiner Schnecken abhaut? Was machst du dann?«

»Äh …« Die Frage bringt mich ein wenig aus dem Konzept, denn er hat recht.

»Siehst du.«

»Na ja, ich werde ja nicht jede Nacht mit Zayn unterwegs sein, nur ab und zu. Ich möchte nur einfach mal aus mir rausgehen.«

Luke kommt auf mich zu und streicht mir liebevoll übers Haar. »Schätzchen, du brauchst dich nicht zu verändern, um anderen zu gefallen. Du bist perfekt, wie du bist.«

»Danke, du Charmebolzen. Aber es geht eher darum, mutiger zu sein. Ich bin früher nur mit Addison ausgegangen oder mit meinem Ex. Dann mit euch als Gruppe. Ich habe schon so lange kein Date mehr gehabt oder etwas allein mit einem Freund unternommen.«

»Na, wenn das so ist, brauchst du Klamotten. Sollte sich ein Date ergeben, hast du dann mehr Auswahl, was du anziehen könntest.«

»Na schön, Jean-Paul Gaultier. Dann walte deines Amtes und finde etwas für mich.«

»Oui, Madame.« Luke verbeugt sich galant und macht sich mit leuchtenden Augen auf die Suche.

Zwei Stunden später und um einige Dollars leichter gehen wir durchs vereiste New York. Der Schnee liegt nur noch auf den Dächern der Stadt, weil die Straßen geräumt worden sind. Ich vermisse es, den ganzen Winter über Schnee sehen zu können. Während meiner Kindheit in New Jersey konnte ich bis Ende Februar Schlitten fahren.

»Was geht in deinem schönen Köpfchen vor?« Luke wirft mir einen Seitenblick zu. Inzwischen haben wir den Times Square erreicht und schlängeln uns durch die Menschenmassen.

Ich beschließe, Luke von meinem großen Plan zu erzählen. »Ich finde, es wird Zeit für eine Veränderung.«

»Wie meinst du das?«

»Ich habe genug von New York. Es ist eine wunderschöne Stadt, keine Frage, aber ich habe vor, ein Anwesen in New Jersey zu kaufen.«

»Du verlässt uns.« Sein sonst so strahlendes Lächeln verblasst, was mein Herz schwer werden lässt.

»Ich werde ja nicht aus der Welt sein, es ist nur eine eineinhalbstündige Fahrt. Weißt du, das Leben verändert sich. Wir sind um die dreißig Jahre alt und werden vielleicht eines Tages eine Familie gründen. Ich will nicht mein Leben lang in einer WG wohnen. Außerdem vermisse ich es, einen richtigen Garten zu haben, fern vom Straßenlärm.«

»Hast du es schon den anderen erzählt?«

»Addison, Daniel und Taylor wissen es. Es ist kein Geheimnis, aber nun bin ich meinem Traum so nah wie nie zuvor. Ich stehe kurz davor, meinen bislang größten Auftrag an Land zu ziehen und könnte es mir dann leisten.«

»Du überraschst mich immer wieder, Grace.«

»Ach ja? Ich dachte, ich bin eher vorhersehbar und langweilig.«

»Dann hast du wirklich ein falsches Bild von dir. Mit deinem Erbe könntest du dir das Anwesen spielend kaufen, ohne auch nur einen Finger krumm machen zu müssen.«

»Der einfache Weg war noch nie etwas für mich.« Ich kann mir ein Kichern nicht verkneifen. Ich hatte immer schon meinen eigenen Dickkopf.

»Wie oft hat meine Großmutter gemeint, ich sollte die Immobilen verkaufen und mir ein schönes Leben im Luxus machen, aber das bin ich nicht. Geld ist wichtig, aber es gibt wichtigere Dinge. Freunde, Gesundheit und die Liebe. Ich bin fast dreißig Jahre alt und hatte bislang nur zwei Beziehungen, die nicht lange gehalten haben, und ich bin mir nicht mal sicher, ob ich die beiden Männer auch tatsächlich geliebt habe. Genau deshalb begebe ich mich auf die Suche nach einem Partner, weil ich wissen will, wie sich wahre Liebe anfühlt. Ich lese Liebesgeschichten, ich sehe mir Liebesfilme an und höre Liebeslieder, aber sie selbst zu fühlen, das ist es, was ich erfahren will.«

»Und das wirst du auch. Du wirst jemanden finden, der deine Welt aus den Angeln hebt und dir eine komplett neue Welt zeigen wird, weil er weiß, dass du das brauchst. Du wirst es ihm nicht sagen müssen.«

»Das ist eine schöne Vorstellung.«

»Der Richtige wird schon noch kommen, und bis es so weit ist, siehst du dich um. Lernst neue Leute kennen und hast Spaß. Als ich dich kennengelernt habe, warst du eher Typ Mäuschen, und sieh dich jetzt an.«

»Und was soll ich jetzt sein?«

»Typ Charlies Angel.«

»Hoffentlich der aus der alte Serie und nicht der aus dem miesen Film.«

»Du kleiner Filmfreak. Wie auch immer, du bist aufgeblüht und bereit, gepflückt zu werden.«

Ich kann nur den Kopf schütteln, aber seine Worte bedeuten mir trotzdem sehr viel, denn ich weiß, dass Luke und meine anderen Freunde mich mögen, wie ich bin. Manche haben in ihrem Leben das Glück, einen Seelenverwandten zu treffen. Ich habe das Glück, gleich sechs von ihnen an meiner Seite zu haben.

Da uns beiden inzwischen kalt ist, kehren wir bei *Starbucks* ein.

Ich gönne mir einen Chai Latte, während sich Luke für einen Caramel Macchiato entscheidet. Wir nehmen uns an der Theke noch Chocolate Cookies mit und setzen uns in die edlen Ohrensessel.

»Das ist ein perfekter Tag.« Luke seufzt wohlig auf, nachdem er von seinem Kaffee gekostet hat.

»Wirklich?«

»Ja, das ganze Gesamtpaket. Shoppen, sich unterhalten, etwas trinken gehen. Ich bin in den letzten Wochen so gestresst gewesen, und jetzt habe ich endlich mal das Gefühl, durchatmen zu können.«

»Was hat dich denn so gestresst? Mit dir und Ronan ist doch alles in Ordnung, oder?«

»Ja. Es ist nur ...« Er verstummt und sieht auf seine perfekt manikürten Fingernägel. Etwas hält ihn zurück, sich mir anzuvertrauen.

»Luke?«

»Ronan will mit mir zusammenziehen.«

»Das ist doch toll!« Ich freue mich ehrlich für ihn und drücke seine Hand. »Oder siehst du das anders?«

»Na ja, wir sind nicht mal ein Jahr zusammen, und ich will nichts riskieren. Es läuft gerade so gut zwischen uns, und ich habe Angst davor, dass uns der Alltag zu schnell einholt, wenn wir zusammenwohnen.«

»Hast du mit ihm darüber gesprochen?«

»Nein, noch nicht. Er möchte es unbedingt, und ich will ihn nicht verletzen. Er könnte es falsch verstehen.«

»Solange du ihm nicht sagst, was du fühlst, wird es zu einem Konflikt kommen, und das willst du doch nicht.«

»Nein, aber manchmal habe ich Angst, ihn mit der Wahrheit zu verschrecken.«

»Ach Luke. Wenn er deine Wahrheit nicht akzeptiert, hat er dich nicht verdient.«

»Da könntest du recht haben.«

»Sag ich doch.« Jetzt verstehe ich auch, wieso Luke heute manchmal so nachdenklich und nervös gewirkt hat. Ronan ist ein guter Mann, und wenn Luke ihm sagt, was er fühlt, und ehrlich ist, sehe ich die beiden schon vor dem Traualtar. Genauso wie es bei Daniel und Taylor der Fall sein wird. Am siebten Juli werden die beiden in Pasadena heiraten. Bis dahin sind es noch ein paar Monate, aber wir sind schon vollauf mit Taylors Traumhochzeit beschäftigt. Das Kleid entwirft Addison, ich bin für den Blumenschmuck zuständig, und Pacey sieht sich mit Tae die Caterer in ihrer Heimatstadt an, damit es ein grandioses Festmahl geben wird.

Die Hochzeit wird ein großes Fest, romantisch und mit allem Drum und Dran. Für den Fall, dass ich jemals heiraten sollte, schwebt mir etwas völlig anderes vor. Im kleinen Rahmen, nur mit unseren Eltern und engsten Freunden. Wir würden uns in einem Blumenmeer das Jawort geben und unter freiem Himmel feiern. Ich würde auch keine Hochzeitsgeschenke wollen, sondern stattdessen die Gäste um Spenden für ein Kinderkrankenhaus bitten.

»Hey, Grace, wo bist du mit deinen Gedanken?«

»Ach, ich habe nur an Taylors Hochzeit gedacht.«

»Ja, nicht mehr lange, dann ist es so weit.«

»Nicht zu fassen, wie sehr sich unser Leben in zwei Jahren verändert hat.« Ich muss lächeln, denn es hat verdammt gute Veränderungen gegeben.

»Das stimmt. Daniel hat uns mit euch Mädels bekannt gemacht, woraus eine tolle Freundschaft entstanden ist, und er selbst hat sich verliebt. Ich habe mich geoutet und die Liebe meines Lebens gefunden, und Addison hat ihren heißen Nachbarn bekommen, der sie anbetet. Und du wirst immer erfolgreicher und kannst dich vor Aufträgen kaum retten.«

»Das stimmt.« Ich nicke. Auch ohne einen Mann an meiner Seite habe ich das geschafft. Ganz allein.

Kapitel 9

Das Knistern des Feuers hatte seit ihrer Kindheit eine beruhigende Wirkung auf Danea, es begleitete sie in manchem süßen Traum. Diese Vorstellung, so unschuldig und rein, wie sie war, würde sich niemals wiederholen, denn nun sah sie dem Feuer zu, wie es ihr geliebtes Dorf verschlang. Es knisterte nun nicht mehr, sondern heulte bedrohlich und nahm immer mehr und mehr von Daneas Kindheit in Besitz. Menschen schrien, manche retteten sich in die umliegenden Dörfer, und viele fanden im Feuer den Tod. Und da stand eine junge Frau mit langem Haar, dessen weißblonde Farbe durch Ruß und Schmutz nicht mehr erkennbar war. Sie litt mit jeder gequälten Seele und schaffte es nicht, sich in Bewegung zu setzen, weil Danea wusste, dass sie der Grund für diese Katastrophe war.

Ich habe geschrieben. Nach Jahren habe ich mich wieder an mein Skript gesetzt, es durchgelesen, alles gelöscht und neu angesetzt. In den letzten Jahren habe ich kaum geschrieben, aber viel gelesen, und ich finde, dass mein Schreibstil von damals sich nicht mehr mit meinem jetzigen vergleichen lässt. Die Geschichte ist noch nicht rund, und einige Logikfehler haben sich eingeschlichen, aber jetzt sehe ich alles vor mir. Das Setting, das Königreich und auch Danea, wie sie von einem Dorfkind zu einer wunderschönen Frau heranwächst, und fühle mit ihr, als ihre Welt in Flammen aufgeht, aber es ist der Auftakt zu ihrem Weg als Kriegerin und Magierin.

Die Idee zu diesem Roman mit dem Arbeitstitel *Fire & Loss* habe ich schon als Teenager gehabt. Es kamen Drachen, Burgen und viel Gemetzel vor. Ich bin ein rebellischer Teenie gewesen und habe meine damaligen Probleme im Schreiben verarbeitet. Im Großen und Ganzen habe ich nur den Anfang und den Schluss der Geschichte vor mir gesehen, alles, was zwischendrin passiert, ergibt sich meistens während des Schreibprozesses. So ist es damals zumindest gewesen, aber wie gesagt, ich habe mich verändert und somit auch meine Schreibgewohnheiten. Ich wünschte, ich könnte die bis jetzt geschriebenen Seiten an einen Testleser schicken, aber ich kenne keinen, weil ich zu anderen Lesern und Autoren keinen Kontakt pflege. Außerdem, finde ich, muss man zu Menschen, denen man sein Skript gibt, ein gewisses Vertrauen haben. Jemanden aus meiner Umgebung einzuweihen, kommt auch nicht infrage. Weil mir die Vorstellung gefällt, dass das Schreiben etwas ist, das nur mir gehört.

Mein Vater würde meiner Leidenschaft sofort Einhalt gebieten, weil er niemals akzeptieren würde, wenn ich eine Laufbahn als Schriftsteller einschlüge. Er will mich dazu zwingen, eine Kopie seiner selbst zu werden, doch ich setze bewusst die Jobs in den Sand, die er mir vermittelt, weil ich es ihm nicht recht machen will, nicht seitdem er Mom hängen gelassen hat. Seit er zugelassen hat, dass sie immer mehr in ihrem Schmerz versinkt. Und auch wenn ich meine Freunde liebe und froh bin, dass sie an meiner Seite sind, kann ich mich nicht überwinden, ihnen von meinem Buch zu erzählen.

Ich spiele gerne den Unnahbaren, das macht die Sache mit den Gefühlen viel einfacher. Wenn ich mich verletzlich gebe und einen großen Teil meiner Selbst offenlege, dann kommen meist die Gefühle und mit ihnen die Probleme. Meine letzte Beziehung ist nicht gut ausgegangen, was mich hat vorsichtig werden lassen. Und da wären auch die Dramen in meiner Familie. Meine Großeltern haben sich geliebt, waren fünfzig Jahre lang verheiratet, bis meine Großmutter gestorben ist und der Verfall meines Großvaters begonnen hat. Er hat tagelang nichts gegessen, kaum gesprochen, und auf der Beerdigung hat er sich auf den Sarg geworfen, um mit ihr zusammen begraben zu werden. Das ist der schockierendste Moment meines Lebens gewesen. Ich habe die Verzweiflung geradezu körperlich gespürt, und sie hat mich erdrückt, mir die Luft zum Atmen geraubt. Kurz darauf ist mein Großvater auf dem Grab meiner Großmutter tot aufgefunden worden. Es war das Herz. Es ist ohne Grandma gebrochen.

Meine Eltern wiederum haben sich auch leidenschaftlich und innig geliebt. Mom ist für Dad da gewesen, als er innerhalb kurzer Zeit Mutter und Vater verloren hat, sie hat ihm geholfen, sein Unternehmen weiter auszubauen, und ist stets an seiner Seite gewesen, nicht als jemand, der hübsch anzusehen ist, sondern als eine Frau, die auch etwas zu sagen hat. Sie sind ein Dream-Team gewesen, bis an dem schicksalhaften Tag alles den Bach runtergegangen ist. Ich klappe den Laptop zu und fahre mir hastig durchs Haar. Ich will nicht an den Unfall denken, weil ich dann ins Grübeln gerate und immer verzweifelter werde.

Ich springe unter die Dusche, ziehe mich an und fahre mit der U-Bahn zu Pacey. Er ist allein, als ich seine Wohnung betrete.

»Heute ohne deine Angebetete?«

Für meine freche Begrüßung ernte ich einen Klaps auf die Schulter von Luke. »Die Angebetete hat auch einen Namen!«

»Sorry. Was ich eigentlich fragen wollte, ist: Wieso ist deine angebetete Linda heute nicht dabei?«

»Elternabend im Kindergarten. Sie wird später dazukommen. Sie weiß ja, wo wir zu finden sind.«

Da hat er recht, jeder, der uns kennt, weiß es. Freitags sind wir immer bei Nate im Pub. Das ist so sicher wie das Amen in der Kirche. Daniel hat die Idee vor ein paar Jahren gehabt, weil vor lauter Arbeit und alltäglichem Stress die Freunde zu kurz gekommen sind. Und nun haben wir einen festen Tag in der Woche, an dem wir uns treffen. Das hat Beständigkeit, genauso wie unsere Freundschaft.

Noch nie ist mir ein liebevollerer Haufen begegnet. Pacey ist der Witzbold der Gruppe, jemand, der dich zum Lachen bringt. Luke ist unser Seelsorger, jemand, der sich immer um seine Freunde kümmert und ihnen mit Rat und Tat zur Seite steht. Daniel ist der große Bruder, den ich nie hatte, jemand, der dich aus jeder Scheiße raushauen kann. Der Typ ist wie ein Bär, harte Schale, weicher Kern. Und da wäre ich. Wie die anderen mich wirklich sehen, weiß ich nicht, ich schätze, ich bin der Charmeur, der Partylöwe oder die Witzfigur? Egal was meine Freunde über mich denken, ich weiß, dass sie es gut mit mir meinen. Sie würden mich auf den Boden zurückholen, wenn ich abhebe, ebenso wie die Mädels. Addy ist wie die Mom in unserer Clique, sie versorgt uns mit Essen und kümmert sich um uns. Taylor ist der frische Wind, jemand, der seine Träume lebt, uns inspiriert und sich in der Gruppe sichtlich wohlfühlt, auch wenn sie uns noch nicht so lange kennt.

Und da wäre noch Grace. Sie ist der Ruhepol, die Frau, die uns durchschaut und sofort erkennt, wenn es einem schlecht geht. Sie ist jemand, der zwar anfangs eher ruhiger ist, doch wenn sie Vertrauen hat, dann blüht sie auf. Von allen Mädels ähnelt mir Grace am ehesten. In uns beiden steckt mehr, als wir nach außen zeigen. Sie und ich haben uns vorgenommen, mehr miteinander zu unternehmen, auch wenn das erste Mal fast mit einer Schlägerei geendet hätte. Noch immer werde ich wütend, wenn ich an das Arschloch denke, das Grace betatschen wollte. Ich war so wütend, als seine Hände auf ihren Hüften lagen und ich die Angst in ihren Augen gesehen habe. Ich habe sie beschützen wollen, will ich noch immer, weil Grace etwas Besonderes ist und gefühlt keiner ihrer würdig sein könnte. Ich am allerwenigsten, das weiß ich, und doch kann ich nicht vergessen, wie es sich angefühlt hat, als sie ihre Hand auf meine gelegt und mein Herz wild zu klopfen begonnen hat. Aber ob ich nun Grace attraktiv finde oder nicht, es ändert nichts daran, dass wir nur gute Freunde sind und es auch bleiben sollten. Ich wäre nicht gut genug für sie.

Ich bin so tief in Gedanken versunken, dass ich erst merke, dass wir im Pub angekommen sind, als wir uns in unsere Nische setzen. Das passiert mir öfter, dass ich abdrifte und mich in meinen Gedanken verliere. Ich bin froh, endlich meine Freunde wiederzusehen und die Sorgen, die mich so oft quälen, für eine Weile zu vergessen.

»Ich brauche jetzt sofort ein Bier«, sagt Luke mit kläglicher Stimme und blickt hilfesuchend zu Grace.

»Ach, komm schon, er ist doch nur übers Wochenende weg.«

Ich schätze, sie meint Ronan, Lukes Freund.

»Ja, aber ich vermisse ihn jetzt schon.«

»Aber er muss auf diese Schulung. Sei stark.«

»Was ist, wenn er jemand anders kennenlernt und mich verlässt, weil ich noch nicht mit ihm zusammenziehen möchte?«

»Aber er hat doch verständnisvoll reagiert.« Nun ist es Addy, die Luke ins Gewissen redet.

»Ihr habt ja recht, aber es ist meine erste Beziehung, in der ich mich überglücklich fühle, in der ich *ich* selbst sein kann. Und diese Angst, ihn zu verlieren, begleitet mich ständig.«

»Ich verstehe dich«, höre ich mich zu meiner Überraschung selbst sagen. »Aber wenn du ständig Angst hast, ihn zu verlieren, kannst du es nicht genießen, dass du sein Herz längst erobert hast.« Ich kenne niemanden, der Luke je liebevoller angesehen hat als Ronan.

»Zayn hat recht.« Graces sanfte Stimme lässt mich in ihre Richtung sehen. Sie trägt heute einen beigefarbenen, weit geschnittenen Pulli, hat ihre langen hellblonden Haare zu einem Zopf gebunden und sieht wie immer hübsch aus. Sie ist auf natürliche Weise schön. »Genieße das Hier und Jetzt, und was die Zukunft bringt, wirst du sehen. Lass dich auf das Ungewisse ein.«

»Ihr habt ja recht, ich mache mir viel zu viele Gedanken.« Einsichtig nickt er uns dankbar zu. »Vergesst meinen kleinen Ausbruch, und lasst uns das Thema wechseln. Wie sieht es bei dir aus, Grace? Jemanden Interessantes kennengelernt?«

»Nein, leider nicht. Ich habe viel arbeiten müssen, und das Online-Dating habe ich aufgegeben.«

»Gehen Zayn und du morgen nicht aus?« Luke sieht mit einem merkwürdigen Gesichtsausdruck in meine Richtung, also nicke ich.

»Ja, wir werden morgen eine Kunstausstellung besuchen, die mein Onkel Byron organisiert hat, und dann gehen wir essen und danach in eine Bar.«

»Das klingt doch gut«, wirft Taylor ein.

»Ja, ich freue mich schon darauf. Endlich mal was anderes«, sagt Grace in die Runde.

»Willst du etwa behaupten, dass du schon genug von unserem Pub hast?«, schmollt Dan und sieht Grace anklagend an.

»Ach Quatsch, aber ich würde gerne auch mal etwas anderes in New York erleben.«

»Wenn du Abenteuer suchst, bist du bei Zayn an der richtigen Adresse. Mit ihm wird dir nicht langweilig«, sagt Addison und nippt an ihrem Bier.

»Genau. Ich habe einen Ruf zu wahren, also kannst du dich auf einen tollen Abend freuen.«

Während sich die anderen unterhalten, habe ich mich neben Grace gesetzt. Ich will ihr gerade vorschlagen, dass ich sie morgen Abend um sechs abhole, als sie sich mit einem nervösen Gesichtsausdruck zu mir dreht.

»Ich kann nicht flirten.«

»Was?« Ich kann ihr absolut nicht folgen.

»Vorausgesetzt, ich würde morgen jemanden kennenlernen, wie weiß ich, wie ich richtig flirte? Ich habe das noch nie gekonnt und will nicht blöd dastehen.«

»Soll ich dir etwa beibringen, wie man flirtet?«, frage ich überrascht. Grace wirkt nicht wie jemand, der von mir Nachhilfe in solchen Dingen benötigt.

»Weißt du was, vergiss es einfach.«

»Nein, gar nicht. Jetzt wird es doch erst spannend.« Grace will schon das Weite suchen, aber ich greife nach ihrer Hand, ziehe jedoch zu fest, sodass sie mit einem leisen Schrei auf meinem Schoß landet.

»Hören diese peinlichen Momente wohl niemals auf?« Sie vergräbt ihr errötetes Gesicht in den Handflächen und seufzt auf.

»Hey«, sage ich sanft und befreie ihr Gesicht, damit ich ihr in die Augen sehen kann. Sie macht einen gequälten Eindruck, und mir wird klar, dass ich sie falsch eingeschätzt habe. Sie ist tatsächlich jemand, der Nachhilfe in Sachen Flirten gebrauchen kann, weil sie schüchtern und sensibel ist.

»Versteck dich nicht vor mir. Ich will dich sehen.« Sie ist wunderschön, und wenn ich ihr so nah bin, sehe ich die kleinen Sommersprossen auf ihren Wangen. Ich bin versucht, sie hier und jetzt zu küssen. Nicht die keusche Version wie an Silvester, sondern ein richtiger Kuss, den ich und sie nie wieder vergessen würden. Aber das hier ist meine Freundin, eine, die ich gerne behalten möchte, deshalb ist Grace tabu. Und auch wenn es mir nicht gefällt, werde ich ihr wohl ein paar Flirttricks beibringen müssen.

Kapitel 10

GRACE

Es ist falsch zu lügen. Das wurde mir schon als kleines Mädchen gesagt, und als Erwachsener weiß man es sowieso, und doch habe ich meinem Freund ins Gesicht gelogen. Ich habe diese Flirtsache einfach nur als Vorwand genutzt, um mit Zayn zu flirten, um zu sehen, ob das zwischen uns tiefer geht, ob es mehr ist als nur eine Freundschaft. Noch immer sitze ich auf seinem Schoß und blicke ihn an. Er hat es nicht eilig, mich loszuwerden, und ich will auch nicht gehen. Möchte einfach hier bei ihm bleiben und diese Nähe genießen, aber das geht nicht.

Und mein Herz muss aufhören, so wild gegen meine Brust zu hämmern. Wieso muss Zayn so unfassbar gut aussehen? Er ist kein Beau, aber das muss er auch nicht. Er ist auf eine männliche, ungekünstelte Art unwiderstehlich. Schließlich ist es Zayn, der den Bann zwischen uns löst und den Blick abwendet. Ich erwache aus meiner Trance, erhebe mich und versuche, wieder einen klaren Kopf zu bekommen.

Die Zeit bis zum nächsten Abend vergeht im Nu. Zayn hat mich abgeholt, und nun befinden wir uns auf dem Weg zur Ausstellung. Ich trage eine taillierte Bluse zu einem knielangen Plisseerock und Boots. Meine Haare habe ich hochgesteckt, und ich habe mich ein wenig geschminkt. Zayn hat tatsächlich heftig geschluckt, als er mich erblickt hat, was mich darin bestätigt hat, dass ich mich für das richtige Outfit entschieden habe.

Wir betreten das Gebäude, geben unsere Jacken an der Garderobe ab, dann bietet er mir seinen Arm an, und ich hake mich bei ihm unter. Hier sieht es genauso aus, wie ich es mir vorstellt habe. Die Wände des Raums sind hellgrau, sodass die einzigen Farbtupfer, auf die sich die Aufmerksamkeit richtet, die Kunstobjekte selbst sind. Wir gehen an einigen Skulpturen und Bildern vorbei und steuern auf einen Mann mit ergrauten Schläfen zu, der Zayn ähnlich sieht. Ich weiß sofort, dass es sich um seinen Onkel handeln muss.

»Zayn, schön, dass du es einrichten konntest zu kommen.« Sie reichen sich die Hände und schütteln sie. »Und wer ist dieses wunderschöne Geschöpf an deinem Arm?«

»Byron, das ist meine beste Freundin Grace Willet-Colden. Grace, mein Onkel Byron May.«

»Es freut mich, Ihre Bekanntschaft zu machen.«

»Ganz meinerseits. Willet-Colden? Sind Sie die Enkelin von William Willet-Colden?«

»Das war mein Ururgroßvater, Sir.«

»Ach, dann haben wir heute auch eine Vertreterin des alten New Yorker Adels hier. Ich wünsche euch viel Spaß.«

»Danke.«

Wir gehen nur ein paar Schritte, bis mich Zayn auch schon auf die Bemerkung anspricht. »Alter Adel, was?«

»Ach, das sagt man nur so. Mein Ururgroßvater war einmal Bürgermeister von New York, deshalb kennt man meinen Nachnamen. Aber wir sind alles andere als adelig.«

»Das heißt, ich muss mich nicht verbeugen heute Abend?«

»Nein, red keinen Unsinn. Natürlich nicht.«

»Falsch!« Zayn bleibt stehen und sieht mich mit hochgezogener Augenbraue an.

»Wie, falsch?«

»Die erste Flirtregel, die ich dir jetzt beibringe, ist die, dass man den Ball immer im Feld des anderen platzieren muss. Das heißt, wenn ich dich frage, ob ich mich verbeugen soll, dann sagst du …?«

»Ja.«

»Weiter.«

»Ja, bitte?«

»Oh Mann.« Er verdreht die Augen, weil ich absolut keine Ahnung habe, was er von mir will. »Und ob du dich verbeugen sollst? Ja, aber bitte mit einem anständigen Knicks.«

»Okay. Zayn, das würde ich niemals sagen.« Das klingt so gar nicht nach mir.

»Das weiß ich, es ist auch nur ein Beispiel. Wir werden das heute Nacht noch ausführlich üben.«

»Oh nein.«

»Oh doch. Glaub mir Grace, ich bin ein guter Lehrer.«

Kunst ist nicht wirklich etwas für Zayn und mich. Wir sind drei Runden durch die Galerie spaziert und haben das Thema der Ausstellung nicht verstanden, aber dafür haben die Häppchen geschmeckt. Also haben wir uns nach einer Stunde wieder verabschiedet und sind essen gegangen. Zayn hat uns einen Tisch in einem italienischen Restaurant reserviert, und wie es aussieht, hat er vor, unsere Flirtmission fortzusetzen.

Ich finde es süß, dass er sich Mühe gibt. Auch wenn ich auf ganzer Linie versage, macht es Spaß, Zayn anzuflirten. Das nimmt den Druck von mir, da ich gedacht habe, dass wir keinen Abend miteinander verbringen können, ohne dass ich über meine Gefühle für ihn nachdenken muss. Ich wiederum bringe ihm bei, wie man Menschen aufgrund ihrer Körpersprache lesen kann. Während wir auf unser Essen warten, deute ich mit dem Kopf zu einem Pärchen, das sich verliebte Blicke zuwirft.

»Siehst du, wie er ständig in seine Hosentasche greift? Und wenn er nach seinem Weinglas greift, zittert seine Hand.« Ich weiß sofort, was los ist, aber Zayn überlegt noch.

»Glaubst du, er will sich von ihr trennen?«, fragt er neugierig und streicht sich nachdenklich übers Kinn.

»Eher das Gegenteil. Er möchte um ihre Hand anhalten, kann sich aber nicht für den richtigen Moment entscheiden.«

»Wie cool. Das war allerdings nicht allzu schwer.« Zayn sieht sich um. Er will mich und mein Können testen und deutet auf ein anderes Paar. »Was kannst du auf den ersten Blick über die beiden sagen?«

Ich blicke in ihre Richtung und sehe einen älteren, attraktiven Mann und eine junge Frau, die ihn regelrecht anhimmelt, aber ein Blick auf seine Hände reicht mir, um zu verstehen. »Das ist seine Geliebte, aber er ist verheiratet, nur dass sie es noch nicht weiß.«

»Was? Wie kannst du das wissen?« Zayn schaut die beiden an, erkennt aber nicht die Indizien, die ich sehe.

»Sieh dir seinen Ringfinger an. Er hat gebräunte Haut, aber da, wo sein Ehering war, ist sie hell.«

Zayn schaut mich bewundernd an. »Du hast recht. Du bist echt ein Sherlock.«

»Und du bist sozusagen sherlocked?« Ich spiele auf die Szene an, in der eine Kriminelle dieses Passwort für ihr Smartphone benutzt, weil sie in Sherlock verknallt ist.

Ein Ausdruck von Stolz erhellt seine Züge. »Gut gekontert. Meine Flirtschulung scheint wohl Früchte zu tragen.«

»Und wie. Ich denke, dass ich jetzt jeden Mann in Grund und Boden flirten kann.«

»Na, wenn das mal kein guter Plan ist.«

Wir lachen beide, ehe Zayn mich schweigend ansieht. Das tut er so lange, bis ich erröte und wegsehe. Seine tiefgrünen Augen machen mich nervös, und diese Schmetterlinge, von denen ich geglaubt habe, dass sie verschwunden sind, melden sich wieder.

»Was hältst du davon, wenn wir einen Spaziergang machen, statt durch die Clubs zu jetten? Und danach könnten wir noch in die Spätvorstellung ins Kino.«

Seine Worte überraschen mich, da ich geglaubt habe, dass Partymachen zu seinem Samstagabend dazugehört. »Und welchen Film sollen wir uns ansehen?«, frage ich.

»Ist doch egal, wir werden so durchgefroren sein, dass wir uns dann einfach nur aufwärmen wollen.«

»Klingt gut. Bin dabei.«

Der Abend ist für mich mit Abstand einer der schönsten seit Langem, weil wir uns nicht mit oberflächlichen Themen abgeben, sondern über unsere Zukunft und Träume reden. Er weiß nun, dass mir die Bücher von Jane Austen, vor allem *Stolz und Vorurteil*, am besten gefallen, weil meine Mom sie schon geliebt und die Leidenschaft an mich weitertragen hat. Und ich erfahre, dass Zayn gerne Gedichte geschrieben hat in seiner Highschool-Zeit und dass er ein hoffnungsloser Fall in Mathe gewesen ist.

Da es sehr kalt ist, hake ich mich wieder bei ihm unter, während wir durch das nächtliche Manhattan spazieren. Wir schweigen, aber es fühlt sich gut an, als würden wir beide einen Augenblick brauchen, um unsere Gedanken zu sortieren.

»Warst du jemals verliebt?«, höre ich mich plötzlich fragen. Eigentlich wollte ich das gar nicht, aber jetzt ist es zu spät.

»Ich denke, dass ich meine Exfreundin geliebt habe. Aber sie hat mich für einen anderen verlassen, das hat mein Herz in jungen Jahren gebrochen.«

»Das ist traurig zu hören. Aber weißt du, was ich denke?«

»Was denn?«

»Es könnte eine Chance für die nächste Frau an deiner Seite sein. Denn mutig ist nur diejenige, die sich an den Scherben schneidet und trotzdem versucht, dein Herz zu heilen.«

»Wie ist es bei dir? Konnte jemand dein Herz erobern?« Zayn stupst mich von der Seite an.

»Nein. Das, was meine Exfreunde und ich geteilt haben, war keine wirkliche Liebe. Ich denke, dass ich damals noch zu jung und nicht bereit dafür gewesen bin.«

»Und wie sieht es jetzt aus?«

»Ich glaube, das werde ich sehen, wenn es so weit ist.«

»Bitte keinen romantischen Film.« Zayn schmollt, als ich auf ein Liebesfilmplakat deute. Seine Nase ist gerötet von der Kälte und lässt ihn niedlich aussehen.

»Wieso denn nicht?«

»Können wir uns nicht einen Film ansehen, in dem jemand niedergemetzelt wird und sie trotzdem einen auf Romantik machen? Warte, da gibt es doch diesen Zombiefilm.«

Ich weiß genau, welchen er meint, hoffe aber, dass er ihn nicht wirklich sehen will. »Oh nein. Wage es ja nicht, den zu erwähnen.«

»Hieß er nicht ›Stolz und Vorurteil und Zombies‹?«

»Oh Gott!« Ich vergrabe mein Gesicht in den Händen. »Ich schwöre dir, Jane Austen dreht sich gerade im Grab um.«

»Ach, die hat bestimmt schon Schlimmeres gesehen.«

»Wie wäre es dann mit einer Komödie?«

»Auch gut. Na los, lass uns reingehen und uns aufwärmen.«

Wir sind tatsächlich ziemlich durchgefroren, aber ich bereue keine Sekunde unseres Spaziergangs, denn wir haben uns als Freunde noch besser kennengelernt.

»Aber vorher müssen wir noch Snacks holen.« Wie immer muss ich übertreiben, hole einen Eimer Popcorn, zwei Cola, Nachos, M&Ms, Gummibärchen und Karamellschokolade. Zayn sieht mich zwar amüsiert an, sagt aber Gott sei Dank nichts. Auch mein Freund langt zu, und so ist es mir nicht ganz so peinlich, dass ich selbst reinhaue. In seiner Nähe fühle ich mich wohl und entspannt. Weiß, dass er mir ein guter Freund ist, und auch wenn ich in schwachen Momenten glaube, mehr für ihn zu empfinden, würde ich unsere Freundschaft und mein Herz nicht riskieren.

Ein paar Tage später blicke ich stolz auf den fertigen Entwurf und finde, auch wenn es Eigenlob ist, dass ich hervorragende Arbeit geleistet habe. Es ist eine Herausforderung gewesen, einen Garten für einen Rollstuhlfahrer zu planen, weil ich viel mit Beton arbeiten und bei der Anlage der Beete an eine rollstuhlfreundliche Höhe denken muss. Die Gesamtfläche ist so groß, dass ich sie in verschiedene Bereiche eingeteilt habe. Von der Terrasse aus führt ein asphaltierter Weg, den ein Blumenmeer säumt, in den Garten. Es sieht gut aus und macht einen imposanten Eindruck von der Terrasse aus, falls Gäste kommen.

Es geht weiter zu einem Grillplatz mit einer gemauerten Feuerstelle, der den Wünschen von Mr May entspricht. Dort stehen auch Steinbänke und Tische aus einem besonderen Stein, der selbst an kalten Tagen Wärme ausstrahlt und im Sommer angenehm kühl ist. In der Nähe sind mehrere Gartentische und -stühle platziert, ideal, wenn dort Partys stattfinden. Der Weg führt weiter zu einer abgelegenen Oase der Ruhe. Dort soll ein Teich angelegt werden, der an einer Seite von einer Steinwand begrenzt wird, von der ein Wasserfall herabstürzt. Ich plane, das Ufer des Teichs mit Gräsern und

Sträuchern zu bepflanzen, die nicht die Sicht aufs Wasser versperren, aber trotzdem dafür sorgen, dass die Person im Rollstuhl nicht in den Teich fällt, sollte sie die Kontrolle über ihr Gefährt verlieren.

Der gesamte Garten ist auf die Bedürfnisse der Gattin ausgerichtet, die ich leider nicht kennenlernen durfte. Ich hätte gerne mit der Hausherrin gesprochen, doch Mr May hat mir gesagt, dass das leider nicht möglich sei, er aber genau wisse, was ihr gefalle.

Zufrieden blicke ich erneut auf den Entwurf, der noch nicht detailgetreu ist, sondern den ich nur grob auf Papier skizziert habe. Den Feinschliff werde ich auf meinem Grafiktablet machen, was relativ schnell gehen wird, weil das Grundkonzept schon steht. Ich lege die Zeichnung in meine Arbeitsmappe und strecke mich. Der heutige Tag ist ruhig, sodass ich vorhabe, hier im Büro mein Chaos zu beseitigen.

Bald werden sich potenzielle Kandidaten für den Job in meiner Firma vorstellen, damit ich mich nicht mehr allein um alles kümmern muss. Meine Lieblingsstudenten, die mir bislang in den Ferien unter die Arme gegriffen haben, haben inzwischen ihr Studium abgeschlossen und stehen nicht mehr zur Verfügung. Ich bin mir sicher, dass ich jederzeit wieder motivierte Aushilfskräfte finden kann, aber ich will jemanden, der dauerhaft bei mir arbeitet und mit dem ich mich auf dem Weg zu den Baustellen auch unterhalten kann. Zwar höre ich Musik bei Autofahrten, aber ich sehne mich nach Konversation. Und nach etwas anderem.

Ich kann nicht aufhören, an die letzten Wochen mit Zayn zu denken. Die Momente, in denen wir uns besser kennengelernt und auch nähergekommen sind, lassen mir keine Ruhe. Zayn ist in vielerlei Hinsicht anders, als ich angenommen habe. Er ist nicht der frauenverschlingende Playboy, wie ich immer gedacht habe, sondern er ist tiefgründig, loyal und attraktiv. Na gut, Letzteres habe ich schon gewusst, aber plötzlich scheine ich immer wieder etwas Neues an ihm zu entdecken.

Da ich ihm sehr oft auch körperlich näher gekommen bin, habe ich eine kleine Narbe an seiner Braue entdeckt, die von einem Sturz von einem Apfelbaum herrührt, als er noch ein Kind gewesen ist. Mir ist auch aufgefallen, dass sich seine Augenfarbe je nach Gefühlslage ändert. Wenn er sich aufregt, werden die braunen Sprenkel in seinen grünen Augen dunkler. Er leckt sich öfter, als mir lieb ist, über die Lippen, sei es nun, wenn er kurz nachdenkt oder aber etwas sieht, das er gerne essen möchte. Ich muss dann jedes Mal den Blick abwenden, denn die Hitze in mir, die sich seit Monaten aufgestaut hat, lässt mich keinen klaren Gedanken mehr fassen. Aber ich muss jetzt klar denken können, weil der Stapel von Rechnungen auf mich wartet, der unbedingt abgearbeitet werden muss.

Als ich nach Hause komme, bin ich völlig k.o., da ich den ganzen Tag am Schreibtisch verbracht habe. Mein Rücken schmerzt, und meine Augen brennen. Ich bin meist in der Natur, weshalb ich empfindlich auf den digitalen Bildschirm reagiere, wieder ein Grund mehr, sich auf einen neuen Mitarbeiter zu freuen.

Ich ziehe meinen Wintermantel aus und lege ihn ab, als ein herrlicher Duft meine Nase erreicht. Das ist das Gute, wenn man in einer WG wohnt und Mitbewohner hat, die kochen können. Da ich es nicht kann, graut es mir davor, allein zu leben. Mein möglicher Partner sollte also auf jeden Fall mehr Ahnung davon haben, wie man den Kochlöffel schwingt. Oder ich könnte einen Kochkurs belegen und hoffen, dass ich mein ungeahntes Talent erkenne.

Ich gehe ich die Küche, wo ich einen Zettel von Addison vorfinde, worauf sie mir mitteilt, dass sie und Drake zu einem Kunden aufbrechen mussten und es sicher spät wird. Sie schreibt auch, dass Daniel und Taylor ausgegangen sind und Luke länger arbeiten muss. Ich solle ruhig schon mal essen. Zayn wird mit Sicherheit unterwegs sein und nicht hier aufkreuzen, und Pacey muss ebenfalls arbeiten, sodass ich heute Abend die Wohnung für mich habe. Das kommt selten bis nie vor, denn wenn meine Mitbewohner mal nicht da sind, leisten mir meist die Jungs Gesellschaft.

Etwas enttäuscht löse ich meine Haare und gehe ins untere Badezimmer, um mir ein heißes Bad einzulassen. Wenn ich schon allein bin, werde ich entspannen und bei Kerzenschein ein Hörbuch meiner Lieblingsautorin hören. Ich stecke das iPad von Taylor an meine Bluetooth-Speaker, da der Akku meines Smartphones leer ist und mich interessiert, welche Bücher Tae so hört. Ich stelle ein Glas Rotwein auf die Badewannenablage aus Bambusholz, die mir die Jungs zu Weihnachten geschenkt haben. Dank ihnen habe ich nun Bücher, Tablet, Smartphone und Glas in Reichweite, während ich ein Bad genieße. Da ich lange Schaumbäder liebe, gebe ich eine Essenz ins Wasser, die herrlich nach Wildrosen duftet. Ich stöhne wohlig auf, als ich ins Wasser steige und die angenehme Wärme meine Haut umhüllt. Ich lehne mich gegen das Wellnesskissen, das ich mit Saugknöpfen an der Wanne befestigt habe, und schließe entspannt die Augen.

Dabei lausche ich dem Hörbuch von Tae, dessen Titel ich gar nicht gelesen habe. In dem Kapitel streiten ein Mann und eine Frau, wobei es zwischen den beiden auch knistert. Es ist spannend, und ich mag die weibliche Erzählstimme sehr gern. Auch wenn ich nicht weiß, worum es vorher gegangen ist, weil ich mittendrin reinhöre, genieße ich den Einblick in diesen

Liebesroman. Nach dem Streit knallt die Frau die Badezimmertür zu und vergräbt schnaubend und wütend das Gesicht in den Händen. Dann plötzlich öffnet sich die Tür, und der Love Interest kommt herein. Er sagt nichts, sondern schlingt von hinten die Arme um ihre Taille. Er entschuldigt sich nicht, sondern beginnt ihren Hals zu küssen.

Oha! Ich glaube, jetzt kommt wohl eine Liebesszene, die ich in meinem Zustand kaum ertragen kann, aber ich bin zu faul, um es auszuschalten. Also lausche ich, wie die Frau jeden seiner Küsse mit fiebrigem Verlangen genießt. Plötzlich packt er sie bei den Hüften, drückt ihren Oberkörper gegen das Waschbecken, sodass sich ihre Blicke im Spiegel begegnen. Ich bin wie gelähmt, da in meinen Büchern keine Sexszenen vorkommen, und kann doch nicht aufhören, gespannt und erregt zu lauschen.

Durch meine geschlossenen Augen sehe ich die beiden vor mir, seinen Körper, das markante Gesicht und die eisblauen Augen, ehe er ihren Rock hochschiebt, ihr Höschen zerreißt und ohne Mühe in sie eindringt. What the hell! Darauf bin ich nun gar nicht vorbereitet gewesen.

Die Szene nimmt Fahrt auf, ich höre ihr Stöhnen, sein Keuchen und die heißen Dialoge. Ich kann gar nicht anders, als mich selbst zu berühren. Ich stimme in sein Keuchen ein, verwöhne mich mit einem, dann mit zwei Fingern, und da mich die Sexgeräusche im Buch immer mehr anheizen, komme ich noch vor der Frau im Buch. Meine Augen sind noch immer geschlossen, mein Atem geht schnell, und als der Höhepunkt abflaut, fühle ich mich einsamer denn je.

Da mir in dem warmen Wasser zu heiß geworden ist, steige ich aus der Wanne, wickle ein Handtuch um meinen Körper und mache mich auf den Weg in mein Zimmer, da ich meine Unterwäsche und den Pyjama dort vergessen habe.

Kaum betrete ich den Flur, schreie ich auf, denn niemand Geringerer als Zayn lehnt lässig an der Wand gegenüber. Beinahe wäre mir mein Handtuch vom Körper geglitten vor Schreck.

»Was zum Teufel machst du denn hier?«, zische ich.

»Ich habe eine fremde Männerstimme gehört, und da ich dachte, dass keiner da ist, wollte ich mich mal umschauen.«

»Hast du denn nicht gesehen, dass meine Handtasche im Wohnzimmer liegt?«

»Ich habe nur die Stimme gehört und mir Sorgen gemacht. Zum rationalen Denken hatte ich keine Zeit.«

»Wie bist du überhaupt reingekommen?«

»Daniel hat mir vor langer Zeit einen Schlüssel für die Wohnung gegeben. Für Notfälle.«

»Und was für ein Notfall führt dich hierher?«

Er senkt verlegen den Kopf, seine Wangen röten sich leicht, was meine Wut abrupt abflauen lässt. »Addison hat mir geschrieben, dass sie gekocht hat, und da du ja meistens länger arbeitest, habe ich angenommen, dass niemand zu Hause ist.« Er räuspert sich und fügt noch hinzu: »Ich habe Addy vorher gefragt, ob es okay ist.«

»Ach so. Das ist …« Plötzlich hörte ich hinter mir wieder ein Stöhnen und erstarre. Ich habe vergessen, das Hörbuch auszuschalten.

Zayn hebt die Brauen und grinst mich an. »Siehst du Pornos, während du badest?«, fragt er amüsiert.

Ich knalle die Tür hinter mir zu, doch die Sexgeräusche sind immer noch gedämpft zu hören. »Das ist ein Hörbuch.«

»Es gibt Pornos, die man sich anhören kann?«

Meine Wangen färben sich tiefrot. Ich will nicht mit Zayn darüber sprechen, aber ich muss es ihm erklären. »Es ist ein Roman, den sich Tae geholt hat. Du bist genau da gekommen, wo sie Sex haben.«

»Du ja anscheinend auch«, flüstert er und hebt den rechten Mundwinkel.

Verdammte Scheiße! Hat er mich etwa gehört? Das kann doch nicht wahr sein!

»Ähm …« Ich stehe da wie ein Fisch, den Mund geöffnet, aber es kommen keine Worte raus.

»Kein Sorge, Gracie, du bist sicher nicht die Einzige, die sich beim Schauen oder eben Hören eines Pornos befriedigt.«

»Können wir bitte das Thema wechseln?« Ich flehe eher, als dass ich es sage, denn dieses Gespräch ist wohl das peinlichste, das ich je geführt habe. Den peinlichsten Moment wiederum habe ich auch mit Zayn erlebt, als ich halb nackt auf ihm gelegen habe. Wobei mir auffällt, dass ich wieder nur mit einem Handtuch bekleidet bin. Die Hitze, die meinen ganzen Körper aus Scham erfüllt, ist kaum auszuhalten.

»Ich wollte dich nicht in Verlegenheit bringen.« Sein Grinsen sagt aber etwas anderes. Idiot!

»Weißt du was, wieso gehst du nicht in die Küche und wärmst das Essen auf, während ich mich anziehe?« Eines muss ich ihm zugutehalten, er hat nicht einmal auf meinen Körper gestarrt, sondern mir nur ins Gesicht gesehen.

»Geht klar«, murmelt er und eilt davon.

Ich schüttle peinlich berührt den Kopf, als wieder die Stimme der Leserin dumpf durch die Tür erklingt. Ich gehe ins Badezimmer und stecke das iPad aus den Lautsprechern, ehe ich in mein Zimmer gehe. Dabei hoffe ich, dass diese Röte aus meinem Gesicht weicht, aber das wird wohl eine Weile dauern.

Kapitel 11

GRACE

Der herrliche Geruch von Essen dringt in meine Nase, als ich die Treppenstufen hinabsteige. Ich habe mich für einen langärmeligen pastellblauen Pyjama entschieden, da Zayn in den letzten Wochen mehr Haut von mir gesehen hat als Daniel, und wir leben schon seit Jahren zusammen. Ich höre es in der Küche klappern und trete näher. Zayn hat den Tisch gedeckt und schenkt uns gerade ein Glas Wein ein, als ich mich bemerkbar mache.

»Was gibt's denn heute, Maestro?« Noch während ich die Frage stelle, knurrt mein Magen so laut, dass er einem wütenden Hund Konkurrenz machen könnte.

»Nach deinem Magenknurren zu urteilen, werden wir wohl zu wenig Essen haben. Wahrscheinlich wirst du alles allein wegfuttern.«

Ich boxe ihm auf den Oberarm und setze mich kopfschüttelnd an den Tisch. »Wenn du so weitermachst, wirst du tatsächlich leer ausgehen.«

»Du bist ja fies. Hätte ich nicht von dir gedacht.« Schmollend reicht er mir das Weinglas. Er öffnet den Deckel des Topfes, dem der herrliche Duft von Fleischbällchen in Sauce entsteigt.

»Ich liebe Addison einfach«, schwärme ich und lege mir die Serviette auf den Schoß. Sie kann kochen wie niemand sonst.

Zayn greift nach meinem Teller und gibt eine große Portion darauf, dazu grüne Bohnen und reichlich Kartoffelpüree. Auch Zayn langt zu, und wir essen eine Weile schweigend, weil wir beide ausgehungert sind und weil wir beide, glaube ich, auch etwas Ruhe brauchen. Mir ist aufgefallen, dass er rastlos und angespannt wirkt. Erst nachdem wir unsere Teller geleert haben und gleichzeitig nach unseren Weingläsern greifen, merke ich, dass er zur Ruhe gekommen ist.

»Wie geht es dir?« Ich rede nicht gern um den heißen Brei herum, und Zayn weiß das auch. Ich habe das Gefühl, dass ihm etwas auf der Seele liegt, und er soll wissen, dass ich für ihn da bin.

Er hebt den Mundwinkel und sieht mich mit diesem bestimmten Blick an, der den Frauen im Pub Herzflattern beschert. Er ist ehrlich und entwaffnend. »Ich bin froh, dass ich den Abend mit dir verbringe.«

»Das freut mich, aber du weichst meiner Frage aus.« Das tut Zayn des Öfteren.

»Sehr scharfsinnig, Grace.«

»Du weißt doch, das Sherlock-Gen. Ich kann nichts dafür.«

»Ich dachte, du magst diesen Spitznamen nicht.«

»Langsam freunde ich mich mit ihm an.« Ich lächle ihn an.

Zayn atmet tief ein und aus. »Ich habe mal wieder Stress mit meinem Vater.« Er stellt das Glas ab und blickt mich aus traurigen Augen an. Bis jetzt haben wir in der Gruppe so gut wie gar nicht über Zayns Eltern gesprochen. Er hat sie selten bis nie erwähnt, doch ich merke, seit wir zu zweit Zeit miteinander verbringen, öffnet er sich immer mehr, spricht mit mir auch über seine Familie.

»Mal wieder wegen des Jobs?« Ich weiß, dass dies ein Dauerthema zwischen ihm und seinem Dad ist.

»Ja. Er hat gesagt, er wird mir den Geldhahn zudrehen, wenn ich nicht zu dem nächsten Bewerbungsgespräch erscheine, das er für mich eingefädelt hat.«

»Brauchst du denn sein Geld? Ich meine, würde es denn einen Job geben, der dir gefällt und bei dem du genug verdienst, um gar nicht von deinem Dad abhängig zu sein?«

»Da gäbe es schon etwas, aber die Chance, damit genug Geld zu verdienen, ist eher gering. Und etwas anderes interessiert mich nicht wirklich.« Entschlossenheit spricht aus seiner Stimme, er weiß ganz genau, was er will, auch wenn er nicht sagt, was es ist. Aber das ist okay für mich. Ich bin da, um zuzuhören.

»Dann würde ich trotzdem in dem Bereich suchen, der dir vorschwebt, denn ich denke, du willst nicht dein Leben lang von deinem Vater abhängig sein, oder?«

»Nein. Nicht wirklich. Weißt du, wir haben uns früher sehr gut verstanden, waren gemeinsam im Skiurlaub, sind fischen und wandern gegangen. So richtige Vater-Sohn-Wochenenden, aber seit einer Weile machen wir das nicht mehr. Jetzt schweigen wir uns an, und falls wir doch mal ein paar Worte miteinander wechseln, artet es meistens in Streit aus.«

»Das tut mir leid.« Ich habe eine innige Beziehung zu meinen Eltern, und allein schon der Gedanke, dass ich mich mit einem von ihnen streiten würde, lässt mein Herz schwer werden.

»Muss es nicht. Es ist nun mal so. Wir werden nie wieder an den Punkt zurückkommen. Mein Ziel ist es einfach, die Besuche bei meinen Eltern zu überstehen, bis ich endlich wieder zurückfahren und Zeit mit euch verbringen kann.«

»Das ist schön zu hören. Hast du eigentlich noch andere Freunde, mit denen du Zeit verbringst? Du erzählst kaum von anderen Menschen in deinem Leben.«

»Weil es keine gibt. Ihr seid die Einzigen, und ich brauche auch keine weiteren Freunde.«

Ich hebe erstaunt die Brauen, denn Zayn ist jemand, der, wenn er einen Raum betritt, die Blicke auf sich zieht und schnell Kontakt zu anderen Leuten findet.

»Überrascht, Sherlock?«

»In der Tat. Ich habe gedacht, du hast außer uns noch viele andere Freunde.«

»Ich liebe es, Menschen um mich zu haben. Komme mit vielen gut klar, aber ich nenne eher selten jemanden meinen Freund. Ein Freund ist für mich nur jemand, dem ich blind vertrauen kann.«

In meiner Brust breitet sich Wärme aus, während ich an meine Freunde denke. In kurzer Zeit haben wir eine kleine Familie aufgebaut, weil wir immer füreinander da sind und einander auffangen, wenn es jemandem schlecht geht. Wir können gemeinsam lachen, aber auch weinen. Wahre Freundschaft zu finden ist schwer, aber wir haben es geschafft.

»So gehört uns deine ganze Aufmerksamkeit.«

»Ich weiß nicht, ob das ein Grund zur Freude ist.«

»Wieso sagst du das?« Ich nehme noch einen großen Schluck von dem hervorragenden Wein und lehne mich entspannt zurück.

»Na ja, jetzt, wo wir so viele Pärchen in der Clique haben und die meist etwas allein unternehmen, werde ich dich nerven. Bis jetzt habe ich die meiste Zeit mit Pacey verbracht, aber der geht täglich Linda an die Wäsche. Gegen einen Dreier hätte ich zwar nichts einzuwenden, bevorzuge aber eher zwei Damen.«

»Du Spinner.« Dieser Kerl schafft es immer wieder, mich zum Lachen zu bringen. Weil er anzügliche Witze reißen kann wie kein anderer.

»Aber ich hätte nichts dagegen, wenn wir uns öfter treffen würden.«

»Das sagst du jetzt. Warte mal, wenn du einen Mann gefunden hast. Dann bin ich abgeschrieben und sitze allein da.«

»Ach, so schnell wird das nicht passieren.«

Nun hebt er die Brauen und lehnt sich vor. »Hältst du es für so unwahrscheinlich?«

Ich seufze auf, weil ich nicht anders kann. »Ich bin nicht der unwiderstehliche Typ, um den sich die Männer reißen. Das sage ich nicht, weil ich finde, dass ich nicht attraktiv bin oder so, aber ich bin eben der unaufgebrezelte, natürliche Typ, während die Männer meist nach Oberweite und Hintern Ausschau halten.«

»Die Idioten wissen gar nicht, was sie verpassen. Sei froh, dass du nicht jedem auffällst, sondern nur Männern wie mir, die nach Frauen mit Substanz suchen und keine hohlen Tussis wollen.«

Ich schaue ihn fragend an, denn bis vor Kurzem ist er bei genau solchen Ladys gelandet.

»Okay, ich hatte eine Schwäche für Frauen, die leicht zu haben sind. Aber jetzt nicht mehr.«

»Was hat sich verändert?«

»Ich. Ich bin fast dreißig Jahre alt und möchte nicht ewig allein bleiben.«

»Du wirst nicht lange allein bleiben, du lernst doch schnell neue Leute kennen.«

»Und du nicht?«

»Nein, ich habe Online-Dating versucht, aber das ist nichts für mich.«

»Dann versuch es doch mal mit Speed-Dating.«

»Ich weiß nicht. Es steht zwar auf meiner Liste, aber ich

glaube nicht, dass ich mich dazu überwinden kann.« Ich habe das noch nie versucht und bin mir nicht sicher, ob ich offen genug für solche Events bin.

»Du hast eine Liste? Mit Möglichkeiten, wie du Männer kennenlernen kannst?«

Ertappt kaue ich auf meiner Lippe rum, was Zayns Aufmerksamkeit auf eben diese lenkt.

»Es ist eher eine To-do-Liste, die sich auf alle Lebensbereiche bezieht.«

»Ist es eine geheime Liste, Sherlock?«

»Mehr oder weniger. Ich mache am Anfang jedes Jahres eine, darauf sind Punkte, die ich dieses Jahr unbedingt erreichen möchte, und vor Silvester sehe ich sie mir noch mal an und schaue, ob ich auch alles abgehakt habe.«

»Was steht da so drauf?«

»Ich kann sie dir nicht zeigen.«

»Steht da mehr über die Pornos, die du dir anhörst?«

Verlegen senke ich den Blick. Meine Wangen brennen. Zayn hebt mit dem Zeigefinger mein Kinn an. »Du siehst süß aus, wenn du rot wirst. Wieso ist mir das bis jetzt nie aufgefallen?«

»Weil ich solchen Themen gekonnt aus dem Weg gehe. Ich lenke das Gespräch dann meist in eine andere Richtung, sodass ich selten bis nie Grund habe, verlegen zu werden.«

»Das müssen wir ändern.«

»Gar nicht! Sei still.«

»Ich will wissen, was auf der Liste steht.«

»Nein.«

»Dann erzähle ich dir etwas, das niemand über mich weiß.«

»Ein Geheimnis für ein Geheimnis?«

»Genau.« Zayns Lächeln wird breiter, verführerischer, ich kann es einfach nicht anders beschreiben. Er schafft es mit seinem warmen Blick und seinem Charme, mich zu allem zu überreden.

»Na gut. Aber du fängst an.«

Er setzt sich aufrechter hin und verhakt die Finger. »Als Teenager habe ich ein Markenshirt geklaut. Sie haben mich erwischt, aber auf eine Anzeige verzichtet, weil sie meine Eltern gekannt haben.«

»Du böser Bube! Und du hast es niemandem bis jetzt erzählt?«

»Nein, wirklich noch niemandem. Es war mir ehrlich gesagt zu peinlich.«

»Na schön.« Ich überlege, welchen Punkt ich von meiner Liste offenbaren kann, denn auch diese ist im Grunde mein Geheimnis. »Ein Punkt auf meiner Liste ist, dass ich einen Kochkurs belegen will.«

»Langweilig. Ich will ein Geheimnis.«

»Ich habe dir schon eins verraten!«, rufe ich empört aus, kann mir aber ein Lächeln nicht verkneifen.

»Bitte, das ist lahm. Nun sag schon.«

Ich kaue mal wieder auf der Unterlippe, ehe mir ein Punkt einfällt, der zwar intim ist, aber Zayn ist mein Freund, und wenn ich mit Addy und Tae über Sex sprechen kann, kann ich es mit ihm auch. Und Herrgott, er hat mitbekommen, wie ich in der Badewanne masturbiert habe! »Ich habe den Wunsch, einmal in einen Stripclub zu gehen.«

»Was? Du machst Witze!«

»Nein, es ist mein voller Ernst. Ich würde gerne mal Frauen beim Poledance zusehen.«

»Grace Willet-Colden, du bist ja mit allen Wassern gewaschen. Das gefällt mir.« Wieder haue ich ihm auf den Oberarm, aber langsam scheint er sich daran zu gewöhnen. »Na, du kannst dir sicher sein, dass du diesen Punkt bald abhaken

kannst. Denn ich persönlich werde dich in den besten Stripclub der Stadt ausführen.«

Vorfreude erfüllt mich, denn auch wenn es eher ein unkon-
ventioneller Wunsch ist, möchte ich ihn mir erfüllen, und Zayn
scheint Feuer und Flamme zu sein, mir dabei zu helfen.

Nachdem wir den Tisch abgeräumt haben, machen wir es uns
auf der Couch gemütlich und sehen uns mit einer Schüssel
Popcorn auf dem Schoß *Ace Ventura* mit Jim Carrey an. Ich
habe eine Schwäche für alte Filme, vor allem die aus den Neunzigern. In meiner Teenagerzeit habe ich nicht viele Freunde gehabt, und meine Eltern sind eher strenger gewesen, sodass ich,
statt in Clubs abzuhängen, oft DVD-Abende gemacht habe.
Allein, wohlgemerkt, oder mit meiner Mom, wenn Dad mal
wieder auf Tour war.

Es ist nicht mal neun Uhr, als der Abspann läuft und ich zu
Zayn blicke. Ich wollte ihm gerade den Vorschlag machen, dass
wir uns *Men in Black* anschauen könnten, doch er hat sich ans
Kissen gekuschelt und schläft tief und fest. Ich lächle in mich
hinein. Wenn er jemals mit mir mithalten will, dann muss er
länger aushalten können. Ich decke ihn zu und will schon in
mein Zimmer gehen, als ich erneut in sein schönes Gesicht
sehe. Zayns Züge sind markant, er würde hart aussehen, wenn
nicht seine Augen wären. Diese strahlen Freundlichkeit aus,
Wärme. Die gebräunte Haut in Kombination mit den dunklen
Haaren ist normalerweise das, was mich schwach werden lässt.
Kurz blitzen Bilder von meinem Traum in meinem Kopf auf,
und dabei habe ich gedacht, dass ich diesen schon längst ver-
drängt hätte.

Gierige Hände, hungrige Lippen und sich reibende Körper.
Im Traum haben Zayn und ich das perfekte Paar abgegeben,
zumindest habe ich das Gefühl gehabt, aber im echten Leben

würde wir es nicht mal zwei Tage miteinander aushalten, denn auch wenn ich meinen Freund mag und ihn respektiere, sind wir viel zu unterschiedlich, und Zayn ist eher das Gegenteil von dem, was ich suche. Trotz allem kann ich es nicht lassen und streichle ihm übers Haar, weil ich immer schon wissen wollte, wie es sich anfühlt.

Kapitel 12

Zwei Wochen sind vergangen, seit ich meinen Vater das letzte Mal gesprochen habe. Zwei Wochen, in denen ich meine Mutter nicht besucht habe. Ich fühle mich mies deswegen, aber ich habe diesen Abstand gebraucht, weil Dad mir mit seinen Predigten auf die Nerven geht. Doch diesmal bin ich schlauer. Ich habe Delilah angerufen und gefragt, wann mein Vater nicht zu Hause sein wird. Genau diesen Zeitpunkt habe ich mir ausgesucht, um nach New Jersey zu fahren.

Es ist für März ungewöhnlich warm, weshalb ich im kurzärmeligen T-Shirt im Auto sitze. Ich habe diesmal meinen Laptop dabei und werde, während ich bei Mom bin, ein wenig schreiben. Auch auf Delilah freue ich mich, denn ich habe sie länger nicht gesehen. Sie ist meine Nanny gewesen und die Haushälterin bei meinen Eltern, seit sie sich in New Jersey niedergelassen haben. Sie hat damals keinerlei Erfahrung im Umgang mit Kindern gehabt, keine Referenzen, als sie eines Tages mit einem Baby im Arm auf der Türschwelle meiner Eltern gestanden und um einen Job gefleht hat. Sie ist so verzweifelt gewesen, dass sie wie Espenlaub gezittert hat.

Meine Mutter hat die beiden aufgenommen, ihr Arbeit und ein Dach über dem Kopf gegeben und sich mit ihr angefreundet. Amber, Delilahs Tochter, ist mittlerweile Anwältin, arbeitet und lebt in der Stadt. Delilah ist wie eine Tante für mich.

Sie trifft der Zustand meiner Mutter ebenso heftig wie meinen Vater und mich.

Als ich vor dem Haus meiner Eltern parke, erwartet sie mich schon auf der Veranda. So wie es meine Mutter immer getan hat. Ich denke, Delilah will es mir leichter machen, indem sie auf mich wartet, aber es ist trotzdem bitter, weil ich mir so sehr wünsche, dass es meine Mutter wäre, die mich begrüßt.

»Pfirsich! Gut siehst du aus.«

Ich schüttle den Kopf und umarme sie ganz fest, ehe ich ihr einen Kuss auf die Wange gebe. »Dass du einfach nicht aufhören kannst, mich so zu nennen.«

Sie hat mich gewickelt, und weil ich ihrer Meinung nach einen Pfirsichpo hatte, hat sie mir diesen Namen gegeben. Ich tue so, als würde ich es schlimm finden, aber wenn ich ehrlich bin, freue ich mich darüber, weil das nämlich das Einzige ist, was mich in diesem Haus an meine glückliche Kindheit erinnert.

»Wo bleibt denn da der Spaß? Ich kann es kaum erwarten, dass du eine Freundin mitbringst und ich ihr deine ganzen Kinderfotos zeigen kann. Vor allem die, auf denen du nackt bist.«

»Da kannst du lange warten.«

»Ja, das sagen sie alle. Komm rein, deine Mutter wartet auf dich.«

Das sagt sie jedes Mal, wenn ich komme. Wir betreten gemeinsam das Schlafzimmer. Wenigstens sitzt meine Mutter diesmal in ihrem Rollstuhl und schaut aus dem Fenster. Sonst liegt sie meistens im Bett und starrt an die Decke.

»Sofia, sieh mal, wer gekommen ist.«

»Hey Mom.« Ich gehe vor ihr in die Hocke und greife nach ihrer Hand. Das Lächeln auf meinen Lippen ist hoffnungsvoll, aber es verblasst schnell wieder, als Mom keinerlei Regung zeigt. Delilah drückt meine Schulter und versucht mir Kraft zu geben, aber es hilft nicht. Eine Träne rollt über meine Wange, weil ich nichts dagegen unternehmen kann. Gegen die Kälte, die in meiner Mutter wohnt und sie wie eine leere Hülle wirken lässt. Der Schock, dass sie nie wieder wird gehen können, sitzt noch immer tief in ihr.

»Ich hab dich lieb«, flüstere ich und gebe ihr einen Kuss auf die Wange. Denn auch wenn alles den Bach runtergeht, werde ich sie immer lieben, weil ich an meinen Erinnerungen festhalte, weil ich nicht anders kann. Ich nehme mir einen Stuhl und setze mich neben sie, hole meinen Laptop und schreibe eine Weile, bis mich der Hunger packt. Ich gehe zu Lilah in die Küche, die sogleich einen Teller dampfende Kürbissuppe vor mich hinstellt.

»Du siehst ausgehungert aus. Komm, setz dich.«

Das braucht sie mir nicht zweimal zu sagen. In Windeseile habe ich den Teller geleert.

»Na? Bekommst du in New York nicht genug zu essen?«

»Nichts schmeckt annähernd so gut wie deine Köstlichkeiten.«

»Na warte, bis du erst mal meinen Schmorbraten probiert hast.« Sie reicht mir einen Teller voll und lächelt mich an. »Sie wird schon wieder.« Delilah ist stets hoffnungsvoll, selbst dann, wenn es unmöglich scheint. Ich esse weiter, gehe nicht auf ihre Worte ein. Aber sie redet weiter. »Dein Vater hat einen neuen Therapeuten engagiert, der angeblich der beste im Bereich Traumata ist.«

»Ein neuer Psychodoc, klar. Hat er selbst jemals mit ihr gesprochen? Schläft er überhaupt noch bei ihr im Zimmer?«

»Du glaubst vielleicht, dein Vater ist ein Tyrann, aber er will nur das Beste für seine Familie, und um deine Frage zu beantworten, ja, natürlich redet er mit ihr. Jeden Tag, wenn er von der Arbeit nach Hause kommt, sieht er nach Sofia, fragt mich, wie es ihr tagsüber ergangen ist. Und ja, er schläft noch immer in ihrem gemeinsamen Zimmer, auch wenn er kaum zum Schlafen kommt, weil er ständig arbeitet.«

Ihre Worte ernüchtern mich, weil ich bis jetzt nie wirklich mit meinem Dad über solche Dinge gesprochen habe. Aber ich freue mich darüber, dass er nach wie vor Moms Nähe sucht. Ebenso wie ich, doch wir werden wohl ein Wunder brauchen, wenn wir je wieder meine Mom so erleben wollen, wie sie früher war.

»Vielleicht habe ich vorschnell geurteilt.«

»Kann mal passieren. Dein Dad und du, ihr habt eure Differenzen, deshalb solltet ihr einmal offen miteinander sprechen.«

»Vielleicht hast du recht.« Nach diesen Worten ist der Druck in meiner Brust verschwunden, ich atme freier und fühle mich etwas besser, weil ich nun weiß, dass auch mein Vater meine Mutter nicht aufgegeben hat.

»Was gibt es Neues bei dir?«, fragt Delilah.

»Nicht viel. Ich habe wieder angefangen zu schreiben.«

»Es wurde auch Zeit. Du hast früher so gern geschrieben. Hast du schon darüber nachgedacht, dein Buch einem Verlag anzubieten?«

»Dafür ist es noch viel zu früh. Ich werde es erst mal beenden und mir dann Testleser suchen.«

»Wie wäre es mit deinen Freunden?«

»Nein.«

Sie seufzt und räumt meinen Teller in den Geschirrspüler, ehe sie sich wieder mir zuwendet. »Auch wenn ich deine Freunde nur aus deinen Erzählungen kenne, bin ich mir sicher, dass sie dir aufrichtig ihre Meinung sagen würden, wenn du es ihnen anvertraust.«

»Bis jetzt ist es mein kleines Geheimnis gewesen, und das soll noch eine Weile so bleiben.«

»Na schön, dann schreib du noch eine Weile auf der Terrasse. Ich muss deine Mutter waschen gehen.«

»Danke dir für das beste Mittagessen auf der ganzen Welt.«

»Das sagst du jedes Mal, du Charmeur. Gern geschehen.«

Als sie den Raum verlässt, hält mein Lächeln noch an, weil ich froh darüber bin, dass Delilah in unserem Leben ist. Sie hat niemandem erlaubt, die Pflege meiner Mutter zu übernehmen, weil sie es selbst machen will. Es ist eine Selbstverständlichkeit für sie, die nicht zur Debatte steht. Mom hat ihr eine Chance gegeben, als niemand sonst ihr helfen wollte, und deshalb übernimmt sie die Pflege von Mom. Weil sie weiß, dass es umgekehrt genauso sein würde, denn die beiden haben im Laufe der Jahre eine tiefe Freundschaft aufgebaut.

Auf der Terrasse erwärmen die Sonnenstrahlen mein Gesicht, doch ich schreibe nicht, sondern genieße die Ruhe, die hier herrscht. Meine Wohnung in New York liegt an einer dicht befahrenen Straße, sobald ich das Fenster auch nur einen Spalt öffne, dringt der Lärm der Stadt herein und macht es mir unmöglich, mich zu konzentrieren oder zu entspannen. Je älter ich werde, desto mehr ermüdet mich die Hektik New Yorks. Vor ein paar Jahren habe ich es genossen, dass überall etwas los ist, dass man an jeder Ecke Zerstreuung hat finden können, aber nun bin ich an einem Punkt angelangt, wo ich überlege, wieder hierher, nach New Jersey, zu ziehen.

Natürlich nicht zu meinen Eltern, aber ich würde mir in ihrer Nähe eine Wohnung suchen, mein Buch beenden und herausfinden, ob ich mit dem Schreiben Geld verdienen kann. Grace hat recht, ich möchte nicht ewig meinem Vater auf der Tasche liegen, denn solange das so ist, hat er immer etwas gegen mich in der Hand.

Aber bis jetzt sind dies nur Überlegungen, denn wenn ich ehrlich bin, weiß ich nicht genau, was ich will. Zum einen will ich ja arbeiten, aber egal, welcher Job, ich scheine nicht hineinzupassen, auch wenn ich mich anstrenge, habe ich das Gefühl, fehl am Platz zu sein. Mein Traum wäre es natürlich, vom Schreiben leben zu können, aber das zu erreichen erfordert viel Zeit und Glück. Doch ich gebe meinen Traum nicht auf, nicht nachdem ich in den letzten Wochen so viel geschrieben habe wie noch nie.

Es ist später Nachmittag, als ich in New York ankomme. Wieder bin ich aufgewühlt und traurig, wie jedes Mal, nachdem ich meine Mom besucht habe. Ich gehe in der Wohnung auf und ab und komme nicht zur Ruhe, muss irgendetwas tun. Ich schnappe mir mein Handy und will schon Pacey anrufen, aber dann lasse ich es, denn bestimmt wird er etwas mit Linda unternehmen. Ich könnte auch Grace anrufen, da wir in letzter Zeit viel Spaß miteinander hatten, aber es sind erst ein paar Tage seit unserem letzten Treffen vergangen, und ich möchte mich nicht aufdrängen. Also springe ich unter die Dusche, ziehe mir ein weißes Hemd und eine grauen Anzughose an, style mein Haar und begebe mich in die Stadt.

Wenn ich ausgehe, entscheide ich immer je nach meiner Laune, in welches Lokal ich gehe. Wenn mir nach Leuten ist, mit denen ich zwanglos quatschen kann, gehe ich meist ins *Irish Pub*, wo sich unsere Clique jeden Freitag trifft. Wenn ich scharf auf ein Abenteuer bin, gehe ich in Clubs, in denen ich relativ unbekannt bin, so kann ich in Ruhe Ausschau nach einer Frau halten. Wenn ich aufgewühlt bin, gehe ich meist in eine gut besuchte Bar, in der ich selbst entscheiden kann, ob ich gemütlich allein trinke oder bereit bin, jemanden kennenzulernen.

Im *Pinkys* servieren sie hervorragende Cocktails und haben sogar ein reiches Angebot an Speisen. Ich setze mich an die Bar und bestelle mir ein Bier, ehe ich mein Smartphone checke. Wieder denke ich darüber nach, Grace zu schreiben, ob sie Lust hat, sich mit mir zu treffen, aber etwas lässt mich zögern. Ich kann es nicht benennen, aber es lässt mich das Handy wieder in die Hosentasche stecken. Vielleicht ist es die Tatsache, dass ich in den letzten Tagen stets an sie denken muss, dass ich mich ständig frage, was sie wohl gerade tut und ob sie auch an mich denkt. Irre, ich weiß, aber irgendwas in mir will es nicht schnallen, dass Grace für mich tabu ist.

In aller Ruhe trinke ich mein Bier, während um mich herum sich Menschen unterhalten und Drinks weitergereicht werden. Doch inmitten dieses Trubels habe ich das Gefühl, allein zu sein. Wenn ich genau darüber nachdenke, fühle ich mich schon lange verloren, was ich aber im Beisein meiner Freunde nicht zeige.

In solchen Momenten setze ich ein Lächeln auf, denn ich bin jemand, der etwas gegen die Einsamkeit tun will. Wer weiß, vielleicht werde ich heute eine Frau kennenlernen, die mich eine Weile von meinen Sorgen ablenken kann. Ich will gerade noch ein Bier bestellen, als mir eine Kellnerin einen kleinen Zettel zusteckt und mich anlächelt. Sie sieht gut aus, groß, kurvig und blondes Haar. Ich falte den Zettel auseinander, aber statt der Nummer von der Bedienung finde ich einen Hilferuf von Grace mit den genauen Worten: Dreh dich um und errette mich vom schlimmsten Date meines Lebens!

Kapitel 13

GRACE

Das ist der schlimmste Abend meines Lebens! Ich sitze hier mit Lance, einem netten Typen, der in die Wohnung gegenüber gezogen ist. Er hat Addison nach meiner Nummer gefragt und mich dann um ein Date gebeten. Eine ganze Weile bin ich ihm eine Antwort schuldig geblieben, da ich ständig an Zayn denken muss. Aber je mehr Zeit verstreicht, desto mehr muss ich auch an seine ganzen Flirts denken, an sein Leben als Playboy und Partygänger, und stelle fest, dass, obwohl ich ihn mag, wir einfach nicht zusammenpassen.

Als mich Lance erneut gefragt hat, habe ich zugesagt, und jetzt wünsche ich mir, ich hätte es nie getan. Er ist nett, keine Frage, aber schmatzt beim Essen, seine Klamotten sind zerknittert, er redet ständig von seiner Ex, und wenn er es einmal nicht tut, erzählt er von seiner Mutter. Ich habe mir schon zwei Biere bestellt und würde gerne auf etwas Stärkeres umsteigen, weil ich sonst den Abend nicht überstehen würde.

Am liebsten würde ich aufstehen und gehen, aber ich bin kein unhöflicher Mensch, der jemanden einfach so abserviert, und auch wenn Lance nicht meinem Typ entspricht, ist er freundlich und aufmerksam. Kurz bevor die Kellnerin an unseren Tisch kommt, entdecke ich Zayn. Er ist meine Rettung! Als mein Date in die Karte sieht, gebe ich der Kellnerin ein Zeichen, mir ihren Papierblock und Stift zu geben. Ich notiere schnell eine SOS-Nachricht und deute mit dem Finger auf Zayn. Die Bedienung versteht zum Glück sofort, was ich meine.

Die Kellnerin ist noch nicht lange weg, da spüre ich schon Zayns Blick auf mir, es ist wie ein Kribbeln auf meiner Haut, als könnte ich seine Nähe spüren. Mein Date hat gerade wieder von der Wohltätigkeitsarbeit seiner Mutter angefangen, als Zayn seine Hand auf meine Schulter legt.

»Grace?« Ich weiß, er zieht jetzt sicher eine Show ab, aber das ist mir egal, ich will diesen Kerl einfach nur loswerden.

»Hey Zayn. Schön, dich zu sehen.«

»Ganz meinerseits. Ich habe dich vermisst.«

Ich weiß gar nicht, wie mir geschieht, denn plötzlich setzt sich Zayn neben mich auf die Sitzbank und legt den Arm um mich. »Du bist letzte Nacht so schnell abgehauen, dabei hatte ich noch so viel mit dir vor.«

»Ähm, na ja, ich musste früh raus«, erwidere ich mechanisch. Nun, zum Schauspielern bin ich jedenfalls nicht geboren.

»Wie geht's den Kindern?«

Ich hebe überrascht die Brauen, gehe aber darauf ein. »Danke, ganz gut. Sheila geht schon in die Schule, tut sich beim Rechnen aber schwer. Die Zwillinge sind in der Krabbelstube gefürchtet, weil sie alles und jedes Kind über den Haufen rennen. Sie vermissen ihren Dad, aber wie du weißt, sitzt er wegen Mord im Gefängnis. Seine schlimme Eifersucht.«

Das ist das Stichwort für mein Date. Er erhebt sich und verabschiedet sich stotternd von mir. Mit einem Anruf von ihm brauche ich wohl nicht mehr zu rechnen, und im Treppenhaus wird er einen weiten Bogen um mich machen. Ich atme erleichtert aus, werfe mich in Zayns Arme und drücke ihn fest an mich.

»Ich danke dir«, flüstere ich ihm ins Ohr und hole tief Luft.

Dabei atme ich seinen einzigartigen Duft ein. Eine Mischung aus Zitrone und seinem maskulinen Geruch. Als Zayn sich von mir löst, schenkt er mir dieses unwiderstehliche Lächeln, das ich so mag. Bei dem er den einen Mundwinkel anhebt und so verwegen aussieht, dass mein Herz einen Hüpfer macht. So muss es wohl allen Frauen gehen, mit denen er flirtet, wobei das hier zwischen uns natürlich nur freundschaftlicher Natur ist, aber trotzdem. Etwas in mir fühlt sich sehr wohl in seinen Armen.

»Nichts zu danken, deine Nachricht hatte vier Ausrufezeichen, was ich als dringenden Notfall gedeutet habe und sofort zur Rettung geeilt bin.«

Die Kellnerin erscheint und bringt uns die Mousse au Chocolat. »Ihr Begleiter hat die Rechnung beglichen, aber die Bestellung des Desserts nicht storniert. Hunger?« Sie versteht meine Situation, das erkenne ich an ihrem verständnisvollen Blick. Ich bin wohl nicht die Einzige, die ein mieses Date während ihrer Schicht gehabt hat.

»Natürlich! Das sieht verboten gut aus«, schwärmt Zayn und nimmt den Teller entgegen, auf dem praktischerweise zwei Löffel liegen. Außerdem reicht die Kellnerin Zayn sein Bier, das er wohl an der Bar stehen gelassen hat. Wir bedanken uns und sehen einander schmunzelnd an.

»Gefängnis, hmm?«, fragt er belustigt und nimmt einen Löffel von der Schokoladencreme in den Mund.

»Mir ist gerade nichts anderes eingefallen, und es musste ja etwas Extremes sein, damit er sich auch nie wieder meldet.«

»Wieso bist du nicht einfach gegangen?«

Bevor ich antworte, nehme ich einen Löffel voll Mousse und lasse sie mir auf der Zunge zergehen. Mann, ist die lecker! »Ich wollte nicht unhöflich sein und ihn vor den Kopf stoßen.«

»Weil du Grace bist.«

»Wie bitte?«

»Jeder andere Mensch wäre gegangen, ohne viel über die Gefühle seines Dates nachzudenken, aber du nicht. Du würdest einen ganzen Abend lang ein mieses Date ertragen, um nicht unhöflich zu sein und ihn nicht zu verletzen.«

Tja, er scheint den Nagel auf den Kopf getroffen zu haben. Ich bin wirklich so bescheuert, dabei wünschte ich mir, ich wäre mutig genug, um aufzustehen und zu sagen, was ich denke. »Ja, die vorhersehbare Grace tut eben das, was sie am besten kann.«

Mein Sarkasmus entgeht Zayn nicht. Er lehnt sich etwas vor und greift nach meiner Hand. »Glaub mir, Grace, du bist nicht vorhersehbar. In der Tat überraschst du mich immer wieder. Du hast anfangs einen ruhigen, verschlossenen Eindruck auf mich gemacht, aber je mehr Zeit ich mit dir verbringe, desto mehr merke ich, wie offen und stark du bist.«

»Quatsch, ich und stark? Ich brauchte dich, um mich zu retten, weil ich es selbst nicht schaffe.«

»Du wolltest nett sein, außerdem bist du stark, weil du dich nicht von Niederlagen runterziehen lässt. Eine miese Erfahrung lässt dich nicht die Hoffnung verlieren. Du willst einen Mann an deiner Seite? Dann stehst du auf und suchst nach ihm. Du wartest nicht darauf, dass er auf einem Pferd angeritten kommt, sondern nimmst dir das, was du willst, und deshalb finde ich, dass du eine starke Frau bist.«

Von dieser Seite habe ich das noch gar nicht betrachtet. »Danke, aber ich denke, ich habe genug von Dates und werde mich um andere Punkte meiner Liste kümmern.«

»Ah, die berühmte Liste. Was steht noch drauf?« Zayn wackelt neugierig mit den Brauen, was mich zum Kichern bringt.

»Vergiss es.«

»Ach, komm schon.« Er verzieht das Gesicht und setzt den Dackelblick ein.

»Betteln wird dir auch nicht helfen.« Ich nehme noch einen Löffel von der köstlichen Mousse in den Mund und sehe bewusst weg, doch er bleibt standhaft und sieht mich mit so einem süßen Gesichtsausdruck an, dass ich schwach werde.

»Ein Geheimnis für ein Geheimnis?« Ich komme ihm etwas entgegen, was ihm ein Lächeln entlockt.

»Deal.«

»Du zuerst«, sage ich.

»Ich habe in der Highschool meine Lehrerin auf den Mund geküsst.«

»Was?! Hattest du eine Affäre mit ihr?«

»Nein! Ich war und bin eine Null in Mathe und hatte immer nur schlechte Noten. Da ich nicht aus dem Schwimmteam fliegen wollte, habe ich mich mehr angestrengt, und als sie mir dann eine Eins gegeben hat, habe ich sie euphorisch geküsst.«

»Vor der ganzen Klasse?«

»Jap.«

»War sie wenigstens hübsch?«

»Na ja, für eine Fünfundfünfzigjährige sah sie nicht schlecht aus.«

Ich pruste los und halte mir den Bauch vor Lachen. Zayn lacht ebenfalls und schüttelt den Kopf.

»Wenn Pacey das wüsste. Er würde endlos darauf rumreiten.«

Zayn erstarrt und sieht mich mit einem grimmigen Ausdruck im Gesicht an. »Wehe dir! Er darf niemals davon erfahren. Die Schmach müsste ich mir mein Leben lang anhören.«

»Mach dich mal locker. Ich weiß, was das Geheim in Geheimnis bedeutet.«

»Gut zu wissen. Jetzt bist du dran, Sherlock.«

»Hmm.« Ich kaue auf meiner Unterlippe und überlege, was ich ihm erzählen kann. Das Stripclub-Geheimnis ist intim und mir etwas peinlich, also muss es diesmal etwas Jugendfreies sein. »Ich möchte unbedingt auf ein Haevn-Konzert gehen.«

»Echt? Du kennst die Band?«

»Du etwa auch?«, frage ich fassungslos, da sie nicht sehr bekannt ist und als Geheimtipp gilt. Sie verbinden tiefgründige Texte mit Klassik- und Popelementen. Ihre Musikrichtung ist schwer zu beschreiben, man muss es einfach hören.

»Ich liebe deren Songs. Jeder hat etwas Besonderes an sich, und die zwei einmal live zu erleben, das wünsche ich mir auch.«

»Das heißt, mein Geheimnis ist auch deins?« Ich nehme einen letzten Löffel von der Mousse, ehe ich mir ein Glas Soda bestelle.

»Geheimnis würde ich nun nicht sagen, aber ich freue mich sehr, dass wir heimlich von derselben Band begeistert sind.« Zayn lächelt, und ich erwidere es. Musik verbindet tatsächlich, würde ich mal sagen.

»Hurts mag ich auch total gerne, Maisie Peters und James TW.«

Derzeit sind dies meine Lieblingsmusiker, aber das wechselt von Monat zu Monat. Es kommt immer darauf an, in welcher Stimmung ich gerade bin. Die Liebe zur Musik habe ich von meiner Großmutter geerbt. Sie hat immer klassische Musik und Opern auf Schallplatten abgespielt. Eine meiner schönsten Kindheitserinnerungen ist die an die Nachmittage, die meine Grandma und ich damit verbracht haben, auf dem weichen Teppichboden zu liegen. Wir haben die Augen geschlossen und uns von der Musik verzaubern lassen. Sie ist eine große Bewunderin von Antonin Dvorak gewesen. Schon damals habe ich mich gerne in meiner Fantasie verloren, habe mir Gärten erträumt voller schöner Blumen und Düfte.

Mein Herz wird schwer, wenn ich an sie denke, denn im Gegensatz zu meinen Mitschülern, die viel mit gleichaltrigen Teenies unternommen haben, habe ich lieber mit meiner Großmutter im Garten gearbeitet. Sie hat mir alles über natürliches Wachstum und Gestaltung beigebracht, was eine gute Vorbereitung für mein Studium gewesen ist.

»Ich höre gerade viel Imagine Dragons. Diese Band spricht mir mit manchen Songs aus der Seele«, sagt Zayn.

»Das schaffen nur besondere Künstler.« Zayn nippt an seinem Bier, den Blick auf mich gerichtet. »Wie geht es dir? Ich meine, nachdem die Sache mit dem Date nicht so super gelaufen ist.«

»Um ehrlich zu sein, ganz gut. Lance und ich passen nicht zusammen, so ist das eben. Ich habe mal mein Glück versucht, und es ist nichts geworden, aber vielleicht beim nächsten Mal. Wer weiß?«

»Ich würde es dir wünschen, denn niemand hat es mehr verdient, glücklich verliebt zu sein als du.«

Wir unterhalten uns noch zwei Stunden über alles Mögliche. Ich bin erstaunt, wie leicht es mir fällt, mit Zayn über meine Sorgen und Wünsche zu sprechen. Er hört mir aufmerksam zu, und ich habe das Gefühl, dass er mich versteht. Zayns Art, sein lebensfrohes und auch nachdenkliches Wesen gefallen mir immer mehr.

Gegen neun Uhr beschließe ich, nach Hause zu gehen, da ich schon seit Stunden bei *Pinky* sitze. Es regnet in Strömen, als wir die Bar verlassen, und natürlich habe ich nicht an einen Regenschirm gedacht. Zayn schlägt vor, dass wir wieder reingehen und uns ein Taxi rufen sollten. Doch dann sehe ich eins um die Ecke biegen, lege Daumen und Zeigefinger an den Mund und stoße einen lauten Pfiff aus, um auf uns aufmerksam zu machen.

Wir teilen uns das Taxi, weil wir denselben Weg haben. Wir

sitzen eng beieinander, sind unbewusst zusammengerückt, um uns ein wenig zu wärmen. Der Regen hat uns durchnässt, auch wenn wir nur kurz draußen gestanden haben.

Plötzlich dreht er den Kopf in meine Richtung und sieht mich an. »Hast du vielleicht Lust auf einen Filmabend bei mir?«

Ich bin überrascht, weil Zayn weder mich noch die anderen jemals zu sich eingeladen hat. »Ich habe morgen erst am Nachmittag Termine, also spricht nichts dagegen.« Kaum habe ich die Worte ausgesprochen, läutet mein Telefon. »Hey Addy.«

»Hey Girl. Na, wie läuft der Abend? Hast du mit Lance auch viel Spaß?«

Ich blicke zu Zayn, der stumm lächelt und aus dem Fenster sieht. Ich betrachte sein Profil, seine kantigen Züge, die helle Haut, den Körperbau und muss wieder einmal feststellen, dass mir gefällt, was ich sehe. Wäre er nicht er und ich nicht ich … Nun ja, ich denke, ich würde ihn hier und jetzt küssen wollen …

»Erde an Grace! Bist du noch da? Bring mich nicht dazu, die Kavallerie auf die Suche nach dir zu schicken.«

»Bin da, sorry. Um ehrlich zu sein, war das Date ein Reinfall, aber Zayn hat mich wie ein Ritter gerettet, und wir sind gerade unterwegs zu ihm in die Wohnung.«

»Äh, sehe ich das richtig, dein Date war eine Katastrophe, und statt Lance hast du dir Zayn gekrallt, und ihr wollt jetzt bei ihm zu Hause Sex haben?«

»Was? Nein! Hast du sie noch alle? Niemals!«

»Okay, okay, schrei mir nicht mein Trommelfell kaputt. Danke. Also keinen Sex.«

»Natürlich nicht! Wir machen einen Filmabend.«

»Ach, Gracie, du weißt doch, dass Filmabend nur ein anderer Ausdruck für Sex ist.«

»Himmel! Wir wollen uns wirklich nur einen Film anse-hen.« Ich greife mit Daumen und Zeigefinger an meine Na-senwurzel und versuche den aufkommenden Kopfschmerz zu ignorieren.

»Na schön. Entschuldige, vielleicht bin ich ein wenig übers Ziel hinausgeschossen.«

»Ein wenig? Wer's glaubt.«

Dieses Gespräch neben Zayn zu führen ist mir unendlich peinlich. Ich schaue ihn an, aber er verzieht keine Miene.

»Okay, ich wollte mich nur vergewissern, dass es dir gut geht.«

Mein Blick ruht noch immer auf Zayn, wir sehen einander einfach nur an. Während seiner nicht viel preisgibt, ist meiner dankbar, denn er hat mir den Abend gerettet und mich zum Lachen gebracht. Er ist einer meiner besten Freunde, und ich könnte an keinem Ort sicherer sein als an seiner Seite.

»Mir geht's bestens«, sage ich zu meiner Freundin, und das ist auch wirklich so.

Wir lassen uns in Zayns Wohnung auf der Couch nieder, die als einziges Möbelstück gemütlich aussieht. Die anderen Mö-bel sind modern und scheinen nicht ganz zu Zayn zu passen. Das Chaos aus Büchern und Notizzetteln allerdings schon, es trägt sozusagen seine Handschrift. Aber statt gemeinsam einen Film auszusuchen, unterhalten wir uns weiter und können ir-gendwie nicht aufhören zu reden. Irgendwann spricht mich Zayn auf die bevorstehenden Bewerbungsgespräche an.

»Stellst du auch die typischen Fragen? So was wie, wo sehen Sie sich in fünf Jahren?«, will Zayn wissen. Es scheint, als hätte er ein Problem mit der Frage.

»Das hatte ich eigentlich vor.«

»Die kann doch keiner mehr hören.«

»Was stört dich daran?«

»Ich finde sie schwer zu beantworten und zu persönlich. Manche wissen das einfach noch nicht oder wollen vielleicht nicht so weit in die Zukunft denken.«

»Du redest von dir selbst, oder?«

Er nickt und leckt sich über die Unterlippe. »Ich weiß nicht mal, was nächstes Jahr sein wird oder was ich bis dahin erreicht haben will.«

»Ich schon.«

»Das wundert mich jetzt nicht. Du bist eine Macherin. Du weißt, was du willst.«

»Nicht in allen Bereichen, aber ich möchte ein Anwesen kaufen. Davon habe ich schon geträumt, als ich noch ein Teenager war.«

»Weißt du, manch andere Frau in deinem Alter wünscht sich eine neue Designer-Handtasche, doch du denkst groß und willst ein Anwesen.« Er lacht auf und verunsichert mich augenblicklich. Sind meine Träume zu groß? Glaubt er nicht, dass ich es schaffen kann?

»Ist das lächerlich?«

Er reißt die Augen auf. »Wie bitte? Niemals! Ich finde es bewundernswert und weiß, dass du alles schaffen wirst, egal was du dir vornimmst.«

»Wirklich?« Wieso bin ich so unsicher? Das fängt an, mir auf die Nerven zu gehen.

»Ich habe nur gelacht, weil du so anders bist als alle Frauen, die ich jemals getroffen habe. Du siehst deine Ziele völlig klar und lässt dich nicht davon abbringen. Ich mag dich genau so, wie du bist.«

»Ich mag dich auch.« Mehr, als gut für mich ist. Zayn schenkt mir wieder dieses unwiderstehliche Lächeln, das so verwegen gut aussieht, aber ich sehe auch, dass ihn etwas beschäftigt.

»Wo ist denn eigentlich dieses Anwesen?«

»In New Jersey.«

»Oh.« Er senkt den Blick, und ein trauriger Ausdruck erscheint auf seinem Gesicht. »Das heißt, du verlässt uns.«

»Ich würde nur ein Stück weiter draußen wohnen. Ich würde euch niemals verlassen.«

Zayn lächelt schwach und streicht mir eine Strähne hinters Ohr. Dabei streifen mich seine Finger und entfachen ein Brennen auf meiner Haut. »Da bin ich froh, denn ich könnte dich nicht gehen lassen«, flüstert er, ehe er sich fast widerwillig von mir löst. Plötzlich schnappt er sich die Fernbedienung und schaltet den Fernseher ein, als würde er vom Thema ablenken wollen. Etwas sagt mir, dass seine Worte ernster gemeint sind, als es den Anschein hat. Oder ist es das, was ich mir wünsche?

Kapitel 14

GRACE

Mr May ist ein viel beschäftigter Mann, das ist mir schon zuvor klar gewesen, aber dass es so schwer sein würde, einen Termin bei ihm zu bekommen, um den Plan zu besprechen, hätte ich nicht gedacht. Er hat erst Anfang April Zeit für mich. Falls wir uns dann einig werden, wird nach Vertragsabschluss umgehend mit der Umgestaltung begonnen. Deshalb habe ich schon Vorbereitungen getroffen und den Handwerkern und Arbeitern, die ich brauchen werde, Bescheid gegeben, dass sie sich die zweite Aprilwoche frei halten sollen.

Heute soll das erste Bewerbungsgespräch stattfinden. Ich habe noch nie eins geführt, deshalb habe ich mir zur Vorbereitung einige Videos zu dem Thema im Internet angesehen. Ich habe mir Notizen gemacht und trage heute einen dunklen Hosenanzug, der mich professioneller wirken lässt.

Kurz vor dem Termin klingelt das Telefon, was mich daran erinnert, es gleich auf stumm zu schalten.

»Hallo?«

»Hey, mein Schatz.« Meine Mom ist wie immer bester Laune. Sie zwitschert richtig beim Reden, was mir, wenn ich mies gelaunt bin, auf die Nerven geht, aber heute nicht. Heute fühle ich mich großartig. »Ich will dir noch schnell viel Glück wünschen vor deinem ersten Gespräch. Wir sind sehr stolz auf dich.«

»Das ist lieb, hab vielen Dank. Ich bin etwas nervös, aber ich denke, das ist auch als Boss normal.«

»Solange du es nicht offen zeigst, glaube ich, wird alles gut gehen. Gib ihnen die Chance zu zeigen, wer sie wirklich sind und was sie draufhaben. Dann kannst du sicher sein, dass du den oder die Richtige aussuchst.«

»Mach ich auf jeden Fall.« Ich atme tief ein und aus, weil ich tatsächlich etwas hibbelig bin.

»Du packst das schon. Wenn du uns brauchst, ruf einfach an.«

»Okay. Bis dann.« Kaum habe ich aufgelegt, klopft es an der Bürotür, und eine junge Frau betritt den Raum.

»Guten Morgen. Miss Willet-Colden?« Ihr schulterlanges Haar glänzt im Licht, als sie auf mich zukommt.

»Genau die bin ich. Bitte nehmen Sie doch Platz.«

Sie nickt dankbar, stellt ihre Handtasche ab und gibt mir die Hand. Ein fester Händedruck trotz schüchternen Auftretens. Sie reicht mir ihre Bewerbungsmappe, die ich vor mich auf den Tisch lege. Sie hat wache braune Augen und ein gepflegtes Äußeres. Ihr Outfit, ein waldgrüner Bleistiftrock und eine ockerfarbene Bluse, gefällt mir. Da ich nicht viel Wert auf Förmlichkeiten lege, duze ich sie gleich.

»Schön, dich kennenzulernen, äh …« Ich sehe sie erwartungsvoll an, weil sie sich noch nicht vorgestellt hat.

»Rose Clayton.« Sie heißt wie eine Blume, wenn das mal kein gutes Zeichen ist.

»Erzähl mir etwas von dir, Rose. Wieso möchtest du bei mir arbeiten?«

Sie holt kurz Luft, ehe sie anfängt zu reden. Am Zittern ihrer Finger merke ich, dass sie nervös ist, aber sie versucht es sich nicht anmerken zu lassen. »Ich bin in einem Garten geboren worden.«

»Tatsächlich?« So etwas habe ich noch nie gehört.

»Oh ja. Ich hatte es sehr eilig, auf die Welt zu kommen. Meine Mom hat gerade im Garten gearbeitet, als sie plötzlich Wehen bekam, und innerhalb von wenigen Minuten war ich da. Gott sei Dank wohnte der Frauenarzt meiner Mutter gleich nebenan und ist noch rechtzeitig gekommen. Was ich mit dieser spannenden Geschichte sagen will, ist, dass die Gartenarbeit mich sozusagen seit meiner Geburt begleitet. Schon als Kind habe ich mich zu Hause um die Pflanzen, Bäume, das Obst und Gemüse gekümmert, und das tue ich noch immer.«

Ich lächle, weil mir ihr Eifer gefällt. Sie ist auf jeden Fall leidenschaftlich bei der Sache, wenn ich ihr so zuhöre.

»Wenn Sie einen Blick in meine Bewerbung werfen, werden Sie schnell feststellen, dass ich keine Ausbildung vorweisen kann. Ich habe weder eine Lehre in einer Gärtnerei gemacht noch Gartenbau studiert, und ich habe auch noch nie in einer Firma gearbeitet und kann deshalb keine Referenzen vorweisen, aber ich weiß, dass ich diesen Job gut machen und dass ich alles geben werde, um Ihnen eine wertvolle Hilfe zu sein. Ich würde Ihnen gerne zeigen, was ich draufhabe, und Ihnen beweisen, dass ich es wert bin, eine Chance zu bekommen.«

»Dir.«

»Wie bitte?«

»Spar dir das Sie. Ich bin Grace.«

»Rose.« Sie lächelt, und ihre Wangen sind gerötet. Teils wegen der Nervosität, teils wegen ihres Redeflusses. Sie redet ohne Punkt und Komma, und das gefällt mir.

Ihr Blick ist fest auf mich gerichtet, als sie verstummt. Sie hat gesagt, was sie sagen möchte, und mich durch ihre Worte voll und ganz überzeugt. Ich sehe jemanden vor mir, der unbedingt diesen Job haben möchte, und ich bin noch nie der Typ gewesen, der einen Menschen nach seinen schulischen Leistungen beurteilt. Ein abgeschlossenes Studium ist eine großartige Sache, aber nicht zwingend notwendig für den Job, den ich anbiete. Vielmehr braucht es Liebe zur Natur und Leidenschaft, und Rose verkörpert das in allen Punkten.

»Du hast den Job.« Ich glaube, ich hatte mich schon entschieden, sie einzustellen, als sie den Raum betreten hat. Ihre Ausstrahlung ist durchweg positiv, und jedes Wort, das sie von sich gegeben hat, hat mich nur noch mehr überzeugt.

»Wirklich? Du hast doch noch gar nicht in meine Mappe gesehen.«

»Ich vertraue auf meine Menschenkenntnis, und eine Ausbildung spielt für mich keine Rolle.«

»Oh mein Gott! Passiert das hier wirklich?«

»Das tut es, Rose.«

Sie erhebt sich strahlend, kommt um den Tisch herum und umarmt mich. Einfach so. Weil ich ihr den Job gegeben habe, den sie unbedingt haben wollte, und das ist noch ein Grund mehr, der mich bekräftigt, dass ich die richtige Entscheidung getroffen habe.

Nach unserem Gespräch rufe ich die anderen Bewerber an, um ihnen mitzuteilen, dass die Stelle bereits besetzt wurde.

Vielleicht habe ich zu impulsiv reagiert, als ich gleich Rose den Job gegeben habe, ohne mit den anderen zu sprechen, aber ich bereue es nicht, denn ich habe ein gutes Gefühl.

Ich erledige noch ein paar Bestellungen und fahre dann zu einem Kunden, bei dem ich die Umgestaltung einer Dachterrasse vornehme. Derzeit werden dort Rohre für einen Teich verlegt, bevor dann nächste Woche die Bepflanzung folgt. Ich bespreche mit dem Kunden die nächsten Schritte und weise noch die Mitarbeiter einer neuen Firma ein, die ich beauftragt habe.

Es ist achtzehn Uhr, als ich mit vollen Einkaufstüten den Hausflur betrete. Ich habe Kopfhörer auf, höre Haevn und freue mich auf den Feierabend, als mir plötzlich jemand auf die Schulter tippt. Ich zucke zusammen, drehe mich um und entdecke die Jungs, die mich anlächeln. Sie sagen etwas zu mir, doch da meine Hände voll sind, kann ich die Kopfhörer nicht absetzen. Zayn versteht sofort und nimmt mir die Tüten ab.

»Hey Leute.« Ich schalte die Musik aus, ziehe mir den Hörer vom Kopf und bemerke sofort die Veränderung an ihm. Heute trägt er eine Brille mit dunklem Gestell, die ihm wirklich gut steht.

»Hey, Sherlock. Na, hast du alle Läden leer gekauft?«, fragt mich Luke und lenkt damit meine Aufmerksamkeit auf ihn.

»Ich hatte Heißhunger auf Chips und Gummibärchen in allen Variationen.«

»Hmm, leckere Kombi«, meint Pacey und schielt in eine der Tüten.

»Wir sind gerade auf dem Weg zu euch, sollen wir dir beim Tragen helfen?«, bietet Luke an, doch keiner macht Anstalten, Zayn eine Tüte abzunehmen.

»Gerne, ich möchte nur erst noch zur Nachbarin und komme dann nach.«

»Okay, wir sehen uns oben.« Pacey und Luke ziehen schnell Leine, um ja nicht schleppen zu müssen, und lassen uns zwei allein.

Zayn lächelt mich wissend an. »Hilfe anbieten und dann abhauen. Typisch.«

»Du musst sie nicht tragen. Ich kann sie selbst nehmen.«

»Sei nicht albern. Ich trage sie gerne für dich.«

Ich lächle ihn an und muss erneut auf seine Brille starren. Mit einem Kopfnicken deute ich ihm an, mir zu folgen, um ihn nicht noch länger anzugaffen. Er muss sonst was denken von mir. Zayn trägt eine dunkle Jeans, dazu Sneakers, ein weißes Hemd und darüber eine Jeansjacke, die eng geschnitten ist und ihm hervorragend steht. Er sieht aus wie eine erwachsene Version von Shawn Mendes. Und ich habe nicht nur eine Schwäche für seine Musik. Ich ertappe mich in letzter Zeit immer wieder dabei, dass ich beim Gedanken an Zayn ins Schwärmen gerate wie ein Teenie, der den Quarterback der Schule anhimmelt. Er macht es einer Frau auch ziemlich leicht, ihn anzuschmachten.

»Zu welcher Nachbarin wolltest du denn?«, fragt Zayn und tut so, als hätte ich ihn nicht sabbernd angestarrt. Guter Mann, sonst wäre ich im Boden versunken.

»Ihre Wohnung ist gleich um die Ecke.« Um nicht noch länger seinem Duft ausgesetzt zu sein, gehe ich vor und klopfe an Aaliyahs Tür.

»Grace? Hey!« Die junge Mutter strahlt mich an und nimmt mich fest in den Arm. Ich erwidere die Umarmung und schaue sie an.

»Wie geht es dir? Wieder gesund?« Sie hat letzte Woche flachgelegen, weshalb ich zwei Stunden am Abend auf die Kinder aufgepasst habe, damit sie etwas schlafen konnte.

»Es geht bergauf, nur leider hat es nun Jim und Jamie erwischt. Sie haben Fieber.«

»Oh nein. Das nimmt ja kein Ende bei euch.«

»Da scheinst du recht zu haben. Ich weiß gar nicht, wann ich schlafen soll, weil es in der Nacht immer am schlimmsten ist. Aber an Schlaf kann man als alleinerziehende Mutter eh nicht denken. Vielleicht dann, wenn sie aufs College gehen.«

»Ach, Unsinn. Wir werden schon eine Lösung finden.«

»Gracie!« Jamie krabbelt zwischen den Beinen seiner Mutter hervor und umschlingt mich. Ich hebe ihn hoch und drücke ihn fest an mich. Der kleine Wirbelwind ist zwei Jahre alt und seiner Mutter wie aus dem Gesicht geschnitten. Die gleiche karamellfarbene Haut, dieselben braunen Augen. Er sieht nicht nur entzückend aus, er ist auch ein braves Kind, ein liebevoller Bruder und der Herzensbrecher der Krabbelgruppe.

»Hey, Romeo. Ich habe gehört, du bist krank, aber du siehst eigentlich ganz gut aus.« Er fühlt sich heiß an, aber das sage ich natürlich nicht, denn was er jetzt braucht, ist Zuspruch.

»Wer ist denn das?«

Ich drehe mich um und stelle fest, dass er Zayn meint. Ich habe mich so mit Aaliyah und Jamie beschäftigt, dass ich vergessen habe, meinen Freund vorzustellen, der die ganze Zeit hinter mir gestanden hat. »Entschuldigt. Das ist Zayn. Er ist ein Freund von mir.«

Jamie mustert ihn lange schweigend, ehe er ihm die Hand reicht.

Zayn ergreift und schüttelt sie. »Hey, Jamie. Das ist ja ein fester Händedruck. Du bist sicher schon fünf Jahre alt.«

»Ich bin zwei.« Er hebt zwei Finger in die Höhe und sieht stolz aus, weil Zayn ihn älter geschätzt hat.

»Wirklich? Also, du hast schon die Kraft eines Fünfjährigen.«

Jamie sieht zufrieden zu seiner Mom, die erschöpft lächelt. »Liest du mir was vor?«, fragt er mich dann.

»Tut mir leid, Süßer, aber ich wollte euch nur Tee und Obst bringen, damit ihr alle schnell wieder gesund werdet.« Sein trauriger Blick bringt mich um, und am liebsten hätte ich alle Pläne für den Abend über den Haufen geworfen. Aber eigentlich habe ich ja nicht wirklich etwas geplant, die Jungs sind wie so oft einfach spontan vorbeigekommen.

»Bitte, Grace.«

Mein Herz. Es bricht und zerreißt gleichzeitig.

»Weißt du was?«, sagt Zayn plötzlich und erscheint neben mir. »Wenn das für dich okay ist«, sagt er zu Aaliyah, »kann Grace den Kindern vorlesen, ich helfe beim Aufräumen, und du ruhst dich dann ein wenig aus.«

»Das würdest du für mich machen?«, fragt sie perplex.

»Natürlich, wenn du nichts dagegen hast. Schließlich kennst du mich nicht.«

»Freunde von Grace sind auch unsere Freunde. Ich will euch aber nicht den Abend ruinieren.«

»Jeder Abend ist ein guter, wenn ich Jamie vorlesen kann«, sage ich und drücke den zuckersüßen, strahlenden Jungen an mich.

Kapitel 15

ZAYN

Grace sitzt im Ohrensessel, auf jedem Oberschenkel hat es sich einer der Jungs bequem gemacht und lehnt mit dem Rücken an ihrer Brust, während sie aus einem Buch über eine verzauberte Schule vorliest. Sie ist völlig in die Geschichte vertieft, liest voller Eifer und verstellt bei jeder der Figuren die Stimme. Die Kinder hängen an ihren Lippen, sehen sie voll Zuneigung an.

»Seit wann seid ihr zusammen?«, fragt mich Aaliyah plötzlich, während sie die Decke faltet, die auf der Couch gelegen hat.

»Zusammen? Nein, Grace und ich sind nur Freunde.«

»Oh. Das hat anders auf mich gewirkt, entschuldige.«

»Das macht doch nichts.« Ich schnappe mir die Boxen des Lieferdienstes und werfe sie in die Mülltonne. Dann blicke ich zu Grace und frage mich, wie es wohl wäre, mit ihr zusammen zu sein. Sie ist wunderschön, ein herzensguter Mensch und interessant. Ich stelle mir vor, dass wir beide uns innig küssen, und sehe das Bild in meiner Fantasie klar und deutlich vor mir, und doch ist es ein falsches Bild. Ich schüttle den Kopf. Wir sind nur Freunde, und meine heiligste Regel ist, fange niemals etwas mit den Mädels an. Verärgert über mich selbst, räume ich energisch weiter auf. Aaliyah grinst mich merkwürdig an, aber ich gehe nicht darauf ein, weil sie womöglich Fragen stellen würde, die Grace hören könnte.

Nachdem es wieder wohnlich aussieht, verabschiedet sich die junge Mutter Richtung Schlafzimmer und bedankt sich noch mal für unsere Hilfe. Und sie sagt noch, dass der Kühlschrank voll sei und wir uns bedienen könnten. Ich fühle mich wie ein Teenager beim Babysitten.

»Haben die Kinder schon gegessen?«, frage ich noch, bevor sie die Tür zumacht.

»Sie wollten vorhin die Hühnersuppe nicht, weil sie keinen Hunger hatten, aber du könntest sie aufwärmen, vielleicht hast du Glück und sie essen ein paar Löffel.«

»Okay. Schlaf gut. Grace und ich werden dich kurz wecken, wenn wir gehen, damit du hinter uns abschließen kannst. Wir bringen die Kinder schon vorher ins Bett, sodass du dann gleich weiterschlafen kannst.«

»Ihr seid die Besten. Ich danke euch.« Tränen sammeln sich in ihren Augen, doch ich schüttle nur den Kopf und lächle sie aufmunternd an.

Als sie die Tür geschlossen hat, gehe ich zu Grace, die gerade auf der letzten Seite des Buches angekommen ist. Kaum ist sie fertig, wollen die Kleinen, dass sie weiterliest. Also bittet mich Grace, ein neues Buch zu holen. Ich gehe ins Kinderzimmer und suche eins über Ritter aus, das liebevoll illustriert ist und ein wunderschönes Cover hat.

»Sagt mal, Jungs, habt ihr Hunger?«, frage ich, bevor Grace anfängt zu lesen.

»Jetzt schon«, sagt Jamie und legt seine dünnen Ärmchen um Graces Hals.

»Na schön, dann werde ich uns etwas kochen, und wir können gemeinsam zu Abend essen. Was haltet ihr davon?«

Beide jubeln vor Freude, und obwohl sie krank sind, kann das ihrer guten Laune nichts anhaben. Ich inspiziere den Kühlschrank und suche nach einer Auflaufform. Während sich

Grace um die Kinder kümmert, werde ich eine Lasagne machen, weil es schnell geht, gut schmeckt und weil ich weiß, dass es das Lieblingsgericht meiner Freundin ist.

Während ich in der offenen Küche zugange bin, spüre ich Graces Blick auf mir, wie ein Kribbeln in meinem Rücken. Sie liest zwar weiterhin vor, schaut aber immer mal wieder zu mir herüber. Das ist es, was wir beide seit unserem letzten Treffen tun. Wir beobachten einander. Ich persönlich finde Grace immer umwerfender, je mehr ich von ihr erfahre. Und natürlich interessiert es mich, ob sie jemanden kennengelernt hat.

Ich würde mich freuen, wenn sie endlich jemanden findet, aber zugleich fände ich es schrecklich. Albern, ich weiß, aber so fühle ich nun mal, und seit Moms Unfall kommt es mir vor, als würde ich zu viel fühlen. In allen Bereichen meines Lebens. Aber es hat auch etwas Positives, denn es bringt mich enorm weiter beim Schreiben. Seit ich wieder angefangen habe, kann ich mich nur schwer vom Laptop losreißen. Da ich zurzeit keinen Job habe, habe ich viel Zeit, um an meinem Roman zu sitzen.

Mein Vater beharrt noch immer darauf, dass ich bei Coleman & Sons zu einem Bewerbungsgespräch antanzen soll, und ich stehe kurz davor, dies auch zu tun, nur damit er Ruhe gibt. Mittlerweile ist er auf E-Mails umgestiegen, weil ich auf seine Anrufe nicht reagiere.

Aber daran will ich jetzt nicht denken. Kopfschüttelnd rühre ich im Topf herum, in dem die Béchamelsoße vor sich hin köchelt. Ich werfe einen Blick auf Grace, die mich anlächelt und dann weiterliest. Als ich kurz mein Smartphone hervorhole, sehe ich, dass in unserem Gruppenchat neue Nachrichten eingegangen sind.

Luke: Wo seid ihr zwei denn? Ist Zayn zusammengebrochen,
weil die Tüten zu schwer gewesen sind?
Addison: Leute, habt ihr euch ins Ausland abgesetzt? Wenn ja,
seid ihr gemein. Ich wollte mit.
Pacey: Wir geben euch noch zehn Minuten, wenn ihr euch bis
dahin nicht gemeldet habt, gehen wir ohne euch aus.
Addison: So, das waren jetzt zwanzig Minuten. Sorry, Leute,
aber wir haben Lust auf Kino und gehen um 19 Uhr los. Da-
nach wollen wir noch in die neue Cocktailbar, die gegenüber
von Lukes Wohnung aufgemacht hat.

Die letzte Nachricht wurde vor einer halben Stunde verschickt,
also sind unsere Freunde schon längst weg. Ich antworte kurz,
dass wir bei Aaliyah sind und es nicht mehr schaffen werden,
ehe ich mich wieder ums Abendessen kümmere. Ich bin vollauf beschäftigt, und erst als ich die Lasagne in den Ofen schiebe, merke ich, dass Grace und die Jungs nicht mehr da sind. Da
das Essen erst in einer halben Stunde fertig ist, gehe ich mal
nachsehen und finde sie im Kinderzimmer, wo Grace mit ihnen spielt.

Sie trägt enge Jeans, ein Top mit breiten Trägern und einen
lässig geschnittenen Poncho darüber. Seitdem Taylor in die
WG gezogen ist, hat sie großen Einfluss auf den Stil von Grace
ausgeübt. Früher hat sie meist Weiß oder Schwarz getragen,
modisch eher schlicht und unauffällig. Nun probiert sie mehr
Farben und neue Stylings aus. Ich finde jedoch, dass ihr alles
gut steht, was sie trägt.

Um Zeit totzuschlagen, decke ich den Tisch, was eine ganze
Weile dauert, weil ich mich erst in der fremden Küche zurecht-
finden muss. Als ich die fertige Lasagne aus dem Ofen hole,
sind die Kinder schon dem Geruch gefolgt und haben sich auf
ihren Stühlen niedergelassen.

»Ihr habt die Wahl zwischen Hühnersuppe und Lasagne. Auf was habt ihr Lust?«

Beide Jungs deuten auf die Lasagne, was mich zum Schmunzeln bringt. Wir essen gemeinsam, und Grace und ich stellen erfreut fest, dass die Kerlchen wieder Appetit haben, denn sie leeren ihre Teller in Windeseile. Grace und ich unterhalten uns kaum, weil die Kinder unablässig reden und Grace mit Fragen bombardieren.

Während ich den Tisch abräume, zieht Grace Jamie und Jim ihre Schlafanzüge an und bringt sie ins Bett. Es ist halb neun, als ich mich erschöpft auf die Couch plumpsen lasse. Grace kommt kurz darauf, legt sich quer über die Couch und bettet ihre Beine auf meinen Schoß. Reflexartig greife ich nach ihren Füßen. Unsere Blicke treffen sich, und wir lächeln uns an.

»Das war anstrengend«, sagt sie und pustet sich die Strähnen aus dem Gesicht.

»Für mich nicht, ich habe ja nur gekocht. Du hast dich die ganze Zeit um sie gekümmert.«

»Und jetzt stell dir vor, du müsstest Tag und Nacht für zwei aufgeweckte Kinder da sein, und das allein, ohne Ehemann. Das muss sehr hart sein.«

»Das stimmt, aber Menschen können über sich hinauswachsen und alles schaffen, wenn sie es müssen. Sie ist stark.«

»Aaliyah ist klasse.«

»Wie habt ihr euch kennengelernt?« Ich stütze mein Kinn auf meiner Handfläche ab und lausche gespannt, als Grace anfängt zu erzählen.

»Ich bin eines Tages von der Arbeit nach Hause gekommen, als Jim im Hausflur geweint und getobt hat, weil sein Luftballon zerplatzt war. Aaliyah hatte den kleinen Jamie auf dem Arm und stand kurz davor, in Tränen auszubrechen, weil sie total überfordert war. Ich habe mich vor Jim hingehockt und ihn beruhigt und herumgealbert, bis er endlich aufgehört hat zu weinen. Aaliyah war mir unendlich dankbar, und das war der Beginn unserer Freundschaft.«

»Wo ist der Vater?«

»Er hat sich aus dem Staub gemacht. Jamie war ein Schreikind, weil er schlimme Koliken hatte. Das hat ihn wohl genervt. Eines Tages hat er gesagt, er ginge zum Supermarkt, und ist nie wieder zurückgekommen. Später hat Aaliyah gesehen, dass alle seine Klamotten und anderen Sachen weg waren. Es war zunächst ein Schock für sie, aber mittlerweile geht es ihr besser.«

»Ich habe großen Respekt vor alleinerziehenden Frauen, vor allem wenn sie mehr als ein Kind haben.«

»Sie schafft das ganz gut. Sie putzt immer den Hausflur, wenn ich mit meinen dreckigen Arbeitsstiefeln zur Wohnung hinaufgehe. Ich zahle ihr mehrere hundert Dollar die Woche.«

»So viel?«

»Ja. Wieso nicht? Ich habe Geld, und auch wenn ich für meinen großen Traum spare, für Aaliyah wird immer etwas übrig sein.«

»Du bist wirklich ein Engel, Sherlock.«

Sie errötet und schließt kurz die Augen. »Willst du ein Geheimnis erfahren?«

»Muss ich dafür auch eins verraten?«

Ihr helles Lachen erklingt, und sie schüttelt den Kopf. »Nicht zwingend, auch wenn ich mehr über das Mysterium Zayn wissen möchte. Ich habe ein Konto für die beiden Jungs eröffnet und darauf Geld angelegt. Das werden sie zu ihrem dreiundzwanzigsten Geburtstag bekommen. Es soll eine Überraschung sein.«

»Das ist ein schönes Geheimnis.«

»Besser als der Stripclub?«

»Das kann man nicht vergleichen.« Ich lasse kurz den Blick sinken und bemerke erst jetzt den Streifen Haut, der über Graces Jeansbund entblößt ist. In meinen Fingern kribbelt es, weil sie unbedingt über ihre Haut streicheln wollen. Ich bin selbst überrascht über meine Reaktion, aber es ist mir auch nicht zu verübeln, weil Grace einfach wunderschön ist.

»Habe ich Glück heute?«, fragt Grace plötzlich und holt mich aus meinen verbotenen Fantasien heraus.

»Glück?«

»Na, wirst du mir auch ein Geheimnis verraten?«

Wieder blicke ich auf ihren Bauch, und jetzt fällt es auch ihr auf. Schnell zieht sie den Poncho runter.

»Du willst ein Geheimnis wissen?«, frage ich mit rauer Stimme.

»Ja«, haucht sie, und ich bin mir nicht mehr sicher, ob wir uns unterhalten oder schon miteinander flirten. In letzter Zeit verschwimmen die Grenzen des Öfteren.

»Ich würde gerne mit dir ein Wochenende in einem Wellnesshotel verbringen.«

Kapitel 16

GRACE

»Wellnesshotel?«

»Ja, ich habe bei einem Gewinnspiel mitgemacht und gewonnen. Ein Wochenende lang die Seele baumeln lassen.«

»Und da möchtest du mich mitnehmen?«

»Natürlich. Du arbeitest hart, hast es verdient zu entspannen, auch wenn der Preis dafür ist, mich drei Tage lang an der Backe zu haben. Außerdem würde ich dich gerne im Bikini sehen.«

»Du hast mich doch schon längst im Bikini gesehen, du Spanner.«

»Nur auf Fotos. In natura siehst du sicher bombastisch aus.«

Ich vergrabe mein Gesicht in den Händen, weil ich das Gefühl habe, tiefrot anzulaufen. Zayn schiebt sie beiseite, sodass ich sein freches Grinsen erspähen kann.

»Regel eins beim Flirten: Immer den Ball ins Spielfeld des anderen spielen. Schon vergessen?«

»Soll ich dir jetzt auch sagen, dass du im Bikini sicher traumhaft aussiehst?«

Daraufhin lacht er laut auf, schließt aber schnell wieder den Mund, da er die Kinder nicht aufwecken will. »Glaub mir, Sherlock, wenn ich je einen Frauenbadeanzug tragen würde, würden alle schreiend davonlaufen.«

»Das würde ich gerne sehen.«

»Und? Was sagst du? Kommst du mit?«

Mein erster Impuls ist zuzusagen, aber solche Wochenenden verbringen meist Paare, um sich näherzukommen. Was ist, wenn ich mich nicht zurückhalten kann und über Zayn herfalle? Selbst jetzt, auf der Couch bei Aaliyah, überkommt mich der Drang, mich an ihn zu schmiegen. Auf der anderen Seite, es ist Zayn. Der Mann, mit dem ich in letzter Zeit am liebsten etwas unternehme, also denke ich nicht mehr lange nach und sage zu.

Es ist ziemlich spät, als wir Aaliyah wecken, um dann zu gehen. Wir haben uns mal wieder verquatscht, haben über unsere Schulzeit gesprochen, und ich erfahre viel Neues über Zayn, zum Beispiel dass er ein rebellischer, aber auch unsicherer Teenager gewesen ist. Da er sehr müde ist, biete ich ihm an, bei uns auf der Couch zu schlafen, was er dankbar annimmt.

Die anderen sind noch immer unterwegs, als wir in unsere Wohnung kommen. Ich hole frisches Bettzeug und reiche es Zayn, ehe ich in mein Zimmer gehe, um mir ein Tanktop und Schlafshorts anzuziehen. Als ich die Treppe hinuntergehe, um mir ein Glas Wasser zu holen, fällt mein Blick auf Zayn, der gerade nach hinten greift, um sein Shirt auszuziehen. Es ist das erste Mal, dass ich ihn mit entblößtem Oberkörper sehe. Ich beiße mir auf den Zeigefinger, während ich das Spiel seiner Muskeln betrachte. Er ist nicht so durchtrainiert wie Dan und hat auch kein Sixpack oder dergleichen, aber seine festen, definierten Muskeln sehen wirklich gut aus. So gut, dass ich unfreiwillig aufseufze, als er gerade seine Jeans aufknöpfen will. Er entdeckt mich und hält inne. Doch dann macht er weiter, und ich ergreife die Flucht. Schwer atmend lehne ich mich gegen die Badezimmertür und schließe die Augen. Mir ist klar, dass Zayn es scherzhaft gemeint hat, so als würde er einen Striptease hinlegen, aber er scheint keine Ahnung zu haben, was es mit mir macht, wenn ich ihn halb nackt sehe. Er scheint nicht zu ahnen, dass ich im Begriff bin, mich in ihn zu verlieben, auch wenn ich weiß, dass ich es nicht tun darf, da ich unsere Freundschaft nicht riskieren will. Also öffne ich entschlossen die Augen und verbiete mir die romantischen Gefühle, um unser beider willen.

Am nächsten Morgen betrete ich mein Büro, schalte das Licht ein und öffne alle Fenster, ehe ich mir Wasser für eine Kanne Tee aufsetze. Das ist meine Routine, egal ob es minus zwanzig oder plus vierzig Grad sind. Ich brauche frische Luft, denn der Papierkram, der auf mich wartet, ist trocken genug. Da ich gerne leise Hintergrundmusik im Büro habe, schließe ich meinen iPod an die Bluetooth-Lautsprecher an und starte meine Queen-Playlist. Addison und ich vergöttern die Musik der »besten Band der Welt«, wie ich sie gerne nenne. Ihre Songs haben unsere Jugend geprägt, und ich weiß, auch wenn ich alt bin, werde ich immer ein Lächeln auf dem Gesicht haben, wenn ich Freddie Mercurys Stimme höre.

Da ich Addison heute Morgen nicht gesehen habe, rufe ich sie an, bevor Rose zu ihrem ersten Arbeitstag erscheint und ich sie dann einweisen muss.

»Schön, dass du dich endlich meldest. Ich dachte, ihr beide seid nach Las Vegas durchgebrannt, um zu heiraten.«

Ich verdrehe die Augen, denn sagen wir es mal so, sie scheint sich in die Vorstellung verrannt zu haben, dass Zayn und ich ein perfektes Paar abgeben würden. »Nein, das geht ja nicht, bin doch im neunten Monat schwanger, und da darf man nicht mehr fliegen.«

»Wow, ein kleiner blonder Engel mit grünen Augen. Ich sehe ihn schon vor mir.«

»Jetzt hör schon auf. Wenn Zayn das hört, wird er sonst was denken.«

»Nee, der schläft noch friedlich auf unserer Couch. Daniel hat ihm Schlagsahne auf die Hand gesprüht, kitzelt ihn mit einer Feder an der Nase und will ihn dazu bringen, sich ins Gesicht zu fassen, aber Zayn nimmt immer die falsche Hand.«

»Oh Mann, die werden sich schon am Morgen prügeln. Er sollte besser die Vasen und alles Zerbrechliche in Sicherheit bringen.«

»Ich werde es ihm sagen.«

Mit dem Telefon am Ohr bleibe ich im Vorraum vor dem großen Spiegel stehen, der am Garderobenschrank angebracht ist, und betrachte mein Outfit. Zum ersten Mal seit einer gefühlten Ewigkeit habe ich einen kürzeren Rock an. Um genau zu sein, trage ich einen hellgrauen Tüllrock, dazu eine weiße, ärmellose Bluse und einen grauen Strickpullover darüber. Mein Haar habe ich zu einem Zopf geflochten, der mir über die linke Schulter fällt.

Ich sehe gut aus, finde ich, und Röcke gefallen mir immer besser an mir. Dank Taylor, die mir gerne Ratschläge gibt, bin ich modebewusster geworden. Ich bin bei Gott nicht so experimentierfreudig wie Tae oder so exotisch wie Addison, sondern bevorzuge eine Mischung aus Elegant Chic und Casual.

»Wie war es gestern bei Aaliyah?«

»Zayn und ich haben mit den Kindern gespielt und zu Abend gegessen, während sie ein wenig geschlafen hat. Die Grippe ist von ihr direkt auf die Kinder übergegangen, und sie hat kaum Zeit, sich richtig auszukurieren.«

»Die Arme. Ich werde ihr heute Mittag eine Suppe vorbeibringen.«

»Das wäre lieb von dir.«

»Und wie ist Zayn mit Jim und Jamie zurechtgekommen?«

Ich streiche gedankenverloren über meinen Rock. »Er ist wirklich süß zu ihnen gewesen und hat uns Lasagne gemacht.«

»Zayn? Unser Zayn? Der Playboy, dem die Frauen vertrauen?«

Etwas an ihrer Aussage stört mich. Ja, er verführt gerne Frauen, aber er ist kein Playboy, er spielt nicht mit den Frauen, sondern geht respektvoll mit ihnen um. Ich weiß, dass Addy das nicht böse meint, aber trotzdem habe ich das Gefühl, ihn verteidigen zu müssen.

»Es hat wirklich gut geschmeckt, und nachdem ich die Jungs ins Bett gebracht habe, sind wir hoch in die Wohnung.«

»Vielleicht hätten wir auch daheimbleiben sollen, der Film war es nicht wert, um ihn sich im Kino anzusehen. Wir hätten ruhig warten können, bis er auf Netflix erscheint.«

»Lass uns demnächst einen Nicolas-Cage-Marathon machen, darauf hätte ich große Lust.«

»Jetzt mal ein ganz anderes Thema. Zayn und du, ihr verbringt ganz schön viel Zeit miteinander.«

»Ja. Und?«

»Hat das einen bestimmten Grund?«

»Vielleicht, weil wir Freunde sind?« Ich weiß, worauf sie hinauswill, aber ich möchte nicht darüber sprechen. Nicht nachdem ich mir selbst meine Gefühle für ihn verboten habe.

»Oder seid ihr mehr als das?«

»Nein, sind wir nicht. Zayn und ich sind zu verschieden, wir würden nicht mal einen Monat überstehen.« Das ist gelogen, denn ich habe längst gemerkt, dass wir mehr Gemeinsamkeiten haben, als ich es je bei einem anderen Mann erlebt habe. Trotzdem will ich meine beste Freundin auf eine falsche Fährte locken, weil es so besser ist. Zumindest für mich.

»Ähm … Hallo?«, ertönt plötzlich eine männliche Stimme hinter mir.

Ich zucke zusammen und drehe mich um. Vor Schreck fällt mir beinahe das Handy aus der Hand. Als ich endlich realisiere, wer da in meinem Büro steht, erröte ich, denn es ist niemand Geringeres als Corbin Lewis, der Moderator von *Good Morning America*.

»Hey, ich muss Schluss machen.«

Ich lege auf und gehe auf Corbin zu, um ihm die Hand zu reichen. »Mister Lewis, willkommen in meinem Büro. Was kann ich für Sie tun?«

Jetzt, wo ich so vor ihm stehe, stelle ich fest, dass er in echt sogar noch besser aussieht als im Fernsehen, und er riecht unheimlich gut. Er trägt einen eleganten Anzug, aber seine Haare sind verwuschelt. Seine braunen Augen mustern mich, ehe sich ein Lächeln auf seinem Gesicht ausbreitet.

»Ich wollte persönlich die Frau kennenlernen, von der meine Stiefschwester so schwärmt.«

»Ach ja?«

»Ja. Rose hat beim Sonntagsessen erzählt, wie das Bewerbungsgespräch gelaufen ist und dass sie Sie bewundert und dankbar ist, dass Sie ihr eine Chance geben.«

»Sie hat mich eben überzeugt, und ich freue mich darauf, mit ihr zu arbeiten.«

»Rose holt gerade Kaffee, und da wollte ich Sie nur kurz sprechen und mich bedanken.« Seine Stimme ist nicht so tief wie Zayns, aber durchaus angenehm.

»Nichts zu danken.«

»Na, dann will ich nicht länger stören.« Er wendet sich schon zum Gehen, doch dann dreht er sich um und kommt wieder auf mich zu. »Ich weiß, Sie haben sicher sehr viel zu tun, aber ich will es wagen und Sie fragen …«

»Ja?«, frage ich erwartungsvoll, denn ich hoffe, dass er mich um ein Date bittet. Ich brauche Ablenkung, und nichts würde sich da besser eignen, als mit einem attraktiven Mann essen zu gehen. Und ich habe den Eindruck, als würde ich ihm gefallen.

»… ob Sie Lust hätten …«

»Hm?« Ich weiß, es ist unhöflich, jemanden zu unterbrechen, aber ich kann vor Nervosität einfach nicht die Klappe halten.

»… sich mal meinen Garten anzusehen. Rose hat zwar immer dafür gesorgt, dass er gut aussieht und alljährlich blüht, aber ich möchte meiner Verlobten gerne einen professionell gestalteten Garten zur Hochzeit schenken.«

»Oh. Natürlich kann ich ihn mir ansehen.« Ich lächle und lächle, bis es wehtut. Erleichtert atme ich aus, nachdem Corbin mein Büro verlassen hat, und kann mich endlich so geben, wie ich mich fühle. Mies, peinlich berührt und einfach dumm. Nur weil dieser Mann mit mir geredet hat, heißt das noch lange nicht, dass er auch ernsthaft Interesse an mir haben könnte. Niemand will mit mir ausgehen, und der Einzige, der mit mir ausgeht, sieht mich nur als seine beste Freundin. Womit meine Gedanken schon wieder bei Zayn gelandet sind. Wie konnte ich nur denken, dass meine Gefühle vergessen wären, sobald ich mit einem anderen Mann ausgehen würde? Dafür gehen sie zu tief. Ein Stich in meiner Brust lässt mich seufzen, aber es bringt nichts, sich unnötig zu ärgern, denn es ist, wie es ist.

Kapitel 17

GRACE

Zayn: Hey Sherlock. Danke, dass du mich nicht geweckt hast, den Schlaf habe ich definitiv gebraucht. Liegt es an dir, oder schlafe ich auf eurer Couch besser als bei mir zu Hause?

Ich lächle mein Smartphone an, während ich das Büro abschließe und ins Freie trete. Ich bin den ganzen Tag am Rotieren gewesen, genau am ersten Arbeitstag von Rose werde ich überrannt von den Kunden, ständig hat das Telefon geläutet, und eine Baufirma hat selbst mit Navigationssystem die Baustelle nicht gefunden, auf der sie hätte sein sollen. Rose hat sich gut geschlagen, auch wenn sie sich den Tag sicher anders vorgestellt hat.

Da ist Zayns Nachricht nach dem Corbin-Fiasko eine Wohltat für meine Seele. Außerdem habe ich ihn vermisst. Ich steige in meinen Pick-up und wähle Zayns Nummer, weil ich gerne seine Stimme hören möchte.

»Hey.«

»Was ist los?«

»Nichts. Was sollte denn los sein?« Meine Stimme klingt wie immer, und trotzdem scheint Zayn zu ahnen, dass es mir nicht gut geht.

»Ich weiß, dass etwas nicht stimmt. Also, erzähl schon.«

Ich bin noch dabei, die Enttäuschung und die Peinlichkeit

zu verarbeiten, und möchte ehrlich gesagt nicht darüber reden. »Hast du in meinem Auto Kameras installiert, oder wie?«

»Nein, aber mein Gefühl sagt mir, dass es dir nicht gut geht.«

»Es ist nichts, was eine Tasse heißer Tee nicht aus der Welt schaffen würde.«

»Das trifft sich ja hervorragend. Ich habe lauter verschiedene Teesorten gekauft, weil du ja keinen Kaffee bei mir trinkst.«

»Das ist lieb von dir, wäre aber nicht nötig gewesen.«

»Ist doch selbstverständlich. Genau wie es jetzt klar ist, dass du zu mir kommst und wir reden.«

»Lieber ein anderes Mal.« Am liebsten wäre ich heute allein in der Badewanne, mit einer Flasche Wein neben mir. Oh, und natürlich darf Kerzenschein nicht fehlen.

»Nein. Jetzt. Du bist mir was schuldig.«

»Ach ja, und weswegen?«

»Na ja, ich habe dir bei Aaliyah Lasagne gemacht.«

Ich verdrehe die Augen und stecke den Autoschlüssel in die Zündung. »Meinetwegen, dann komme ich in einer Stunde zu dir.«

»In einer Stunde? Du brauchst doch nur ein paar Minuten zu mir.«

»Ich muss vorher noch duschen, oder magst du gerne an meinem Eau de Dünger schnuppern?«

»Muss nicht sein. Okay, dann in einer Stunde.«

Überpünktlich klopfe ich an Zayns Tür und fahre mir noch mal durchs Haar, das ich nun offen trage. Mein Freund öffnet mir die Tür, will etwas sagen, bleibt jedoch stumm, während er mich genauer betrachtet. Ich trage einen weit schwingenden, knielangen Baumwollrock, dessen blaue Farbe perfekt zu meinem schneeweißen Shirt mit herzförmigem Ausschnitt passt. Dazu habe ich ebenfalls weiße Sneakers an.

»Du siehst gut aus.«

»Danke.«

Zayn tritt zur Seite, damit ich eintreten kann, ehe er sich hinter mich stellt und mir auf die Schulter tippt. »Jacke«, flüstert er dicht an meinem Ohr und beschert mir eine Gänsehaut. Ich spüre seine Wärme im Rücken und brauche eine Weile, bis ich mich umdrehe und ihm meine Jacke gebe, die ich in der Hand gehalten habe. Während er diese an die Garderobe hängt, betrete ich das Wohnzimmer und stelle fest, dass sich seit meinem letzten Besuch nichts geändert hat.

Hier herrscht wieder ein einziges Chaos. Überall liegen Bücher, Notizzettel und Stifte herum. Ich lege meine Tasche auf der Kücheninsel ab und drehe mich zu Zayn um, der gerade hereinkommt. Er ist leger gekleidet, eine Baumwollhose zu schwarzem T-Shirt, und sieht mit dem zerzausten Haar wieder mal richtig gut aus.

»Was ist heute geschehen? Du wirkst betrübt.«

»Mir ist heute nur etwas Peinliches passiert, mehr nicht.«

»Was genau ist denn vorgefallen?«

»Nicht der Rede wert. Bin wohl etwas überarbeitet. Und, wo ist nun der versprochene Tee?«

Doch Zayn greift nach meiner Hand und zieht mich an sich. Ohne ein Wort zu sagen, nimmt er mich in den Arm, hält mich fest. Zuerst erstarre ich, weil ich überrascht bin, doch dann lasse ich mich fallen, auch wenn diese Umarmung mein Herz ins Stolpern bringt. Ich lege die Arme um ihn und schließe die Augen. Vielleicht ist das heute mit Corbin eine peinliche Begegnung gewesen, aber vielleicht habe ich das auch gebraucht, damit ich endlich aufhöre, nach dem Richtigen zu suchen. Klar, ich wäre auch gerne so glücklich wie meine Freunde, aber ich habe wohl etwas übertrieben und erzwungenermaßen in jedem Kerl, den ich kennenlerne, einen möglichen Traumprinzen gesucht. Auch in meinem Freund hier, der allerdings nicht auf der Suche nach der Liebe ist und die Sache eher locker angeht.

Als sich Zayn von mir löst, hätte ich fast protestiert, da ich die Umarmung genossen habe und mir plötzlich kalt wird ohne seine Nähe. Er sagt nichts, sondern geht zum Herd, um Teewasser aufzusetzen. Ich bin ihm unglaublich dankbar, dass er mich nicht dazu drängt, ihm von der peinlichen Begegnung zu erzählen, denn in meinem Zustand wäre die Gefahr groß, dass ich ihm mehr über meine Gefühle verrate als gewollt.

Während Zayn mit dem Tee beschäftigt ist, gehe ich zur Couch und schaue mir den Stapel Bücher an, der auf dem Couchtisch liegt. Allesamt Fantasyromane. Daneben liegt ein Blatt Papier, das ich in die Hand nehme.

Darauf steht ein Gedicht, mit der Hand geschrieben. Es handelt von dem Suchen nach etwas, das durch einen Nebel erschwert wird, doch man muss nicht sehen können, denn wenn man die Augen schließt, kann man sich von seinem Herzen leiten lassen. Es ist poetisch, tiefgründig und wunderschön. Es berührt mich, weil ich mich darin mit meiner eigenen Suche nach Liebe wiederfinde.

»Hey, was …« Zayn verstummt, als ich mich umdrehe und er sieht, was ich in der Hand halte.

»Hast du das geschrieben?«, frage ich mit einem Kloß im Hals. Ich bin in letzter Zeit ziemlich dünnhäutig.

»Ach, das. Das habe ich im Internet gefunden und abgeschrieben.« Er stellt die Teekanne auf dem Couchtisch ab und räumt die Bücher hastig weg. Es ist ihm offensichtlich unangenehm, darüber zu sprechen, also reiche ich ihm das Blatt. Etwas in mir sagt mir, dass er dieses Gedicht selbst geschrieben hat. Die Frage ist nur, wieso wäre es ihm peinlich, dies zuzugeben?

Aber da er mich vorhin nicht bedrängt hat, alles zu erzählen, tue ich es auch nicht.

»Wie ist es Rose am ersten Tag ergangen?«

»Frag lieber nicht. Heute war im wahrsten Sinne des Wortes die Hölle los, und statt dass ich sie erst einmal in Ruhe einweisen konnte, wurde sie ins kalte Wasser geworfen.«

»Na ja, so weiß sie von Anfang an, wie es manchmal zugehen kann. Das ist gut, denn wenn sie einen Tag wie heute nicht hätte stemmen können, dann wäre sie fehl am Platz bei dir.«

»Man muss eine Menge Power haben und viel reden können.«

»Reden? Ich dachte, man muss eine Leidenschaft für Pflanzen haben und wetterfest sein.«

»Klar, das ist sogar sehr wichtig, aber bevor es ans Pflanzen und Gestalten geht, muss ich viele Gespräche führen, zum Beispiel Baufirmen koordinieren, Angebote einholen und mich mit Lieferanten streiten.«

»Du kannst streiten? Mit den großen, bösen Lkw-Fahrern?«

»Oh ja. Du hast mich noch nie in Action erlebt, aber ich kann auch austeilen, vor allem wenn jemand mich verarschen will.«

»Das würde ich gerne mal erleben.«

»Lass dich nicht von meiner Größe täuschen.«

»Ist notiert. Hast du Hunger?«

»Wieso, hast du uns etwa Lasagne gemacht?«, frage ich grinsend.

»Nein, es gibt Nudeln mit Lachs und Parmesan.«

»Ist nicht dein Ernst.«

»Ich war gerade mit der Soße fertig, als du angerufen hast.«

»Das ist schön.«

»Dass ich kochen kann?«

»Ja. Ich finde das nicht selbstverständlich, es gefällt mir. So kannst du dir später einmal mit deiner Freundin die Küchenarbeit teilen.«

»Das habe ich auch vor. Meine Mom hat mir das Kochen beigebracht, und ich habe ihr immer sehr gerne geholfen.«

»Vielleicht kannst du ja dein Wissen weitergeben.«

»Wie meinst du das?«

»Na ja.« Ich blicke nervös auf meinen Schoß, ehe ich wieder Zayn ansehe. »Du könntest es mir beibringen. Ich möchte meine Mitbewohner nicht vergiften, aber es ist nicht Ordnung, dass immer die anderen kochen.«

Zayns Mundwinkel heben sich an, was mir die Unsicherheit nimmt, die mich kurz erfasst hat. »Natürlich kann ich dir Nachhilfe im Kochen geben.«

»Du würdest es tun, auch wenn du Verbrennungen riskierst und ein Topf explodieren könnte?«

Zayn lacht laut auf. »Für dich würde ich so manches riskieren.«

Sein Blick wird weicher, und ich ahne, dass diese Worte nicht nur so dahingesagt sind. Auch Zayn scheint etwas zu fühlen.

Nachdem wir gegessen haben, machen wir es uns auf der Couch gemütlich, um eine Serie anzuschauen, die ich aussuchen darf. Wir fangen bei der dritten Staffel meiner Lieblingsserie *Gilmore Girls* an, und auch wenn Zayn zu Beginn vor Qual gestöhnt hat, ist er nach der dritten Folge mitten im Geschehen dabei.

»Dean ist so ein Idiot«, sagt er und nimmt mir wahrlich die Worte aus dem Mund.

»Ja, ich finde auch, dass Rory mit Jess viel besser dran ist. Aber Jess ist wie eine Mauer, die sie nur langsam erklimmen kann.«

»Jess ist ein Poet und tiefgründig, jemand, der meint, was er sagt, und er würde Rory auf Händen tragen.«

»Aber sie ist mit Dean zusammen«, erkläre ich und nehme mir eine Handvoll Popcorn.

»Ja, mit einem Typen, der wie ein eifersüchtiger Gorilla rumtobt und ihr keine Luft zum Atmen lässt.«

»Ja, das ist Dean, wie er leibt und lebt. Aber sie hatten auch gute Tage.«

»Das mag sein, aber meiner Meinung nach wäre sie bei Jess besser aufgehoben.«

Ich nicke und konzentriere mich wieder auf den Fernseher. Plötzlich spüre ich Zayns Blick auf mir, es ist wie ein leichtes Kribbeln auf der Haut, wie ein Windhauch auf nackten Oberarmen. Ich wende mich ihm zu und ertappe ihn dabei, wie er mich ansieht, mit einem Blick, den ich nicht deuten kann, dabei ist das doch meine Spezialität.

»Für wen würdest du dich entscheiden, Dean oder Jess? Good Guy oder Bad Guy?«

»Das ist eine schwierige Frage.« Ich blicke kurz zum Bildschirm, ehe ich mich wieder Zayn zuwende. »Am liebsten wäre mir eine Mischung aus beiden. Die Loyalität und Verlässlichkeit von Dean und die Abenteuerlust und Leidenschaft von Jess. Eine Mischung aus Traumprinz und gefallenem Helden. Am besten noch mit längeren schwarzen Haaren.« Ich kichere, weil nur die Mädels wissen können, wen ich meine. Wir haben oft genug über meine Schwärmerei für diese *Marvel*-Figur gesprochen.

»Du meinst Loki, oder?«

Fassungslos sehe ich ihn an und kann nicht glauben, dass er wusste, wen ich meine. »Woher weißt du das?«

»Na ja, vielleicht weil du ein Foto von ihm als Hintergrundbild auf dem Smartphone hast?«

»Erwischt. Was für eins hast du?«

»Du meinst, was für ein Hintergrundbild?«

»Ja. Wenn du meinen Loki erspäht hast, dann kannst du mir auch deines zeigen.«

»Klar. Hier.« Er greift nach seinem Smartphone auf dem Tisch, schaltet es an und hält es mir hin. Es ist ein altes Familienfoto. Zayn mit lockigem Haar, der von seiner Mom im Arm gehalten wird. Beide sitzen auf einem Pferd und lächeln in die Kamera.

»Das ist wirklich ein schönes Bild. Reitet deine Mom gerne?«

Zayns Lächeln wird traurig, als er über das Display streicht, so als würde er über die Wange seiner Mutter streicheln. »Das hat sie. Bis sie einen Reitunfall hatte und so schwer verletzt wurde, dass sie nicht mehr gehen kann.«

Kapitel 18

ZAYN

Ich habe nicht vorgehabt, mit Grace über meine Mutter zu reden. Im Grunde habe ich nie wirklich darüber sprechen können. Pacey habe ich damals nur kurz von dem Unfall und dem Zustand meiner Mutter erzählt. Mein Vater hat mich zu einer Therapie drängen wollen, aber für mich kommt es nicht infrage, mit einem wildfremden Menschen über den schlimmsten Tag meines Lebens zu sprechen.

»Das tut mir schrecklich leid, Zayn.«

Grace greift nach meiner Hand und drückt sie sanft. Ihr Gesichtsausdruck spiegelt wohl meinen wider, denn ich bin noch immer schockiert und entsetzt, wie ein kleiner Moment alles zerstören konnte. Ich kämpfe gegen die Tränen an, doch dann tut Grace dasselbe, was ich vorhin getan habe. Sie nimmt mich in den Arm und hält mich. Und wieder genieße ich die Nähe dieser wunderschönen Frau.

In letzter Zeit ertappe ich mich immer wieder dabei, wie ich Grace länger als gewollt ansehe. Ich träume davon, Grace zu küssen, wie ein Leben mit dieser Frau aussehen würde, wenn sie die Meine wäre. Diese Gedanken sind falsch und fehl am Platz, aber ich bekomme sie nicht aus meinem Kopf. Vor allem nicht, wenn sie so wunderbar ist wie jetzt. Sie ist für mich da, könnte jetzt weiß Gott wo abhängen, Party machen oder auf Dates gehen, aber sie ist bei mir und gibt mir Halt. Wir kümmern uns umeinander, respektieren einander und mögen uns sehr, als wären wir ein Paar. Nun, Letzteres trifft eher auf mich zu. Denn ich mag Grace mehr, als ich dürfte.

Wenn Grace mich gefragt hätte, auf welchen Typ Frau ich stehe, dann wäre meine Antwort gewesen, dass es eine Frau wie sie selbst sein sollte. Eine warmherzige, intelligente, schöne Frau, die mir das Gefühl gibt, dass es mehr im Leben gibt als Partys und Sex. Die meinen Intellekt anregt und nicht nur meinen Penis. Jemand, mit dem ich über alles reden könnte, ehe wir uns leidenschaftlich in die Arme fallen. Jemand, der mich nie im Stich lassen würde.

Plötzlich wird mir warm, weil Grace mit ihren zarten Fingern meinen Nacken krault. Der Wunsch, sie ebenfalls zu berühren, ist sehr groß. Vielleicht bin ich zu sensibel, zu liebesbedürftig, seitdem die Liebe meiner Eltern zerstört ist. In Graces Armen habe ich kurz den Unfall vergessen können, doch jetzt scheint die Erinnerung mit heftiger Wucht zurückzukommen.

»Sch... ist schon gut«, flüstert Grace mir beruhigend ins Ohr.

Sie löst sich von mir, und ich hätte sie am liebsten wieder in die Arme geschlossen, aber dann würde ich eine Grenze überschreiten, was nicht passieren darf. Dafür ist mir unsere Freundschaft zu wichtig. Außerdem würde mich Daniel umbringen, sollte ich je Grace küssen oder gar mit ihr schlafen. Da sie wie eine Schwester für ihn ist, würde ich wirklich meinen Hals riskieren.

»Geht's wieder?«

Ich nicke benommen, denke wieder an den Unfall, will diese Bilder aus meinem Kopf bekommen, aber sie haben sich in meine Netzhaut eingebrannt.

»Willst du darüber reden? Du weißt, dass du mit mir über alles reden kannst.«

»Das weiß ich.« Ich streiche mit den Fingerrücken über ihre weiche Wange, doch als ich merke, wie ihr der Atem stockt, lasse ich meine Hand wieder sinken. »Aber ich möchte nicht darüber reden. Ich denke, das würde alles nur schlimmer machen.«

»Das verstehe ich. Dann werde ich jetzt gehen, und du versuchst zu schlafen.«

Grace erhebt sich, und wieder ergreift Panik Besitz von mir, aber es ist eine andere Art von Verzweiflung. Ich greife nach ihrer Hand, weil ich sie nicht gehen lassen will.

»Bitte bleib.« Lass mich nicht allein, sagen meine Augen, und sie versteht sofort. Das ist eben Grace. Sie sieht das, was man nicht ausspricht, sei es nun aus Stolz oder Schüchternheit, denn sie hat die einzigartige Gabe, einen Menschen lesen zu können.

»Okay. Wenn du möchtest, kann ich gerne hierbleiben.«

»Das würde mir viel bedeuten. Danke.«

Grace lächelt, neigt den Kopf und sieht mir direkt in die Augen. »Du brauchst nur ein Wort zu sagen und ich bin bei dir. Immer. Das solltest du wissen.«

Ohne auch nur einen Moment darüber nachzudenken, küsse ich sie auf die Wange. Wieder stockt ihr der Atem, und langsam ahne ich auch, wieso. Weil sie die Anziehung, die wir aufeinander ausüben, ebenso spürt, ob sie nun verboten ist oder nicht. Aber wir reden nicht darüber, sondern sehen wieder fern, weil das einfacher ist, als sich mit Gefühlen auseinanderzusetzen, die langsam immer stärker werden.

»Mom!«, keuche ich und richte mich abrupt auf, weiß zuerst nicht, ob ich noch immer träume oder schon aufgewacht bin. Mein Keuchen erfüllt den Raum, und ich habe das Gefühl, als würde meine Brust unter dem heftigen Druck des Schmerzes zerbersten. Dass ich nicht allein bin, merke ich erst, als Grace ihre Hand an meine Schulter legt. Vor Schreck zucke ich zusammen.

»Alles ist gut. Du bist wach. Es ist vorbei.«

Ihr Druck an meiner Schulter wird stärker, sie ist für mich da, als alles wieder hochkommt. Meine Schultern beben, und ich habe das Gefühl, alles aus mir herausschreien zu müssen. Ich wende mich Grace zu, die mich voller Sorge ansieht.

»Ich habe meine Mutter damals gefunden. Als der Unfall passiert ist. Sie ist ausgeritten mit ihrem Lieblingspferd. Mein Vater und ich haben währenddessen Fußball gespielt und mit Delilah Eistee getrunken. Es war so heiß an diesem Tag. Daran kann ich mich noch gut erinnern.« Ich starre eine Weile vor mich hin, ehe ich weiterspreche.

»Plötzlich kam das Pferd wiehernd angaloppiert, ohne meine Mom. Wir haben uns sofort auf die Suche nach ihr gemacht. Da unser Anwesen groß ist, haben wir uns aufgeteilt. Ich war derjenige, der sie gefunden hat, und ich werde niemals das Gefühl vergessen, als ich sie gesehen habe. Zuerst dachte ich, sie wäre tot. Sie war bewusstlos, und die Beine standen in einem merkwürdigen Winkel ab. Ich habe mich neben sie gekniet und immer wieder ihren Namen geschrien, bis mein Dad und Delilah gekommen sind.« Ich wische mir energisch die Tränen von den Wangen.

»Welche Verletzungen hatte sie?«

»Sie hatte eine Gehirnerschütterung, mehrere gebrochene Rippen und viele Schürfwunden. Ihre Beine waren nicht mehr zu retten, sie ist von der Hüfte an abwärts gelähmt und wird nie wieder gehen können.«

»Oh Gott.«

»Ja, das ist furchtbar, trotzdem sollte sie dankbar sein, dass sie den Sturz überlebt hat. Sie hat jedoch all ihren Lebensmut verloren und sich von der Welt abgekapselt.«

»Das tut mir so schrecklich leid.«

»Mir auch, Grace. Mir auch. Aber jetzt lass uns versuchen, noch ein wenig zu schlafen.«

Wir legen uns gemeinsam auf die Couch, dicht aneinandergekuschelt. Grace schläft bald ein, ich dagegen bekomme kein Auge zu, weil mir alles Mögliche durch den Kopf geht.

Schließlich greife ich nach meinem Smartphone und scrolle ein wenig durch Social Media, like Addisons neuen Post, verteile Herzchen auf Instagram und gehe auf Graces Profil. Sie hat drei neue Bilder hochgeladen. Eines schöner als das andere. Ich kann mich nicht sattsehen an ihrem Lachen, an ihrer Schönheit. Vielleicht riskiere ich alles, wenn ich mich in sie verliebe, aber diese Frau ist es wert.

Die nächsten Tage verbringe ich die meiste Zeit damit, an meinem Buch zu arbeiten, zu recherchieren und mich auf Fanfiction-Seiten umzusehen. Es gibt einige Plattformen, auf denen man seinen Roman online stellen und dann Feedback von Lesern bekommen kann.

In den Pausen, die ich mir zwischendurch gestatte, trainiere ich zu Hause oder gehe spazieren, oft mit einem guten Buch in der Tasche. Da die Temperaturen immer angenehmer werden, sitze ich manchmal stundenlang auf einer Parkbank und lese. Aber am meisten freue ich mich auf die Abende, weil Grace und ich dann telefonieren oder uns schreiben, falls wir uns nicht sehen können.

Das ist ein fester Bestandteil unseres Tagesablaufs geworden. Wir unterhalten uns über die Musik, die wir hören, und Bücher, die wir gerade lesen. Oder wir quatschen über alles andere, was gerade bei uns ansteht, und manch einer würde vielleicht sagen, dass dies doch langweilig wird, aber es ist eher das Gegenteil der Fall. Ich bekomme nicht genug von ihrer

Stimme und ertappe mich öfter dabei, wie ich mich in erotischen Tagträumen verliere.

Ein paar Tage später, nachdem Grace bei mir auf der Couch übernachtet hat, warte ich am Abend darauf, dass sie sich meldet. Nachdem ich mir etwas beim Chinesen bestellt habe, gehe ich duschen und lege mich dann mit dem Laptop aufs Bett. Ich trage nur eine Boxershorts und will gerade nach einem Film oder einer Serie suchen, als es an der Tür klopft.

Mein Lieblingslieferant ist zwar schneller als alle anderen, aber in so kurzer Zeit kann niemand es schaffen, eine süßsaure Ente zuzubereiten und zum Kunden zu transportieren. Ich gehe an die Gegensprechanlage und melde mich, worauf ich nur ein Schniefen höre.

»Hallo? Wer ist da?«

»Ich bin's.«

Mir wird ganz anders, als ich Graces zaghafte Stimme vernehme. Ihr scheint es gar nicht gut zu gehen. »Komm hoch.«

Ich öffne die Haustür und warte im Flur auf sie. Als sie aus dem Fahrstuhl tritt, weiß ich sofort, dass etwas nicht stimmt.

Kapitel 19

GRACE

Der Tag heute war eine einzige Katastrophe. Rose ist krank, weshalb ich allein im Büro gewesen bin, als ein Virus meine EDV lahmgelegt hat. Die Daten sind zum Glück gesichert, aber es hat mich eine Menge Zeit gekostet, alles wieder in Ordnung bringen zu lassen. Noch nie habe ich länger und öfter mit Servicehotlines gesprochen als heute. Vor der Arbeit bin ich dann noch nach einer Ewigkeit wieder laufen gegangen, und was passiert mir? Während ich im Central Park Dehnübungen gemacht habe, ist doch glatt meine Sporthose gerissen, und das genau am Po.

Als hätte das nicht gereicht, hatte ich auf dem Heimweg auch noch einen Platten. Ich weiß, wie man einen Reifen wechselt, aber es ist nicht förderlich gewesen, dass es dann plötzlich angefangen hat, wie aus Kübeln zu regnen. Der einzige Lichtblick ist das Gespräch mit Zayn, unser allabendliches Ritual.

Langsam ist der Punkt der Schwärmerei überschritten, und ich bewege mich auf gefährlichem Terrain. Wir reden, wir flirten, wir machen es uns immer schwerer, eine Grenze zu wahren. Sind wir nur Freunde, mehr als das, oder ist es vielleicht schon der Anfang einer Beziehung? Ich weiß es nicht, aber ich brenne darauf, es zu erfahren.

»Hey, wie siehst du denn aus?«, fragt Addy, als ich die Wohnung betrete, und erntet einen genervtes Augenrollen von mir.

»Ich hatte einen Platten und musste den Reifen wechseln.«

»Wieso hast du mich nicht angerufen?«

»Das hätte doch nichts gebracht. Dann hätten wir beide im Regen herumhantieren müssen.« Ich gebe mir nicht wirklich Mühe, meine schlechte Laune zu verbergen, aber Addison scheint das gar nicht zu merken. »Alles okay? Du siehst aus, als wärst du high.«

Addison grinst mich an. »Vielleicht bin ich das auch, aber nicht, weil ich Gras geraucht habe.«

»Sondern?« Ich ziehe Jacke und Schuhe aus und hinterlasse eine Pfütze. Ich brauche unbedingt eine Dusche und meinen Kuschelpyjama.

»Na ja, ich habe gehofft, dass ich dich heute ausführen kann, weil ich dir etwas Wichtiges erzählen möchte.«

Ausgehen? Nach diesem höllischen Tag? »Sorry, aber ich könnte nicht, selbst wenn ich wollte.«

»Aber du musst. Es gibt da etwas, was ich dir sagen möchte, und du sollst es als Erste erfahren.«

»Dann spuck's schon aus.«

Nun merkt meine beste Freundin endlich, dass ich nicht in bester Stimmung bin. Überrascht hebt sie die Brauen, wagt aber noch einen Versuch. »Okay, wir müssen nicht ausgehen. Geh du erst mal duschen. Wir haben noch Lasagne, und Wein ist auch da, dann können wir es uns hier gemütlich machen.«

»Sei mir nicht böse, aber ich werde gleich ins Bett gehen. Ich bin wirklich erledigt. Morgen ist Freitag, dann können wir besprechen, was immer du willst.«

»Das geht aber nicht. Es ist wichtig!«

Dass Addy kein Verständnis für mein Bedürfnis nach Ruhe hat, macht mich wütend. Sie führt sich wie ein Kleinkind auf, weil sie nicht das bekommt, was sie will, fehlt nur noch, dass sie mit dem Fuß aufstampft.

»Dass ich am Ende bin, ist also nicht wichtig? Ich bin kaum zur Tür herein, da überfällst du mich auch schon mit deiner ach so wichtigen Botschaft. Weißt du, Addy, ich liebe dich, aber seitdem du mit Drake zusammen bist, bist du kaum zu Hause, unsere Gespräche sind fast nicht existent. Seit ihr alle glücklich vergeben seid, vergesst ihr, dass es noch Menschen gibt, die es vermissen, mit euch allein etwas zu unternehmen.«

Addison sieht mich mit aufgerissenen Augen an, und die Tränen, die in ihnen schimmern, machen mir klar, dass ich weit übers Ziel hinausgeschossen bin.

»Hör zu …«, sage ich und will mich entschuldigen, aber Addison hebt wütend die Hände.

»Nein. Jetzt hörst du mir zu. Ich bin nicht daran schuld, dass du überarbeitet bist. Dir muss doch bewusst sein, dass eine so große Firma wie deine nicht mit zwei Leuten laufen kann. Du kannst das nicht alles stemmen, weil das einfach nicht möglich ist. Ja, ich bin vielleicht glücklich vergeben, aber ich habe nicht vergessen, dass du meine Freundin bist. Ich bin die letzten Abende immer hier gewesen, habe mit Tae Filme geguckt, während du in dein Zimmer gegangen bist mit dem Telefon am Ohr, also wirf mir nicht vor, dass ich keine Zeit für dich habe, denn das stimmt nicht. Ich werde mich nicht für mein Glück rechtfertigen, denn ich habe es verdient, glücklich zu sein, und gerade du weißt, wie schwer die letzten Jahre für mich gewesen sind. Und was die Gespräche anbelangt, das ist mir auch aufgefallen, vor allem als du zu den letzten zwei Mittwochstreffen mit Luke und mir nicht gekommen bist. Ich wollte heute einen schönen Abend mit meiner besten Freundin verbringen und ihr sagen, dass mein Freund mich gefragt hat, ob ich ihn heiraten will. Aber das kann ich nicht, weil sie ihre miese Laune an mir auslassen muss und mir Gemeinheiten an den Kopf wirft.«

»Drake hat was?« Ich schließe gequält die Augen und merke erst jetzt, wie unrecht ich Addison getan habe. Sie wollte mir die großartige Neuigkeit bei Essen und Wein erzählen, und was tue ich? Ich vermassle alles. Eine Träne kullert über ihre Wange und gibt mir den Rest.

»Gott, Addison, es tut mir so leid.« Ich gehe einen Schritt auf sie zu und will sie in die Arme nehmen, doch sie weicht mir aus und schüttelt den Kopf.

»Dafür ist es leider zu spät.« Sie geht an mir vorbei, ohne mich eines Blickes zu würdigen. Ich höre, wie sie nach ihren Schlüsseln greift, die Tür öffnet und sie mit voller Wucht zuschlägt.

Ich fühle mich wie betäubt, als hätte ich diesen Streit aus weiter Ferne beobachtet. Ich weiß gar nicht mehr, wieso ich so sauer gewesen bin, denn Addison hat ja recht. Hauptsächlich habe ich meine schlechte Laune an ihr ausgelassen, und nun ist es zu spät, diesen wichtigen Abend zu retten.

Ich ziehe Jacke und Schuhe wieder an, gehe hinaus in den Regen und laufe ziellos durch die Straßen. Ohne dass es mir bewusst war, finde ich mich plötzlich vor Zayns Wohnung wieder. Ich fühle mich hundeelend und klingle. Während ich mit dem Fahrstuhl hochfahre, sehe ich wieder den verletzten Gesichtsausdruck von Addison vor mir und drohe in Tränen auszubrechen. Ich sehe in den Spiegel, ich bin völlig durchnässt, und mein Haar klebt an meinem Gesicht, aber ich spüre keine Kälte. Ich spüre rein gar nichts.

Die paar Schritte bis zu Zayn, der mich mit besorgter Miene im Flur erwartet, kosten mich einiges an Kraft. Wieder befinden wir uns in einer schmerzhaften und traurigen Situation und stehen einander gegenüber. Ich halte mich gut, habe die Schultern gestrafft und das Kinn in die Höhe gereckt. Ich will nicht vor Zayn weinen, und er versteht sofort.

»Möchtest du eine Tasse Tee?«

»Ja, bitte.«

Zayn lässt mir den Vortritt, ehe er die Tür wieder schließt und ins Schlafzimmer geht, da er nur eine Boxershorts trägt. Ich bin stehen geblieben, wieso, weiß ich nicht ganz, aber ich erwache aus meiner Starre, als ich Zayns Wärme an meinem Rücken spüre.

»Darf ich?«

Ich nicke und lasse mir von ihm dabei helfen, die Jacke auszuziehen. Nun fröstle ich doch, aber nicht lange, da Zayn mir eine Decke über die Schultern legt, bevor er mich zur Couch führt. Ich setze mich und lehne mich zurück. Ich bin in Gedanken weit fort, bis Zayn eine dampfende Tasse Tee auf den Couchtisch vor mir abstellt.

»Addison und ich haben uns gestritten«, flüstere ich und muss mich räuspern, weil meine Kehle trocken ist.

»Weswegen?«

»Weil ich eine Idiotin bin.«

»Das glaube ich dir nicht.«

»Aber es stimmt. Ich hatte heute wieder einen miesen Tag und bin schlecht gelaunt nach Hause kommen. Da stand Addy vor mir und hat nicht aufgehört zu reden. Sie wollte mir unbedingt etwas Wichtiges erzählen, aber ich habe dichtgemacht und bin dann explodiert ohne wirklichen Grund. Ich habe ihr gemeine Dinge an den Kopf geworfen, dabei wollte ich das gar nicht.«

»Ihr werdet euch wieder vertragen, ganz bestimmt.«

»Nein, das hier ist etwas anderes. Es ist etwas Tolles passiert, und sie wollte mit mir den ganzen Abend lang reden und feiern. Aber ich habe ihr alles vermasselt.«

»Das heißt, Drake hat um ihre Hand angehalten?«

»Du weißt es?«

»Ja, wir Jungs wissen es alle. Er hat es uns vor ein paar Wochen gesagt, an dem Abend, als ihr Mädels tanzen gewesen seid. Er hat uns alle sozusagen um unseren Segen gebeten, ehe er sie fragen wollte.«

»Oh, wie romantisch. Verdammt! Ich könnte mich in den Hintern treten.«

»Hast du sie schon angerufen?«

»Ja, aber sie hebt nicht ab.« Tränen steigen mir in die Augen, die ich wegzublinzeln versuche. Ich sehe Zayn an. »Weißt du, wir haben schon vor langer Zeit geplant, was wir tun werden, sollte eine von uns jemals einen Antrag bekommen. Wir wollten die ganze Nacht feiern, in Erinnerungen schwelgen und unsere Exfreunde bemitleiden, weil sie uns nicht bekommen haben.«

»Das klingt schön.«

»Ja, das wäre es auch gewesen, wenn ich es nicht verbockt hätte.«

»Hey, geh nicht so hart mit dir ins Gericht.« Zayn streicht über meine Wange und lächelt mich aufmunternd an. »Bestimmt sieht die Welt morgen schon wieder anders aus, und ihr vertragt euch.«

»Ich hoffe es. Sie ist meine allerbeste Freundin.«

»Das weiß ich. Alles wird gut«, sagt er und nimmt mich in die Arme. Ich atme seinen angenehmen Zitronenduft tief ein und fühle mich augenblicklich besser. Es ist schön, jemanden an seiner Seite zu haben, der für einen da ist. Wer hätte vor zwei Jahren gedacht, dass Zayn ein so enger Freund sein würde?

»Trink deinen Tee aus und geh in Ruhe duschen. Ich lege dir ein paar Klamotten raus, die dir passen könnten, und dann machst du es dir auf der Couch bequem, okay?«

»Ja, das klingt nach einem guten Plan.«

Eine halbe Stunde später trete ich aus Zayns Dusche, rubble mir die Haare trocken und ziehe eine Jogginghose und ein weites Shirt an. Die Klamotten sind mir zu groß, aber nicht so sehr, dass ich sie nicht tragen könnte. Meine eigenen Sachen hat Zayn netterweise in den Trockner geworfen. Ich betrachte im leicht beschlagenen Spiegel mein Gesicht, sehe blasser aus als sonst. Vielleicht hat Addy ja recht. Ich brauche mehr Mitarbeiter, allein kann ich das nicht schaffen. Ich beschließe, mich morgen bei Addy zu entschuldigen und mir dann einen Plan zurechtzulegen, was die Zukunft meiner Firma betrifft.

Als ich ins Wohnzimmer zurückkomme, ist Zayn nicht da. Ich setze mich wieder auf die Couch und will es erneut bei Addison versuchen, als ich zwischen den Bücherstapeln wieder ein Blatt Papier entdecke.

Ich nehme es in die Hand und sehe, dass darauf wieder ein Gedicht steht. Ich fahre mit den Fingern über die schöne Handschrift, die Zayn gehört, und ich bin mir immer sicherer, dass Zayn selbst Gedichte schreibt. Ich lege das Blatt wieder dorthin, wo ich es gefunden habe, und will gerade nach meiner Teetasse greifen, als die Wohnungstür aufschwingt und Zayn mit Addy im Schlepptau hereinkommt. Meine Augen weiten sich vor Erstaunen, und dann heule ich doch, aber es sind Freudentränen. Auch Addison weint und läuft auf mich zu. Ich komme ihr entgegen, und dann fallen wir uns in die Arme.

Meine beste Freundin ist bei mir, und ich kann mich entschuldigen. Während ich meine Addy halte, öffne ich die Augen und sehe Zayn dankbar an. Er muss losgefahren sein, als ich im Badezimmer war, und ich bin ihm unendlich dankbar dafür. Er hat alles stehen und liegen gelassen, um dafür zu sorgen, dass Addison und ich uns wieder versöhnen können. Diese Geste erwärmt mein Herz und führt mir vor Augen, dass die Zeit, in der ich das Ganze als Verknalltsein habe abtun können, längst vorbei ist. Denn es ist kein Wunder, dass ich mich in diesen wunderbaren Mann verliebt habe.

Kapitel 20

GRACE

»Taylors Bachelorette-Party steht an. Irgendwelche Ideen?«, fragt Luke neugierig und hebt die rechte Braue, was so viel heißt wie: Ich habe eine Bombenidee, schauen wir mal, ob ihr das toppen könnt.

»Wie wäre es mit einer Überraschungsparty? Wir könnten Nates Pub für eine Nacht mieten und dort so richtig abfeiern«, ist mein Vorschlag.

Addison, Miranda und Charlotte denken darüber nach, aber Luke verdreht nur die Augen.

»Und die Stripper dürfen wir nicht vergessen«, fügt Addison mit einem frechen Grinsen hinzu. Ich schmunzle und trage meinen Lippenstift auf.

»Alles lahm.« Luke wird natürlich mit keiner unserer Ideen zufrieden sein, wenn er im Kopf schon längst alles geplant hat.

»Dann sag uns doch endlich, was du im Sinn hast«, sage ich und drehe mich zum Spiegel, um mein Outfit für den heutigen Freitagabend zu checken. Ich trage einen Lederrock zu kniehohen Stiefeln und einem ärmellosen Rollkragenpullover in Pastellgrün. Eigentlich ein Herbstoutfit, aber da es in den letzten Tagen kühler geworden ist, finde ich es passend.

»Gut, dass du fragst, Gracie.« Luke stellt sich vor uns und macht es richtig spannend, indem er ziemlich langsam mit der Sprache rausrückt. »Wir fahren in den Bachelorette-Park.«

»Wohin?«, will Miranda wissen.

»Es gibt eine Hotelanlage, die sich ganz dem Thema verschrieben hat, jungen Bräuten eine hammermäßige Jungesellinnenparty zu bescheren. Es gibt verschiedene Locations, und man kann sogar Stripper buchen, was besonders dich interessieren könnte, Addy.« Luke zwinkert ihr zu, und sie grinst schelmisch. Wenn jemand mit Strippern abfeiern kann, dann ist es meine beste Freundin.

»Ein ganze Anlage voller betrunkener Frauen? Ist das nicht langweilig?«, meint Charlotte zu Recht.

»Es gibt auch zwei Clubs dort, die für normale Gäste zugänglich sind.«

»Mir gefällt die Idee. So müssen wir nicht alles selbst planen und sind auf der sicheren Seite. Denn wer weiß, ob wir auch alles richtig machen.«

»Genau meine Rede. Ich bin zufällig im Internet darauf gestoßen und finde es perfekt.«

»Ich bin dabei«, verkündet Addison, und Miranda, Charly und ich stimmen ebenfalls zu.

»Gut, dann wäre das abgemacht. Wir bescheren unserer Tae einen unvergesslichen Abend, und die Kosten teilen wir uns.« Ich blicke kurz auf meine Armbanduhr und stelle fest, dass Taylor in zehn Minuten mit Daniel da sein wird, ebenso wie Pacey, Linda, Ronan und Zayn. Wieder schaue ich in den Spiegel und zupfe an meinem Pferdeschwanz herum, weil ich vor Nervosität nicht weiß, was ich sonst tun soll. Mein Styling sieht gut aus, aber wenn ich ehrlich bin, will ich nur einem Mann gefallen, und das ist Zayn.

Seitdem mir klar ist, dass ich mein Herz längst an ihn verloren habe, ist dieser Druck in meiner Brust endlich weg. Ich habe nicht gewusst, was mit mir losgewesen ist in den letzten Wochen, wieso ich ständig auf der Suche nach einem Mann an meiner Seite gewesen bin, wenn der, den ich heimlich will, doch in meiner Nähe gewesen ist.

Ich habe noch niemandem von meinen Gefühlen erzählt, weil ich Angst davor habe. Ich weiß ehrlich nicht, was ich tun soll. Was, wenn Zayn nicht so empfindet wie ich und ich vor Scham im Boden versinke? Ich könnte ihm nie wieder in die Augen sehen.

»Du siehst heute echt scharf aus«, sagt Addison und stupst mich mit der Hüfte an.

»Ja, Addy hat recht. Ich mag die Smokey Eyes und den dunkelroten Lippenstift. Mit dem Lederrock zusammen hat das was von Gothic Chic.«

Lukes Worte bringen mich zum Lachen. Hoffentlich kann ich auch Zayn damit beeindrucken.

»Wir sehen uns unten«, höre ich Charly und Miranda sagen und drehe mich um. Taylors Freundinnen sind aus meinem Zimmer gegangen. Luke und Addy sitzen dagegen auf meinem Bett und sehen mich beide an.

»Ja?«, frage ich, weil ich das Gefühl habe, als wollten sie etwas von mir hören.

»Ich würde gerne wissen, für wen du dich so aufgebrezelt hast«, sagt Luke ohne alle Umschweife.

»Nur für mich. Wieso muss immer ein Mann im Spiel sein, wenn ich mich etwas gewagter anziehe?«

»Weil wir aus Erfahrung wissen, dass man genau das tut, wenn man jemanden beeindrucken möchte. Du weißt ja, dass ich mich immer besonders in Schale geworfen habe, wenn ich gewusst habe, dass ich Drake sehen werde.«

Ich verdrehe die Augen und lehne mich mit dem Hintern gegen meinen Schminktisch. »Ihr ahnt doch, um wen es sich handelt, oder?«

»Oh ja«, sagt Luke mit einem breiten Grinsen.

»Dann raus mit der Sprache. Was glaubt ihr, auf wen bin ich scharf?«

»Auf unseren Playboy natürlich«, sagt Addison.

Ich zucke zusammen. Diesen Ruf wird er wahrscheinlich nie los. Er hat zahllose Frauen vernascht, und das schürt wieder meine Unsicherheit. Sind meine Gefühle nicht von Anfang an zum Scheitern verurteilt, wenn ich doch weiß, dass er seit Jahren keine Freundin gehabt hat?

»Grace?«, fragt meine beste Freundin, die plötzlich vor mir steht.

»Was ist, wenn ich ihm nicht genüge?«

»Wie bitte?«, fragt nun Luke entsetzt.

»Seine Verflossenen sind alle wunderschön gewesen, hatten riesige Brüste und so weiter.«

»Süße, du bist viel mehr als all die Frauen zusammen. Sollte Zayn so klug sein und deine Gefühle erwidern, dann kann er sich glücklich schätzen. Sei nicht so bescheiden, dazu hast du keinen Grund.«

»Addy hat recht.«

»Aber was, wenn das mit uns nicht klappen sollte?«

»Dann wart ihr wenigstens so mutig und habt es probiert. Viele wagen es gar nicht erst.«

»Ihr habt recht. Vielleicht denke ich zu viel darüber nach. Jetzt werde ich erst mal einen schönen Abend mit meinen Freunden verbringen.«

»Amen, Schwester! Lasst uns nach unten gehen, die anderen sind bestimmt gleich da.«

»Glückwunsch, Leute.« Wir stoßen an und wünschen Addison und Drake alles Gute zur Verlobung. Nun wissen es die anderen auch, und wir können anfangen, neben Taylors Hochzeit auch Addisons Feier zu planen. Ich freue mich unglaublich für meine Freundinnen und kann es kaum erwarten, sie in ihren Kleidern zu sehen. Addison wird die Trauzeugin von Tae, ich von Addy, und sollte ich mal heiraten, möchte ich, dass Taylor diesen Part übernimmt.

Wir sitzen im Pub und sind alle gut drauf, bis auf Zayn, der nachdenklicher wirkt als sonst. Er hat kaum etwas gesagt und müht sich hin und wieder ein Lächeln ab. Etwas beschäftigt ihn, aber ich möchte ihn nicht hier vor den anderen darauf ansprechen. Erst gegen Mitternacht sitzen wir allein am Tisch, weil unsere Freunde im ganzen Lokal verstreut sind.

»Was ist los, Zayn? Du siehst nicht gut aus.«

»Dafür siehst du unglaublich aus, obwohl du mir ohne Make-up fast besser gefällst.«

»Lenk nicht vom Thema ab, Don Juan. Ist alles in Ordnung?«

»Nicht wirklich.« Er atmet tief ein und aus, ehe er sich dicht neben mich setzt. »Ich wollte heute meine Mom besuchen und habe meinen Vater durch die Tür allein in seinem Arbeitszimmer gesehen, eine Flasche Scotch neben sich. Ich wollte schon zu ihm gehen, doch dann hat er plötzlich mit dem Porträt von Mom gesprochen. Zuerst sagte er, wie sehr er sie vermisse, dass wir keine Familie seien, wenn sie nicht präsent sei. Dann wurde er wütend, hat angefangen, das Foto anzubrüllen, ehe er es auf den Boden geschleudert hat. Dann ist er in Tränen ausgebrochen.«

»Das ist ja schrecklich.«

»Ich hätte zu ihm gehen und irgendetwas tun sollen, aber ich habe einfach nur dagestanden und ihn angesehen. Schließlich bin ich gegangen, habe aber nun ein schlechtes Gewissen.«

»Vielleicht wäre es auch nicht so gut gewesen, wenn du ihn in diesem emotionalen Moment gestört hättest. Manche Männer sind gerne allein, wenn sie weinen, also, zumindest glaube ich das. Ich habe noch nie einen weinen gesehen.«

»Mein Dad ist ein ziemlich stolzer Mann, da könntest du recht haben, aber trotzdem. Ich habe das Gefühl, ihn im Stich gelassen zu haben.«

»Das hast du nicht, glaub mir. Manchmal braucht es Stärke, sich auch mal rauszuhalten und denjenigen allein zu lassen, den man liebt.«

»Danke, dass du mir zuhörst.«

»Dafür sind Freunde doch da, oder?«

Zayn sieht mich mit einem Blick an, den ich nicht ganz deuten kann, aber er geht mir unter die Haut und verwirrt mich. Weil ich in Momenten wie diesen nicht weiß, was wir genau sind. Nur Freunde oder mehr.

»Du bist die tollste Freundin, die ich jemals gehabt habe. Was würde ich nur ohne dich tun?«

»Ich weiß es nicht, ich kann dir nur sagen, dass ich mich das manchmal auch in Bezug auf dich frage.«

Die nächsten Tage im Büro sind so stressig, dass ich verzweifelt die Vermittlungsagentur angerufen und mitgeteilt habe, dass ich noch drei weitere Mitarbeiter einstellen möchte. Rose hilft zwar, wo sie nur kann, aber zu zweit können wir einfach nicht alles stemmen. Deshalb fühle ich mich wie ausgelaugt, als ich am Abend zu meinem Auto gehe. Ich werfe einen kurzen Blick auf mein Smartphone und sehe, dass ich zwei verpasste Anrufe von Zayn habe. Ich rufe ihn augenblicklich zurück.

»Da ist ja die Frau der Stunde.«

»Ach ja?«

»Ja, ich habe gerade von dir gesprochen.« Zayn klingt merkwürdig, es scheint fast so, als wäre er betrunken.

»Ähm, wie komme ich zu der Ehre?« Ich bleibe vor der Autotür stehen und lausche seinen schweren Atemzügen. Irgendetwas stimmt nicht.

»Nate will nicht mit mir trinken und hat gefragt, mit wem ich am liebsten feiern gehen würde, und da bist du mir sofort eingefallen, Gracie.« Er ist tatsächlich voll, und das mitten in der Woche.

»Warte im Pub auf mich. Ich hole dich ab.« Sorge breitet sich in mir aus, denn es sieht Zayn nicht ähnlich, sich sinnlos zu betrinken. Das habe ich jedenfalls noch nie erlebt, seit ich ihn kenne.

»Von Abholen kann keine Rede sein, Sherlock. Wir müssen feiern.«

»Ach ja? Was denn?« Ich steige ins Auto und starte sofort den Motor. Ich muss jetzt zu ihm, und zwar schnell.

»Dass mein Alter seinen Willen bekommen hat und ich morgen bei Coleman & Sons antanzen werde.«

Mein Herz schmerzt, als ich seiner dünnen Stimme lausche, die fast bricht. »Ich bin gleich da. Warte auf mich.«

»Ohne dich gehe ich nirgendwohin.«

Natürlich, wenn ich es eilig habe, muss ich im Stau stecken bleiben. Ich hämmere wütend auf das Lenkrad, doch es geht einfach nicht weiter. Mittlerweile ist eine halbe Stunde vergangen, und ich komme um vor Sorge um meinen Freund. In letzter Zeit ist er nachdenklicher geworden und immer mehr in sich gekehrt. Ich brauche ihn nicht jahrelang zu kennen, um zu merken, dass hier langsam etwas aus dem Ruder läuft.

Meine Sorge verflüchtigt sich nicht, wird sogar noch größer, als ich atemlos die Bar betrete und meinen Freund entdecke, der gedankenverloren in sein volles Glas starrt. Es ist sicher nicht der erste Drink, den er sich gegönnt hat. In der Eile hat sich mein Zopf gelöst, meine Haare sehen sicher völlig wirr aus, aber das spielt jetzt keine Rolle. Denn jetzt muss ich für Zayn da sein.

»Hey. Sorry für die Verspätung.«

Zayn hebt den Blick, und ich sehe blutunterlaufene Augen, ob nun vom Alkohol oder vom Weinen, kann ich nicht sagen. »Grace«, wispert er, und obwohl die Bar voll und der Lärmpegel hoch ist, höre ich das Leid in seiner Stimme. In seinen Augen sehe ich viele Emotionen, und jede davon bricht mir das Herz. Was ist nur mit meinem Zayn geschehen, dem, der immer für gute Laune gesorgt hat? Was hat ihn in die Verzweiflung getrieben? Ich gehe einen Schritt auf ihn zu, doch er ist schneller. Er steht auf und zieht mich in seine Arme. Er drückt mich fest an seine Brust und atmet zittrig ein und aus. Ich erwidere die Umarmung und hoffe, er spürt, wie sehr ich ihm helfen möchte.

Wir bleiben eine Weile einfach so stehen, brauchen beide einen Moment, um diese Situation zu verarbeiten. Zayn, weil er sich mit seinem Kummer auseinandersetzt, und ich, weil sich die Gefühle in mir verstärken und ich mich nicht traue, es zuzugeben.

Zayn löst sich von mir und lächelt mich traurig an. »Schön, dass du da bist.«

»Es tut mir leid, dass es so lange gedauert hat, ich habe im Stau gestanden.«

»Egal. Jetzt bist du hier, und ich habe schon gedacht, du verlässt mich auch.«

»Verlassen? Du weißt doch, dass ich das nie tun werde. Ich bin immer da, wenn du mich brauchst.«

Zayn schluckt. »Möchtest du etwas trinken?«, fragt er mich, und durch den Alkohol ist seine Stimme noch rauer als sonst.

»Ein Wasser, bitte.«

»Nate.« Er hebt die Hand, und Nate kommt zu uns. Er begrüßt mich mit einem Lächeln, ehe er sich Zayn zuwendet. »Zwei Wasser, bitte.«

»Gerne. Trinkst du das noch?«

Zayn blickt auf sein Glas und schüttelt den Kopf. »Schütte es weg. Mir geht's schon besser.«

Kurz wandert sein Blick zu mir, und mir wird ganz warm ums Herz. Es freut mich, dass ich offenbar eine beruhigende Wirkung auf ihn habe, denn es ist umgekehrt genauso, würde ich sagen. Eine Weile stehen wir nebeneinander, beide die Arme auf der Bartheke ausgestreckt, und starren vor uns hin.

»Was ist los, Zayn?«, frage ich ihn schließlich.

»Es tut mir leid, ich wollte dich nicht stören.«

»Das ist doch Unsinn. Ich bin tausend Tode gestorben vor Sorge. Ich habe dich noch nie so erlebt.«

Er wendet sich mir zu, greift nach einer meiner Haarsträhnen und wickelt sie sich um den Finger. »Ich hatte mal wieder Streit mit meinem Vater.«

»Wieder wegen des Jobs?«

»Ja, klar. Und wenn ich morgen nicht zu Coleman & Sons gehe, nimmt er mir die Wohnung weg.«

»Wie furchtbar.«

»Aber das Beste kommt noch, er glaubt wirklich, er tut nur, was das Beste für mich ist. Er hört mir nicht zu, wenn ich sage, dass ich mir meine Zukunft anders vorstelle. Nicht zu fassen, dass ich vor ein paar Tagen noch Mitleid mit ihm hatte.«

»Das tut mir leid, aber du musst ja nicht zu dem Bewerbungsgespräch gehen.«

»Dann verliere ich die Wohnung.«

»Ich habe einige Wohnungen, von denen ein paar nicht vermietet sind, also könnte ich dir helfen.«

»Nein, das kann ich nicht annehmen.«

»Und ob du das kannst. Ein Job, der dich nicht glücklich macht, wäre dein Untergang. Du bist wie ich, Zayn. Eine Arbeit, bei der du nicht mit Herzblut dabei bist, ist einfach falsch.«

»Aber das, was ich machen will, ist keine Arbeit, von der man leicht leben kann.«

»Ach, und was willst du machen? Ist es ein so großes Geheimnis, dass du es selbst mir nicht verraten kannst?«

Zayn kommt mir plötzlich gefährlich nah. Gefährlich für mich, weil ich in letzter Zeit mit Herzrasen reagiere, wenn er mir nahe ist. »Wenn ich dir das verrate ...« Er lässt meine Strähne los und streicht mit den Fingerrücken über meine Wange. Eine Gänsehaut breitet sich auf meiner Haut aus, die mit Sicherheit auf ihn übergeht, so intensiv fühlt es sich an. »... dann muss ich dich leider umbringen.«

Und weg ist der Moment, den mein dummes Hirn für einen romantischen gehalten hat. Es ist nur ein Ablenkungsmanöver gewesen. »Willst du Serienkiller werden?«

Zayn legt den Kopf in den Nacken und lacht laut auf. »Nein, um Himmels willen. Stell dir mal die vielen Blutflecken vor, die bekomme ich doch nie wieder aus der Kleidung.«

Ich schüttle amüsiert den Kopf, ehe ich ihn wieder ansehe. »Du musst es mir nicht verraten, wenn du nicht willst.«

»Ich werde es dir verraten.«

»Ach, und wann?«

»Wenn wir beim Haevn-Konzert gewesen sind.« Zayn greift in seine Jeansjackentasche und fischt zwei Tickets für ein Konzert meiner derzeitigen Lieblingsband raus. Und auch wenn wir damit vom eigentlichen Thema, Zayns Probleme, abkommen, kann ich nicht anders, als ihn erneut zu umarmen, nur das ich es diesmal vor Freude kreischend tue.

»Woher hast du die? Ich wusste nicht mal, dass die Band nach New York kommt.«

»Ich habe einen Kumpel, der Eventmanager ist.«

»Drake?«

»Jap. Drake hat uns die Tickets besorgt.«

»Wie cool ist das denn! Danke, Zayn. Das bedeutet mir so viel.«

»Und mir bedeutest du sehr viel.«

Mein Herz, dieses arme Organ, hämmert noch wilder gegen meine Brust, und auch wenn mir das nicht gefällt, bin ich machtlos dagegen. Wieder bin ich gefangen in seinen grünen Augen, und es fühlt sich an wie Tauchen, nur dass ich nie wieder das grüne Meer verlassen möchte. Zayn beugt sich vor, kommt mir erneut näher, und reflexartig lecke ich mir über die Lippen, was seine Aufmerksamkeit auf diese lenkt. Mein Herz klopft mir bis zum Hals, als ich seinen Atem auf meinen Lippen spüre.

Scheiß auf die Vernunft, denn jetzt fühle ich mich wie in einem Kokon, wo nur er und ich präsent sind und die Probleme und die Tatsache, dass wir eigentlich Freunde sind, verblassen. Ich sehe nur seine wunderschönen Augen, spüre seine weichen Hände an meiner Taille und fühle die Hitze, die von ihm ausgeht. Als ich schon glaube, dass es endlich so weit ist und ich spüren werde, was es heißt, von Zayn May geküsst zu werden, macht er einen Rückzieher und gibt mir einen Kuss auf die Stirn.

Abrupt lösen wir uns voneinander und greifen nach unseren Wassergläsern. Es ist, als würden wir aus einer Trance aufwachen, und das beide gleichzeitig. Etwas in mir ist zutiefst enttäuscht, weil Zayn nicht weitergemacht hat, aber der rational denkende Teil von mir ist ihm auf Knien dankbar. Denn der Kuss hätte auch ein riesiger Fehler sein können.

Kapitel 21

GRACE

»Dich bekommt man ja kaum mehr zu Gesicht«, begrüßt mich Addison.

»Aber Himmel, du hast in letzter Zeit klamottentechnisch wirklich aufgerüstet, Schätzchen«, lobt mich Luke, als er mein Outfit mustert.

Ich trage einen grauen Bleistiftrock, dazu eine eng anliegende Bluse in Pastellgelb und Pumps, deren Absätze nicht allzu hoch sind, sodass ich sie auch tagsüber bei der Arbeit tragen kann. Ich habe festgestellt, dass viele Dinge auf meiner Liste einfache Schritte sind, die sich auf meine Stimmung auswirken. Seitdem ich mehr farbige Klamotten trage, bin ich zum Beispiel irgendwie fröhlicher.

Auch den Vorsatz, mehr Röcke zu tragen, habe ich nicht bereut, tatsächlich stehen sie mir sehr gut, was ich vor einem Jahr noch nicht gedacht hätte. Und von meinen Freunden bekomme ich viel Lob, vor allem von Taylor, die meine Kombinationen liebt.

Ich lächle Luke dankbar an, ehe ich beide umarme und mich setze. »Wo ist unsere Braut?«

»Sie hat einen Termin mit einem Modelabel, den sie nicht verschieben konnte.«

»Es ist fast unmöglich, einen Termin für ein gemeinsames Mittagessen zu finden«, sagt Luke. »Das müssen wir ändern.«

»Wir geben unser Bestes. Aber unsere Terminpläne haben sich gegen uns verschworen. Ich habe das Gefühl, dass wir nur noch am Rotieren sind.« Dass Addy jetzt viel zu tun hat, ist mir klar, denn inzwischen hat die Partysaison begonnen.

»Ach, bitte! Wie oft legen du und Drake kleine Päuschen ein, um es krachen zu lassen?« Luke macht bei dem Wort »Päuschen« Gänsefüßchen mit den Fingern, was mich zum Kichern bringt.

»Nicht so oft, wie ich es mir wünschen würde. Drake ist im Büro total das Arbeitstier und verschiebt das Vergnügen auf zu Hause.«

Als Addison Drakes Wohnung als Zuhause bezeichnet, wird mein Herz schwer. Noch wohnen wir zusammen und sehen uns fast täglich, aber sie zieht demnächst zu ihrem Verlobten, und es wird mir schwerfallen, sie gehen zu lassen.

»Dieser Spießer«, schimpft Luke und verschränkt die Arme vor der Brust.

»Ja, beim nächsten Treffen könntest du das Thema mal anschneiden und ihn rügen, dass er mich nicht öfter auf seinem Schreibtisch vernascht.«

»Ist schon notiert, keine Sorge. Ich lasse es doch nicht zu, dass du auf dem Trockenen sitzt.«

Ich verschanze mich hinter der Speisekarte, da ich ahne, dass Luke sich jetzt mir zuwendet.

»Du brauchst dich gar nicht zu verstecken. Zu dir komme ich auch noch.« Plötzlich wackelt der Tisch, und Luke brüllt: »Autsch! Wofür war das denn?«

Ich lege die Karte ab und sehe eine wütende Addy, die Luke böse anfunkelt.

»Lass sie in Ruhe und kümmer dich um dein eigenes Liebesleben.«

Luke pustet auf seine Fingernägel, ehe er sie sich an seinem

Shirt reibt. »Glaub mir, Schätzchen, ich kann mich nicht beschweren, denn ich bin gut ausgelastet, wenn du verstehst.« Er wackelt mit den Brauen, und nun können Addy und ich uns nicht mehr halten und prusten los.

Seit einer Woche lache ich mal wieder ausgelassen. »Ach, ich habe euch vermisst.« Genau das hier habe ich nach den anstrengenden Tagen gebraucht.

»Du arbeitest zu viel.« Addison sieht mich mit sorgenvollem Blick an, doch ich lächle sie an, um ihr so zu zeigen, dass ihre Sorge unbegründet ist.

»Es geht bergauf. Ich hatte über sieben Bewerbungsgespräche und werde bald drei neue Mitarbeiter einstellen. Rose ist ein Goldstück, erledigt mittlerweile fast die ganze Büroarbeit und fährt auch zu den kleineren Baustellen, wo sie mir dann per Videokonferenz die Fortschritte zeigt.«

»Du hast wirklich großes Glück mit Rose. Du solltest sie einmal am Freitag mitbringen.«

»Ich kann sie ja mal fragen.«

»Jetzt zu einem anderen Thema, wie sieht's mit deiner Partnersuche aus?«, will Luke wissen und stützt das Kinn auf der Handfläche ab.

»Ich sehe das mit der Suche nach dem Richtigen nicht mehr so eng. Ich glaube, ich habe mich da in etwas verrannt, und denke inzwischen, dass man so etwas nicht erzwingen kann.«

»Da hast du recht. Aber vielleicht ist die Liebe deines Lebens direkt vor deiner Nase, und du hast es nur noch nicht geschnallt.«

»Du meinst Zayn? Ach, da läuft gar nichts.«

»Aber ich sehe durchaus eine körperliche Anziehung zwischen euch beiden.«

»Da widerspreche ich dir nicht. Ich meinte nur, dass da nichts läuft, geht nicht von mir aus.«

»Du glaubst, Zayn will nichts von dir?«, fragt Addison ungläubig.

»Ich weiß es nicht. Nachdem wir uns beinahe geküsst hätten, hat er sich nicht mehr gemeldet.«

»Ihr hättet euch fast geküsst?«

»Ja, das ist jetzt eine Woche her. Ich war mit ihm im Pub, und da gab es einen Moment ... wie soll ich sagen, manchmal liest man so etwas in Liebesromanen. Die Welt um uns herum wurde ganz still, ich habe nichts mehr wahrgenommen außer uns beide. Es war magisch, doch kurz bevor sich unsere Lippen berührt hätten, hat er mich auf die Stirn geküsst. Danach habe ich ihn heimgefahren, da er noch leicht betrunken war, und bin dann selbst nach Hause. Ich habe ihm eine Nachricht geschrieben, dass er sich immer bei mir melden kann, wenn er reden möchte, und dass ich den Abend mit ihm sehr schön fand.«

»Und er hat nicht geantwortet?«

»Nein.«

»Hast du ihn nicht angerufen?«

»Wieso sollte ich? Ich habe ihm geschrieben, er hat es gelesen und sich seit sieben Tagen und zwölf Stunden nicht mehr gemeldet.«

»Vielleicht muss er selbst seine Gedanken und Gefühle ordnen?«

»Das kann ja sein, aber wieso den Kontakt abbrechen? Wir haben uns täglich gesprochen, und dann plötzlich Stille.«

»Er ist ein Kerl«, meint Luke in der Annahme, dass ich das ohne jegliche Erläuterung verstehe. Ich hebe die Brauen und zeige ihm so, dass ich ein paar Wörter mehr brauche. »Ich meine damit, dass wir Männer in Gefühlsdingen oft länger brauchen. Wir brauchen mehr Zeit, um zu wissen, was wir wollen, wobei man jetzt auch nicht alle in einen Topf werfen kann. Aber wenn ich von etwas überzeugt bin, dann davon, dass Zayn dich will. Es ist nicht zu übersehen, dass er dich anhimmelt.«

»Was ist, wenn wir tatsächlich zusammenkommen würden und es schiefgeht? Wir würden nicht nur unsere Freundschaft riskieren, es könnte auch die ganze Clique zerstören.«

Addison legt eine Hand auf meine und sieht mich an. »Sollte es schiefgehen«, sagt sie, »dann werden wir alle uns um euch kümmern und euch trösten, bis sich die Situation wieder normalisiert hat. Wir sind immer für euch da.«

»Grace, jetzt hör auf, so negativ zu denken. Was ist, wenn es die beste Entscheidung ist, mit Zayn zusammen zu sein? Vielleicht seid ihr ja nur so zögerlich aus lauter Angst?«

Da ist etwas Wahres dran an Lukes Worten. Nein, er hat sogar vollkommen recht. Angst sollte mich nicht daran hindern, mein Glück zu finden. Und wenn es schiefgeht, dann können wir wenigstens sagen, dass wir es versucht haben.

»Ich kenne diesen Blick«, sagt Addison und sieht mich neugierig an.

»Was hast du nun vor?«, fragt Luke ebenso gespannt.

Die Spannung geht auf mich über, denn ich habe eine Entscheidung gefällt. Eine, die nicht einfach gewesen ist, aber nun habe ich das Gefühl, dass sie die richtige ist. Ich habe beschlossen, ins kalte Wasser zu springen.

»Ich werde heute Abend zu ihm fahren und ihm sagen, was ich will.«

»Und was willst du?«

»Ihn.«

Nach dem Mittagessen fahre ich ins Büro, weil ich mit Rose die morgigen Termine besprechen und nach dem Rechten sehen möchte. Wobei ich mir Letzteres auch sparen könnte, denn diese Powerfrau nimmt mir so manche Last von den Schultern.

Ich danke Gott auf Knien dafür, dass mich mein Gefühl richtig geleitet hat und ich sie ohne zu zögern eingestellt habe.

Als ich die Tür öffne, erstarre ich kurz, denn am Empfangstresen steht niemand anderes als Zayn, der sich angeregt mit Rose unterhält. Als die beiden mich erblicken, erhellen sich ihre Mienen.

»Da ist ja der Boss«, sagt Zayn und schenkt mir dieses schiefe Lächeln, das mein Herz immer schneller schlagen lässt. Auch wenn ich nicht verstehe, wieso er sich in den letzten Tagen nicht gemeldet hat, freue ich mich, dass er hier ist. »Hey. Schön dich zu sehen.« Er lässt den Blick über mein Outfit wandern, ehe er schluckt und mir wieder in die Augen sieht. »Du siehst gut aus.«

»Danke dir. So charmant heute. Du willst doch sicher irgendwas von mir, oder?«, sage ich scherzhaft. Ich bin gut drauf, denn nach dem Gespräch mit meinen Freunden sehe ich endlich klarer.

»Wo denkst du hin?« Er tut verletzt und legt sich die Hand auf die Brust, als hätte ich ihm einen Schlag versetzt.

»Was führt dich hierher?« Ich gehe auf ihn zu und erröte, als er sich über die Lippen leckt.

»Komm, lass uns in dein Büro gehen.« Er nickt Rose kurz zu und sieht mich dann an.

»Oh, ein Gespräch unter vier Augen? Dann ist es sicher ein großer Gefallen.«

Zayn schüttelt amüsiert den Kopf. Er legt seine Hand auf meinen Rücken, als müsste er mich zu meinem eigenen Büro dirigieren, aber ich mag den Druck seiner Hand und die Wärme, die sie ausstrahlt. Als er die Tür hinter uns schließt, wende ich mich ihm zu, muss nach Luft schnappen, da er mir ziemlich nah gekommen ist. Ich atme seinen Duft tief ein und blicke zu ihm auf.

»Was kann ich für dich tun?«, frage ich mit einem Kloß im Hals, bin kurz gefangen in seinen grünen Augen, ehe ich mich wieder besinne.

»Erst mal möchte ich mich für so vieles entschuldigen. Dafür, dass ich mich betrunken habe, dass du mich abholen musstest und ich mich aufgeführt habe wie ein Jammerlappen. Vor allem tut es mir leid, dass ich mich nicht gemeldet habe. Ich weiß nicht, wie ich mich so gehen lassen konnte. Du hättest mich in diesem Zustand nicht sehen sollen.«

»Du kannst mich immer anrufen, wenn du mich brauchst. Egal in welchem Zustand, egal um welche Uhrzeit. Ich bin für dich da.«

»Danke.« Zayn sieht verlegen auf seine Schuhe, ehe ich ihn kurz in den Arm nehme und ihm so zu verstehen gebe, dass er sich wirklich keine Sorgen machen muss.

»Womit habe ich dich nur verdient?«, flüstert er und schließt augenblicklich wieder den Mund, es scheint, als habe er die Worte unabsichtlich ausgesprochen.

»Dieselbe Frage stelle ich mir auch manchmal, aber dann wird mir klar, dass wir einander verdient haben und uns ergänzen.« Ich glaube daran, egal was zwischen Zayn und mir passiert, ich weiß, dass wir unsere Freundschaft verdienen. Weil sie unvergleichlich und ehrlich ist.

»Wie ist es dir in den letzten Tagen ergangen?«, frage ich ihn.

»Ganz gut. Und meine Cousine heiratet.«

»Das ist doch schön, oder?«

»Ja, schon, aber sie hat mich eingeladen.«

»Das sollte dich doch nicht überraschen.« Da ich nur schwer klar denken kann, wenn er mir so nah ist, setze ich mich auf meinen Stuhl und schenke ihm meine volle Aufmerksamkeit.

»Doch, eigentlich schon, denn wir haben uns schon sehr lange nicht mehr gesehen. Aber ich habe sie immer gemocht und möchte gerne hingehen. Mit dir.«

»Mit mir?«

»Ja, ich könnte mir keine schönere Begleitung vorstellen.«

Dieser Mann schafft es, dass meine Knie weich werden, und das, obwohl er mich nicht einmal berührt. Seine Worte berühren mich. Ich will schon etwas sagen, als Zayn erneut das Wort ergreift.

»Ich war immer das schwarze Schaf der Familie. Für meine Verwandten bin ich ein Verlierer, der es nie auf die Reihe bringen wird, weil er keinen Job halten kann und auch keine Frau. Ich habe es so satt. Ich will einmal derjenige sein, der mit der schönsten Frau an seiner Seite auftaucht, und das bist du.«

»Ich soll die schönste sein? Vielleicht solltest du dich noch eine Weile umsehen, nicht dass die anderen enttäuscht sind.«

Plötzlich kommt Zayn auf mich zu, stützt sich mit beiden Händen auf den Lehnen meines Stuhls ab und beugt sich zu mir herunter. »Wenn du dich durch meine Augen sehen könntest, würdest du niemals an deinem Aussehen zweifeln.«

Zayn ist mir so nah, dass wir dieselbe Luft einatmen, und ich glaube ihm, nun glaube ich ihm. Ich werde schwach, weil er Zayn ist. Ein Charmeur, der gerne Party macht, aber auch ein netter Kerl, der mit einfachen Worten mein Selbstwertgefühl auf eine Stufe hebt, die ich noch nie erklommen habe.

»Danke«, hauche ich und muss schlucken.

Zayn runzelt die Stirn und sieht mich einfach nur an. Wieder ist das ein Moment, ein elektrisierendes Knistern, dem ich machtlos verfallen bin.

»Okay«, sage ich.

»Ja?«

Ich nicke lächelnd und bin mir mehr als je zuvor sicher, dass ich unsterblich in Zayn verliebt bin. Mit seiner tiefen Stimme raunt er mir ein Danke ins Ohr und drückt mich kurz, ehe er mir wieder ins Gesicht sieht. Mir ist plötzlich so heiß, mein Herz klopft wild, und ich kann nichts dagegen tun. Sein Blick verändert sich, gerade hat er mich noch zärtlich angesehen, doch nun ist er dunkel, einnehmend. Ich bin verloren und küsse ihn.

Kapitel 22

ZAYN

Zuerst bin ich überrascht, als Grace ihre weichen Lippen auf meine legt, doch dann erwidere ich den Kuss, der mich elektrisiert, als wäre es der allererste meines Lebens. Meine Finger klammern sich an den Stuhllehnen ihres Bürostuhls fest, weil ich sie sonst packen, auf den Tisch setzen und mich zwischen ihre Beine stellen würde, aber das ist verdammt noch mal Grace. Sie ist nicht wie andere Frauen, sie ist so ganz anders, kostbarer, wertvoller. Ich halte mich zurück, will sie nicht bedrängen, doch es ist Grace, die den Kuss vertieft und sacht ihre Zunge vorschnellen lässt.

Ich lecke über ihre Lippen, ehe ich sanft hineinbeiße. Sie stöhnt auf, und nun gibt es kein Halten mehr. Sie ist so zierlich, dass ich sie ohne Mühe hochheben und an mich drücken kann. Ihre Hände umfassen mein Gesicht, und ich bin wie berauscht von ihr. Meine Erektion lässt sich nicht mehr leugnen und presst sich gegen ihre Mitte, was ihr ein Schnurren entlockt. Wie bei einem Kätzchen.

Mit meiner Zunge necke ich ihre, verliere mich in ihrem Geschmack, aber es ist nicht genug. Ich setze sie auf ihrem Schreibtisch ab, ihr Rock ist längst hochgerutscht, sodass ich mich vor sie stellen und ihre Beine um meine Taille legen kann. Kurz löst sich Grace von meinen Lippen, um Luft zu holen, doch ich denke nicht daran, meine von ihrem Hals zu lösen, den ich mit Küssen bedecke, während sie ihre Finger in meinen Haaren vergräbt.

Scheiße. Das hier ist so heiß, dass ich schon fürchte, gleich wie ein Teenager in meiner Hose zu kommen. Mein Mund will sich gerade einen Weg zu ihrem Dekolleté bahnen, als plötzlich die Tür aufgeht und Rose reinkommt, doch sie sieht uns nicht, weil ihre Augen auf dem Tablet in ihren Händen haften. Erschrocken schiebt mich Grace von sich weg und steht hastig auf. Nun hebt Rose den Blick und erstarrt.

»Oh, Verzeihung. Ich wollte nicht stören. Macht weiter, ich bin schon weg.« Ihre Flucht ist so hastig, dass sie kurz ins Stolpern gerät, bevor sie durch die Tür stürmt und diese schließt.

Kaum sind wir wieder allein, blicke ich zu Grace, die ihre Finger an die Lippen gelegt hat und mich geschockt anstarrt. Bereut sie es? Das ist der erste Gedanke, der mir durch den Kopf geht, denn ich tue es auf gar keinen Fall. Dieser Kuss ist der heißeste, den ich je bekommen habe. In ihren Augen tobt ein dunkler Sturm, doch ihr Körper ist noch immer starr vor Schreck, aber ich habe es satt, noch immer so zu tun, als würde ich mich nicht nach Grace verzehren.

Wir sind erwachsen, wir wissen, was wir tun, und ich wage zu behaupten, dass das zwischen uns tiefer geht, als ich es je mit einer Frau erlebt habe. Nein, Grace ist keine Frau für eine Nacht. Ich blicke auf ihre geschwollenen Lippen, die sie mit ihren zarten Fingern berührt, auf ihre endlos langen Beine und den Rock, der so weit hochgerutscht ist, dass ich ihr knallrotes Höschen sehen kann. Gott steh mir bei.

Ich schaue wieder in ihre schönen Augen und gehe einen Schritt auf sie zu, und sie tut es mir gleich, und dann küssen wir uns, diesmal feuriger, leidenschaftlicher. Ich fege das Papier vom Tisch und bin schnell wieder in der Position, in der wir uns einen Moment zuvor befunden haben. Unsere Hände sind überall, und unsere Lippen und Zungen scheinen sich schon gut zu kennen, denn sie harmonieren und schmiegen sich aneinander. Ich greife mit der einen Hand nach ihrem Nacken und mit der anderen nach ihrem Rücken, um sie sanft auf den Tisch zu legen. Meine Härte drückt sich gegen sie, was sie aufstöhnen und die Augen schließen lässt.

Ihre Haare haben sich mittlerweile gelöst und umrahmen ihr Gesicht, mit ihren geröteten Wangen und den vollen Lippen sieht sie wunderschön aus. Sie öffnet die Lider und blickt mich unsicher an.

»Du bist umwerfend, Grace.« Meine Stimme ist rau, sodass ich sie kaum wiedererkenne. Ihre Wangen werden noch röter, als sie mich ansieht. Das hier ist kein Moment der Schwäche. Es ist eine bewusste Entscheidung beiderseits.

Langsam nähere ich mich ihrem Mund, was sie dazu bringt, sich über die Lippen zu lecken. Mit der rechten Hand umfasse ich ihre Wange, ehe ich ihr mit der anderen eine Strähne aus dem Gesicht streiche.

»Was tun wir hier?«, flüstert sie.

»Egal, was es ist, ich will nicht, dass wir aufhören.«

»Ich auch nicht, aber wir haben kein Kondom hier.«

Ich lächle sie an, ehe ich mit meiner Nase ihre berühre. »Ich werde jetzt nicht mit dir schlafen, Grace.« Sie runzelt die Stirn, und da ich nicht will, dass sie Zweifel bekommt, rede ich gleich weiter. »Zumindest nicht hier. Du hast mehr verdient als einen harten Bürotisch unter dir. Ich will das hier nicht versauen.«

Grace blickt mir dankbar in die Augen und bekräftigt mich in der Vermutung, dass sie auch keinen Sex hier will, zumal auch noch Rose in der Nähe ist. Sie greift nach meinem Shirt und zieht mich an sich. »Wenn das so ist, dann küss mich wenigstens noch einmal.«

Schließlich lösen wir uns voneinander, aber es bereitet mir fast körperliche Schmerzen, denn ich liebe es schon jetzt, Grace zu küssen. Ich richte meine Kleidung, dann zwinkere ich ihr zu und gehe.

Rose, die hinter dem Tresen sitzt, grinst mich an und winkt mir zum Abschied. Ich schüttle lächelnd den Kopf, ehe ich das Büro verlasse und ins Freie trete. Mein Auto steht direkt vor dem Gebäude, doch ich bin zu aufgewühlt, um mich sofort hinters Steuer zu setzen. Ich stütze meine Arme auf der Motorhaube ab und kann die Bilder nicht aus meinem Kopf bekommen, kann beinahe ihren Mund noch auf meinem spüren. Ich beiße mir auf die Lippen, als ich an ihr Höschen denke und an ihren Gesichtsausdruck, der noch schärfer gewesen ist als ihre Unterwäsche.

Plötzlich vibriert das Smartphone in meiner Hosentasche. Es ist eine Nachricht von Grace, was mich zum Lächeln bringt.

Grace: Was war das? Ist das wirklich gerade passiert?
Zayn: Und ob das passiert ist. Und ich will eine Wiederholung.
Grace: Heute Abend?
Zayn: Komm um sieben zu mir.
Grace: Okay. Soll ich etwas mitbringen?
Zayn: Dein hübscher Hintern reicht völlig.
Grace: Gut zu wissen ☺

Ich steige in meinen Camaro und wähle Daniels Nummer, ehe ich den Motor starte. Als ich mich in den Verkehr einfädle, ertönt seine Stimme über die Freisprechanlage.

»Hey. Was gibt's?«, begrüßt er mich gut gelaunt.

»Bist du im Studio?«, frage ich nur, denn ich muss unbedingt mit ihm reden.

»Ja, habe meine Schicht vorhin beendet und stemme noch ein wenig Gewichte.«

»Gut. Warte auf mich. Ich bin gleich da.«

»Scheiße. Wenn du es so eilig hast, muss irgendwas passiert sein.«

»Dan, du hast ja keine Ahnung.«

Ich rase zum Studio und finde Daniel schließlich in der Umkleidekabine, wo er auf mich wartet.

»Wie schlimm ist es? Brauche ich Plastikplanen und eine Schaufel?«

»Ach, wie nett, dass du gleich von Mord ausgehst, wenn ich herkomme.«

»Das letzte Mal warst du vor zwei Jahren hier, als du mit einer Kerze fast deine Wohnung abgefackelt hast.«

»Okay, du hast recht, aber diesmal ist es schlimmer.«

»Hast du einen Welpen getreten?«

»Nein, bist du verrückt?«

»Sondern?«

Plötzlich bin ich nervös, denn ich weiß nicht, wie Daniel auf die Neuigkeit reagieren wird, aber ich muss mit jemandem darüber reden, dass ich in Grace verliebt bin. Also nehme ich all meinen Mut zusammen. »Was würdest du sagen, wenn ich dir erzähle, dass Grace und ich uns geküsst haben?«

»Was?!«, knurrt Daniel und baut sich bedrohlich vor mir auf. Scheiße, ich hätte davon ausgehen können, dass er wütend reagiert.

»Wir haben uns geküsst.«

»Verdammt, Zayn!« Er dreht sich um und schlägt mit der Faust gegen die Spindtür, die zum Glück keine Beule davonträgt. Dieses Studio ist danielsicher. Ich bin es aber nicht.

»Hey, beruhige dich.«

»Ich soll mich beruhigen? Wir haben das doch besprochen. Die Mädels sind tabu für euch Jungs. War das nicht die erste Regel, als ich euch in meine Wohnung eingeladen habe?«

»Ich weiß, aber es hat sich einiges getan seitdem.«

»Ach ja? Was denn?«

»Wir haben uns verändert. Sie ist nicht mehr die kleine Grace, die beschützt werden muss. Sie ist ein toughe Frau geworden.«

»Und da musst du sie gleich verführen? Sie ist nicht so wie deine üblichen Affären.«

»Dan, Grace ist mehr als das, das weiß ich selbst. Ich respektiere sie, und nur fürs Protokoll, sie war es, die mich zuerst geküsst hat.«

»Was?«

»Da staunst du, oder?«

Er fährt sich durchs Haar, ehe er sich wieder mir zuwendet. »Du und Grace? Ich fasse es nicht.«

»Glaubst du, ich tue es? Wieso bin ich wohl hier?«

»Komm mit mir in den Ring, da kannst du dich auspowern.«

»Auf keinen Fall. Du würdest mich nur zu Brei schlagen, weil ich Grace geküsst habe.«

»Da könntest du recht haben, aber du kannst dich verteidigen.«

»Nein danke. Ich will einfach nur reden. Ich kann seit Wochen an nichts anderes mehr denken als an Grace. Habe versucht, es um unserer Freundschaft willen zu vergessen, aber ich kann nicht anders. Ich kann kaum noch schlafen.«

»Es hat dich also voll erwischt, oder?«

»Ja«, antworte ich seufzend. »Und das schon seit einer Weile.«

Als ich zu Hause ankomme, stelle ich fest, dass es aussieht, als hätte eine Bombe eingeschlagen. Also beschließe ich, zuerst aufzuräumen und mich dann ums Abendessen zu kümmern. Nach zwei Stunden ist die Wohnung vorzeigbar und das Kartoffelgratin fertig. Ich bin froh, dass ich zu Dan ins Studio gefahren bin. Ich habe es gebraucht, mit jemandem über Grace zu sprechen, denn sie bedeutet mir so viel, aber ich habe auch Schiss, die Sache mit uns zu verbocken.

Eine Stunde später läutet mein Smartphone. Es ist Graces Gesicht, das mich auf dem Display anlächelt. »Hey. Bist du schon unterwegs?«

»Hey. Ich werde leider nicht kommen können.«

»Oh.« Mehr bringe ich vor lauter Enttäuschung nicht heraus.

»Es tut mir so leid, aber meine Mutter ist krank geworden, und da mein Dad gerade ein Engagement am Broadway hat, kann er sich nicht um sie kümmern. Deshalb werde ich zu ihr fahren.«

»Oh nein, aber das verstehe ich natürlich. Kann ich dir irgendwie helfen?«

»Es hilft mir schon zu wissen, dass du da bist. Ich wäre so gerne zu dir gekommen, aber ich muss nach New Jersey fahren.«

»Fahr bitte vorsichtig, und melde dich, wenn du angekommen bist.«

»Das mache ich.«

»Grace?«

»Ja?«

»Das mit uns. Du sollst wissen, dass ich das will. Ich will dich so sehr, dass es wehtut.«

»Ich will dich auch. Es ist langsam an der Zeit, dass wir zu unseren Gefühlen stehen.«

»Ich kann es kaum erwarten, dich wieder zu küssen.«

»Mir geht es genauso, Zayn«, flüstert sie traurig und lässt mich sehnsuchtsvoll die Augen schließen.

Kapitel 23

GRACE

Als ich bei meiner Mutter ankomme, stelle ich erschrocken fest, wie sehr sich ihr Zustand verschlechtert hat, seitdem sie mich vor zwei Stunden angerufen hat. Sie liegt auf der Couch und stöhnt bei jeder kleinen Bewegung vor Schmerzen auf. Ihre Kleidung und ihre Haare sind schweißnass. Ich rufe sofort den Hausarzt an, der ein guter Freund meines Vaters ist und er verspricht, so schnell wie möglich zu kommen.

Ich gehe im Wohnzimmer auf und ab, bis er endlich eintrifft. Meine Finger zittern vor Sorge und Nervosität. Das hier ist keine einfache Erkältung mit Fieber, es muss etwas Schlimmeres sein. Dr. Thorne bestätigt meine Vermutung, nachdem er mir geholfen hat, meine Mutter in ihr Bett zu bringen.

»Ich befürchte, dass sie eine Influenza hat.«

»Das heißt eine echte Grippe?«

»Ja, genau die meine ich.«

»Großer Gott.« Ich habe öfter von ihr gelesen, es ist die schwere Art der Grippe, viel schlimmer als eine Erkältung, weil man an dieser Virusinfektion sogar sterben kann.

»Ich habe ihr Medikamente verschrieben, die sie sofort einnehmen muss. Dann wird es ihr bald besser gehen.« Er kratzt sich über sein krauses Haar, ehe er mich mit ernster Miene ansieht. »Ich warte hier, während du zur Apotheke fährst.«

»Okay, danke, Doktor Thorne.«

Auf der Fahrt zur Apotheke rufe ich Dad an und erzähle ihm, was sein Freund diagnostiziert hat. Er ist ebenso wie ich voller Sorge, aber ich versichere ihm, dass er nicht kommen muss, weil ich bei ihr bleiben werde.

»Ich werde mich gut um Mom kümmern. Rose wird alle meine Termine verschieben, und ich habe meinen Skizzenblock und das Grafiktablet mitgenommen. Ich kann auch von hier arbeiten, also brauchst du dir keine Gedanken zu machen.«

»Ich wäre so gerne bei ihr.«

Ich höre die Traurigkeit in seiner Stimme. »Das weiß ich, Dad. Aber ich bin ja da. Ich werde nicht von ihrer Seite weichen und sie gesund pflegen.«

»Okay, mein Schatz. Ich melde mich später bei dir. Mach's gut, und gib Mom einen Kuss von mir.«

»Mach ich. Bye, Dad.«

In den nächsten Stunden kümmere ich mich um Mom, so gut ich kann. Ich ziehe ihr einen frischen Pyjama an und beziehe das Bett neu. Meine Mutter ist nur halb anwesend, sie ist fiebrig und murmelt oder ächzt vor Schmerz auf. Ich bleibe in ihrer Nähe, halte ihre Hand und gebe ihr zu trinken. Gegen Mitternacht schreibt mir Zayn eine Nachricht.

Zayn: Hey. Wie geht's deiner Mom? Was hat der Arzt gesagt?
Grace: Sie hat eine Influenza und hohes Fieber. Der Arzt war da und hat ihr Medikamente verschrieben. Aber noch geht es ihr nicht besser, da sie sie erst vor ein paar Stunden eingenommen hat.
Zayn: Tut mir sehr leid. Kann ich dir irgendwie helfen?
Grace: Hab vielen Dank, aber im Moment nicht.

*Zayn: Sie ist bei dir sicherlich in guten Händen. Versuche, etwas
zu schlafen. Morgen geht es ihr bestimmt schon besser.*
Grace: Ich werde es versuchen.

Zayn liest meine Nachricht, antwortet aber nicht, was mich etwas deprimiert, da ich mich so allein fühle. Ich ziehe meinen
Pyjama an und lege mich auf die aufblasbare Matratze, die ich
neben dem Bett meiner Mutter platziert habe. Ich schließe die
Augen in der Hoffnung, irgendwann einzunicken, glaube aber
nicht, dass ich Erfolg haben werde, weil ich zu aufgewühlt bin.
Und das liegt nicht nur an der Sorge um meine Mutter, die inzwischen eingeschlafen ist.

Der Kuss mit Zayn schwirrt mir noch im Kopf herum. Ich
bereue es nicht, dass ich den ersten Schritt gemacht habe, bin
sogar stolz auf mich, dass ich endlich aus mir herausgegangen
bin und mir das geholt habe, was ich will. Und wie sehr ich
ihn gewollt habe. Ich habe ihn gefühlt, geschmeckt und genossen. Der Gedanke an Zayns wilde und heiße Berührungen lässt
mich wieder erröten. Ich wünschte, wir wären weitergegangen,
und andererseits auch wieder nicht. Das erste Mal mit Zayn
soll etwas Besonderes sein. Etwas Unvergessliches. Mir wird
warm, und ich spüre beinahe seine weichen Lippen auf meinen.
Ich schrecke auf, als mein Handy plötzlich zu vibrieren beginnt.

»Ja?«

»Hey, ich bin's.« Als ich Zayns tiefe Stimme vernehme, atme
ich erleichtert auf. »Sorry, dass ich mich erst jetzt wieder melde.«

»Kein Problem. Schön, dass du dich noch mal meldest.«

»Wie geht es dir? Hast du etwas Ruhe finden können?«

»Nein, obwohl ich todmüde bin.«

»Dann liest du wahrscheinlich in *Stolz und Vorurteil*, um
einschlafen zu können, oder?«

Ich finde es total süß, dass er sich noch daran erinnern kann. Ich habe es vor Wochen in einem unserer Gespräche erwähnt. »Das würde ich gerne tun, aber ich habe das Buch nicht bei mir.«

»Das macht nichts. Ich werde dir vorlesen, und hoffentlich findest du so Schlaf.«

»Du willst mir daraus vorlesen? Ich kann nicht glauben, dass du das Buch überhaupt besitzt«, sage ich in einer Mischung aus Begeisterung und Unglaube.

»Ich habe es mir gerade gekauft und auf den Kindle runtergeladen.«

»Ach, Zayn, das ist so lieb von dir, aber du brauchst dir keine Mühe zu machen.«

»Das ist keinerlei Mühe für mich. Wenn ich dir schon nicht auf andere Weise helfen kann, kann ich dir wenigstens vorlesen.«

Ich seufze und schließe die Augen. Mein Herz klopft wie wild, und trotz der Sorge um meine Mom fühle ich mich überwältigt von all der Liebe, die ich für Zayn empfinde. Wir mögen noch am Anfang unserer Beziehung sein, aber ich weiß jetzt schon, dass meine Gefühle für Zayn stärker sind als alle, die ich jemals für einen Mann empfunden habe.

Zayn räuspert sich, ehe er anfängt zu lesen. Ich habe diese ersten Wörter öfter gelesen, als ich zählen kann, doch als mein Freund sie mir vorliest, ist es, als höre ich sie zum ersten Mal. Ich bin so gefesselt, dass es eine Weile dauert, ehe ich selig und glücklich einschlafe, denn ich weiß, solange Zayn bei mir ist, und sei es nur am Telefon, dann wird alles gut.

In den nächsten Tagen geht es Mom immer noch schlecht, sie hat nach wie vor Fieber und wird immer wieder von Schüttelfrost geplagt. Ich pflege sie, so gut ich kann, räume auf, wasche die Wäsche und koche eine Suppe nach der anderen. An den Abenden telefoniere ich mit Zayn oder wir schreiben uns. Er hilft mir auch während der restlichen Tage, an denen es meiner Mutter zum Glück endlich besser geht. Sie schläft nicht mehr so viel, und die Schmerzen lassen nach.

Eineinhalb Wochen nach Ausbruch der Grippe ist meine Mom fast wieder gesund. Am letzten Abend, bevor ich wieder nach New York fahren werde, schauen wir am Laptop die Verfilmung von Jane Austens Roman *Mansfield Park* und unterhalten uns.

»Ich bin letzte Nacht aufgewacht und habe eine fremde männliche Stimme gehört. Zuerst habe ich mich erschreckt, aber dann habe ich gemerkt, dass sie von deinem Handy kam.«

»Oh.« Ich laufe rot an, weil ich vergessen habe, mir Kopfhörer aufzusetzen, als mir Zayn wieder aus *Stolz und Vorurteil* vorgelesen hat.

»Ich konnte nicht einschlafen, deshalb hat mir Zayn aus meinem Lieblingsbuch vorgelesen.«

»Das habe ich auch gehört, ich kenne ja den Text. Er hat eine schöne Stimme, dein Zayn.«

»Ja, die hat er«, erwidere ich mit einem seligen Lächeln.

Meiner Mutter entgeht mein Gesichtsausdruck natürlich nicht. »Es hat dich ganz schön erwischt, was?«, fragt sie und drückt sanft meine Hand.

»Oh ja, das hat es.«

»Ihn aber auch. Das habe ich aus seiner Stimme herausgehört, als er gefragt hat, ob du schläfst.«

»Als er was?«

»Na ja, es war schon spät, und du warst eingeschlafen. Der Arme kann ja nicht die ganze Nacht lesen, also hat er deinen Namen gerufen. Er wollte wohl sichergehen, dass du auch wirklich schläfst. Dann hat er lange geseufzt, ehe er gesagt hat, dass er dich jetzt gerne in den Armen halten würde und dass er dir schöne Träume wünscht.«

»Ehrlich?« Ich bekomme feuchte Augen vor Rührung.

»Ja, mir scheint, er mag dich wirklich sehr.«

»Ich ihn auch.« Ich lache und schniefe zugleich. »Ich war noch nie so verliebt, Mom.«

»Ist es nicht schön? Das Verliebtsein?«

»Ja, aber es macht mir auch Angst.«

»Das ist völlig normal. Die Liebe ist nie einfach, aber sonst wäre sie auch nichts Besonderes. Sieh dir deinen Vater und mich an. Ich habe auf ein Leben in Luxus verzichtet und es nie bereut, dass ich diesen Weg gewählt habe, weil ich genau weiß, dass ich solch eine Liebe nie wieder gefunden hätte.«

»Aber was ist, wenn das mit uns in die Brüche geht?«

»Dann klappt es eben nicht, aber wenn du wahres Glück erfahren willst, musst du den Sprung wagen.«

Kapitel 24

GRACE

Am Freitagnachmittag kommt mein Dad nach Hause, und ich verabschiede mich von meinen Eltern. Mom ist fast wieder gesund, und nun freue ich mich auf meine Wohnung, meine Freunde und vor allem auf Zayn. Auch wenn mehr als zehn Tage vergangen sind, seit wir uns geküsst haben, fühle ich noch immer seine Lippen auf meinen, habe ich noch immer Herzklopfen.

Ich habe meinen Mitbewohnern nicht gesagt, dass ich zurückkomme, weil ich sofort zu Zayn möchte und keine Zeit für Erklärungen haben werde. Ich seufze erleichtert auf, als ich gegen sechzehn Uhr nach Hause komme und eine leere Wohnung vorfinde. Die letzten Tage waren von Sorge geprägt, nun merke ich, dass ich mich allmählich entspanne. Nachdem ich geduscht habe, stelle ich mich vor den Kleiderschrank und suche ein Outfit aus. Eines, mit dem ich mich selbst sexy fühle und Zayn den Atem raube. Schließlich betrachte ich im Spiegel den roten Stoff, der sich um meinen Körper schmiegt, und drehe mich einmal um die eigene Achse. Um ehrlich zu sein, kann ich von dem Anblick, der sich mir bietet, nicht genug bekommen. Damals an Silvester habe ich Bedenken gehabt, ob es nicht zu sexy ist und somit nicht zu mir passt. Doch ich habe mich getäuscht, denn gepaart mit meinen weißblonden Haaren und den schwarzen Louboutins wirkt es nicht verrucht, sondern durchaus stilvoll. Da das Kleid an sich schon ein Hingucker ist, beschließe ich, nur Wimperntusche aufzutragen.

Ich schnappe mir meine Tasche und eile die Treppe hinunter, als ich eine Bewegung im Wohnzimmer wahrnehme und kurz erschrecke. Doch der Schreck wandelt sich schnell in Freude, denn es ist Zayn, der gerade meine Topfpflanzen gießt. Sein Gesicht hellt sich auf, als er mich sieht, und da ist noch etwas in seinen Augen, das mich am Treppenabsatz verharren lässt. Das Verlangen, die Sehnsucht, man kann es nennen, wie man will, aber all die Gefühle, die wir füreinander haben, überwältigen uns. Zayn stellt die Gießkanne auf den Couchtisch und kommt auf mich zu.

Mein Puls rast, und Aufregung macht sich in mir breit bei seinem Anblick, denn noch nie habe ich einen vollkommeneren Mann getroffen. Er trägt seine Brille, für die ich eine Schwäche habe, und ein dunkles Hemd zu dunklen Jeans. Auch sein Blick war finster, bis er mich entdeckt hat. Der Umstand, dass ich seine Welt erhelle, gefällt mir, denn es beruht auf Gegenseitigkeit. Ohne ein Wort zu sagen, greift Zayn in meinen Nacken und zieht mich an sich, um mich endlich wieder zu küssen.

Ich erwidere den Kuss mit aller Leidenschaft, die ich habe, da ich es leid bin, meine Gefühle zu verleugnen oder zu warten. Das Hin und Her hat endlich ein Ende. Ich presse mich an ihn, will ihn mit jeder Faser meines Körpers spüren. Er lächelt aufgrund meiner Ungeduld, ehe er mit der Zunge meinen Mund erkundet. Ich stöhne auf, und meine Knie werden weich, sodass ich mich an seinen Schultern festhalten muss, um nicht zu fallen. Berauscht durch den Kuss, durch die ungezügelte Leidenschaft, drückt mich Zayn gegen das Treppengeländer und küsst mich noch inniger.

Ich muss ungewollt meine Lippen von seinen lösen, um wieder Luft zu bekommen.

»Ich habe dich so vermisst«, flüstert Zayn und küsst meinen Mundwinkel.

»Ich dich auch.«

Plötzlich geht Zayn in die Knie, legt den Arm an meine Kniekehlen und hebt mich hoch wie eine Braut, die über die Schwelle getragen werden soll. Ich lege die Arme um seinen Nacken und hauche einen sanften Kuss auf seine Lippen.

Kurz darauf sind wir in meinem Zimmer, wo Zayn mich sanft aufs Bett legt. Er schaut mich an, ohne etwas zu sagen, aber es bedarf auch keiner Worte mehr, denn ich verstehe ihn. Er beugt sich über mich, aber ich bin zu ungeduldig, um noch länger zu warten. Ich lege beide Hände an seine Wangen und ziehe ihn zu mir runter, um ihn zu küssen. Als er mir in die Unterlippe beißt, stöhne ich auf und lege den Kopf in den Nacken, sodass sein Mund auf Wanderschaft geht. Er haucht sanfte Küsse auf meinen Hals, und ich erbebe unter seiner Berührung. Mein Hals ist meine erogene Zone, das scheint Zayn schon in kürzester Zeit herausgefunden zu haben. Seine Finger verharren unter dem Träger meines Kleides, ehe er innehält.

Ich öffne die Augen, die ich vor Wonne geschlossen habe, und blicke in seine, die mich abwartend ansehen. Er will meine Erlaubnis, ehe er weitermacht, was mich rührt. »Ich will dich, Zayn. Alles von dir.«

Er lächelt und sieht mir weiter in die Augen, während er die Träger des Kleides und des BHs abstreift. Er zieht die Schalen meines BHs nach unten, sodass sie meine Brüste anheben. Der Lufthauch seines Atems auf meinen Brustwarzen lässt mich erschaudern.

Als er einen Nippel in den Mund nimmt, keuche ich auf und kralle die Finger in die Bettdecke.

»Hmm«, raunt Zayn, ehe er über die Wölbung meines Busens leckt und die andere Brustwarze mit seinen Lippen umschließt. Ich bin wie elektrisiert, sodass es nicht mehr viel braucht, um mich kommen zu lassen. Er widmet sich ausführlich meinen Brüsten, als würde er ein Festmahl genießen.

Als ich sein Hemd öffnen will, zittern meine Finger so sehr, dass Zayn sich von mir löst, sich vom Bett erhebt und einen ziemlich heißen Striptease vor mir abzieht. Zuerst fällt sein Hemd, dann seine Jeans und schließlich seine Boxershorts.

Ich tue es ihm gleich, hake meinen BH auf, entledige mich meines Kleides sowie des Slips. Um besonders sexy zu wirken, will ich schon die Heels anlassen, doch Zayn zieht mir die Schuhe von den Füßen und wirft sie auf den Boden, ehe er seine Lippen auf mein Bein legt und sich küssend einen Weg nach oben bahnt. Seine geschickte Zunge erreicht meine empfindlichste Stelle. Er blickt mir in die Augen, bevor er sein Gesicht zwischen meinen Beinen vergräbt. Dieser Moment ist der erotischste, den ich jemals erlebt habe.

Kaum hat seine Zungenspitze meine Mitte berührt, überwältigt mich der erste Orgasmus und lässt mich wohlig stöhnen. Doch Zayn hat erst angefangen und verwöhnt mich weiter, wie ich noch nie verwöhnt worden bin. Er ist sanft und widmet sich voll und ganz meiner Lust. Mir ist so heiß, dass ich kaum atmen kann. Als er tief mit seiner Zunge in mich eintaucht, winde ich mich vor Erregung, doch Zayn packt meine Hüften und hält mich fest, bis ein zweiter Orgasmus mich erfasst.

Zayns Kinn ruht auf meinem Nabel, bis ich mich gefangen habe und ich ihn ansehen kann. Ich muss schlimm aussehen, die Haut von einem Schweißfilm überzogen, die Haare wild zerzaust und die Lippen geschwollen, aber dieser unglaubliche Mann blickt mich an, als wäre ich das Kostbarste und Schönste, das er je gesehen hat. Ich ziehe seinen Kopf zu mir, um ihn wieder zu küssen.

Ich spüre Zayns Erektion zwischen meinen Beinen und beiße ihm in die Lippe, weil ich es kaum erwarten kann, ihn in mir zu spüren.

»Hast du ein Kondom da?«, fragt Zayn mich keuchend.

»Hast du denn keines dabei?«

Er schüttelt den Kopf. »Ich habe seit Monaten mit keiner Frau geschlafen, und seit Wochen will ich nur dich, aber ich habe mir vorgenommen zu warten, bis du so weit bist.«

»Du sagst immer so schöne Sachen.«

»Ich sage nur die Wahrheit, Grace. Nimmst du die Pille?«

»Ja, ich habe sie nicht abgesetzt, nachdem ich mich von meinem Freund getrennt habe. Außerdem bin ich gesund.«

»Ich auch.«

Kaum ist die Frage der Verhütung geklärt, legt Zayn die Hand unter meinen Nacken und dringt langsam in mich ein, wobei er jede meiner Regungen beobachtet. Ich beiße mir auf die Lippe und schließe die Augen, weil mich die Empfindungen überwältigen. Er verharrt so lange, bis ich die Augen wieder öffne, dann beginnt er sich zu bewegen und mich zu lieben. Ich habe kein anderes Wort, um das zu beschreiben, was wir hier gerade machen. Seine Bewegungen werden schneller, ebenso wie mein Keuchen. Während er in mich stößt, neigt er den Kopf, um mich erneut zu küssen. Wir sind perfekt füreinander, und ich weiß, dass ich diesen einen Moment für den Rest meines Lebens niemals vergessen werde.

Sein Mund wandert zu meinem Hals, meiner empfindlichsten Stelle. Als er in mich stößt und gleichzeitig in meinen Hals beißt, komme ich mit einem lauten Schrei, ehe mir Zayn zwei Stöße später folgt. Heftig keuchend bleibt er auf mir liegen, bis wir wieder zu Atem kommen.

Zayn hebt den Kopf, um mich auf den Mund zu küssen und mit der Hand über meine Wange zu streicheln. »Ich liebe dich, Grace. Vielleicht überrumple ich dich damit oder verkompli-

ziere unsere Beziehung, aber ich muss es einfach aussprechen.«
Zayn wirkt ein wenig unsicher, doch ich habe nicht vor, ihn
lange auf die Folter zu spannen.

»Ich liebe dich auch, Zayn. Egal was zwischen uns auch passieren sollte, das, was wir gerade geteilt haben, werde ich niemals vergessen. Es war das Schönste, was ich jemals gespürt
habe.«

Zayns Strahlen lässt mein Herz überquellen vor Freude. Er
und ich, das ist etwas Besonderes. Etwas, was man in keinem
Roman je finden wird.

Eine Woche später, an einem wunderschönen, warmen Früh-
lingstag, bin ich wieder in New Jersey. Ich habe meinen Wagen
am Straßenrand geparkt, bin ausgestiegen und habe mich unter
einen Baum gesetzt, denn von dort habe ich einen herrlichen
Blick auf mein Anwesen. Ich habe es noch nicht gekauft, klar,
aber insgeheim betrachte ich es bereits als mein Eigentum. Aus
der Ferne sieht es fast so aus wie das »Dragonfly Inn« aus der
Serie *Gilmore Girls*.

Ich hole die Brotdose aus der Handtasche und nehme einen
Bissen von meinem Sandwich, ehe ich auf meine Armbanduhr
blicke. Ich habe noch eine ganze Stunde Zeit bis zu meinem
Termin bei Mr May, also starte ich die Queen-Playlist und lausche Freddie Mercurys Stimme, während ich meine Skizze auf
dem Grafiktablet öffne und beginne, meinen eigenen Traum-
garten zu perfektionieren.

Die Stunde vergeht wie im Fluge, und ich muss mich be-
eilen, um pünktlich zum Termin zu erscheinen. Schnell klopfe
ich das Gras von meinem Maxikleid, schnappe mir meine Sachen und mache mich auf den Weg.

Als ich wenig später an der Tür klingle, öffnet mir wieder
Delilah, die Hausangestellte.

»Schön, dass Sie da sind«, begrüßt sie mich freundlich. »Ich kann es kaum erwarten zu sehen, was sie aus dem Garten zaubern.«

»Mr May hat mir noch kein grünes Licht gegeben, aber ich, hoffe dass ihm mein Entwurf gefällt.«

»Davon bin ich überzeugt.« Sie führt mich ins Arbeitszimmer meines Kunden mit der Bitte, mich ein wenig zu gedulden, da sich der Hausherr verspäten wird.

»Darf ich Ihnen einen Kaffee anbieten?«

»Ein Tee wäre wunderbar.«

»Natürlich. Kommt sofort.« Mit einem fröhlichen Lächeln wendet sie sich ab und lässt mich allein.

Während ich warte, sehe ich mich um. Mit den Bücherregalen und dem Schreibtisch aus dunklem Mahagoniholz ist der Raum recht düster, und da vor dem Fenster ein großer Baum steht, kommt selbst an diesem sonnigen Tag auch kaum Licht herein. Das ganze Ambiente wirkt ein wenig einschüchternd, was vielleicht auch so gewollt ist.

Delilah kommt zurück und stellt ein Tablett vor mir ab, auf dem eine Tasse mit Wasser, ein kleiner Teller mit verschiedenen Teebeuteln sowie Milch und brauner Zucker in kleinen Schälchen stehen.

»Vielen Dank für Ihre Mühe.«

»Gern geschehen.«

Plötzlich hört man eine Tür zuschlagen, sodass wir beide zusammenzucken.

»Ich glaube, Mr May ist nach Hause gekommen«, sage ich grinsend.

»Das glaube ich auch.« Delilah zwinkert mir kurz zu und verlässt den Raum.

Kurz darauf erscheint Mr May und reicht mir zur Begrüßung die Hand. Ohne groß zu plaudern, setzt er sich mir gegenüber auf den Bürostuhl. Er will ohne Umschweife zum Thema kommen, deshalb beeile ich mich, mein Grafiktablet zu öffnen, und zeige ihm meine Pläne.

Mr May schaut sich alles mit sachlicher Miene an, sagt kaum etwas und gibt nur dann und wann einen zustimmenden Laut von sich. Erst als wir zu dem geplanten Teich kommen, erkenne ich Wärme in seinem Blick, als würde er an etwas Schönes denken.

»Hier sollten Sie Lilien pflanzen.«

»Meinen Sie hier?«, frage ich und deute mit meinem Stift auf die Sitzbank.

»Nein, überall, um den ganzen Teich herum. Sie liebt Lilien.«

»Sie sprechen sicher von Ihrer Gattin?«

Und dann … überrascht er mich vollkommen, als er plötzlich lächelt und seine steife Haltung verliert. Egal, für wen er diesen Garten plant, dieser Mensch bedeutet ihm sehr viel. Ich stutze, weil er mich an jemanden erinnert, wenn er lächelt, aber mir will nicht einfallen, an wen.

»Ja, meine Frau hat den Garten immer sehr geliebt. Ich hoffe, dass ich ihr mit der Neugestaltung eine Freude mache.«

»Und ich hoffe, ich kann ihr das Paradies schaffen, das sie sich wünscht.«

Mein Auftraggeber mustert mich kurz. »Und Sie können das alles in einem halben Jahr schaffen?«

»Ja, Sir, das kann ich, und das werde ich auch.«

»Ich lobe Ihren Ehrgeiz, Miss Willet-Colden. Sie haben den Job.«

Innerlich mache ich Flickflacks, aber nach außen gebe ich mich wie immer professionell und bedanke mich mit einem neutralen Lächeln. »Ich habe meine besten Baufirmen on hold, die sofort starten können.«

»Wie Sie das machen, überlasse ich voll und ganz Ihnen. Ich habe keine Zeit, um hier vor Ort die Arbeiten zu überwachen. Sie haben volle Handlungsfreiheit im Rahmen des Budgets.«

Das ist erneut ein Moment, um innerlich zu jubeln, da ich schon einige Kunden hatte, die mir auf Schritt und Tritt gefolgt sind, was mir ziemlich auf die Nerven gegangen ist.

Nachdem Mr May die Auftragsbestätigung unterschrieben hat, verabschiede ich mich mit einem festen Händedruck von ihm und gehe mit einem glücklichen Lächeln auf den Lippen zur Haustür, wo Delilah schon auf mich wartet.

»Aus Ihrem Gesichtsausdruck zu schließen, nehme ich an, dass wir uns nun öfter sehen werden?«

»Sie haben es erfasst.«

»Das freut mich. Ich werde schon mal alle möglichen Teesorten besorgen, damit Sie eine große Auswahl haben.«

»Das ist lieb von Ihnen, aber nicht nötig.«

»Ich mache das gerne. Denn ich habe das Gefühl, als würden Sie uns mit Ihrer Gestaltung ein wenig Hoffnung geben, die wir bitter nötig haben.«

Ich verstehe ihre Aussage nicht ganz, aber ich lächle und verabschiede mich dann. Kaum fahre ich durch die Ausfahrt, rufe ich auch schon Zayn an, um ihm zu erzählen, dass ich den Job ergattert habe. Wir haben letzte Nacht lange geredet, da meine Nervosität mich keinen Schlaf hat finden lassen. Denn diesen Auftrag zu bekommen ist das letzte große Puzzleteil, um mir den Traum vom Anwesen ein paar Straßen weiter zu erfüllen.

Kapitel 25

GRACE

Bereits vier Tage später bin ich im Garten der Mays und warte auf die Betonlieferung. Der Fahrer des Lkw verspätet sich, weil der Highway nach einem Unfall gesperrt wurde. Ich drehe mich zum Haus um und sehe wieder die Frau mit den langen schwarzen Haaren, die mich beobachtet. Seit ich in diesem Garten arbeite, habe ich sie schon öfter im Rollstuhl am bodentiefen Fenster sitzen sehen. Ich vermute, dass sie Mrs May ist.

Auf mein Winken reagiert sie nicht, was ich nicht persönlich nehme, trotzdem würde ich mich gerne der Hausherrin vorstellen. Da Delilah einkaufen gefahren ist, beschließe ich kurzerhand, zu ihr zu gehen. Als ich vor ihrer Zimmertür stehe, klopfe ich an, doch nichts passiert. Nach kurzem Zögern öffne ich die Tür und betrete ein großes Schlafzimmer mit hellen Möbeln sowie weißen Vorhängen.

»Guten Tag, Mrs May. Mein Name ist Grace. Ich bin die Frau, die Ihren Garten umgestalten wird, und wollte mich Ihnen gerne vorstellen.«

Keine Antwort, nicht mal ein Zucken. Ich nähere mich langsam ihrem Rollstuhl und stelle mich neben sie ans Fenster. »Die Aussicht von diesem Zimmer ist herrlich. Sie sehen auf die Terrasse und den ganzen Garten.«

Wieder nichts. Ich könnte jetzt gehen, immerhin habe ich mich vorgestellt, aber etwas lässt mich zögern.

»Darf ich Ihnen Gesellschaft leisten? Die Betonlieferung verzögert sich, und da habe ich gedacht, wir könnten ein wenig Zeit miteinander verbringen.« Ich hole mir einen Stuhl, setze mich und fange einfach an zu reden. Ich erzähle ihr, dass ich in New York wohne, dass ich Kaffee nicht mehr mag und dafür Tee mein Lebenselixier geworden ist. Lauter Banalitäten, aber das ist egal.

Plötzlich vibriert mein Telefon. »Das muss der Lkw-Fahrer mit dem Beton sein. Ich habe mich gefreut, Sie kennenzulernen, und hoffe, dass ich Sie nicht gelangweilt habe. Wenn Sie mögen, könnte ich demnächst ja wieder zu Ihnen kommen.« Ich erwarte keine Antwort, doch dann …

Plötzlich hebt Mrs May einen Finger. Ist das ein Zeichen? Was mag es bedeuten? Mit einem Mal bin ich ziemlich aufgeregt.

»Möchten Sie, dass ich Sie öfter besuche? Heben Sie den Finger für ein Ja.«

Und tatsächlich, sie tut es. Ich freue mich sehr darüber, dass ich die arme Frau nicht zu Tode gelangweilt habe, weil ich gerne in ihrer Nähe bin. Ich kann den genauen Grund nicht sagen, aber etwas an ihrem hübschen Gesicht hat mich angezogen. Als würde ich sie kennen.

»Dann komme ich bald wieder vorbei. Auf Wiedersehen.«

So geht es in den nächsten Tagen weiter. In der Mittagspause besuche ich Mrs May und rede über alles Mögliche. Meine Leidenschaft für Filme aus den neunziger Jahren, meine Liebe zu Queen, meine Eltern und meine Freunde. Ich erzähle ihr von dem Mann, in den ich mich unsterblich verliebt habe, und dass kein Jane-Austen-Roman je an unsere Liebesgeschichte rankommt. Sie spricht nach wie vor kein Wort, aber wir haben gelernt, mittels Zeichen zu kommunizieren. Sie hebt den Finger für ein Ja und krümmt ihn für ein Nein. Ich habe sie lange genug beobachtet, um zu erahnen, dass sie sich in einem traumatisierten Zustand befindet. Es muss etwas Schlimmes passiert sein, wenn es ihr die Lebenslust und die Sprache genommen hat.

»Das schlimmste Date meines Lebens hatte ich mit neunzehn Jahren. Ich bin auf dem College gewesen, und ein Typ, den ich von einer Vorlesung kannte, hat mich um ein Treffen gebeten. Er hat mich abgeholt, und wir sind bis zur nächsten Kreuzung gefahren, wo er vor einem Stoppschild angehalten hat. Ich habe geredet und ihn gar nicht angesehen. Doch dann stelle ich fest, dass er nicht weiterfährt, obwohl die Straße frei wäre. Ich habe ihn gefragt, wieso er noch immer steht, und dann hat er sich zu mir gedreht und gemeint, dass er wartet, bis das Stoppschild grün wird. Erst da sind mir seine blutunterlaufenen Augen aufgefallen. Er war total high, und ich bin sofort ausgestiegen und nach Hause gegangen. Ich sage es Ihnen, Single zu sein war nicht gerade einfach.«

Ich will schon weiterreden, als ich bemerke, dass sie einen Mundwinkel anhebt. Mein Herz schwillt an vor Freude aufgrund dieser Reaktion. Ich habe weder mit Delilah noch mit Mr May über meine Besuche bei Mrs May gesprochen, aber ich glaube, das hier ist ein großer Schritt. Da meine Pause vorbei ist, verabschiede ich mich und mache mich auf den Weg in den Garten. Als ich die Treppe erreiche, höre ich plötzlich ein Brüllen und erstarre. Vor Schreck fällt mir meine Lunchbox aus der Hand. Ich gehe in die Hocke, um sie aufzuheben, als Mr May und ein dunkelhaariger Mann im Eingangsbereich des Hauses auftauchen.

»Du kannst nicht einfach mitten im Gespräch gehen, Sohn!«, brüllt der Hausherr außer sich.

»Wieso sollte ich dir noch weiter zuhören? Du willst unsere Familie zerstören, und das lasse ich nicht zu!« Diese Stimme kenne ich doch. Ich richte mich auf, halte mich am Geländer fest und blicke nach unten, und tatsächlich, der Mann, der mein Herz erobert hat, ist der Sohn meines Kunden.

»Glaubst du, mir fällt das leicht? Wir können nicht mehr so weitermachen, Zayn. Sie braucht professionelle Hilfe.«

»Dann engagier ein Expertenteam, das sie hier zu Hause pflegt. Du kannst sie nicht einfach in ein Zentrum abschieben.«

»Jetzt übertreibst du aber.«

»Bullshit. Du willst sie nicht mehr hier haben und es dir leicht machen.«

»Wie redest du mit mir, Junge! Ich bin immer noch dein Vater, und du hast mir Respekt entgegenzubringen!«

»Das werde ich erst wieder tun, wenn du aufhörst, so zu tun, als wäre Mom ein Problem, das wir loswerden müssen.«

»Solange keine Besserung in Sicht ist, werde ich Hilfe von außen holen. Wir haben es über ein Jahr probiert mit Delilah. Wir haben beide gehofft, mit ihr geredet, sie angefleht, dass sie zu uns zurückkommt, und was ist passiert? Nichts. Wir können nicht mehr so weitermachen.«

»Gib uns noch ein paar Monate. Ich werde mir etwas überlegen. Bitte, Dad. Nimm mir Mom nicht weg.«

Zayns Stimme bricht, und mein Herz fängt an zu bluten. Seine Mom bedeutet ihm so viel, dass er alles für sie tun würde, da bin ich mir sicher.

Mr Mays Miene wird weicher, und er holt tief Luft, ehe er sagt: »Ich werde noch bis Weihnachten warten. Wenn bis dahin keine Besserung in Sicht ist, bringe ich sie für ein paar Wochen in ein Spezialzentrum in Seattle.«

»Okay. Danke, Dad.«

Irwing May nickt nur, ehe er geht und Zayn allein lässt, der die Hände zu Fäusten geballt hat. Vorsichtig nehme ich Stufe für Stufe und gehe auf Zayn zu. Ich bin leise, doch er hört meine Schritte und hebt den Blick. Stirnrunzelnd sieht er mich an. Ich will schon den Mund öffnen und erklären, warum ich hier bin, doch er kommt mir zuvor.

»Was machst du hier?«, fragt er barsch.

»Ich gestalte den Garten von deinen Eltern um.«

»Was? Und wieso hast du mir das nicht gesagt?«

Fassungslos starre ich ihn an. »Wie bitte? Ich habe nicht mal gewusst, dass Mr May und Sofia deine Eltern sind.«

»Sofia? Hast du gerade meine Mutter beim Vornamen genannt?«

»Ja, das habe ich. Wir haben schon ein paarmal zusammen gegessen und uns unterhalten. Na ja, vielmehr habe ich geredet, und sie hat zugehört.«

»Was hast du bei ihr im Zimmer zu suchen? Weißt du denn nicht, dass sie psychisch instabil ist?«

»So instabil ist sie gar nicht, heute zum Beispiel hat sie ...«

»Grace, bitte, du darfst sie nicht mehr besuchen.«

Ich bin geschockt über seine Worte. Sie isolieren die arme Frau völlig. Beide sehen nur das Problem und keine Lösung.

Wir haben so laut gestritten, dass wir den Rollstuhl nicht gehört haben, der sich der Treppe genähert hat. Dann hören wir ein Pfeifen, oder ist es ein Kratzen? Wir verstummen beide und blicken hinauf, wo Sofia May in ihrem Rollstuhl sitzt und ihren Sohn mit Tränen in den Augen ansieht. Zayn und ich wagen kaum zu atmen, denn es sieht beinahe so aus, als wolle sie etwas sagen. Doch das Einzige, was sie mit kratziger Stimme rausbekommt, ist mein Name.

»Mom?«, flüstert Zayn fassungslos.

Ihr Blick wandert von ihrem Sohn zu mir. »Grace ... gut.« Sie räuspert sich, als würde ihr das Sprechen Schmerzen bereiten.

Mein Freund sieht mich an und dann seine Mutter. »Tut es dir gut, dass Grace dich besucht?«, fragt er nun, und daraufhin hebt Sofia den Finger. Zayn sieht es, aber natürlich versteht er es nicht.

»Den Finger anheben heißt Ja, und wenn sie ihn krümmt, bedeutet das Nein.«

Zayn schaut mich verblüfft an. »Habt ihr beide so kommuniziert?«

»Ja, und es klappt ganz gut.«

Zayn fährt sich durchs Haar, das macht er meistens, wenn er ratlos ist, also lasse ich ihm Zeit. Im Grunde muss er nur einsehen, dass meine Besuche seiner Mutter guttun und mir auch.

Aber ich befürchte, dass er Angst vor der Reaktion seines Vaters hat. Plötzlich dreht er sich entschlossen um und nimmt zwei Stufen auf einmal, geht vor dem Rollstuhl seiner Mutter in die Hocke und nimmt ihre Hand.

Tränen schimmern in beider Augen, und mir wird klar, wie besonders, wie kostbar dieser Moment für Zayn sein muss, also gehe ich in Richtung Tür, doch Zayn hält mich zurück. »Grace. Warte.«

Ich drehe mich um und bleibe stehen. Zayn blickt von mir wieder zu seiner Mom. »Ich werde Dad nichts davon sagen. Ich finde es gut, dass du und Grace euch anfreundet.«

Ihre Miene erhellt sich ebenso wie meine. Sie blickt zu mir, und ich nicke ihr aufmunternd zu

»Okay«, bringt Sofia mit kratziger Stimme hervor, woraufhin Zayn sie fest in den Arm nimmt.

Ich sehe seine Schultern beben und beschließe, dass es jetzt Zeit ist, wieder nach draußen zu gehen und weiterzuarbeiten. Die Sonne scheint warm auf mein Gesicht, während ich den Maurern zusehe, die den Gartengrill bauen. Sie haben erst die

Hälfte geschafft, aber man kann schon erkennen, was es werden soll.

Als Nächstes werden die Hochbeete gemauert, zu beiden Seiten des betonierten Weges, sodass Sofia auch vom Rollstuhl aus gärtnern kann. Seitdem ich sie kenne, lege ich mich noch mehr ins Zeug und versuche hier eine kleine, perfekte Oase zu schaffen, in der sie wieder zu sich selbst finden kann.

Die ganze Zeit über schwirrt mir Zayn im Kopf herum. Er hat vorhin so wütend ausgesehen, als wäre ich ein Störenfried, der sich in sein Familienleben einmischt. Als ich schon denke, dass Zayn nicht mehr zu mir in den Garten kommen wird, schlingen sich Arme von hinten um mich. Augenblicklich wird mir leichter ums Herz, und ich lehne den Kopf an seine Brust.

»Es tut mir leid, dass ich vorhin so barsch gewesen bin.«

»Ist schon gut. Die Sorge um deine Mom hat aus dir gesprochen.«

»Ihre Genesung bedeutet mir so viel. Wir haben so lange versucht, zu ihr durchzudringen, aber nichts hat wirklich geholfen. Bis du gekommen bist.«

»Ich hatte das Bedürfnis, mit ihr zu reden. Sie kam mir so vertraut vor, und jetzt weiß ich auch, wieso. Du siehst ihr sehr ähnlich.«

»Ja, das sagen alle, und darauf bin ich auch stolz. Meine Mutter ist neben dir die schönste Frau, die ich kenne.«

Ich drehe mich um und schlinge die Arme um seinen Nacken. Der Unfall hat die Liebe, die er für seine Mom empfindet, nur verstärkt, jetzt fehlt nur noch ein Wunder, damit Sofia wieder ins Leben zurückfindet. »Sie hat Glück, einen so liebevollen Sohn wie dich zu haben.«

»Danke, meine Schöne.« Er legt seine Lippen auf meine und küsst mich zärtlich, als ein Räuspern hinter uns erklingt. Wir drehen uns um und erblicken Delilah, die uns schmunzelnd ansieht.

»Entschuldigt die Störung, aber dein Smartphone läutet in einer Tour, Zayn, deshalb wollte ich es dir bringen.«

»Danke, Lilah.«

Sie grinst wissend, ehe sie wieder ins Haus geht. Ich erröte, weil es mir peinlich ist, dass sie uns beim Küssen erwischt hat. Zayn blickt auf sein Smartphone und runzelt die Stirn.

»Alles in Ordnung?«

»Ja, es ist nur das Büro von Coleman & Sons. Ich muss da dringend zurückrufen.«

»Ist kein Problem, wir sehen uns später.«

»Okay.« Er küsst mich ein letztes Mal, ehe er sich abwendet und mich mit klopfendem Herzen zurücklässt.

Kapitel 26

Heute war mein letzter Tag im Ausbildungszentrum in Chicago. Nachdem Grace und ich uns endlich gefunden haben und meine Mutter ihr erstes Wort nach Jahren gesprochen hat, musste ich eine Marketingschulung über mich ergehen lassen. Sie war interessant, keine Frage, aber ich vermisse mein Mädchen und bin heilfroh, dass ich gleich zu ihr zurückfliegen kann. Lächelnd schüttle ich den Kopf, wenn ich an unser erstes Mal denke. Es ist perfekt gewesen, das richtige Tempo, der richtige Moment, aber es war viel zu kurz, sodass ich es kaum erwarten kann, sie wieder in meinen Armen zu halten.

Wir telefonieren jeden Abend, und auch sie ist voller Sehnsucht. Nachdem wir aufgelegt haben, schnappe ich mir meist meinen Laptop und schreibe am Roman. Ich bewege mich langsam, aber sicher auf den Showdown meines Buches zu.

Aus dem einfachen, wunderschönen Bauernmädchen Danea ist eine Assassine geworden. Der Assassine, der sie töten sollte, ist ihr nun ergeben, und die Liebe, die beide füreinander empfinden, ist für alle sichtbar, nur dass die beiden sich diese noch nicht gestanden haben. Ich habe vor, sie noch ein wenig leiden zu lassen, ehe sie ihrem Happy End entgegenreiten können.

Das ist es, was ich am meisten liebe, wenn nach einem harten Kampf, nach so viel Leid, endlich das Glück siegt und ich ihnen ein schönes Ende schreiben kann. In den letzten Monaten habe ich in jeder freien Minute an dem Roman gesessen und sogar zwei Testleser gefunden, die selbst Autoren sind und mir konstruktive Kritik geben können. Wir haben uns über Wochen geschrieben, sodass ich sicher bin, dass ich ihnen mein Buch anvertrauen kann.

Pacey, Luke, Ronan und ich überlegen seit Wochen fieberhaft, was wir zu Daniels Junggesellenabschied planen sollen, aber je länger ich darüber nachdenke, desto mehr bin ich davon überzeugt, dass Dan ein gemütliches Treffen unter Freunden am besten finden würde. Sollte einer von uns mit einer Stripperin ankommen, würde er uns wohl den Hals umdrehen. Unser Freund hätte kein Vergnügen an einer Stripperin, schließlich hat er, wie er selbst sagt, »die schönste Verlobte auf der Welt«.

Letztes Jahr hätte ich ihn deswegen noch ausgelacht, aber jetzt, da ich selbst verliebt bin, verstehe ich ihn immer mehr. Es ist so, als ob das Leben vorher farblos und langweilig war und man erst durch die Liebe einer Frau Farben sieht. Grace berichtet mir jeden Tag, wie es um Mom steht und welche Fortschritte sie macht. Langsam findet sie ihre Sprache wieder. Delilah ist letztens in Freudentränen ausgebrochen, als meine Mutter ihren Namen ausgesprochen und gelächelt hat. Grace ist wahrhaftig ein Engel. Hätte sie nicht den Kontakt zu meiner Mom gesucht, hätte mein Dad sie ins Spezialzentrum abgeschoben.

Nach der Sicherheitskontrolle beschließe ich, in der Lounge etwas zu trinken. Kaum habe ich mich gesetzt, klingelt mein Smartphone. Es ist mein Vater. Ich überlege kurz, ob ich seinen Anruf ignorieren soll, bin aber doch neugierig darauf, was er zu sagen hat.

»Hey, Dad.«

»Sie hat gesprochen.«

»Was?«

»Deine Mutter. Sofia ... sie hat mit mir geredet.«

»Wann?«

»Jetzt gerade. Ich bin kurz nach Hause gekommen, um mich umzuziehen und einen Happen zu essen, als Sofia ins Badezimmer gekommen und mich begrüßt hat.«

»Das ist toll, Dad.«

»Toll? Zayn, das ist ...« Seine Stimme zittert, und ich ahne, dass er mit den Tränen kämpft.

»Das ist wunderbar«, ergänze ich.

»Sie hat mir die Krawatte gebunden und mich angelächelt. Sie hat beinahe wie früher ausgesehen.«

»Langsam kehrt sie zu uns zurück.«

»Endlich. Endlich fügt sich alles wieder.«

»Macht sie ihre Therapien?«

»Ja. Laut Delilah ist das Gespräch mit dem Psychiater äußerst gut verlaufen.«

»Und die Physiotherapie?«

»Auch die hat sie gut gemeistert. In einer Woche hat sie mehr Fortschritte gemacht als im ganzen letzten Jahr.«

Er schnieft und rührt mich selbst zu Tränen. Das ist das erste Telefongespräch seit Langem, bei dem wir normal miteinander sprechen können.

»Und das alles, weil deine Freundin sich um sie gekümmert hat.«

»Du weißt, dass ich mit ihr zusammen bin?«

»Natürlich weiß ich es, und ich habe absolut nichts dagegen.«

»Danke.«

»Sie ist toll, deine Freundin. Außerordentlich bescheiden und äußerst talentiert.«

»Du wirkst überrascht.«

»Das bin ich tatsächlich, denn sie ist so ganz anders als die Frauen, mit denen du früher deine Affären hattest.«

»Diese Zeiten sind vorbei. Er gibt nur Grace und nie wieder eine andere.«

»Genau wie bei mir, mein Junge. Ich würde niemals eine andere Frau lieben können als deine Mutter.«

Gut gelaunt steige ich aus dem Flugzeug und schnappe mir meinen Koffer, um so schnell wie möglich zu Grace zu fahren. Doch unterwegs bekomme ich eine Nachricht von ihr, dass sie mit den Mädels ausgeht und ich sie später im Club abholen kann. Ich antworte, dass ich ihr viel Spaß wünsche und mich ein wenig aufs Ohr hauen werde. Dann beschließe ich kurzerhand, bei Coleman & Sons vorbeizuschauen.

Ich betrete das Gebäude und verspüre so etwas wie Freude, was mir bei meinen bisherigen Jobs nie passiert ist. Ich fahre in mein Stockwerk und begrüße ein paar Kollegen, ehe ich auf Sean Colemans Büro zusteuere. Ich klopfe an und trete ein, nachdem ich ein »Herein« vernommen habe.

»Zayn! Gut, dich zu sehen.« Coleman steht auf und schüttelt meine Hand, ehe er mich bittet, Platz zu nehmen. Wie immer trägt er einen dunklen Anzug, ich habe ihn noch nie in legerer Kleidung gesehen.

»Wie war die Schulung?«

»Trocken, langweilig, aber auch informativ.«

»Ja, das trifft auf die meisten Fortbildungen zu«, sagt er und lacht. Ich finde es toll, dass der Boss auch Sinn für Humor hat.

»Ich wollte dir das Zertifikat bringen, ehe ich mich ins Wochenende verabschiede.«

»Gut, dass du zu mir gekommen bist. Ich wollte noch mit dir über etwas Wichtiges reden«, sagt er und setzt sich hinter seinen Schreibtisch.

»Okay.« Wenn der Chef mit einem unter vier Augen reden möchte, kann das gut oder schlecht sein, aber ich bin optimistisch.

»Ich habe mir deine Arbeit angesehen, seitdem du hier bist.« Damit habe ich gerechnet, immerhin muss er sich ja vergewissern, ob ich ins Team passe und seine Termine zu seiner Zufriedenheit organisiere.

»Und, zu welchem Schluss bist du gekommen?«

»Dass du im Organisieren meiner Termine sehr gut bist, alles ist, wie es sein soll, aber ich glaube, es gibt etwas, was du besser kannst.«

Ich hebe erstaunt die Brauen. »Und was wäre das?«

»Schreiben. Nachdem du den Werbetextern geholfen hast, habe ich nur Lob gehört, weshalb ich dich gerne als meinen Assistenten feuern und stattdessen als Werbetexter einstellen möchte.«

Ich bin sprachlos, weiß tatsächlich nicht, was ich sagen soll. Er hat recht, als ich Werbetexte korrigiert und selbst geschrieben habe, bin ich in meinem Element gewesen. Es hat ungeheuren Spaß gemacht, und dass mein Chef das mitbekommen hat und mein Talent fördern will, finde ich großartig. Dass ich im Grunde etwas anderes vorhabe in meinem Leben, muss er ja nicht wissen.

»Du sagst ja gar nichts.«

»Entschuldige. Ich bin einfach nur überrascht. Aber du hast recht, das Schreiben liegt mir sehr viel mehr als das Organisatorische.«

»Schön, dass mich mein Urteilsvermögen nicht täuscht.«

»Das tut es bestimmt nicht.«

»Ich höre bei neuen Mitarbeitern immer auf mein Bauchgefühl, und bei dir sagt mir dieses, dass du wirklich talentiert bist und wir genau nach jemandem wie dir gesucht haben.«

»Ich bin selbst überrascht, wie gut es mir hier gefällt. Denn um ehrlich zu sein, wollte ich den Job gar nicht.«

»Das hat man dir auch angesehen.«

»Wirklich?« Mein verblüfftes Gesicht scheint Sean zu amüsieren. Dieser Typ ist echt in Ordnung.

»Ja, du hattest den Leckt-mich-doch-Blick drauf. Ich wusste, dass du nur zu einem Gespräch eingeladen wurdest, weil dein Dad meinen gut kennt.«

»Und trotzdem hast du mich eingestellt?«

»Ja, weil ich mein früheres Ich in dir gesehen habe und aus dir herauskitzeln wollte, wie gut du wirklich bist. Also, was sagst du? Möchtest du wechseln?«

Etwas in mir will zusagen, aber andererseits ist es nicht das, was ich mir erträumt habe. Ich will vom Schreiben leben können, das ist es, was ich mir seit langer Zeit wünsche. Ich habe Angst, wenn ich meine ganze Energie bei Coleman & Sons einsetze, dass das Schreiben in den Hintergrund rückt.

»Ich werde darüber nachdenken und dir meine Entscheidung so schnell wie möglich mitteilen.«

»Das ist in Ordnung. Genieß dein Wochenende. Wir sehen uns dann am Montag.«

Nachdem ich den Koffer ausgepackt habe, lege ich mich auf die Couch. Auch wenn ich aufgeregt bin wegen des Jobangebots, übermannt mich die Müdigkeit, und ich schlafe augenblicklich ein.

Das Klingeln an meiner Haustür reißt mich aus einem schönen Traum, sodass ich öfter blinzeln muss, ehe ich ganz wach bin. Ich gehe zur Gegensprechanlage und räuspere mich, ehe ich »Hallo, wer ist da?« sage.

»Quassel nicht, sondern mach die Tür auf, Romeo.«

Kopfschüttelnd drücke ich auf den Knopf und öffne die Haustür, ehe ich die Kaffeemaschine starte. Zwei Becher Kaffee sind gerade fertig, als Daniel und Pacey hereinkommen. Ich reiche ihnen die Tassen und mache mir selbst einen Kaffee.

»Du siehst zerknautscht aus«, stellt Daniel fest und begrüßt mich per Handschlag.

»Ich habe geschlafen, die Schulung war ganz schön anstrengend.«

»Jetzt ist Schluss mit Schlafen, mach dich hübsch und dreh dir Locken ein, denn wir gehen aus.« Pacey ist der Witzbold des Jahrhunderts, zumindest denkt er das selbst.

»Darf ich vorher noch meinen Kaffee trinken?«

»Klar, aber mach schnell, denn die Mädels sind in einem Stripclub, und das will ich mir nicht entgehen lassen.«

»Sie sind wo?«

»Du hast schon richtig gehört. Dein kleiner Engel hat sich rattenscharf angezogen und ist in einem Stripschuppen.«

Ich lächle in mich hinein, denn ich freue mich, dass sie dort ist. So kann sie wieder einen Punkt von ihrer berühmten Liste streichen.

Ich stelle mein Auto in der Parkgarage ab und gehe mit den Jungs und einer gewissen Vorfreude zum Eingang des Clubs.

»Zayn! Lange nicht mehr gesehen.«

Ich gehe an der Warteschlange vorbei direkt zu Jimbo, dem breitesten Türsteher, den ich kenne, und begrüße ihn, ehe ich die Jungs vorstelle.

»Ich habe eine Pause gebraucht vom Partymachen.«

»Das sieht dir aber gar nicht ähnlich. Du warst vor einem Jahr unser bester Kunde.«

»Tja, Jimbo, die Zeiten ändern sich.«

»Das kann doch nur an einer Frau liegen, habe ich recht?«

»Und wie recht du hast, und sie ist gerade im Club, deshalb würde ich gerne rein.«

»Heute ist Ladys Night, aber ihr dürft rein. Sonst nur ausgewählte Typen. Bei so vielen Girls kann ich leicht den Überblick verlieren.«

»Geht klar, ich such dann mal mein Mädchen.«

»Mach das, und sag Stephania, dass ihr heute meine Gäste seid.«

»Ach Quatsch, wir zahlen Eintritt.«

»Vergiss es, May, und jetzt ab mit dir, ich muss diese hübschen Damen hinter euch reinlassen.«

Ich verabschiede mich, begrüße die Mitarbeiter, denen ich im Eingangsbereich begegne, und betrete mit meinen Freunden den Club. Der Raum ist voller Frauen, doch ich bin nur auf der Suche nach weißblonden Haaren. Ich habe vieles erwartet, aber als ich Grace erblicke, verschlägt es mir dir Sprache. Sie sitzt mit übereinandergeschlagenen Beinen an einem Tisch, trägt ein äußerst kurzes schwarzes Kleid und hat das Haar offen. Sie sieht wie ein verruchter Engel aus. Taylor entdeckt mich sofort, und es dauert nicht lange, bis sich Grace umdreht.

Diesmal hat sie ihr Make-up dunkler gehalten und sieht aus, als würde sie zu einem Shooting für ein Modemagazin gehen, und als sie mich mit ihren tiefroten Lippen anlächelt, weiß ich, dass sie die Eine ist, die ich niemals verlieren möchte. Als ich vor ihr stehe, spüre ich die Hitze, die sie verströmt. Ihr Parfüm, so sanft und blumig, wie sie selbst, ich muss tief einatmen, ehe ich mich ihrem hungrigen Blick stelle.

»Hey, Sherlock«, flüstere ich ihr ins Ohr.

»Hey«, keucht sie, ehe sie die Arme um mich schlingt und ihre Lippen auf meine presst.

Wir küssen uns leidenschaftlich, als wollten wir die Tage, die wir getrennt verbracht haben, nachholen, und vergessen völlig, dass wir uns unter Leuten befinden. Ihr Geschmack ist berauschend und wunderbar, wie ein seltener Wein.

»Hast du die Schulung gut überstanden?«

»Ja, auch wenn es ziemlich langweilig ohne dich war.«

»Waren auch andere Frauen da?« Sie beißt sich augenblicklich auf die Unterlippe, als würde sie die Frage bereuen.

»Ja, aber ich habe sie kaum beachtet. Du vertraust mir doch?« Ich suche ihren Blick, denn ich will, dass sie mir vollends vertraut, nur so können wir eine Beziehung führen.

»Natürlich. Da spricht nur meine Unsicherheit aus mir. Entschuldige.«

»Ich würde das, was wir haben, für keine Frau auf der Welt aufgeben.«

»Aber all die Frauen in deiner Vergangenheit …«

»Sind nichts im Vergleich zu dir, Grace.« Ihre Augen werden groß, und ich fasse es nicht, wieso es ihr so schwerfällt, meinen Worten zu glauben. »Ich kann nicht aufhören, an dich zu denken, und das macht mich ganz verrückt.«

Ihre Augen werden feucht, als wäre ich der erste Mann, der solche Worte zu ihr sagt. »Aber ich bin nur ich.« Ihre Stimme ist leise, und trotzdem höre ich sie über die Musik hinweg.

»Und das ist alles, was ich brauche.«

Kapitel 27

GRACE

Wie kann dieser Mann nur so wunderbar sein? Wie kann er mir zu einer neuen Version meines Ichs verhelfen, und das nur, weil er an meiner Seite ist? Meine Unsicherheit hat das Ruder übernommen, hat mich das Schlimmste von Zayn denken lassen, weil das einfacher gewesen ist, als sich ihm zu öffnen, mich verletzlich zu machen. Die Angst, dass er mein Herz brechen könnte, ist groß, aber vielleicht habe ich mich von eben dieser Angst verleiten lassen.

»Wieso ich?«, frage ich unwillkürlich. Ich will selbstbewusst rüberkommen, will nicht Zayn meine Selbstzweifel entgegenschleudern, aber ich kann nichts dafür. Ich bin eben so, möchte wissen, wieso er gerade mich will. Was mich von all den anderen Frauen unterscheidet.

»Weil du mich verzaubert und mir mein Leben wiedergegeben hast, nachdem es trist und grau war. Du hast mich wieder zu dem Mann werden lassen, der ich war, und das nur, weil du lächelst und bei mir bist. Glaub nie wieder, dass ich dich je aufgeben würde, denn das würdest du auch nicht tun. Wir sind uns so ähnlich, wir beide, und doch ist der Unterschied, dass ich nicht an uns zweifle.«

»Ich zweifle nicht an uns. Ich habe nur Angst.«

»Das brauchst du nicht. Ich werde sie dir nehmen, und ich fange gleich damit an.«

Dann küsst er mich wieder, und meine Knie drohen nach-zugeben. Seine Hände halten mich noch fester, drücken mich an seine Brust, und ich spüre sein Herzklopfen. Es schlägt genauso schnell wie mein eigenes. Erst als ich ein Klatschen vernehme, löse ich mich keuchend von Zayn, um hinter ihn zu blicken. Dort stehen unsere Freunde und sehen uns grinsend an. Ich tippe Zayn an, der nur Augen für mich hat, damit er sich umdreht.

»Habt ihr denn kein Zuhause, Kinder?«, fragt Pacey grinsend.

»Doch, aber in der Öffentlichkeit küsst es sich am besten«, antwortet Zayn und greift nach meiner Hand.

»Trotzdem solltet ihr eure Lust zügeln, nicht dass ihr hier einen Liveporno veranstaltet!«, meint Pacey, und prompt werde ich rot.

»Du bist doch nur neidisch«, sagt Linda und hakt sich bei ihm unter. Sie zwinkert mir amüsiert zu, und ich tue es ihr gleich.

»Neidisch? Also, wenn du möchtest, Baby, können wir hier und jetzt die anderen in den Schatten stellen.«

»Geht nicht, hab mir die Beine nicht rasiert.«

Daraufhin müssen wir alle lachen. Die liebe Linda hat es geschafft, das Thema von Zayn und mir umzulenken, und dafür bin ich ihr dankbar.

Es ist eine wunderbare Nacht, wie ich sie nur mit meinen Freunden erleben kann. Unsere Freundschaft ist außergewöhnlich, wir sind völlig verschieden, und doch verstehen wir uns gut. Natürlich zanken wir uns auch des Öfteren, aber wir halten immer zusammen. Wer hätte gedacht, dass ich in einem Stripclub einen der besten Abende seit Jahren verbringen würde? Ich fühle mich grandios trotz der anfänglichen Unsicherheit, weil Zayn ein paar Tage weggewesen ist.

Mir wird langsam klar, dass es wichtiger ist, wie ich mich selbst sehe, als darauf zu achten, wie ich auf andere wirke. Und Zayn spielt hier eine große Rolle, denn ihm ist es zu verdanken, dass mein Selbstwertgefühl stärker geworden ist.

Ich nippe gerade an meiner Cola, als Zayns Hand von meiner Hüfte zu meinem Oberschenkel gleitet. Er macht das beiläufig, unbewusst, und trotzdem erstarre ich kurz, ehe ich das Glas sinken lasse und auf den Tisch stelle. Dan erzählt gerade etwas von seinem letzten Einsatz als Bodyguard, und als gute Freundin muss ich ja aufpassen und zuhören, doch ich kann nur an Zayns Hand denken, die nun sanft meinen Oberschenkel streichelt.

Ich presse die Lippen zusammen, um nicht zu stöhnen. Kurz blicke ich Zayn an. Seine Wangen ziert ein leichter Bartschatten, und ich will diese feinen Härchen zwischen meinen Schenkeln spüren.

Zayn schaut mich an, und in seinen grünbraunen Augen erkenne ich, dass er genau weiß, an was ich gerade gedacht habe.

»Na, Sherlock? Siehst du etwas Leckeres, was du gerne wieder kosten würdest?«

Herr im Himmel! Ich liebe sein freches Mundwerk, es stellt die unglaublichsten Dinge mit meinem Körper an. »Könnte sein …«

Zayn leckt sich lächelnd über die Lippen und flüstert mir ins Ohr: »Dann mach dich auf eine heiße Nacht gefasst.«

Seine Stimme ist rau, voller Versprechungen, was das Ziehen in meinem Unterleib verstärkt. Um seine Worte zu bekräftigen, haucht er einen Kuss auf meinen Hals, sodass ich unwillkürlich die Augen schließe und mein Körper zu beben beginnt. Ich bin gefangen in diesem Moment und stelle mir die heißesten Dinge vor, die Zayn mit mir anstellen könnte.

Ich öffne die Augen und blicke in die Runde, mache mich

schon gefasst auf das allgemeine Grinsen, weil Zayn und ich die Finger nicht voneinander lassen können, doch niemand sieht in unsere Richtung. Addison steckt gerade einer Stripperin Dollarscheine zu, während Drake ihr grinsend zuschaut. Luke und Ronan sowie Tae und Pacey hören Dan zu, und Linda tippt auf ihrem Smartphone herum. Zayn tut so, als würde auch er seinem Freund lauschen, aber seine Hände verraten ihn, denn er streichelt wieder meinen Schenkel.

»Ich glaube, es ist Zeit, von hier zu verschwinden. Was meinst du?«

Wir verabschieden uns und ernten ein Grinsen, denn alle wissen, was wir nun tun werden. Das ist kein Geheimnis, die sexuelle Spannung umgibt uns wie ein magnetisches Feld.

Die Fahrt in Zayns Wohnung verläuft schweigend, was aber nach der lauten Musik und den Ereignissen der letzten Stunden angenehm ist. Er konzentriert sich auf die Straße, während ich aus dem Fenster blicke und ausnahmsweise an nichts denke. Plötzlich greift Zayn nach meiner Hand, um seine Finger mit meinen zu verflechten und sie an seinen Mund zu führen. Dann legt er unsere Hände auf seinen Oberschenkel. Diese Geste ist liebevoll und bestärkt mich darin, dass das zwischen uns echt ist. Dass es Liebe ist. Ich finde es wunderschön, dass er es nicht einmal eine Viertelstunde aushält, ohne mich zu berühren.

Zayn öffnet mir die Tür und reicht mir seine Hand. Ich ergreife sie und steige aus dem Sportwagen, sehr darauf bedacht, dass mein Kleid nicht noch weiter hochrutscht. Zayns Blick haftet auf meinen Beinen, und kaum hat er die Autotür geschlossen, drückt er mich mit dem Rücken dagegen.

Seine Lippen pressen sich augenblicklich auf meine, rauben mir innerhalb von Sekunden den Verstand, sodass ich nur noch aus Empfindungen bestehe. Wie in einem süßen Rausch gefangen, kralle ich meine Finger in seine Schultern und gebe mich ihm völlig hin. Wild küssend greift Zayn in mein Haar und zieht leicht daran.

»Fuck«, sage ich, gefolgt von einem Stöhnen.

Zayn löst sich von mir und sieht mich an. Ich weiß, dass es ihm gefällt, wenn ich fluche, also grinse ich ihn nur frech an.

»Verdammt, du machst mich echt fertig.« Knurrend packt er meinen Po und hebt mich hoch. Ich schlinge die Beine um seine Hüften und lasse mich von ihm zum Aufzug tragen. Als sich die Türen schließen, gibt es kein Halten mehr. Er presst mich gegen die Wand des Lifts und verschlingt mich. Ich spüre seine Erektion an meiner Mitte und glaube zu vergehen, während Zayn meinen Nacken und mein Schlüsselbein mit heißen Küssen verwöhnt.

»Zayn. Ich will dich so sehr.«

»Gleich sind wir in der Wohnung«, keucht er.

»Bis dahin halte ich es nicht mehr aus.«

»Du willst es hier tun?«

»Ja. Ich kann nicht mehr warten.«

Zayn sieht mich ungläubig an, doch dann drückt er auf einen Knopf, sodass der Aufzug mit einem schrillen Ton zum Stehen kommt.

Meine Finger zittern, als ich seine Jeans aufknöpfen will, sodass ich es aufgebe und er diesen Part übernimmt. Ich will gerade mein Höschen ausziehen, doch Zayn macht kurzen Prozess und zerreißt es, ehe er meine Hüften packt und wir wieder in der gleichen Position sind wie zuvor. Dann blickt er mir tief in die Augen, während ich seine Erektion zwischen meinen Beinen spüre. Ohne ein weiteres Wort dringt er tief in mich ein, was mir einen Schrei entlockt. Ich will die Augen schließen, weil mich das Gefühl zu überwältigen droht, aber ich kann nicht. Zayns Blick hat mich in seinen Bann gezogen, hat mich die Kontrolle über meinen Körper verlieren lassen. Langsam gleitet er aus mir, um wieder in mich zu stoßen. Mir ist heiß und kalt zugleich, und Schweiß bedeckt meinen Körper. Ich stöhne, als seine Lippen erneut meine finden und sacht in meine Unterlippe beißen. Ich kralle meine Nägel in sein Shirt, was Zayn dazu bringt, mich noch fester zu packen. Es gibt kein Halten mehr, wenn er jetzt stoppen würde, würde ich in Tränen ausbrechen.

Er hebt mich ein Stück an und verändert den Winkel, damit er noch tiefer in mich eindringen kann. Es dauert nur wenige Sekunden, bis ich komme und mich von den Wellen des Orgasmus hinwegtragen lasse. Während ich noch immer in einem Trancezustand bin, folgt mir Zayn nach ein paar weiteren Stößen. Schwer keuchend verlässt ein Fluch seine Lippen, ehe er die Stirn auf meine Schulter legt. Wir brauchen eine Weile, um wieder zu Atem zu kommen, weil das hier … Ich habe keine Worte für das, was hier gerade passiert. Nur unser Atmen ist zu hören, als Zayn den Kopf hebt und mir in die Augen blickt. In seinen sehe ich dasselbe Gefühl der Überwältigung, wie ich es empfinde.

Auf wackeligen Beinen betreten wir endlich die Wohnung. Zayn küsst mich kurz auf die Lippen, ehe er ins Bad geht. Ich stelle mich ans Fenster und blicke auf die Lichter der Stadt unter mir, fühle mich ruhig und zufrieden.

Zayn schlingt die Arme um mich und küsst meine nackte Schulter, ehe er sein Kinn darauf stützt. »Hast du schon genug von mir?«

»Wie kommst du denn darauf?« Wir sehen gemeinsam auf die nächtliche Stadt.

»Du bist so still.«

»Es war ein langer Tag.«

»Lang und ereignisreich. Komm, lass uns ein Bad nehmen.«

Ich wende mich vom Fenster ab und sehe Zayn an, der nur in Boxershorts vor mir steht. Dann lasse ich mich von ihm ins Badezimmer führen. Es ist ziemlich groß, hat zwei Waschbecken, eine Dusche sowie eine frei stehende Badewanne, die schon bis zur Hälfte mit Wasser gefüllt ist. Zayn setzt sich auf den Rand und steckt die Hand ins Wasser, um die Temperatur zu fühlen. Währenddessen ziehe ich mein Kleid aus und entledige mich meiner restlichen Unterwäsche. Zayn schüttet etwas Badesalz ins Wasser, ehe er sich mir zuwendet. Und als er mich ansieht, meinen Körper betrachtet, fühle ich mich begehrt und wunderschön. Er streckt die Hand nach mir aus und zieht mich zu sich.

Zayn legt sich zuerst in die Wanne, ich folge ihm und lehne meinen Rücken an seine Brust. Das warme Wasser zu spüren lässt mich aufseufzen vor Wonne. Seine Arme schlingen sich um mich, und er hält mich fest. Wir schweigen eine Weile, bis Zayn sagt: »Wieder ein Punkt weniger auf der Liste.«

Zuerst kann ich ihm nicht folgen, bis mir klar wird, dass er meine Jahresliste meint. »Also von Sex mit dir steht nichts auf der Liste.«

Zayn tippt mit dem Finger auf meine Nase. »Ich meine natürlich die Sache mit dem Stripclub.«

»Ach, das meinst du. Ja, das war toll. Taylor hat gesagt, dass sie ihren Junggesellinnenabschied dort feiern möchte.«

»Das ließe sich einrichten. Ich kenne den Besitzer ganz gut.«

»Ich frage mich, wieso wohl.«

Zayns Brust bebt belustigt. »Was mal gewesen ist, spielt keine Rolle mehr. Wichtig ist nur, dass wir zusammen sind.«

»Ich will auch gar nichts über die Frauen in deinem bisherigen Leben hören, denn wenn du damit anfängst, werden wir bis Weihnachten brauchen.«

»Hey. Nicht so frech, Sherlock. Du hattest ja auch einige Männer in deinem Leben.«

»Na ja, um ehrlich zu sein, sind es insgesamt zwei, mit denen ich zusammen war. Drei, mit denen ich geschlafen habe.«

»Wie bitte? Du hast nur mit drei Männern geschlafen?«

»Vier, wenn ich dich mitrechne.«

»Wow, das hätte ich nicht gedacht.«

»Hast du mehr erwartet?«

»Du bist wunderschön, natürlich habe ich gedacht, dass es mehr wären, aber ich bin auch froh, dass es nicht so viele gewesen sind. Sonst müsste ich sie alle ausfindig machen und zu Brei schlagen.«

»Spinner. Hast du eigentlich auch eine Liste?«

»Nein, aber natürlich gibt es Dinge, die ich mir wünsche.«

»Was zum Beispiel?«

»Willst du meine größten Geheimnisse erfahren, Gracie?«

»Ein Geheimnis für ein Geheimnis.«

»Na schön.« Er atmet tief durch, bleibt eine Weile still, bis er meine Hand nimmt und anfängt zu sprechen. »Jetzt ist es das Wichtigste für mich, dass Mom gesund wird. Als die Ärzte ihre Beine nicht retten konnten, hat sie das zutiefst schockiert, sie hat einfach aufgehört, am Leben teilzunehmen. Mein Vater und ich hatten große Probleme, damit fertigzuwerden. Dieser Unfall hat das Leben meiner ganzen Familie verändert.«

»Das tut mir schrecklich leid«, sage ich, worauf er mich noch fester umarmt.

»Du bist es, die uns wieder Hoffnung schenkt. Du hast ja selbst gesehen, wie viele Fortschritte sie in letzter Zeit macht.«

»Ich habe ihr keinen Druck gemacht. Vielleicht hat sie jemanden gebraucht, der sie nicht kennt, der sich nichts von ihr erhofft.«

»Vielleicht. Woran auch immer es liegt, bitte hör nicht auf damit.«

»Versprochen. Sagst du mir, welchen heimlichen Wunsch du vor dem Unfall hattest?«

»Das ist ein Geheimnis.«

»Was du nicht sagst!«

»Na schön, aber nur, weil du es bist. Ich habe es noch nie jemandem anvertraut.«

»Jetzt machst du mich aber neugierig.«

»Ich schreibe seit Jahren an einem Buch, und mein größter Traum war es damals, es bei einem Verlag zu veröffentlichen.«

Kapitel 28

ZAYN

Grace schweigt eine ganze Weile, was mich irgendwann nervös werden lässt. Findet sie es albern? Hält sie es für Zeitverschwendung? Denkt sie, dass dies ein Job ohne Zukunft, ohne gute Verdienstchancen ist?

»Wow«, haucht Grace und dreht den Kopf so, dass ihre Wange auf meiner Brust ruht. »Ich habe immer schon geahnt, dass du eine kreative Ader hast. Die Schriftstellerei passt zu dir.«

»Findest du?« Ich klinge hoffnungsvoll und unsicher zugleich.

»Ja, auf jeden Fall. In einem Büro mit vielen Menschen und unter großem Druck zu arbeiten passt nicht zu dir. Hättest du mich noch vor ein paar Monaten gefragt, hätte ich etwas anderes gesagt. Aber jetzt, wo ich dich besser kenne, bin ich mir sicher.«

Unwillkürlich breitet sich ein Lächeln auf meinem Gesicht aus. Diese wunderschöne Frau kennt mich, das wahre Ich, das ich so lange versteckt habe. Ich neige den Kopf, um einen Kuss auf ihre Stirn zu hauchen. Als Dankeschön dafür, dass sie hier ist, dass sie mich so nimmt, wie ich bin. Manchmal verschlossen, manchmal ein offenes Buch, aber immer aufrichtig.

»Darf ich es lesen?«

Da ist sie. Die Frage, vor der ich eigentlich Angst gehabt

habe. Ich fühle mich verpflichtet, Ja zu sagen, aber das hier ist Grace, sie wird es verstehen, wenn ich noch Zeit brauche.

»Wenn ich fertig bin, darfst du es gerne lesen. Das kann aber noch eine Weile dauern.«

»Das macht nichts. Ich kann warten.«

Ihre Augen strahlen, so als wäre sie dankbar, dass ich es ihr zeigen werde, egal ob nun heute oder in einem Jahr.

Plötzlich ist ein lautes Magenknurren zu hören. »Na, Sherlock? Hast du Hunger?«, frage ich schmunzelnd, doch sie vergräbt das Gesicht in den Händen und murmelt etwas, das ich nicht verstehe. »Okay, ich habe keinen Schimmer, was du gerade gesagt hast, aber ich habe Makkaroni, und ich habe Käse, und daraus mache ich das beste Studentengourmetmenü, das du in ganz New York finden kannst.«

»Okay, wenn es dir nichts ausmacht.«

»Ach was, ich sterbe ja selbst vor Hunger, bin nur zu schüchtern, um es laut auszusprechen.«

»Genau. Du und schüchtern.« Sie verdreht die Augen und steigt aus der Wanne.

»Hey! Ich bin es nicht gewesen, der Sex im Fahrstuhl wollte.« Ich wackle anzüglich mit den Brauen, was sie zum Lachen bringt.

Dieser Klang ist himmlisch. Die nackte Grace, mit Wassertropfen auf der Haut und mit nassen Haaren, ist der schönste Anblick, den ich je gesehen habe. Er ist pur, rein, und plötzlich sehe ich die Szene direkt vor meinem inneren Auge. Danea, wie sie sich im Fluss wäscht, und der Assassine, der sie beobachtet und zu ihr geht, worauf sie sich endlich lieben.

»Alles in Ordnung?«, fragt Grace, was mich aus der Traumwelt rausholt und wieder in die Realität katapultiert. Leider hat sie schon den Bademantel übergezogen und verwehrt mir den Blick auf ihren anbetungswürdigen Körper.

»Ja. Ich war nur kurz weg.«

»Und wo warst du?«

»In meinem Buch.«

»Wirklich? Hast du quasi Geistesblitze, oder wie sagt man noch mal? Hat dich die Muse geküsst?«

Ich greife nach dem Gürtel ihres Bademantels und ziehe sie an mich. »Die Einzige, die mich küssen darf, bist du, aber die Muse darf mir gerne was ins Ohr flüstern.«

Grace kichert und küsst mich auf den Mund, sanft und zärtlich. »Du sagst immer so schöne Sachen. Du bist wortgewandt wie ein wahrer Autor.«

»Das ist das schönste Kompliment, das du mir geben konntest.« Ich will ihren Mund erobern, sie küssen, bis wir in meinem Bett landen, doch dann knurrt ihr Magen erneut, was uns beide zum Lachen bringt. »Okay, jetzt muss ich mich aber schleunigst ums Essen kümmern.«

Nachdem wir gegessen haben, legen wir uns ins Bett und schlafen augenblicklich ein, obwohl wir eigentlich etwas anderes vorgehabt haben. Grace schläft wie ich gerne nackt, wieder eine Gewohnheit, die wir gemeinsam haben.

Trotz der Tatsache, dass diese wunderbare Frau unbekleidet neben mir gelegen hat, habe ich wie ein Stein geschlafen. Sie in den Armen zu halten hat mir den besten Schlaf seit Langem beschert. Den Sonntag verbringen wir im Bett, haben Sex, sehen uns Filme an, lesen und hören Musik. Ein perfekter Gammeltag.

Als ich am nächsten Morgen aufwache, ist Grace weg, da sie früh zum Anwesen meiner Eltern fahren musste, aber sie hat mir ein Post-it auf die Stirn geklebt, auf dem steht, dass ich süß aussehe, wenn ich schlafe. Ich lächle, während sich eine wohlige Wärme in meiner Brust ausbreitet. Ich lege den Zettel auf den Nachttisch, ehe ich auf die Uhr blicke und aufseufze. Es ist halb acht. Wie gerne würde ich jetzt an meinem Roman weiterschreiben, aber um neun muss ich bei Coleman & Sons sein.

Also schreibe ich schnell die neue Idee in meine Notiz-App, ehe ich aufstehe und mich fürs Büro fertig mache. Wenig später betrete ich das Gebäude mit einem Becher Kaffee in der Hand und kann das Grinsen nicht aus meinem Gesicht wischen, denn alles, woran ich denke, ist Grace. Der Sex im Aufzug war unglaublich, aber am schönsten fand ich das gemeinsame Entspannen und die Gespräche in der Badewanne.

Im Büro ist wie immer die Hölle los. Als Erstes gehe ich zu Coleman und sage ihm, dass ich die Stelle als Werbetexter annehmen möchte, was ihn sehr freut. Da ich die drei Kollegen bereits kenne, sparen wir uns die Vorstellrunde. Ich überfliege einen Werbetext mit der Beschreibung eines neuen Sportschuhs und helfe dem Kollegen beim Umformulieren, sodass er sich flüssig liest.

In der Mittagspause beschließe ich, mir einen Caesar Salad zu holen. Auf dem Weg zum Imbiss wähle ich Graces Nummer, weil ich sie jetzt schon vermisse.

»Hey, Zayn.«

»Hey, Sherlock. Wie geht's meiner Lieblingsfrau?«

»Ich hoffe, du meinst damit deine einzige Frau, sonst kannst du dich auf eine gehörige Tracht Prügel gefasst machen.«

Ich liebe es, wenn sie so tut, als wäre sie in der Lage, jemandem wehzutun. »Du bist so süß, wenn du so was sagst. Natürlich meine ich nur dich.«

»Na, dann hast du gerade noch die Kurve gekriegt.«

»Ich habe schon vor Angst geschlottert, aber gut, dass du Gnade walten lässt.«

»Du Spinner! Wie läuft es im Büro?«

»Es ist anstrengend, aber es hat auch Spaß gemacht zu schreiben, und wenn es auch nur über einen Staubsauger oder so was ist. Wie läuft es zu Hause?«

»Dein Dad war kurz bei mir und hat hier und da ein paar Anmerkungen fallen lassen, dann ist er wieder in seinem Arbeitszimmer verschwunden. Delilah, Sofia und ich werden später im Garten zu Mittag essen, und dein Dad wird uns Gesellschaft leisten.«

»Mom will raus aus ihrem Zimmer?«

»Ja, es war sogar ihre Idee. Ich hoffe übrigens, es ist okay, dass ich ihr erzählt habe, dass wir fest zusammen sind.«

»Natürlich ist das in Ordnung. Wir machen kein Geheimnis aus unserer Beziehung. Das passt nicht zu uns.«

»Stimmt. Weißt du, was zu uns passt? Sex im Fahrstuhl.«

Ich schließe die Augen, während ich an den heißen Moment im Aufzug denke. Ich spüre ihre Hitze, so als wäre ich wieder dort. In ihr. Ich öffne die Augen, damit ich nicht gegen eine Straßenlaterne knalle. »Mach das nicht.« Ich keuche es mehr, als ich es sage.

»Was denn?« An ihrer Stimme erkenne ich, dass sie mich heißmachen will, aber ich kann nicht mit einem Ständer durch Manhattan laufen.

»Kein Sextalk, wenn ich auf der Straße unterwegs bin.«

»Spielverderber.«

»Warte nur, bis ich dich in die Finger bekomme. Dann leg ich dich übers Knie.«

»Vielleicht ist es ja genau das, was ich will.«

»Was?« Diese Bilder! Ich kann nicht mehr.

»Bye, Zayn.«

»Nein! Warte!«

Doch es ist zu spät, denn Grace hat schon längst aufgelegt und lässt mich hier mit meinen Bildern im Kopf allein. Wie soll ich den Tag überstehen, bis ich sie wieder in die Arme schließen kann? Schon jetzt vermisse ich es, ihre Stimme zu hören. Fühlt sich Verliebtsein so an? So als würde dein Herz zerspringen, weil du die Frau deiner Träume nicht berühren kannst? Wenn ja, dann fühle ich es zum ersten Mal. Noch nie habe ich mich einer Frau so verbunden gefühlt. Vielleicht hat es eben genau deswegen so lange gedauert, bis ich mein Herz verloren habe, weil es Grace sein musste, die es bekommen sollte.

Den Rest der Mittagspause verbringe ich mit den Notizen für mein Buch. Ich ergänze sie und formuliere sie um. Langsam, aber sicher sehe ich den Showdown lebendig vor mir. Ich bin voll darauf konzentriert, als plötzlich mein Telefon läutet.

»Ja?«, melde ich mich, ohne vorher nachzusehen, wer mich anruft.

»Hallo, Pfirsich.«

»Hey, Lilah. Was gibt's? Ist alles in Ordnung mit Mom?«

»Ja, alles bestens. Sie tankt gerade Kraft im Sonnenschein.«

»Wirklich?«

»Ja. Ich kann es noch immer nicht glauben, wie viel sie in den letzten Wochen geschafft hat. Sie spricht auch immer mehr. Und das alles wegen Grace.«

»Ja, Grace ist bezaubernd. Ihrem Charme kann auch meine Mutter nicht widerstehen.«

»Wie recht du doch hast. Hör mal, ich wollte dich etwas fragen.«

»Schieß los.«

»Ich fliege heute zu Amber, weshalb du später nach deiner Mom sehen müsstest.«

»Ist Dad nicht da?«

»Das ist es ja. Er glaubt, dass er es wegen eines Meetings nicht schafft, rechtzeitig nach Hause zu kommen.«

»Okay, kein Problem. Soll ich etwas kochen?«

»Nein, das brauchst du nicht. Sie hat schon gegessen und sogar noch einen Nachtisch verdrückt. Gerade liest sie übrigens ein Buch.«

Das zu hören macht mich überglücklich. Meine Mutter scheint auf dem besten Wege zu sein, ihrem Leiden endgültig zu entfliehen, und vielleicht wird sie irgendwann wieder ganz die sein, die sie einmal gewesen ist.

Als ich am Abend mein Elternhaus betrete, höre ich zu meiner Überraschung laute Musik, die vom Obergeschoss zu kommen scheint. Ist Dad schon wieder da? Wobei ... er hört zu Hause eigentlich nie Musik.

Ich gehe hoch und stelle fest, dass sie aus meinem Kinderzimmer kommt. Die Tür ist nur angelehnt, also schiebe ich sie vorsichtig auf ... und erblicke meine Mom. Meine Mom, die meinen Schreibtisch abstaubt und sich dabei in ihrem Rollstuhl fröhlich zur Musik bewegt und lauthals einen spanischen Song mitsingt. Der Anblick fasziniert mich so sehr, dass ich ihr minutenlang regungslos zusehe. Sie bemerkt mich nicht, sondern wringt den Lappen in einem kleinen Eimer aus, den sie an ihrem Rollstuhl befestigt hat.

»Mom?«

Sie hält inne und blickt über die Schulter. Als sie mich sieht, strahlt sie mich zum ersten Mal seit dem Unfall voller Liebe an. Der Moment ist so intensiv, dass ich auf die Knie sinke und zu schluchzen beginne.

»Oh, mein Schatz.« Mom rollt zu mir und streicht mir liebevoll über den Kopf. »Es tut mir so leid, dass ich dir noch immer Kummer bereite.«

Ich hebe den Kopf, um ihrem Blick zu begegnen. Daran muss ich mich erst gewöhnen, nachdem sie mich so lange nicht wahrgenommen hat. »Du bist wieder da«, bringe ich mühsam hervor.

Sie beugt sich zu mir und nimmt mein Gesicht liebevoll in ihre Hände. »Das bin ich, und ich werde nie wieder gehen. Die Zeit des Leids ist vorbei. Nun werde ich wieder für euch da sein und mich um euch kümmern.«

»Räumst du deshalb mein Zimmer auf?«

Ihr Lächeln wird breiter. »Als du damals ausgezogen bist, hat es mich ziemlich mitgenommen. Ich war es gewohnt, dich um mich zu haben, und ich habe dich schrecklich vermisst. Deshalb habe ich dein Zimmer so gelassen, wie es war, und hin und wieder für Ordnung gesorgt. Ich weiß, das klingt komisch, aber auf diese Weise konnte ich dir nah sein.«

»Davon wusste ich ja gar nichts.«

»Weil ich es dir nie erzählt habe.«

Ich wische mir mit dem Ärmel die Tränen aus dem Gesicht und blicke meine Mutter an.

»Weißt du, Zayn, in all der Zeit, in der ich nicht ich selbst war, war ich wie in einen Nebel gehüllt. Ich weiß, dass Delilah, dein Vater und du mit mir gesprochen habt, aber eure Worte sind nicht durch den Nebel gedrungen.«

»Vielleicht haben wir dich zu sehr gedrängt und dir zu wenig Zeit gelassen.«

»Egal, das ist nun vorbei. Ich ergreife meine Chance, auch wenn ich mich erst noch an die neuen Lebensumstände gewöhnen muss. Dein Dad hat einen Haufen Geld ausgegeben, um das Haus und den Garten rollstuhlgerecht zu machen, da ist es doch wohl das Mindeste, dass ich es annehme und lerne, damit umzugehen.«

»Ich bin so stolz auf dich.« Ich küsse sie auf die Stirn, ehe ich aufstehe.

»Eines Tages habe ich zum ersten Mal wieder eine Stimme klar und deutlich gehört, und das war die von Grace. Wie auch immer hat es diese junge Frau geschafft, mich aus meinem Schmerz rauszuholen. Ich wollte wissen, wer sie ist, und noch länger ihrer Stimme lauschen.«

»Ja, meine Grace ist bezaubernd.«

»Genau wie du. Ich würde sagen, da haben sich genau die Richtigen gefunden.«

Ich lächle meine Mutter an und nicke. Das haben wir, und wir werden uns nie wieder verlieren.

Kapitel 29

GRACE

»Wird dir das denn niemals langweilig?«

Ich halte meinen Finger auf die Stelle, an der ich gerade war, und werfe Zayn über das Buch hinweg einen fragenden Blick zu. Er sitzt am Tisch und schreibt an seinem geheimen Manuskript. »Was denn?«

»Du hast diesen Roman sicher hundertmal gelesen und kennst ihn fast auswendig.«

Ich stecke mein Lesezeichen ins Buch, klappe es zu und betrachte meine uralte Ausgabe von *Stolz und Vorurteil*. Dann streiche ich über den Einband, rieche daran. »Ich weiß, dass du es merkwürdig findest, aber die Bücher von Jane Austen sind für mich wie nach Hause zu kommen. Meine Mutter hat mir daraus vorgelesen, und ich werde sie irgendwann einmal meinen Kindern vorlesen, sobald sie alt genug dafür sind. Ich lebe sozusagen mit diesen Figuren. Ich leide mit Lizzy, lache über Mrs Bennet, rolle mit den Augen über Lydia und verliebe mich in Mister Darcy. Und das jedes Mal aufs Neue.«

Zayn erhebt sich, kommt zu mir ans Bett und beugt sich runter, um mir einen fast keuschen Kuss zu geben. Sofort beginnt mein Herz schneller zu klopfen. Wir mögen schon ein paar Wochen zusammen sein, aber die Gefühle sind noch immer so stark wie am Anfang.

»Ich liebe dich für deine Leidenschaft für romantische

Bücher. Es ist nichts verkehrt daran, sich den Glauben an die Romantik zu erhalten. Und da es dir so viel bedeutet, werde ich auch nie wieder solch eine Frage stellen.«

»Ich habe es gar nicht als Kritik aufgefasst. Es muss ja auch merkwürdig sein, mich immer mit demselben Buch in der Hand zu sehen.«

»So weiß ich wenigstens, woraus ich dir vorlesen kann, wenn du mal krank oder traurig bist.«

»Ja, das hat mir sehr geholfen, als ich bei meiner kranken Mutter war. Ich glaube, da habe ich zum ersten Mal gemerkt, wie tief meine Liebe zu dir ist.«

»Für mich war es der Moment, als Mom deinen Namen ausgesprochen hat. Du hast mir durch dein Tun meine größte Sorge genommen, und da wusste ich, dass du meine Elisabeth Bennet bist.«

»Ach, das hast du wunderschön gesagt.« Ich greife nach seinem Shirt, werfe das Buch zur Seite und küsse Zayn. Er liegt halb auf mir und vergräbt seine Hände in meinem Haar. Unsere Lippen verschmelzen miteinander, bis er sich von mir löst und mich zu Atem kommen lässt. Ich betrachte sein schönes Gesicht, die gelockte Haarsträhne, die ihm immer in die Stirn fällt, seinen Bartschatten und die grünen Augen mit den kleinen braunen Sprenkeln.

»Und du wirst immer mein Mister Darcy sein. Ich habe dich lange falsch eingeschätzt, als wir nicht mehr als gute Freunde waren, aber nun weiß ich, wer du wirklich bist, und ich liebe dich.«

»Wer von uns sagt nun so schöne Dinge?«

Ich küsse ihn auf die Nasenspitze, ehe ich seine Wange streichle. Prompt wünsche ich mir, das Kratzen seiner Bartstoppeln zwischen meinen Schenkeln zu fühlen. Zayn grinst mich frech an und hebt die Brauen.

»Du denkst doch nicht das, was ich denke, oder?«, frage ich ihn überrascht. Bin ich denn ein offenes Buch für ihn?

»Nicht nur du hast die Gabe, einen Menschen zu lesen. Auch ich habe ein paar Tricks drauf. Aber davon später mehr, jetzt muss ich mich erst mal um mein Mädchen kümmern.«

Er hält mich mit seinen dunklen Augen gefangen, sodass ich nicht in der Lage bin, meine Lider zu schließen. Diesem Mann gehören mein Körper und all meine Liebe.

In den nächsten Tagen komme ich kaum dazu, Luft zu holen. Auf dem Anwesen der Mays habe ich eine Krise nach der anderen. Ich habe verschiedene Büsche und Sträucher bestellt, jedoch nur Wasserlilien und Seerosen bekommen. Nachdem ich dreimal beim Lieferanten angerufen habe, habe ich es gerade mal so geschafft, die Reklamation durchzubringen. Dann ist auch noch Rose krank geworden, sodass ich ihren Teil der Arbeit übernehmen muss und von einem Außentermin zum nächsten hetze.

Wenn ich abends nach Hause komme, wartet Zayn schon auf mich, aber kaum lasse ich mich auf der Couch nieder, schlafe ich auch schon ein. Zayn trägt mich dann immer ins Bett und deckt mich zu, ehe er stundenlang mit Daniel an der Playstation zockt. Seitdem ein bestimmtes Spiel rausgekommen ist, auf das sie lange gewartet haben, kommen sie kaum noch von der Konsole los. Ich habe nichts dagegen, denn so kann ich Kraft für den nächsten stressigen Tag tanken.

Ich bin gerade dabei, Pflanzen zu bestellen, als ich einen Anruf von meiner Mutter bekomme. »Hey, Mom.«

»Hallo, mein Schatz. Was machst du gerade?«

»Ich gebe eine Bestellung auf und hoffe, dass ich auch an

alles denke. Seitdem ich im Dauerstress bin, vergesse ich so manches.«

»Ist Rose noch immer krank?«

»Ja, sie hat eine Magen-Darm-Grippe. Ich habe sie gestern besucht, und es geht ihr noch ziemlich schlecht.«

»Die Arme, bitte richte ihr gute Besserung aus.«

»Mach ich, Mom.«

»Der Grund, wieso ich anrufe, ist, dass ich morgen zur letzten Aufführung deines Vaters gehen werde, und ich wollte fragen, ob ihr mitkommen wollt.«

»Ich und Addy?«

»Eher du und Zayn.«

»Oh.« Es ist ein wichtiger Schritt, wenn man den Eltern seinen Freund vorstellt. »Ich muss ihn erst fragen, kann dir aber heute noch Bescheid geben.«

»Das wäre toll. Dein Vater kümmert sich um die Karten, und danach könnten wir noch gemeinsam etwas trinken.«

»Klingt gut.« Das sage ich so, auch wenn ich keine Ahnung habe, wie Dad auf Zayn reagieren wird. Bis jetzt sind alle Männer in meinem Leben für ihn potenzielle Feinde gewesen. Aber Zayn hat mich umgehauen, da wird es ein Klacks für ihn sein, meine Eltern für sich einzunehmen.

Dad spielt wie immer fantastisch. Ich sehe ihn nicht, da er im Orchestergraben sitzt, aber natürlich höre ich seine Geige heraus. Meine Mom ist von Zayn sogleich restlos begeistert gewesen. Sie haben sich vor der Show angeregt unterhalten und verstehen sich prächtig. Zayn trägt eine schwarze Anzughose zu weißem Hemd, hat sein Haar ordentlich gekämmt und seine Brille aufgesetzt. Dieser Nerd-Look macht ihn in meinen Augen nur noch attraktiver, und ich habe vor, ihm zu sagen, dass er sich öfter so anziehen soll.

Nach der Aufführung warten wir in der Cocktailbar des Theaters auf Dad. Mom und Zayn reden miteinander, und da er seinen berühmten Charme spielen lässt, ist meine Mutter ganz verzaubert. Ich bin die Erste, die meinen Vater entdeckt, laufe ihm entgegen und umarme ihn fest. Als er sich von mir löst und hinter mich blickt, stößt er einen Seufzer aus.

»Sei bitte nett zu ihm«, sage ich.

»Ich bin immer nett.«

»Du hast mit Cole Sanderson kaum ein Wort gewechselt, und das beim ersten Kennenlernen.«

»Der hatte Dreadlocks! Da ist der Ärger doch schon vorprogrammiert.«

»Okay, aber Zayn hat keine, und ich liebe ihn, also bitte ich dich, freundlich zu sein.«

»Ich werde mir Mühe geben. Auch wenn keiner je gut genug für dich sein wird, mein Schatz.« Er streicht mir väterlich über die Wange und drückt mich kurz, ehe wir zu unserem Tisch gehen.

Zayn schafft es tatsächlich, nach nur drei Sätzen meinen Dad für sich zu gewinnen. Kaum hat er das Thema Fischen angesprochen, sind die beiden schon dickste Freunde und verabreden sich für ein Angelwochenende. Nach einer Weile fangen meine Eltern dann an, peinliche Geschichten aus meiner Kindheit zu erzählen. Ich protestiere, aber Mom und Dad sind in ihrem Element. Zayn hält ununterbrochen meine Hand, aber er küsst mich nicht, was auch gut ist. Vor meinen Eltern möchte ich auf gar keinen Fall rumknutschen.

Es ist recht spät geworden, als mein Vater aufsteht. »Ich bedaure, dass wir jetzt gehen müssen. Ich muss noch meinen Koffer packen, um dann endlich wieder mit meiner Frau zu Hause zu sein.« Er greift nach der Hand meiner Mutter und drückt einen Kuss darauf. Selbst nach über dreißig Jahren Ehe sieht man ihnen noch immer an, wie verliebt sie ineinander sind. Sie sind mein Vorbild, und ich hoffe, eines Tages eine ebenso erfüllte Ehe wie die beiden zu haben.

»Es hat mich sehr gefreut, Mister Willet-Colden.«

»Ach, vergiss mal schnell die Förmlichkeiten, mein Junge. Nenn mich Steven.«

»Mach ich gerne.«

Sie schütteln sich die Hände, dann umarmen mich meine Eltern und verlassen uns.

Verblüfft sehe ich Zayn an.

»Was ist?«

»Mein Dad ist zu meinen früheren Freunden immer ziemlich unfreundlich gewesen.«

»Da bin ich aber froh. Wobei ich ihn auch verstanden hätte, wenn er mich nicht hätte leiden können. Hätte ich eine Tochter, würde ich jeden erschießen, der ihr zu nahe kommt.«

Ich schüttle lachend den Kopf. »Das hat mein Dad auch einmal gesagt. Aber dich mag er.«

»Es war ja auch leicht. Ich habe ihm einfach gezeigt, wie viel du mir bedeutest, und schon hatte ich ihn auf meiner Seite.«

Ich küsse Zayn, weil er mich unbeschreiblich glücklich macht.

Ich springe durchs Zimmer und tue das, was ein Hofnarr wohl damals getan hat, denn wir spielen Scharade, wobei ich im Nachstellen wirklich miserabel bin. Aber dafür erkenne ich dank meiner guten Beobachtungsgabe schnell das, was die anderen darstellen.

»Affe. Clown. Verrückt. Schauspieler. Angsthase …« Zayn versucht aus meinen schlechten Schauspielkünsten schlau zu werden, scheitert jedoch.

Die Zeit ist um, und als ich verrate, was ich dargestellt habe, lachen meine Freunde, da keiner jemals darauf gekommen wäre.

Abgesehen davon, dass wir nach wie vor jeden Freitag zu Nate in den Pub gehen, treffen wir uns inzwischen immer öfter zu Hause, statt Party zu machen. Liegt es daran, dass wir alle in einer Beziehung sind, oder sind wir langsam zu alt für Clubs?

Ich bin froh, dass Zayn nicht ausgehen möchte. Ich wüsste nicht, wie ich reagieren würde, sollte eine seiner Verflossenen auf ihn zukommen. Zayn ist mir treu, das weiß ich, aber meine Eifersucht ist größer geworden, seit ich festgestellt habe, dass ich auf ihn stehe. Die Blicke der Frauen fallen mir nach wie vor auf, egal wo wir hinkommen, wird er von ihnen gemustert. Während ich es bemerke, fällt es Zayn gar nicht auf, was ich ihm auf alle Fälle zugutehalten muss.

»Was haltet ihr davon, wenn wir dieses Jahr Silvester in einem anderen Land feiern?«, sagt Addison plötzlich, was mich überrascht, denn ihre Silvesterpartys sind ihr immer heilig gewesen.

»Keine Party in Manhattan?«, fragt Ronan schmollend.

»Drake und ich reisen für unsere Events durch die ganze Welt, und jedes Mal wenn ich in einem anderen Land einen coolen Ort entdecke, wünsche ich mir, dass wir alle zusammen dort wären. Ich würde so gerne mit euch eine Reise unternehmen.«

»Mir gefällt die Idee«, sagt Luke, während Dan und ich uns zweifelnd ansehen.

»Ich weiß nicht …«, setzt Dan an, aber wir werden von den anderen überstimmt, die sofort begeistert sind. Ich finde die Idee ja grundsätzlich auch gut, jedoch möchte ich auf alte Traditionen nicht verzichten, und ich finde, dass sich in kurzer Zeit zu viel ändert, aber ich sage nichts, weil ich die Freude nicht trüben will. Zayn nimmt meine Hand und drückt sie sanft. Er versteht, was hinter meiner nachdenklichen Miene vor sich geht, und gibt mir zu verstehen, dass es okay ist, nicht zu allem Ja zu sagen.

Kapitel 30

GRACE

Morgen ist es so weit. Mein Seelenfreund Daniel wird meine Freundin Taylor heiraten. Wir befinden uns im schönen und sonnigen Pasadena, der Heimatstadt meiner Mitbewohner, wo die Hochzeit stattfinden wird.

Mir kommt es vor, als würde ein Highlight dem anderen folgen. Vor zwei Wochen sind Zayn und ich auf dem Haevn-Konzert gewesen und haben einen unvergesslichen Abend erlebt. Als wir Merch-Artikel kaufen wollten, sind sogar die beiden Sänger zu uns gekommen und haben uns die Goodies signiert. Ich hätte gerne ein gemeinsames Foto mit den beiden gemacht, bin aber zu schüchtern und aufgeregt gewesen. Zayn hat geahnt, was ich mir wünsche, und die Musiker um ein Selfie mit uns gebeten. Das Bild habe ich mir eingerahmt und in meinem Schlafzimmer aufgestellt. Eine Woche später haben wir Zayns Gewinn eingelöst und sind in das Wellnesshotel gefahren.

»Hey, wo bist du denn mit deinen Gedanken?«, fragt Addy und stupst mich mit der Hüfte an.

Wir sind gerade bei der letzten Anprobe für die Brautjung-fernkleider. Sie sind in Pastellviolett gehalten, bodenlang und haben unterschiedliche Träger. Addisons ist ein Offshoulder-Modell mit dreiviertellangen Ärmeln. Mein Kleid hat asym-metrische Träger, die im Nacken zusammengebunden werden.

Charlottes Kleid ist schulterfrei, während Mirandas normale Spaghettiträger hat.

Alle Kleider wurden von Addison entworfen, jedoch in einer Schneiderei angefertigt. Der leichte Stoff schwingt bei jeder Bewegung mit.

Da mich nun auch Taylor neugierig mustert, beginne ich vom Wellnesswochenende zu erzählen. »Wir wurden in der Präsidentensuite untergebracht, und das Essen sowie die Nutzung des gesamten Spa-Bereichs waren kostenlos.«

»Ihr seid sicher nicht aus dem Bett gekommen, oder?«, will Addy mit einem frechen Grinsen wissen, aber ich schüttle den Kopf.

»Doch, das sind wir. Wir haben alle Angebote genutzt, haben herrlich gespeist und sind bei der Paarmassage beide vor Wonne eingeschlafen.«

»Ach, das klingt herrlich«, seufzt Taylor.

»Du hast gar keinen Grund zu seufzen. Du fliegst übermorgen mit meinem Bruder nach Mauritius und kannst zwei Wochen lang die Seele baumeln lassen, während wir uns hier abrackern.«

»Hey, beklag dich mal nicht. Du wirst ebenfalls in die Flitterwochen fahren nach deiner Hochzeit mit Drake. Hab ein wenig Geduld.«

»Ja, ja. Ich bin nicht gerade berühmt dafür, geduldig zu sein.«

»Das wissen wir doch, Süße«, werfe ich schmunzelnd ein.

»Wann findet denn die Hochzeit von Zayns Cousine statt?«

»Nächsten Samstag. Sie haben über dreihundert Gäste eingeladen.«

»Wow, das wird laut«, meint Taylor und sieht kurz in den Spiegel. Sie trägt ein weißes Babydoll-Kleid mit spitzenbesetztem Saum. Perfekt für die Hitze Kaliforniens und für das Probedinner.

»Aber wisst ihr, was das Schönste ist?«, frage ich.

»Nein, was denn?«

»Zayns Eltern kommen auch mit. Das ist ein riesiger Schritt für seine Mom.«

»Wie cool ist das denn?«

»Ja, inzwischen ist sie wieder ganz die Alte.«

Mittlerweile hat Zayn den anderen vom Unfall seiner Mutter erzählt und davon, wie ich ihr geholfen habe. Unsere Freunde haben wie immer geduldig zugehört, was Zayn zu Tränen gerührt hat. Es hat ihn belastet, dass er nicht offen über seinen Schmerz reden konnte, aber er hat eingesehen, dass er sich selbst Steine in den Weg gelegt hat. Wäre er gleich am Anfang zu uns gekommen, wären wir immer für ihn da gewesen.

»Dir ist schon bewusst, dass du ein kleines Wunder vollbracht hast, Süße, oder?«, fragt mich Addison mit einem stolzen Gesichtsausdruck.

»Ich habe gar nichts getan, außer mit ihr zu reden. Das meiste hat Zayns Mom selbst geschafft.«

»Noch ein Grund mehr zu feiern, denn wenn unsere Freunde glücklich sind, sind Daniel und ich es auch.«

Den ganzen Tag über habe ich einen Kloß im Hals. Es liegt wahrscheinlich daran, dass meine besten Freunde heiraten, und natürlich freue ich mich für sie, aber es ist auch eine große Veränderung, die ich nicht so leicht wegstecke. Ich scheine emotionaler und empfindlicher geworden zu sein, seit ich mit Zayn zusammen bin.

»Wie sollen es Addy und ich nur zwei Wochen ohne euch aushalten?«, frage ich und schmolle wie ein Kleinkind.

Taylor nimmt uns beide fest in den Arm. »Ich werde euch auch vermissen, aber auch wenn wir verheiratet sind, muss sich nichts zwingend ändern.«

Alles ändert sich, aber das heißt ja nicht, dass Veränderungen schlecht sind. Addison lebt nun seit ein paar Wochen mit Drake zusammen und ist sehr glücklich. Ich habe beim Bürgermeister von Ocean City angefragt, wem das Anwesen gehört, das ich kaufen möchte. Es steht seit vielen Jahren leer, und ich denke mir, dass der Besitzer es gerne verkaufen würde, bevor es verfällt. Ich habe noch keine Antwort erhalten, gebe aber die Hoffnung nicht auf.

»Ich möchte mich bei euch bedanken«, sagt Tae lächelnd. »Ihr zwei habt für mich die perfekte Junggesellinnenparty organisiert, seid immer für mich da und haltet zu mir, was auch immer geschieht. Ich liebe euch. Ihr habt mein Leben verändert, und ich danke Gott, dass mein Exfreund mich damals betrogen hat, denn sonst hätte ich mich niemals in Daniel verliebt und wäre nicht im Begriff, die Liebe meines Lebens zu heiraten.«

»Wir lieben dich auch«, flüstere ich und drücke Addison und Tae ganz fest. Unser Make-up ist durch unsere Tränen mit Sicherheit im Eimer, aber das ist es uns wert, weil wir uns bewusst sind, dass eine Freundschaft, wie wir sie haben, äußerst selten ist und wir uns glücklich schätzen können.

Das Probedinner verläuft nach Plan. Als gegen Mitternacht die anderen Gäste in ihre Hotels oder nach Hause fahren, sind nur noch Luke, Ronan, Pacey, Linda, Daniel, Taylor, Drake, Addison, Zayn und ich übrig. Wir sehen noch einmal nach dem Rechten, schauen uns die Deko an und checken die Beleuchtung. Wir alle bemühen uns, damit der morgige Tag für Daniel und Taylor der schönste ihres Lebens wird.

»Du wirkst nachdenklich, Sherlock.«

»Ich mache mir wohl wie immer zu viele Gedanken.« Ich nehme meine Ohrringe ab und lege sie in die Schmuckbox, ehe ich meinen Zopf löse.

Zayn stellt sich hinter mich, schlingt die Arme um meine Hüften und betrachtet mich im Spiegel. »Machst du dir Sorgen wegen der Veränderungen, die jetzt anstehen?«

Ich lächle ihn an, fahre mir durch das nun gewellte Haar und gebe ihm einen Kuss auf die Wange. »Ja, du hast recht. Das sollte ich mir endlich mal abgewöhnen.«

»Ich liebe deine fürsorgliche Art, dass du dich immer um alle sorgst und willst, dass unsere Freundschaft Bestand hat.«

Ich erröte mal wieder. Das würde ich mir auch gerne abgewöhnen, weiß aber nicht, wie man das macht. »Ihr bedeutet mir einfach so viel. Seit ich euch alle kenne, weiß ich, was echte Freundschaft ist, und ich habe Angst, das zu verlieren.«

»Du wirst uns nicht verlieren. Vor allem mich nicht, denn ich habe vor, dich noch viele Jahre glücklich zu machen.«

Ich drehe mich zu ihm um, umfasse sein hübsches Gesicht und küsse ihn, denn ich habe das Glück, dass dieser unglaubliche Mann nur mir gehört.

Am nächsten Morgen ist alles etwas hektisch. Die Friseurin verspätet sich, sodass wir im Zeitplan hinterherhinken. Taylors Haare werden nur eingedreht, für Addisons und meine Frisur braucht sie dagegen eine Menge Zeit. Während wir frisiert werden, ziehen sich die anderen Mädels an und lassen sich schminken.

Kurz klinke ich mich aus, bevor ich mein Kleid anziehe, und checke die E-Mails, die Rose an mich weitergeleitet hat. Darunter befindet sich auch eine Anfrage aus Winchester in England. Eine erfolgreiche New Yorker Geschäftsfrau hat dort ein Haus gekauft hat und möchte nun, dass ich ihren Garten gestalte. Bislang habe ich nur Aufträge in den Staaten angenommen, aber da ich inzwischen drei weitere Mitarbeiter eingestellt habe, könnte ich mir vorstellen, diesen Auftrag anzunehmen. Ich rufe kurz Rose an und bitte sie, einen Termin im August auszumachen. Dann wird der Garten der Mays fertig sein, und ich könnte nach Großbritannien reisen.

Leider kann ich mir keine weiteren Mails mehr ansehen, weil wir von Addison, der Wedding-Planerin, die ich mittlerweile nur noch die Teufelin nenne, angetrieben werden, uns schnell fertig zu machen. Da Taylors Mutter gestorben ist, übernehmen es Addison und ich, ihr beim Anziehen des Brautkleids zu helfen. Addison hat für sie einen Traum in Elfenbeinweiß geschaffen. Ein »Fit & Flare«-Hochzeitskleid, das an Oberkörper, Taille, Hüften und Oberschenkeln eng anliegt und dessen Rock ab Kniehöhe ausgestellt ist. Die Träger sind aus zarter Spitze, und der glänzende Stoff ist über und über mit Perlen bestickt.

Taylor sieht umwerfend darin aus. Es passt perfekt zu ihrem Typ. Sollte ich jemals heiraten, werde ich ebenfalls Addison bitten, das Kleid zu entwerfen. Tae selbst ist den Tränen nahe, als sie sich im Spiegel sieht, und legt vor Überwältigung die Hände auf den Mund. Als kurz darauf die Tür aufgeht und Daniels Mutter Inez reinkommt, sind die Tränen nicht mehr zurückzuhalten. Inez hat Taylors Mom gut gekannt und ist genauso stolz auf Tae, wie es ihre eigene Mutter gewesen wäre.

Schließlich klatscht Addison in die Hände und scheucht uns auf. »Genug mit der Flennerei. Heute wird geheiratet, und da sollten wir alle ein Lächeln im Gesicht haben.«

»Du hast recht«, sagt Taylor schniefend und checkt ihr Make-up. Die Stylistin war klug genug, wasserfeste Wimperntusche zu benutzen. »Ich werde jetzt den Ruf aller Bräute ruinieren und pünktlich in der Kirche erscheinen.«

Als die ersten Takte der Musik erklingen, setzen wir Brautjungfern uns in Bewegung. Als Erste geht Addison nach vorn, ich folge ihr zwei Schritte später, und hinter mir kommen Miranda und Charly. Daniel sieht äußerst nervös aus. Seine Hände zittern, was ich sogar aus der Ferne erkennen kann. Neben ihm stehen Luke, Pacey und mein Freund Zayn. Als er mich erblickt, erhellt sich seine Miene, und er lässt es sich nicht nehmen, mir zuzuzwinkern. Als ich dann neben dem Altar stehe, betrachtet Zayn mein Kleid und wirft mir einen verliebten Blick zu.

Gespannt blicken wir alle auf die Eingangstür der Kirche. Der Hochzeitsmarsch setzt in dem Moment ein, als Taylor mit ihrem Vater erscheint. Die beiden lächeln um die Wette, ihr Dad bereits jetzt mit Tränen in den Augen. Als Daniel seine Braut sieht, ist er vollkommen überwältigt. Er kneift die Augen zusammen, um die Tränen zurückzuhalten, aber es ist zwecklos. Heute ist eben ein Tag der großen Gefühle.

Der Reverend hält seine Rede, aber ich bekomme davon kaum etwas mit, da ich nicht aufhören kann, Zayn anzulächeln, der mich ebenfalls glücklich ansieht. Wir beide sind noch weit davon entfernt, Hochzeitspläne zu schmieden, aber ich stelle mir trotzdem vor, wie wohl unsere Feier aussehen würde. Wir hätten mit Sicherheit weniger Gäste, eine intimere Location und würden das Dinner im Freien zelebrieren. Mein Kleid würde im Empire-Stil sein, weder Spitze noch Glitzer, sondern ganz schlicht.

Als der Reverend Daniel und Taylor auffordert, die Gelübde vorzutragen, richte auch ich den Blick auf den Altar.

Taylor legt ihre zarten Hände in Daniels und sieht ihm tief in die Augen. »Ich war verloren, bis ich am schlimmsten Tag meines Lebens einen Freund wiedergetroffen habe. Wir haben an unsere alte Freundschaft angeknüpft, und daraus ist nach einer Weile Liebe geworden. Eine Liebe, die ich schwer in Worte fassen kann, aber in meinen Augen wirst du bis an mein Lebensende die Gefühle sehen, die ich für dich habe. Du bist alles für mich, und ich schwöre, dass ich dir in guten wie in schlechten Tagen immer zur Seite stehen und dich bis zu meinem letzten Atemzug lieben werde.«

Ein Raunen geht durch die gerührte Gästeschar, dann spricht Daniel sein Gelübde. »Schon als fünfjähriger Junge habe ich dich heiraten wollen. Du hast Kelsea Turner weggeschubst, als sie mich mit Sand beworfen hat. Da wusste ich, dass ich dich eines Tages heiraten werde. Diesen Traum habe ich lange verloren geglaubt, aber das Schicksal hat es gut mit mir gemeint, weil du wieder in mein Leben getreten bist. Ich liebe dich und werde dich immer lieben, bis mein Herz aufhört zu schlagen.« Daniel nimmt Taylors Hand und legt sie auf sein Herz, und dann ist es auch bei mir so weit.

Manche würden uns jetzt auslachen, weil wir wie Babys heulen, aber wenn man ihre Geschichte kennt, wenn man weiß, was Tae und Dan durchgemacht haben, um jetzt hier stehen zu können, dann würde man unsere Rührung verstehen.

Nach der Trauung versammeln sich alle Familienangehörigen und Freunde zum Fototermin. Nach einer längeren Pause finden sich die Gäste zu einem Cocktail-Empfang ein, und dann folgt das Dinner. Es ist acht Uhr abends, als Braut und Bräutigam vom DJ auf die Tanzfläche gebeten werden. Für den ersten Tanz von Taylor und Dan als Ehepaar wurde »Bless the Broken Road« von der Band Rascall Flatts ausgewählt. Es ist das perfekte Lied. Es geht um einen Mann und eine Frau, die erst nach einigen Schicksalsschlägen zusammenfinden.

Stirn an Stirn, Arm in Arm bewegen sich meine Freunde langsam zur Musik, und ihre Liebe erfüllt den Raum. Jeder kann sehen, dass das, was die beiden haben, etwas für die Ewigkeit ist. Daniel schwingt seine Braut im Kreis, und sie lächelt ihn an, als sei er das Wertvollste, was sie besitzt.

Nachdem sich die beiden geküsst haben, nimmt mich Zayn bei der Hand und führt mich auf die Tanzfläche. Drake und Addy folgen uns und beginnen ebenfalls zu tanzen. Zayn drückt mich fest an sich, sodass ich seinen unvergleichlichen Zitronenduft einatmen kann und mich sofort geborgen fühle. Wir sehen einander an und bewegen uns zu den Klängen der Musik. In seinen Augen sehe ich alles, was mir bis jetzt im Leben gefehlt hat, und so viel mehr. Ich sehe meine Zukunft. Mir wird warm ums Herz, und ich denke, dass man auch mir meine Gefühle ansehen kann.

Zayn lächelt und gibt mir einen Kuss auf die Nasenspitze, während wir über das Parkett schweben. Unsere Liebesgeschichte fühlt sich heute realer an denn je. Es ist eine ähnliche wie die von Dan und Tae, die Freunde waren und Seelenverwandte wurden, und doch ist sie anders. Zayn hat mir gezeigt, dass die Liebe von selbst kommt und man sie nicht erzwingen oder suchen kann. Sie findet einen, und ich habe das Glück, dass ich meinen Seelenpartner finden durfte.

»Ich liebe dich so sehr«, flüstert Zayn. Ich will schon etwas sagen, aber er ist noch nicht fertig. »Ich will all das.«

»Was meinst du?«

»Ich will eine Hochzeit und alles, was dann folgt. Ich will es. Mit dir.«

Freudentränen sammeln sich in meinen Augen, und ich denke nicht daran, sie zu verbergen. »All das und noch viel mehr«, sage ich, ehe ich meine Lippen sanft auf seine lege.

Kapitel 31

Nachdem wir bis in die Morgenstunden gefeiert haben, sind Tae und Dan zum Flughafen aufgebrochen, voller Vorfreude auf ihre Flitterwochen. Wir anderen hatten einen Tag Zeit, um unseren Kater loswerden, dann mussten wir uns wieder in die Arbeit stürzen. Grace und ich haben uns jeden Abend gesehen und die Nächte miteinander genossen. Nie ist mein Sexleben erfüllter und heißer gewesen als jetzt mit Grace.

Den Freitag hat unsere Clique zum ersten Mal ohne Dan und Tae verbracht, und statt wie gewohnt zu Nat zu gehen, haben wir zu Hause bei Grace einen Spieleabend veranstaltet. Es ist nicht dasselbe, wenn zwei unserer Freunde fehlen. Sie senden uns Grüße über unseren Gruppenchat und heizen das Fernweh bei uns allen an. Denn anstatt den Tag im Büro zu verbringen, wäre ich auch lieber mit meinem Mädchen am Strand.

Tags darauf, am Samstag, heiratet meine Cousine Tillie einen Spross aus reichem Hause. Wieder eine Hochzeit, der ich allerdings eher mit gemischten Gefühlen entgegensehe. Die Feier wird als *die* Party des Jahres gehandelt. So heißt es zumindest in unseren Familienkreisen, aber ich gebe nicht viel auf den Klatsch. Davon gibt es genug, und nur ein Bruchteil von dem, was geredet wird, entspricht der Wahrheit. Heute ist nicht nur der Tag, an dem meine Cousine ihren Jugendfreund heiratet, sondern auch der Tag, an dem meine Mutter zum ersten Mal seit langer Zeit wieder an einem Familienfest teilnimmt. Einerseits freue ich mich und bin stolz, dass sie Grace, Dad und mich begleitet, andererseits bin ich etwas nervös. Meine restliche Familie ist nicht gerade für ihre Herzlichkeit bekannt.

Man sollte meinen, dass Blut dicker ist als Wasser, und wenn ein Schicksalsschlag trifft, dass dann die Familie zusammenhält und oft zu Besuch kommt, doch es gab lediglich ein paar Anrufe, niemand ist vorbeigekommen, um nach meiner Mom zu sehen. Unsere Angestellte Delilah hat sich mehr um sie gekümmert als ihre Schwägerin, von der sie dachte, sie sei auch ihre Freundin.

Da Grace morgens noch arbeiten musste, bin ich allein zu meinen Eltern gefahren, und sie will nachkommen. Als ich ihr gegen Mittag die Tür öffne, verschlägt es mir die Sprache. Sie trägt wieder das Brautjungfernkleid und hat die Haare hochgesteckt. Ihr Make-up ist dezent, auffällig ist nur der kräftige Lidschatten in derselben Farbe wie der pastellrosa Edelstein an ihrer Silberkette.

Das Kleid betont ihren schlanken Körper und harmoniert mit ihrer hellen Haut. Sie ist nicht der Typ, der sich für jedes Event neue Klamotten kauft, sondern zieht ihre Outfits öfter an. Sie ist nicht übertrieben eitel, was mir sehr an ihr gefällt. Ich streiche über ihren bloßen Rücken und spüre die Gänsehaut, die sie erfasst, am eigenen Körper. Ich hebe den Blick und tauche tief ins Blau ihrer Augen ein. In Momenten wie diesen kann ich es kaum fassen, dass dieses wunderschöne Wesen die Meine ist.

Gerade als ich sie küssen will, höre ich das Summen des Fahrstuhls. Er ist vor Kurzem eingebaut worden, damit sich meine Mutter ohne Hilfe im Haus bewegen kann. Mein Vater schiebt Mom in ihrem Rollstuhl in unsere Richtung und wirft ihr einen liebevollen Blick zu, den sie erwidert. Beide tragen Grau. Mein Vater einen hellgrauen Maßanzug und meine Mutter ein bodenlanges, hochgeschlossenes Abendkleid mit dreiviertellangen Ärmeln. Aber noch besser als die festliche Kleidung steht ihnen das glückliche Lächeln auf ihren Gesichtern.

»Ihr zwei seht bezaubernd aus«, sagt meine Mom und küsst Grace auf die Wange, ehe sie mich in den Arm nimmt.

»Du siehst wunderschön aus, Mom«, sage ich und meine es ehrlich.

»Er hat recht, Sofia. Du hast nie besser ausgesehen.« Mein Dad küsst sie auf die Stirn, dann mahnt er zum Aufbruch, damit wir nicht zu spät zur Trauung kommen.

Die Ehe ist für mich in den letzten Jahren etwas gewesen, das ich nicht als sinnvoll angesehen habe. Nie habe ich danach gestrebt, einer Frau einen Ring anzustecken, aber das hat sich in den letzten Monaten geändert. Ich habe mich verändert.

Bei der Trauung von Tae und Dan habe ich mich öfter bei dem Gedanken erwischt, wie Grace aussähe, wenn sie auf mich zukommen würde. Ganz in Weiß und wunderschön wie immer. Sie würde wahrscheinlich ein Kleid im Jane-Austen-Stil tragen und sich eine Hochzeit wie die von Elisabeth und Darcy wünschen, und ich würde ihr diesen Wunsch erfüllen. Ich würde mich wie dieser Mr Darcy kleiden, um sie glücklich zu machen, denn was kümmerte mich ein Dresscode, wenn ich doch die schönste Frau auf Erden heiraten würde …

Tränen der Rührung überkommen Grace, als wir in der Kirche den Ehegelübden lauschen. Sie versucht sie nicht zu verbergen, schämt sich nicht dafür, denn sie ist eine Frau, die zu ihren Gefühlen steht, die einem ihr ganzes Herz schenkt. Und ich gedenke, dieses immer zu ehren und sie zu lieben. Eines

Tages werde ich die berühmte Frage stellen, eines Tages, wenn wir beide bereit dafür sind, werde ich sie fragen, ob sie meine Frau werden möchte. Weil ich niemals eine andere lieben werde und ihr mein Herz schenken möchte.

Grace putzt sich die Nase und blickt meine Cousine an, die gerade Ja sagt und ihren Mann anschaut, als wäre er ihre Luft zum Atmen. Lächelnd greife ich nach ihrer Hand und sehe sie an, wie jeder Mann seine Freundin ansehen sollte. Voller Respekt und aufrichtiger Liebe. Sie zuckt schmunzelnd die Achseln und schnieft erneut. Ich werfe einen kurzen Blick zu meinen Eltern, die neben uns sitzen. Meine Mom lächelt mir zu, man sieht ihr an, dass sie sich für uns freut, und ich sehe auch Stolz in ihren Augen. So als hätte ich zum ersten Mal in meinem Leben etwas richtig gemacht.

Beim Fest tanzen Grace und ich unentwegt, wir sind schon durchgeschwitzt, aber die Musik ist so gut, dass wir kaum an unserem Tisch sitzen.

Als wir eine Pause machen, geselle ich mich zum Bräutigam und lasse meine Mutter und Grace allein. Dad unterhält sich mit ein paar Leuten, aber sein Blick gleitet immer wieder zu meiner Mutter. Diesen verliebten Blick habe ich lange nicht mehr gesehen. Als sich der Bräutigam anderen Gästen widmen muss, kommt mein Dad fröhlich auf mich zu. Seine gute Laune ist ansteckend. Wir bestellen uns einen Drink und prosten uns zu.

»Ihr seht glücklich aus«, stelle ich fest, und mein Dad nickt zufrieden.

»Das sind wir auch. Es gibt keinen einzigen Tag, an dem ich nicht Gott dafür danke, dass er mir meine Sofia zurückgegeben hat.«

»Ich bin auch dankbar. Wir sind nun wieder eine richtige Familie.« Mein Blick ruht auf meiner Mom, die sich gerade mit meiner Großtante unterhält, als mein Dad eine Hand auf meine Schulter legt.

»Ich möchte mich bei dir entschuldigen.«

»Wofür?« Mir fällt auf die Schnelle nichts ein, weswegen er sich heute bei mir entschuldigen müsste.

»Dafür, dass ich meine schlechte Stimmung an dir ausgelassen habe. Ich habe dich dazu gezwungen, Jobs anzunehmen, die du nicht willst, habe dich dazu drängen wollen, in meine Fußstapfen zu treten. Erst jetzt sehe ich ein, wie falsch das gewesen ist. Ich habe dir unrecht getan, und das tut mir leid.«

»Ich habe es dir auch nicht gerade leicht gemacht.«

»Aber ich hätte es besser wissen müssen. Kannst du mir verzeihen?« In seinen Augen glänzen Tränen.

»Ach, Dad.« Ich umarme ihn und schließe die Augen, um nicht derjenige zu sein, der als Erster losheult.

Wir lösen uns voneinander und lächeln, denn alles ist gesagt. Ich habe ihm längst verziehen, weil ich tief in mir gewusst habe, wieso er sich so verhalten hat.

»So, wir wollen uns ja nicht zum Gespött der Familie machen, weil wir hier rumheulen. Ich gehe mal zu deinem Onkel, und du kannst den Damen Gesellschaft leisten. Pass nur auf, dass dich Tante Odette nicht entdeckt und dir einen Kuss auf den Mund verpasst.«

»Oh Gott, daran habe ich noch gar nicht gedacht.«

»Versteck dich einfach hinter Grace.«

»Das mache ich.«

Ich gehe auf die beiden zu, und da die Band gerade eine Pause macht und es ein wenig ruhiger wird, bekomme ich etwas von ihrem Gespräch mit.

»Du bist so weit gekommen, und ich glaube bei dir an ein Wunder.«

»Dass ich irgendwann wieder gehen kann?«, fragt meine Mutter hoffnungsvoll.

»Nun, ich glaube, dass du alles schaffen kannst, was du dir wünschst.«

Kurz überlege ich, mich einzumischen, denn meine Mutter sollte keine allzu große Hoffnung haben, da der Arzt gemeint hat, dass sie nie wieder wird gehen können. Ich will nicht pessimistisch sein, aber ich bin immer schon ein Mensch gewesen, der glaubt, was Ärzte sagen. Doch dann beschließe ich, meiner Mom nicht die Hoffnung zu nehmen, an der sie mit aller Kraft festhält.

Diese Hochzeit ist so ganz anders als die von Daniel und Taylor. Während ihre Gäste sich hübsch gekleidet und stets ein Lächeln auf dem Gesicht gehabt haben, gilt hier das Motto: Zeig, was du hast. Ich sehe aufreizende Kleider, teuren Schmuck und lauter blasierte Blicke.

Was mich vor allem stört, sind die Frauen, die ständig auf mich zukommen, wenn Grace nicht in meiner Nähe ist. Es ist mir unangenehm, und ich entschuldige mich bei meiner Freundin, wenn wieder einmal eine Frau mich am Oberarm oder an der Schulter berührt. Sie scheren sich nicht darum, dass ich glücklich vergeben bin, sondern sehen mich offenbar immer noch als Trophäe. Grace reagiert überraschend eifersüchtig, was ich total süß finde. Zu Silvester war sie eine ganz andere Frau, und wenn ich sie nun ansehe, dann erkenne ich die Stärke, die sie dazugewonnen hat, sehe ihre Leidenschaft und erkenne, dass die Liebe uns beide verändert hat. Es hat sie selbstbewusster und unwiderstehlicher gemacht. Mich hat Grace gelehrt, dass ich nicht ewig von dem Geld meiner Eltern leben kann. Dank ihres Zuspruchs bin ich zu Coleman & Sons gegangen und bin nun überglücklich, diese Chance genutzt zu haben, denn mittlerweile liebe ich es, Werbetexter zu sein.

Wir haben beide gelernt, was es heißt, zu lieben und vor allem diese Liebe zu erhalten. Ich würde Grace niemals untreu sein.

Leider gibt es noch einen Wermutstropfen, denn ich werde von Tante Odette entdeckt und bekomme einen dicken Kuss von ihr auf den Mund. Grace ist leider auch nicht von ihr verschont geblieben.

Als wir spät in der Nacht nach Hause kommen, gehen wir sofort ins Bett. Ich ziehe Grace an mich, sodass ihr Kopf auf meiner Brust ruht. Sie malt Kreise auf meinen Bauch und murmelt: »Danke, dass du mich zur Hochzeit mitgenommen hast.«

»Gern geschehen. Es war ein unglaublicher Spaß.«

»Das war es. Mal abgesehen von den Frauen, die dich abschlecken wollten.«

Ich muss mir ein Lachen verkneifen. »Keine Sorge, denn du bist die Einzige, der ich gehöre.«

»Gut so«, sagt sie und gähnt. »Denn ich teile nicht gerne.«

Und dann ist sie auch schon eingeschlafen, während ich sie noch eine Weile selig lächelnd betrachte.

Am nächsten Tag muss Grace einige wichtige Dinge im Büro erledigen, sodass ich am Morgen zu meiner Mutter fahre. Dad ist mit Freunden fischen und wird um die Mittagszeit nach Hause kommen. Wir genießen ein Mutter-Sohn-Frühstück und hauen so richtig rein. Ich mache uns Rühreier mit Speck, Müsli mit Joghurt und noch vieles mehr. Schließlich sind wir pappsatt und froh, dass wir auf der Hochzeit nicht zu viel Alkohol getrunken haben. So müssen wir uns nicht mit einem Kater rumschlagen.

»Tante Odette ist wirklich furchtbar mit ihrer grässlichen Küsserei«, sage ich und verziehe bei dem Gedanken an unsere Begegnung das Gesicht.

»Ach, deine Tante ist zwar aufdringlich, aber auch die herzlichste Person unserer Familie. Sei etwas gnädiger mit ihr.«

»Ich werde es versuchen.« Ich erhebe mich und küsse sie auf die Wange. »Für dich werde ich alles versuchen, Mom.«

An diesem Morgen ist meine Mutter bester Laune. Sie strahlt positive Energie aus wie noch nie zuvor. Nicht mal früher habe ich sie so erlebt. Nach dem Frühstück entschuldigt sie sich, um ins Obergeschoss zu fahren, da sie eine Überraschung für mich vorbereiten wolle.

Während ich den Tisch abräume und alles in die Küche trage, frage ich mich, womit sie mich wohl überraschen will. Wenig später höre ich, wie sie mich ruft, und gehe neugierig in den Eingangsbereich. Ich schaue mich um, kann sie aber nirgends entdecken, bis ich nach oben blicke und erstarre. Meine Mutter steht auf beiden Beinen am oberen Treppenabsatz und sieht mich lächelnd an.

»Mom! Was machst du denn da?«, rufe ich entsetzt.

»Siehst du, Grace hatte recht. Es gibt Wunder. Ich kann wieder gehen!«, ruft sie glücklich und strahlt mich an.

Man sieht ihr an, dass sie es wirklich glaubt. Sie versucht einen Schritt zu machen, doch sie ist zu nah an den Stufen und zu weit weg vom Rollstuhl. Vor Schreck bringe ich kein Wort heraus und stehe nur wie gelähmt da. Es ist, als würde ich mich in einem Albtraum befinden, man weiß, dass etwas Schreckliches passiert, und kann nichts dagegen unternehmen. Plötzlich beginnen ihre Beine zu zittern, sie verliert das Gleichgewicht und fällt mit dem Kopf hart auf das Rad des Rollstuhls. Ich höre mich selbst ihren Namen schreien, ehe ich zwei Stufen auf einmal nehmend zu ihr eile.

Aus einer Wunde an ihrem Hinterkopf fließt Blut. Viel Blut. Ich rufe immer wieder ihren Namen, doch sie reagiert nicht. Kurz habe ich ein Blackout, weiß nicht, was ich tun soll. Fühle nur Taubheit und Schmerz, bis ich wieder zu mir komme und panisch das Handy aus meiner Hosentasche ziehe. Mit zitternden Fingern wähle ich den Notruf. Ich berichte gerade in knappen Worten, was passiert ist, als mein Dad das Haus betritt. Innerhalb von Sekunden ist er oben und erstarrt ebenso, wie ich es getan habe. Alle Farbe weicht aus seinem Gesicht, und er beginnt am ganzen Körper zu zittern.

»Was ist passiert?«, fragt er leise. In seinen Augen sehe ich die gleiche Hilflosigkeit wie damals, als Mom vom Pferd gestürzt ist.

»Der Krankenwagen wird gleich da sein.«

»Wie konnte …?« Seine Stimme ist nur ein Keuchen. Mein Dad steht unter Schock, aber ich kann mich nicht auch um ihn kümmern.

Der kurz darauf eintreffende Notarzt untersucht kurz meine Mom, dann wird sie auf eine Trage gelegt und vorsichtig runtergetragen. Mein Dad möchte in dem Rettungswagen mitfahren, aber da er noch seine Anglerkluft anhat und nach Fisch riecht, haben die Sanitäter Angst vor Keimen. Dass er sie nicht begleiten kann, zwingt ihn fast in die Knie.

»Zieh dich um«, sage ich mit monotoner Stimme. Einer von uns muss nun einen kühlen Kopf bewahren. »Ich werde mit ihr fahren, und du kommst so schnell wie möglich nach.«

»Okay«, flüstert er und sieht nach unten zur Eingangstür, wo Mom gerade aus dem Haus getragen wird. Ich schaue auf meine blutverschmierten Hände und fasse nicht, was gerade passiert ist. Aber ich darf jetzt nicht zusammenbrechen. Mom braucht mich, und ich werde für sie da sein.

Kapitel 32

GRACE

»Hast du meinen Flug nach Großbritannien schon gebucht?«, frage ich Rose, die an diesem Sonntag wegen der vielen Arbeit netterweise ebenfalls ins Büro gekommen ist

»Ja, der Flug geht Dienstagnachmittag, und ich habe wie gewünscht zwei Plätze im Flieger und ein Doppelzimmer im Hotel gebucht.«

»Perfekt.« Ich kann es kaum erwarten, Zayns überraschtes Gesicht zu sehen, wenn ich mit ihm zum Flughafen fahre und ihn mit der Reise überrasche. Ich bin schon lange nicht mehr in England gewesen und freue mich riesig auf die Zeit dort. Vor ungefähr zehn Jahren sind Mom, Dad und ich nach London geflogen, haben dort ein Auto gemietet und sind zwölf Tage durchs Land gereist. Es ist meine erste Englandreise gewesen, und ich war außer mir vor Freude. Jetzt möchte ich diese Freude und Aufregung erneut mit Zayn erleben.

»Hast du die Mail von Sean Coleman gelesen, die ich dir geschickt habe?«, fragt Rose.

»Ja, habe ich. Zayn bekommt vier Tage Urlaub, sodass wir sogar noch übers Wochenende bleiben können.«

»Wie romantisch«, seufzt Rose und setzt sich mit ihrem iPad in der Hand auf einen Stuhl. Sie macht einen verlorenen Eindruck auf mich, sodass ich innehalte.

»Was ist los?«

»Ach, nichts. Ich bin nur ein wenig neidisch auf Zayn und dich.«

Ich lächle und nicke verständnisvoll, denn ich bin zu Silvester in derselben Situation gewesen. Oh Gott, es scheint eine Ewigkeit her zu sein, dass ich mich einsam gefühlt und gedacht habe, dass der Richtige wohl niemals kommt. »Ich war in derselben Situation wie du. Ich habe verliebte Pärchen beneidet und mir auch gewünscht, glücklich zu sein. Aber das Suchen hat mir nichts gebracht. Erst als ich aufgehört habe, nach dem Richtigen Ausschau zu halten, habe ich gemerkt, dass er die ganze Zeit in meiner Nähe gewesen ist.«

»Aber so ein Glück wie du habe ich bestimmt nicht.«

»Sei nicht so pessimistisch. Alles kommt zu seiner Zeit. Daran glaube ich ganz fest.«

»Ich weiß, aber …«

Mein Smartphone klingelt, und nur ungern unterbreche ich unser Gespräch. Aber es ist Luke, und da er mich während der Arbeit anruft, muss es irgendwas Wichtiges sein.

»Hey, Luke. Was gibt's?«

»Zayns Mutter hatte einen Unfall. Komm schnell ins Christ Hospital in New Jersey. Er braucht dich.«

Mein Herz bleibt stehen, als die Worte in mein Bewusstsein dringen. Ich will es nicht glauben, und doch gibt es keinen Zweifel daran, dass Luke dies wirklich gesagt hat. Oder ist das alles nur ein furchtbarer Albtraum?

»Grace?«

»Ja.« Ich räuspere mich und blicke Hilfe suchend zu Rose, die mich aber nur fragend ansieht. »Ich komme sofort«, bringe ich noch heraus, bevor ich das Telefon in den Schoß lege und ins Nichts starre. Eigentlich müsste ich sofort aufstehen und mich auf den Weg machen, aber ich kann mich nicht bewegen, kann es einfach nicht fassen

»Um Gottes willen, Grace!« Dumpf höre ich Roses Stimme, doch ich kann nur den Kopf schütteln. Ich sehe Sofia verletzt vor mir, das gütige Gesicht blutverschmiert, obwohl ich ja nicht mal weiß, was geschehen ist. Plötzlich spüre ich, wie Rose meine Hand drückt, und komme langsam zu mir.

»Was ist passiert?«

»Zayns Mutter hatte einen Unfall. Ich muss sofort los.«

»Oh nein. Natürlich. Ich kümmere mich hier um alles. Geh.«

Ich danke ihr kurz, schnappe meine Tasche und eile zu meinem Auto.

Ich habe den Geruch von Krankenhaus schon immer furchtbar gefunden. Das letzte Mal war ich in einem, als meine Großmutter gestorben ist, und daran muss ich gleich denken. Aber ich gehe weiter durch die Gänge, für Sofia und vor allem für Zayn. Ich habe ihn mehrmals angerufen, aber er ist nicht rangegangen.

Dank einer Nachricht von Addison weiß ich, in welchem Warteraum sie sich befinden. Als ich ihn betrete, sehe ich als Erstes meine Freunde und Mr May, der auf einem Stuhl kauert und auf seine Schuhe starrt. Dann erst entdecke ich Zayn im hinteren Teil des Raums, wo er sich mit einem Arzt unterhält. Der Schock steht ihm ins Gesicht geschrieben. Als ich mich ihm nähere, höre ich noch den Arzt sagen, dass er für seine Mutter beten soll. Ich lege ihm die Hand auf seine Schulter, worauf er mich mit leerem Blick ansieht, ehe er sich wieder zum Doktor umdreht.

»Ich danke Ihnen.«

»Wir werden Sie auf dem Laufenden halten.«

»Ist gut.«

Zayn schüttelt ihm die Hand und blickt ihm nach, als er durch die Schiebetür geht. Ich sehe mich kurz um und stelle erleichtert fest, dass außer Dan und Tae alle unsere Freunde hier sind, um meinem Freund und seinem Vater beizustehen. Ich frage Zayn, was passiert ist, aber er dreht sich von mir weg und schüttelt meine Hand ab.

»Was ist geschehen?«, frage ich noch einmal und versuche es mit einem Lächeln, doch der kalte Blick, der mich dann trifft, lässt mich erstarren. Ich sehe unbändige Wut in seinen Augen, und sie gilt ganz allein mir.

»Was geschehen ist, willst du wissen?«, fragt er so laut, dass es jeder im Warteraum hören kann. »Meine Mutter hat die Flausen, die du ihr in den Kopf gesetzt hast, geglaubt.«

»Ich? Wovon redest du?«, frage ich leise mit einem dicken Kloß im Hals.

»Ich rede davon, dass du ihr gesagt hast, dass sie wieder wird gehen können!«, brüllt er.

Ich blicke mich um, alle Augen sind auf mich gerichtet. Ich verstehe nicht, wovon er überhaupt redet, und wünschte, wir könnten in Ruhe unter vier Augen sprechen. »Was soll ich getan haben? Zayn, ich weiß nicht, was du meinst.«

»Natürlich weißt du das nicht. Du denkst dir irgendwas in deiner Fantasie aus, aber das hier ist das echte Leben und kein Roman von Jane Austen.« Seine Stimme nimmt an Schärfe zu, und ich kann nichts anderes tun, als dazustehen und ihn anzusehen.

»Sie ist aufgestanden! Wollte mir zeigen, dass sie wieder gehen kann, und ist gestürzt.«

»Großer Gott!« Ich schlage fassungslos die Hände vor den Mund.

»Und weißt du, was sie gesagt hat, bevor sie gestürzt ist?«
Ich schüttle den Kopf.

»Grace hatte recht. Es gibt Wunder. Das waren ihre letzten Worte, ehe sie sich den Kopf so schlimm aufgeschlagen hat, dass es zu einer Gehirnschwellung gekommen ist!«, schreit Zayn, und nur vage bekomme ich mit, wie Pacey hinter ihm erscheint und ihn an der Schulter packt, um ihn zu beruhigen. Doch damit erreicht er genau das Gegenteil. Zayn rastet völlig aus, und das Ziel seiner vernichtenden Worte bin ich.

»Du hast sie mir genommen! Sie wird sterben, und das ist deine Schuld!«, ruft er laut aus. Jedes seiner Worte ist wie ein Schlag in die Magengrube. Pacey packt Zayn nun energischer und verpasst ihm eine Ohrfeige, damit er endlich zu sich kommt. Addison legt den Arm um meine Schulter und führt mich aus dem Raum. Wir gehen eine Weile den Gang auf und ab, wobei mir jeder Schritt unsagbar schwerfällt. Dass der Mann, den ich liebe, mir derartig hasserfüllte Worte zubrüllt, hätte ich niemals für möglich gehalten.

»Süße, atme. Bitte atme!«, ruft Addy plötzlich, und erst da merke ich, dass ich die Luft angehalten habe. Ich atme tief ein und aus und lasse den Tränen freien Lauf.

»Oh Grace.« Sie drückt mich fest an sich. Meine Schluchzer lassen unser beider Körper erbeben, aber sie löst sich nicht von mir, sondern ist für mich in dieser schrecklichen Situation da. Ich weine selbst dann noch, als mich Addison eine Weile später in ihrer Wohnung in das Gästebett legt und zudeckt.

Nach vielen, vielen Stunden, als die Sonne schon längst aufgegangen ist, falle ich in einen tiefen Schlaf. Als ich irgendwann die Augen öffne, liegt Addison neben mir und sieht mich mitfühlend an.

»Hey«, sage ich mit rauer Stimme.

»Hallo, meine Süße. Wie geht's dir?«

»Wie geht es Sofia?«, frage ich sofort, denn das Befinden von Zayns Mutter ist viel wichtiger als mein eigenes.

Addison atmet kurz ein und aus und beginnt dann zu berichten. Nach der Notoperation, durch die man den Hirndruck gesenkt hat, liegt Sofia nun auf der Intensivstation. Noch können die Ärzte nicht sagen, ob sie bleibende Hirnschäden davontragen wird.

Sollte dies der Fall sein, werde ich mir das nie verzeihen. Ich erinnere mich an das Gespräch auf der Hochzeit. Sofia hat sich bei mir dafür bedankt, dass ich damals in ihr Zimmer gekommen bin und sie aus diesem Tief herausgeholt habe. Ich habe es ihr möglich gemacht, dass sie wieder ein normales Leben führen kann, obwohl sie den Glauben daran schon längst verloren hatte. Sofia hat so hoffnungsvoll gewirkt, hat freudig über eine Zukunft und einen neuen Start gesprochen. Vermutlich hat sie geglaubt, durch diesen Neustart auch wieder laufen zu können. Ich wollte ihr den Glauben an Wunder erhalten, den wir alle nicht verlieren sollten, aber dass meine Worte sie zu solch einer gewagten Aktion veranlassen würden, hatte ich niemals im Sinn. Ich habe nie gesagt, dass sie wieder gehen könnte, aber sie hat es sich wohl so sehr gewünscht, dass sie meine Worte falsch interpretiert hat. Egal was es auch gewesen ist, es hat dazu geführt, dass es zu diesem Unfall gekommen ist.

Addison versucht mich zu beruhigen, aber ich kann nicht aufhören zu weinen. »Sie wird es schon schaffen«, sagt sie immer wieder, und ich möchte ihr so gerne glauben. »Zayn hat es nicht so gemeint. Er war nicht er selbst.«

Ich hebe abwehrend die Hände, werde panisch, da ich gerade nicht an ihn denken will. »Bitte, erwähne ihn nicht. Ich kann nur an Sofia denken, über alles andere mache ich mir Gedanken, wenn ich weiß, wie es ihr gehen wird.«

»Okay, aber früher oder später müsst ihr darüber reden.«

Ich schüttle nur den Kopf, ehe ich sie ernst ansehe. »Weißt du etwas Neues über ihren Zustand?«

»Nein, leider nicht, Drake hat noch nicht angerufen. Der

Arzt meinte aber, dass er heute mehr sagen kann. Wir können jetzt nur abwarten.«

Ich nicke und blicke starr vor mich hin.

»Möchtest du etwas essen?«

»Nein danke. Ich habe keinen Hunger.«

Kurz darauf klingelt Addisons Handy. Sie drückt kurz meine Hand, ehe sie sich erhebt und abnimmt. »Hey.« Sie hört eine Weile zu und blickt mich an. Es ist Zayn, das höre ich bis hierher. Addison fragt mich mit Gesten, ob ich mit ihm reden möchte, aber ich schüttle den Kopf. Auch wenn ich mit ihm fühle, kann ich jetzt nicht mit ihm reden. Ich wüsste nicht, was ich ihm sagen sollte, außer dass er mich so verletzt hat wie noch nie jemand zuvor.

»Gott sei Dank«, sagt Addy schließlich.

Ich sehe sie gespannt an und kann ihrem Gesichtsausdruck entnehmen, dass Sofia außer Lebensgefahr ist. Ich atme erleichtert auf.

»Ist Drake noch bei dir?« Kurz wird sie still, dann sieht sie mich mit einem mitfühlenden Blick an, ehe ihre Miene hart wird. »Soll ich Grace Bescheid geben?«, fragt sie Zayn, und ich halte den Atem an. Ich höre laut ein »Nein« und schließe gequält die Augen. Er gibt mir noch immer die Schuld an dem Unfall. Tränen laufen mir über die Wangen. Wieso tut es nur so weh? Ich will, dass es aufhört. Es muss aufhören, weil ich meine Schmerzgrenze erreicht habe. Ich habe genug.

Addy setzt sich neben mich. »Sie liegt noch im Koma.«

»Aber was ist, wenn bleibende Schäden entstanden sind?«

»Die Ärzte können das noch nicht sagen, es kann auch sein, dass es keine Schädigungen gibt. Du darfst jetzt nicht die Hoffnung aufgeben.«

»Nein. Das tue ich nicht.« Ich weigere mich, vom Schlimmsten auszugehen, denn ich bin eine Optimistin.

»Zayn ist verrückt vor Sorge, vielleicht solltet ihr miteinander telefonieren«, sagt Addy nach einer Weile und streicht über meinen Handrücken.

»Nein, ich will jetzt nicht mit ihm reden.«

»Das verstehe ich, aber wenn es so weit ist, dann bin ich für dich da.«

»Ich weiß, und ich danke dir dafür, aber jetzt ist mein einziger Wunsch, dass Sofia keine Schäden davonträgt. Um die Scherben meiner Beziehung werde ich mich später kümmern.«

»Ist gut. Mir würde es genauso gehen.«

Kapitel 33

GRACE

»Sie ist wach.«

Das sind die Worte, auf die ich endlose Stunden gewartet habe. Ich blicke an die Decke meines Büros und atme erleichtert aus. Den ganzen Dienstagmorgen habe ich versucht, mich durch Arbeit abzulenken, innerlich aber ständig ein stummes Gebet gesprochen für die Genesung von Sofia.

»Wir sind alle so froh«, seufzt Luke durchs Telefon.

Unsere Freunde wechseln sich ab, jetzt ist Luke an Zayns Seite und wird später von Pacey abgelöst. Zayn hat sich nicht bei mir gemeldet, und mit jeder Minute, die verstreicht, wird mein Schmerz größer.

»Haben die Ärzte schon feststellen können, ob bleibende Schäden entstanden sind?«

»Die Untersuchungen laufen noch, aber sie spricht ganz normal und hat Zayn wiedererkannt, also besteht die Hoffnung, dass alles gut wird.«

»Hoffnung«, wiederhole ich, die ist es, an die ich mich in den letzten achtundvierzig Stunden geklammert habe.

»Hast du schon mit Zayn gesprochen?«, fragt Luke.

»Nein. Aber ich will nachher Sofia besuchen, und wenn er dort ist, werden wir reden.«

»Kannst du ihm seinen Ausraster verzeihen? Es war ziemlich heftig.«

»Das weiß ich nicht. Vielleicht kann ich ihm verzeihen, aber ob ich je den Hass in seinen Augen vergessen kann?«

In wenigen Stunden geht mein Flug nach England, aber vorher besuche ich Sofia. Ich parke meinen Pick-up und betrete mit einem Obstkorb in der Hand das Krankenhaus. Der Weg zur Etage, auf der Sofia liegt, kommt mir endlos lang vor. Jeder Schritt lässt meine Nervosität steigen. Ich frage die Mitarbeiterin am Infoschalter, in welchem Zimmer Sofia May ist, doch anstatt mir zu antworten, lässt sie mich stehen und kommt mit Zayn im Schlepptau zurück. Ich stelle den Obstkorb auf einem Tischchen ab, da ich nichts Gutes erwarte. In seinem Gesicht lese ich weder Reue noch Wut. Nur Gleichgültigkeit.

»Was willst du hier?«, fragt er mit eisiger Stimme.

Ich öffne fassungslos den Mund. Nach zwei Tagen habe ich gedacht, dass wir einigermaßen normal miteinander reden könnten.

»Ich will deine Mutter besuchen.«

»Du kannst sie nicht besuchen.«

»Ach, und wieso?«

»Weil mein Vater es nicht erlaubt.«

»Ist es wirklich dein Dad, oder erlaubst du es nicht?« Wut erfasst mich. Ich habe nichts Schlimmes getan, aber er tut so, als hätte ich seiner Mom einen Stoß versetzt.

»Wir wollen es beide nicht.«

»Das ist doch nicht zu fassen! Bitte, lass sie mich nur kurz sehen.«

»Damit du ihr noch mehr Unsinn erzählen kannst? Vergiss es.«

Es bringt nichts, Feuer mit Feuer zu bekämpfen. »Zayn«, sage ich in sanftem Ton und will nach seiner Hand greifen, aber er weicht vor mir zurück, was mich mehr schockiert als alles andere.

»Ich kann das nicht mehr, Grace.« Er sieht mir bewusst nicht in die Augen, sondern auf seine Schuhe, aber das macht es nicht besser.

»Wie bitte?«

»Ich hätte deine enge Beziehung zu meiner Mutter unterbinden sollen, während sie noch dabei gewesen ist, wieder ins Leben zurückzufinden. Du glaubst immer zu wissen, was das Beste für die Menschen um dich herum ist, aber manchmal wäre es besser, du würdest dich einfach raushalten.«

»Ich habe nichts getan, außer deine Mutter zu unterstützen und ihr eine Freundin zu sein.«

»Und wohin hat das schlussendlich geführt? Dass sie im Krankenhaus liegt. Sie kämpft da drinnen um ihr Leben, verdammt noch mal!«, brüllt er.

»Ich wollte doch nur helfen«, flüstere ich und drohe in Tränen auszubrechen.

»Ich will deine Hilfe aber nicht. Ohne dich wäre das niemals passiert. Das Leben hat meiner Mutter eine zweite Chance gegeben, und du hast sie ihr genommen. Es ist alles deine Schuld.«

»Zayn«, hauche ich verloren und beginne zu zittern. Seine Worte fühlen sich wie Ohrfeigen an und rauben mir die Luft zum Atmen. Dieser Albtraum wird immer schlimmer.

»Verschwinde.«

»Das meinst du doch nicht wirklich?« Ich kann nicht fassen, dass er mich wirklich wegschicken will.

»Und ob ich es so meine. Verschwinde einfach.«

Nun sieht er mich an, und ich erkenne, dass er jedes seiner Worte ernst meint. Er will mich nicht mehr, will alles, was wir in den letzten Monaten geteilt haben, wegwerfen. Ich kann nicht glauben, dass der herzensgute Zayn, der mich auf Händen getragen und mir vollends vertraut hat, nicht mehr in meinem Leben sein möchte. Aber ich bleibe stark und sehe ihn mit einem Blick an, in den ich all meinen Schmerz lege, in der Hoffnung, dass er ihn am eigenen Leib spüren kann.

»Wenn es dein Wunsch ist, werde ich gehen, aber du sollst wissen, dass meine Gefühle für dich echt sind und dass ich sie bis an mein Lebensende nicht vergessen werde. Ich liebe dich, auch wenn du mir zu Unrecht die Schuld an dem Unfall gibst.«

»Bitte geh, Grace. Meine Mutter braucht mich jetzt.«

»Okay«, bringe ich noch heraus, ehe ich mich umdrehe und auf den Aufzug zusteuere. Vor Schmerz schreie ich innerlich, ich leide und sterbe an einem gebrochenen Herzen. Ich habe gedacht, unsere Liebe sei stärker, aber sie war wohl nicht stark genug. Bis jetzt habe ich meine Tränen verbergen können, aber jetzt ist es vorbei mit der Zurückhaltung. Sie fließen auch noch, als ich in mein Auto steige und zum Flughafen fahre. Bevor ich zum Check-in-Schalter gehe, mache ich mich auf der Toilette frisch und blicke im Spiegel in mein blasses Gesicht. Ich sehe furchtbar aus, und ich fühle mich furchtbar, was sicher noch lange so sein wird.

Auf dem Weg zum Security-Check rufe ich Rose an und sage ihr, dass ich eventuell länger in England bleiben werde und dass sie mich vertreten soll.

Während ich am Gate warte, starre ich nur vor mich hin. Die Menschen machen einen großen Bogen um mich, denn ich muss schrecklich aussehen. Aber das kümmert mich nicht. Mein ganzes Leben, das ich vor ein paar Tagen noch für perfekt gehalten habe, ist in Trümmern. Zayn hat sich von mir getrennt, lässt mich nicht einmal in die Nähe seiner Mutter und hat mir nicht nur das Herz gebrochen, sondern mir auch eine Freundin genommen. Sofia und ich haben uns blendend verstanden, haben eine Verbindung zueinander aufgebaut. Aber nun ist nichts mehr, wie es war.

Mein Smartphone vibriert in meiner Tasche, aber ich will mit niemandem sprechen. Doch das Vibrieren will einfach nicht aufhören. Genervt greife ich nach dem Telefon und stelle fest, dass es Sofia ist, die mich anruft.

»Hallo?«, sage ich unsicher.

»Meine liebe Grace.« Sie atmet aus, ehe sie weiterspricht. »Es tut gut, deine Stimme zu hören.«

»Es tut mir so leid, Sofia«, setze ich an.

»Ach, mein Kind, ich weiß selbst nicht, was mich dazu verleitet hat, diese Dummheit zu machen. Ich weiß, dass die Ärzte mir gesagt haben, dass ich nie wieder gehen kann, aber ich habe mich in etwas verrannt. Dank dir habe ich viele Fortschritte gemacht, du hast mich stets bestärkt und mir Mut gemacht. Ich habe mich einfach überschätzt und etwas erzwingen wollen, das unmöglich ist.«

»Der Wunsch, wieder gehen zu können, wird dich immer begleiten, denke ich.« Die Anspannung weicht langsam aus meinem Körper. Sie ist nicht böse auf mich, und darüber bin ich unendlich froh.

»Ja, aber ich hätte es auf sich beruhen lassen sollen. Weißt du, ich war überglücklich. Ich meine, mein Mann und ich haben die Krise überwunden und wieder zueinander gefunden. Zayn geht regelmäßig arbeiten und ist mit dir an seiner Seite zur Ruhe gekommen.«

Seinen Namen zu hören tut weh. Ich sage ihr jedoch nichts von der Trennung, da ich sie nicht beunruhigen möchte.

»Ich habe gehört, wie sich Zayn dir gegenüber verhalten hat. Irwing hat es mir erzählt. Es tut mir so leid, meine Liebe. Vor lauter Angst um mich hat er nicht mehr klar denken können.«

»Lass uns nicht darüber reden. Erzähl mir lieber, was der Arzt gesagt hat.«

Sofia versteht mich wohl und berichtet, dass keine bleibenden Schäden feststellbar sind und sie Glück im Unglück gehabt hat, oder, wie ich es sagen würde, dass ein Wunder geschehen ist. In wenigen Tagen darf sie wieder nach Hause in ihren Garten, dessen Gestaltung kurz vor der Vollendung steht.

Die anderen Fluggäste stehen bereits an, und ich merke jetzt erst, dass das Gate geöffnet ist.

»Ich muss leider aufhören, mein Flieger startet gleich.« Kaum habe ich die Worte ausgesprochen, bereue ich sie auch schon wieder.

»Du fliegst fort?«

»Ja, es ist eine Geschäftsreise.«

»Oh. Wie lange bleibst du?«

»Nur ein paar Tage.« Im Moment kann ich ihr keine ehrliche Antwort auf die Frage geben.

Das Regenwetter Englands passt hervorragend zu meiner Laune. Wäre der Unfall nicht gewesen, würden Zayn und ich uns jetzt irgendwo unterstellen und auf ein Taxi warten. Vorher hätten wir uns im Regen geküsst, weil wir nie genug voneinander bekommen. Aber nun ist alles vorbei, und ich schiebe die Gedanken an ihn zur Seite und steige allein in ein Taxi, das mich nach Winchester bringt.

Eine Stunde später checke ich im Hotel ein, das an einer belebten Straße liegt. Der Page bringt mich auf mein Zimmer und erklärt mir alles, aber ich höre ihm nicht zu, sondern blicke nur auf die Rosen auf dem Bett und die angezündeten Kerzen. Die Romantik in diesem Raum bringt mich um. Der Page scheint überrascht, dass ich allein gekommen bin, bis es ihm wohl dämmert, dass ich eine dieser verlassenen Frauen bin, die sich eigentlich zu zweit auf Reisen begeben wollten.

Ich gebe ihm ein gutes Trinkgeld und bin erleichtert, als er endlich geht und ich mich auf das Bett setzen kann. Alles hier fühlt sich falsch an. Mein ganzes Leben fühlt sich falsch an. Da ich Addison versprochen habe, dass ich mich melden würde, schalte ich mein Smartphone ein und rufe sie an.

»Hey, bist du heil angekommen?«, fragt mich meine beste Freundin. Kaum höre ich ihre Stimme, brechen bei mir alle Dämme. Ich glaube, ich habe in meinem Leben noch nie so viel geweint wie in diesen Tagen.

»Großer Gott, was ist los?« Sie scheint noch nicht zu wissen, was geschehen ist.

»Zayn hat sich von mir getrennt.«

»Er hat was?«

»Ich wollte Sofia besuchen, aber er hat mich nicht zu ihr gelassen, und dann meinte er, dass ich verschwinden soll.« Addison wird Mühe haben, meine tränenerstickte Stimme zu verstehen, aber der Schmerz trifft mich jetzt heftiger denn je.

»Das ist nicht dein Ernst!«

»Doch, er hat mich verlassen wegen etwas, das ich nicht getan habe.«

»Ich fasse es nicht. Ach, Süße, das tut mir schrecklich leid.«

Ich weine bitterlich, und Addison ist für mich da, wie sie es immer gewesen ist. Erst als meine Schluchzer weniger werden, fragt sie: »Wann hast du deinen Termin?«

»Morgen Vormittag um zehn. Ich hoffe, ich kann mich so weit zusammenreißen, dass ich nicht wie ein verheulter Zombie aussehe.«

»Du schaffst das. Fliegst du danach gleich wieder zurück?«

Auf diese Frage kann ich ihr nicht sofort eine Antwort geben. Würde ich Zayn in den nächsten Tagen begegnen, würde ich erneut zusammenbrechen. Es ist noch zu frisch, und ich brauche Zeit. »Könnte sein, dass ich etwas länger bleibe. Ich brauche eine Auszeit.«

»Wieso das denn?«

»Es ist das eingetroffen, was ich von Anfang an befürchtet habe. Unser aller Freundschaft ist nun auf die Probe gestellt. Ich kann nicht mit Zayn an einem Tisch sitzen und dort weitermachen, wo wir aufgehört haben, bevor ich mich in ihn verliebt habe. Alles hat sich verändert, und unsere Freitagabende werden nie wieder so sein, wie sie es einmal waren.«

»Das muss doch nicht so sein.«

»Rose wird sich um den Garten von Zayns Eltern und alles andere kümmern. Ich werde mir eine paar Wochen Urlaub gönnen und überlegen, wie es nun weitergehen soll.«

»Ich verstehe, dass du am Boden zerstört bist, aber eine Flucht wird dir nicht viel bringen.«

»Das mag vielleicht stimmen, aber im Moment habe ich das Gefühl, dass es das Richtige ist.«

»Okay, wenn du uns brauchst, melde dich jederzeit.«

»Danke. Ich vermisse dich.«

»Ich dich auch.«

Das Gespräch hat mir alles abverlangt, aber ich bin froh, dass ich mit Addison geredet habe. Ich fühle mich nicht mehr so, als würde meine Brust ein ungeheurer Druck belasten. Ich lege mich hin, das Doppelbett wirkt zu groß, aber ich bin zu erschöpft, als dass mich diese Tatsache deprimieren würde. Es ist erst neunzehn Uhr, trotzdem beschließe ich, gleich zu schlafen, auch wenn ich weiß, dass ich keinen Schlaf finden werde. Wie in den letzten Nächten auch.

Kapitel 34

GRACE

Am nächsten Morgen fällt es mir schwer, die Augen zu öffnen. Meine Lider sind schwer, und ich habe das Gefühl, als würde ich krank sein. Aber ich weiß, dass meine Krankheit ein gebrochenes Herz ist, das nur die Zeit heilen kann. Ich setze mich auf und blicke mich im Zimmer um. Ich fühle mich hier fehl am Platz, lege mich wieder hin und schließe die Augen. Wie froh wäre ich, wenn ich noch mal einschlafen könnte, aber um zehn ist bereits das Treffen mit der Kundin, auf das ich mich noch vorbereiten muss.

Seit Tagen verspüre ich zum ersten Mal wieder Hunger, und da ich ein gutes englisches Frühstück liebe, gehe ich in den Speisesaal und haue so richtig rein. Nachdem ich geduscht und frische Klamotten angezogen habe, fühle ich mich besser. Ich schnappe mir meine Tasche und begebe mich ins *The Bishop on the Bridge,* ein Lokal, das berühmt für seinen Apfelkuchen ist.

Das Meeting mit meiner Kundin verläuft sehr gut. Wir sprechen über ihre Vorstellungen und besichtigen danach den Garten. Sie hat ein hübsches kleines Cottage mit grünen Fensterläden erworben, dessen Garten völlig kahl ist, da der Vorbesitzer sich nicht darum gekümmert hat. Auf ihre Frage, wann wir uns wieder treffen können, um das Angebot zu besprechen und meine Entwürfe anzuschauen, antworte ich ohne lange zu überlegen, in einer Woche. Damit ist entschieden, dass ich länger als geplant bleibe.

Ich bin in einem feinen Hotel gehobener Klasse untergebracht, aber ich fühle mich dort nicht wohl. Die ganze luxuriöse Ausstattung brauche ich nicht, und die Straße unter meinem Fenster ist sehr laut. Also beschließe ich, mich nach einer ruhigeren Bleibe umzusehen.

Am Abend gehe ich ins erste Pub, das ich in Winchester ausfindig mache, und frage den bärtigen Barkeeper, ob er ein Bed & Breakfast in ruhiger Lage kennen würde. Ich brauche Zeit für mich und einen Ort, an dem ich überlegen kann, wie es mit meinem Leben weitergehen soll.

»Mary Lous B&B ist eine zehnminütige Fahrt von hier entfernt. Es ist sehr idyllisch und hat sogar einen Schwimmteich im Garten. Wird von der Familie in siebter Generation geführt.«

»Das klingt schon mal gut. Danke.«

»Darf ich dir etwas zu trinken bringen?«, fragt er mich freundlich.

»Haben Sie auch etwas für jemanden, der glatt am Verhungern ist?«

»Wie wäre es mit unserem berühmten Winchester-Toast?«

»Nehme ich gerne, und dazu ein Guinness.«

»Kommt sofort.« Er zwinkert mir zu, ehe er sich um mein Getränk kümmert.

Ich blicke mich um und seufze auf. Dieses Lokal ist anders als Nates, aber trotzdem erinnert mich alles hier an meine Freunde und an Zayn. Den ganzen Tag bin ich auf Achse gewesen und habe keine Zeit gehabt, auf mein Smartphone zu blicken. Deshalb krame ich es aus meiner Tasche und schaue aufs Display. Dan und Tae lassen es sich in den Flitterwochen gut gehen, genießen die letzten Tage am Strand oder in ihrer wunderschönen Hütte im Wasser und schicken viele Fotos. Übermorgen werden sie in New York landen, und ich kann nicht dabei sein, um sie zu begrüßen, was ich sehr bedauere, aber der Entschluss, länger in Winchester zu bleiben, steht fest. Jetzt fehlt mir nur noch der richtige Ort zum Übernachten, und dann kann ich endlich versuchen zu entspannen, auch wenn mein Herz noch immer schmerzt.

Zayn ist ein großer Teil meines Lebens gewesen, und es wird sehr schwer werden, über ihn hinwegzukommen. Die hasserfüllten Worte kommen mir wieder ins Gedächtnis, als er mich vor allen angeschrien hat, und ich kämpfe erneut mit den Tränen. Aber der Barkeeper rettet mich, indem er einen herrlich duftenden Toast vor mir abstellt.

»Was ist das?«, frage ich und deute auf ein extra Schälchen mit einer grünlichen Sauce.

»Koste es. Das ist unsere Spezialsauce und schmeckt zum Toast wirklich gut. Du wirst es nicht bereuen.«

Gesagt, getan, und oh mein Gott! Vielleicht liegt es daran, dass ich total ausgehungert bin, oder dieser Toast ist das Beste, was ich je in meinem Leben gegessen habe. Ich esse alles bis auf den letzten Krümel auf.

»Hat's geschmeckt?«, fragt mich Joe. Mittlerweile kennen wir unser beider Namen.

»Und wie, der Toast hat hervorragend geschmeckt.«

»Das wird meine Frau aber freuen zu hören.«

»Richte ihr liebe Grüße von mir aus, und sag ihr, dass ich morgen Abend vorbeikommen werde, um wieder einen zu essen.«

»Willst du noch heute zu Mary Lou?«

»Ja, ich würde gerne fragen, ob sie noch ein freies Zimmer hat, ehe ich im Hotel auschecke.«

»Soll ich dir ein Taxi rufen?«

»Das wäre toll. Danke.«

»Okay, Grace, dann sehen wir uns morgen Abend.«

Das Bed & Breakfast gleicht dem Cottage meiner Kundin, nur dass es etwas größer und sein Garten wunderschön gestaltet ist. Ich sage dem Taxifahrer, dass er kurz warten soll, ehe ich aussteige und durch den Nieselregen ins Innere laufe. Der herrliche Geruch von Apfelkuchen steigt mir in die Nase, was mich sofort an Addy erinnert, aber das Heimweh, das sich an die Oberfläche kämpfen will, ignoriere ich und begrüße die Frau hinter dem Tresen. Sie ist ungefähr vierzig, hat langes dunkelrotes Haar und mindestens zehn goldene Armreifen am Handgelenk.

»Guten Abend. Wie kann ich Ihnen helfen?«

»Haben Sie noch ein Zimmer frei?«, frage ich hoffnungsvoll.

Die Frau lächelt mich freundlich an. »Einen Moment, bitte.« Sie blickt auf den Monitor, macht ein paar Klicks und nickt. »Wenn Sie morgen Nachmittag vorbeikommen, habe ich eines für Sie.«

Ich juble innerlich, denn dieses Haus mit der Blumentapete, den gelben Vorhängen und grünen Teppichen gefällt mir viel besser als das Vier-Sterne-Hotel. Addy und Tae würde es hier auch gefallen, da bin ich mir sicher. Wieder packt mich das Heimweh mit voller Wucht, aber damit ist jetzt genug. Ich habe ein Taxi, das draußen wartet und mich zurück ins Hotel bringen wird, ehe ich morgen in dieses Cottage ziehe und hoffentlich wieder befreiter atmen kann.

Neben dem Zeichnen des Entwurfs für die Gartengestaltung des Cottages gehe ich jeden Nachmittag spazieren. In New York City kann man keinen Fuß vor die Tür setzen, ohne dass man angerempelt wird, und einen ruhigen Spaziergang kann man gleich vergessen. Hier dagegen ist alles anders. Die Leute grüßen freundlich, und sei es nur mit einem Nicken.

Auf meiner Liste steht nun ganz oben, ein Haus zu kaufen. Ich habe noch immer keine Antwort bekommen, wem mein Traumhaus gehört und ob es zum Verkauf steht, aber ich habe das Warten satt. Ich will endlich weg aus der hektischen Stadt, die mir in letzter Zeit zu viel geworden ist.

Taylor und Dan sind nun wieder zu Hause, haben sich bei mir aber noch nicht gemeldet, was mich etwas traurig stimmt. Sie werden jetzt wohl alle gemütlich bei Nate sitzen und den ersten Freitagabend ohne mich verbringen. Ich vermisse sie. Aber am meisten vermisse ich Zayn. Ja, er hat mich verlassen und schlimme Dinge zu mir gesagt, aber das ändert nichts an meiner Sehnsucht und Liebe zu ihm.

Ich versuche zu vergessen, aber ich befürchte, dass dies noch ziemlich lange dauern wird. Abends telefoniere ich meist mit Addison oder Rose und habe ihnen mitgeteilt, dass ich in ein ruhiges Cottage umgezogen bin. Ich lasse sie wissen, dass ich trotz der Arbeit die Zeit hier als Urlaub betrachte. Morgen ist Sonntag, und ich habe geplant, eine Wanderung zu machen. Der Rucksack ist bereits gepackt, und die Wanderkarte liegt bereit.

Ganz allein bin ich auf meiner Wanderung nicht. Eine Gruppe Touristen hat sich dieselbe Route ausgesucht und begleitet mich. Sie kommen aus Schweden und haben sich den ganzen Sommer freigenommen, um England zu erkunden. Sie waren schon im Winchester Castle und haben den Tisch von König Artus besichtigt, die Sehenswürdigkeiten bestaunt und schließen mit dieser Wanderung ihren Besuch dieses Städtchens ab.

Wir gehen durch einen dichten Wald, dessen Schatten spendende Bäume die Sommerhitze ein wenig erträglicher machen. Das Knacken der Äste unter mir, das Zwitschern der Vögel über mir und die Tatsache, dass ich nichts weiter zu tun habe, als zu wandern und den Tag zu genießen, fühlt sich befreiend an. Nachdem wir den Wald passiert haben, kommen wir auf eine sonnenbeschienene Anhöhe, die uns einen herrlichen Ausblick beschert. Es ist solch ein schöner Moment, dass wir uns alle ins Gras setzen und einfach die Aussicht genießen.

Wir machen ein kleines Picknick und unterhalten uns. Auch wenn ich mich nach Ruhe gesehnt habe, bin ich froh, dass ich jetzt und hier nicht allein bin. Denn ich weiß, dass mein gebrochenes Herz mich hier inmitten dieser schönen Natur in Tränen hätte ausbrechen lassen.

»Wir sollten weitergehen, ich will heute nicht zu spät ins Bett, denn morgen früh muss ich unbedingt ins Jane-Austen-Museum.«

Ich drehe mich zu Fiona, der hübschen Blondine mit den eisblauen Augen um und sehe sie erstaunt an. »Jane-Austen-Museum?« Ich wusste gar nicht, dass es eines gibt. Und das auch noch in der Nähe von Winchester.

»Ja, sie ist in Winchester gestorben und in der dortigen Kathedrale beigesetzt worden. Das Museum ist in Chawton, nur gut zwanzig Minuten von hier entfernt.«

»Nicht zu fassen. Ich weiß ehrlich gesagt nichts über das Leben dieser wundervollen Autorin.«

»Magst du ihre Bücher?«

»Ich liebe sie.« Du hast ja keine Ahnung, wie sehr, denke ich bei mir.

»Dann musst du es dir bei Gelegenheit ansehen.«

»Das werde ich«, sage ich und setze das Museum ganz oben auf meine Liste der Orte, die ich besuchen möchte.

Erschöpft, aber auch glücklich kehre ich zum Cottage zurück und setze mich gleich in den Garten. Mary Lou bringt mir eine Tasse Tee und einen Brief, der für mich angekommen ist. Er ist vom Bürgermeisteramt von Ocean City, und ich ahne schon, was er enthält.

Mit zittrigen Fingern öffne ich den Umschlag und nehme das Schreiben heraus. Darin steht, dass man den Besitzer meines Traumhauses darüber informiert hat, dass ich das Anwesen kaufen möchte. Um wen es sich handelt, schreiben sie nicht, aber er stimmt einem Verkauf zu und wird sich in den nächsten Tagen bei mir melden.

Ich juble vor Freude und hüpfe wie ein Kleinkind auf und ab. Die Verwirklichung meines großen Traums ist in greifbare Nähe gerückt, und das macht mich trotz all meiner Traurigkeit überglücklich. Ich will schon zu Mary eilen und um eine Flasche Rotwein bitten, als ich innehalte und meinen Augen kaum trauen kann. An der Terrassentür stehen Addison und Taylor. Meine besten Freundinnen.

Kapitel 35

ZAYN

»Es reicht jetzt!«, brüllt meine Mutter lautstark, als ich erneut in ihr Zimmer eintrete.

Überrascht hebe ich die Brauen, da ich ihren Ausbruch nicht ganz nachvollziehen kann. »Was ist denn los?«

»Dein Vater und du müsst aufhören, mich ständig zu bewachen! Seit ich aus dem Krankenhaus zurück bin, habe ich keine einzige Minute allein verbracht.«

»Wir wollen doch nur sichergehen, dass es dir gut geht.«

»Mir geht's prima, was man von dir nicht gerade behaupten kann.«

Ich blicke kurz zur Seite und schlucke, denn ich möchte mit Mom jetzt nicht über Grace sprechen. »Bei mir ist alles gut.«

»Bullshit!«

»Mom!«

»Zayn. Komm her«, sagt sie nun mit ruhiger, versöhnlicher Stimme. Also gehe ich zu ihr und setze mich zu ihr auf die Bettkante. Sie greift nach meiner Hand und lächelt mich an. »Ich weiß gar nicht, wie ich dich und deinen Vater verdient habe. Ihr kümmert euch um mich und seid immer für mich da. Das weiß ich auch zu schätzen, aber ihr übertreibt es wirklich. Ich werde so eine Dummheit nie wieder machen, das verspreche ich dir.«

Ich würde ihr gerne glauben, aber es fällt mir schwer.

»Ich kann mir vorstellen, mit was für Ängsten ihr zu kämpfen habt, und das tut mir leid. Es war nie meine Absicht, euch Leid zuzufügen.«

»Ist schon gut.«

»Nein, gar nichts ist gut! Ich habe einen Fehler gemacht, und ich bin diejenige, die für den Sturz verantwortlich ist, nicht Grace.«

Ihren Namen zu hören bereitet mir Schmerzen in der Brust, sodass ich die Augen kurz schließen muss. Es ist beinahe zu viel.

»Du hast dich von ihr getrennt wegen etwas, das sie nie getan hat.«

»Es ist genug.« Ich will einfach nicht daran denken.

»Sie sitzt jetzt irgendwo einsam und mit gebrochenem Herzen, und das ist deine Schuld.«

»Hör auf!«

»Sie liebt dich doch, wie konntest du sie nur verlassen?«

»Glaubst du, es ist mir leichtgefallen?!«, schreie ich nun und stehe auf, weil das Maß voll ist. Ich habe sie gebeten aufzuhören, aber sie muss noch Salz in meine Wunde streuen.

»Ich weiß es nicht. Sag du es mir.« Ihre Miene ist ausdruckslos, während ich im Zimmer auf und ab gehe.

»Du warst nicht dabei, als ich sie angebrüllt habe, hast nicht gehört, was ich zu ihr gesagt habe.« Ich sehe es alles noch vor mir. Ihre geweiteten Augen, ihren Schmerz, den ich ihr zugefügt habe.

»Hast du sie deshalb gehen lassen? Weil ihr euren ersten Streit hattet?«

»Ich habe sie verloren, weil ich sie respektlos behandelt habe, weil ich sie zum Sündenbock gemacht habe. Niemand sollte mit jemandem zusammen sein, der seinen Partner wie Dreck behandelt. Es ist besser so.«

»Wenn das so ist, hätte ich mich damals von deinem Vater sofort scheiden lassen müssen.«

»Was?«

»Unsere Ehe ist nicht immer einfach gewesen. Du erinnerst dich an die guten Zeiten, an das Glück, aber als du drei gewesen bist, sind dein Vater und ich in einer schweren Krise gewesen. Er war nie zu Hause, ist von einem Geschäftsmeeting zum nächsten gehetzt. Die Familie war für ihn nur noch zweitrangig.« Davon weiß ich tatsächlich nichts. Ihre damaligen Probleme habe ich nicht mitbekommen. »Er hat zu viel gearbeitet, zu wenig geschlafen, sodass er einmal fast einen Verkehrsunfall verursacht hätte, als du und ich mit ihm im Auto waren. Nachdem ich dich an diesem Abend ins Bett gebracht habe, haben wir heftig gestritten. Er hat mir die Schuld am Misserfolg seiner Autohandlung gegeben und mir wirklich schlimme Dinge an den Kopf geworfen.«

»Was hast du daraufhin gemacht?«

»Ich habe ihn angeschrien, ihm gesagt, dass er ein Vollidiot ist, und ihn dann umarmt.«

»Du hast was?«

Ihr Blick wird weicher und ein wenig verträumt. »Die Absichten deines Vaters waren immer gut. Er hat mich in unserer Beziehung stets respektvoll behandelt und ist ein guter Dad gewesen. Sein Streben nach Erfolg hat ihn nicht klar sehen lassen. Es wäre ein Leichtes gewesen, den Frust, der sich aufgebaut hat, zu schlucken und ihn später dann zu verlassen, aber wir haben uns beide die Meinung gesagt, und danach haben wir nach einer Lösung gesucht. Gemeinsam. Grace liebt dich, und du liebst sie. Das ist das Wichtigste für eine gute Beziehung. Niemand sagt, dass es leicht werden wird, aber eines sage ich dir, wenn ihr immer ehrlich zueinander seid, dann habt ihr schon gewonnen.«

Tränen sammeln sich in meinen Augen, denn ich habe ja längst eingesehen, dass ich einen Fehler gemacht habe. Ich hasse mich dafür, dass ich Grace so mies behandelt habe, aber ich kann es nicht ungeschehen machen.

Grace ist wunderschön, intelligent und sensibel. Meine Attacken wird sie mir niemals verzeihen können. Wie gerne würde ich sie anrufen, sie sehen, aber ich weiß nur, dass sie in England ist, habe aber keine Adresse. Addison will sie mir nicht verraten, verhält sich aber ansonsten wie immer. Es gibt in unserer Freundschaft nun kein böses Blut wegen der Trennung. Wir sind alle erwachsen und reden offen miteinander. Das hat sich auch nicht geändert, seit Grace und ich nicht mehr zusammen sind. Aber ich will das nicht. Ich will nicht von ihr getrennt sein, denn ich vermisse sie so sehr.

Ich fahre von meinen Eltern direkt zum Pub, wo alle auf mich warten. Es ist nicht dasselbe. Wir versuchen miteinander zu reden und Spaß zu haben, aber etwas Wichtiges fehlt uns. Und mir ganz besonders. Die anderen sprechen mich nicht auf Grace an, warten wohl, bis ich das Thema aufgreife, aber ich habe nicht die Kraft, darüber zu reden.

Ich bin so ein Idiot! Diese Worte begleiten mich, wenn ich aufwache und wenn ich einschlafe, ob ich nun im Büro sitze und versuche, produktiv zu sein, oder zu Hause bin und die Decke anstarre oder wie ein Wahnsinniger schreibe. Durch meinen Ausraster habe ich die Frau von mir gestoßen, die ich über alles liebe. Die das Beste in meinem Leben gewesen ist.

Ich hasse mich dafür, sie so verletzt zu haben, dass sie die Flucht vor mir ergriffen hat. Ich vermisse ihr Lachen, das Geräusch, das sie macht, wenn sie schläft, das einem Schnurren gleicht, ach, ich vermisse einfach alles an ihr. Ich will sie zurück, aber das will wohlüberlegt sein.

Ich trinke an diesem Abend mehr, als ich sollte, höre aber auf, als Pacey mir meinen Drink abnimmt. Ich weiß nicht, wie ich diese Leere in mir füllen kann, wie ich wieder ich selbst werden kann.

»Du siehst wirklich scheiße aus«, sagt Pacey noch zu allem Überfluss.

»Das weiß ich selbst, du Charmebolzen.«

»Und?«

»Was und?«

»Ist nun alles vorbei? Wirst du sie einfach so gehen lassen?«

»Sie hat etwas Besseres als mich verdient.«

»Sagt wer?«

»Ich sage das.«

»Ach, komm schon, das glaubst du doch selbst nicht.«

»Und ob ich das tue.«

»Ja, aber sie ist Grace. Sie hätte dir verziehen, wenn du ehrlich zu ihr und dir selbst gewesen wärst.«

»Das weißt du nicht.«

»Und ob ich das weiß. Sie ist der gütigste Mensch, den ich kenne. Sie würde dich niemals im Stich lassen, und das weißt du.«

Ich atme tief durch, denn es bringt nichts, es zu leugnen. Er hat vollkommen recht. »Es ist zu spät, Pace. Ich weiß nicht, wo sie ist, und habe Angst, ihr gegenüberzutreten.«

»Irgendwann musst du es tun, denn unsere Freundschaft ist nur so stark, wie wir es auch sind.«

»Ich werde mit ihr reden.« Aber vorher muss ich mit mir selbst ins Reine kommen.

In den nächsten Tagen beende ich meinen Roman, habe die vier Buchstaben geschrieben, die einem Autor die Freudentränen in die Augen treiben können. Wie gerne hätte ich in diesem Moment Grace angerufen, doch sie ist nicht mehr da. Vielleicht wird sie sich ja irgendwann melden, aber ich halte diese Ungewissheit nicht mehr aus. Ich muss wissen, ob sie mir noch eine zweite Chance gibt. Wie gerne würde ich bei ihr sein und mit ihr reden, aber da das ja unmöglich ist, schnappe ich mir Papier und Stift, um ihr zu schreiben und Addison zu bitten, ihr den Brief zu schicken.

Nach einer Stunde und zwanzig zerknüllten Papierblättern gebe ich auf und stehe auf. Ich raufe mir die Haare, als mein Blick auf ein Buch fällt. Es ist *Stolz und Vorurteil*. Ich habe Grace oft daraus vorgelesen, kenne aber nicht den ganzen Roman. Plötzlich packt mich der Wunsch zu erfahren, wieso Grace so verzaubert davon ist. Ich lege mich ins Bett, mache es mir gemütlich und beginne zu lesen.

Als ich das Buch ausgelesen habe, wird mir klar, dass ich Grace niemals gehen lassen werde. Ich werde alles tun, damit sie mir verzeiht.

Ich lese noch einmal die Zitate, die ich rausgeschrieben habe, und setze mich wieder an den Schreibtisch. Ich schreibe die ganze Nacht, wobei ich ab und an eine Pause mache, weil ich es nicht gewohnt bin, mit der Hand zu schreiben. Am nächsten Morgen stehe ich um acht vor Drakes Wohnhaus und klingle.

»Ja?«, meldet sich seine tiefe Stimme.

»Ich bin's, Zayn. Darf ich kurz zu Addison?«

»Addison ist nicht da, aber komm hoch.«

Ich laufe die Stufen hinauf und fühle mich wie beflügelt, weil ich endlich einen Hoffnungsschimmer sehe.

Drake wartet schon auf mich und macht einen Schritt zur Seite, sodass ich eintreten kann.

Ich greife in meine Jackentasche und reiche ihm den Brief. »Kannst du den Addy geben, damit sie ihn Grace schickt?«

Drake wiegt den Umschlag in seiner Hand. »Der ist ziemlich schwer.«

»Ich habe auch viel zu sagen.«

»Ich würde ihn Addy gerne geben, aber sie ist nicht hier. Sie ist mit Taylor nach England geflogen. Zu Grace.«

»Sie sind was?«

»Ja, der Freitag ohne ihre beste Freundin war ihnen zu viel.«

»Du weißt, wo sie sind?«

»Ja, aber ich darf es dir nicht sagen.«

»Kannst du ihn dann versenden? Es würde mir viel bedeuten.«

»Klar. Das mach ich.«

»Danke.«

Wieder zu Hause, hole ich ein Shirt von Grace aus dem Schrank, das sie bei mir vergessen hat, und vergrabe mein Gesicht darin. Jede Faser meines Körpers vermisst sie, jeder Herzschlag ist einer zu viel ohne sie an meiner Seite. Ich rapple mich auf und fahre ins Büro, wo ich mechanisch meine Arbeit verrichte. Als ich gegen achtzehn Uhr nach Hause komme, warten vor meinem Apartment Pacey, Luke, Dan und Ronan mit einer Kiste Bier und Dans Playstation auf mich.

Während ich Popcorn mache, Pizzen bestelle und die Bierflaschen verteile, richtet Dan die Playstation ein.

»Wie komme ich zu der Ehre eures Besuchs?«

»Du warst gestern im Pub nicht wirklich du selbst und bist so schnell abgehauen. Wir wissen, es ist schwer für dich ohne Grace, aber du darfst nicht vergessen, dass wir auch noch da sind, und wir brauchen dich, Zayn. Wir sind am stärksten als Gruppe, und du bist ein wichtiger Teil davon.«

Den Abend mit den Jungs zu verbringen ist wie Balsam für meine geschundene Seele. Die Zeit lässt mich Kraft tanken, die ich brauche, denn ich habe vor, Grace wieder in mein Leben zu holen.

Kapitel 36

GRACE

»Oh mein Gott!«, kreische ich und laufe auf meine Freundinnen zu, die ihre Arme um mich schließen und mich festhalten. Ich weine erneut, aber diesmal sind es Freudentränen. Ich kann es einfach nicht fassen, dass meine Mädels mich hier besuchen.

»Ist uns die Überraschung gelungen?«, fragt mich Taylor und drückt meine Hände.

»Und wie! Ich war schon traurig, weil du dich nicht gemeldet hast, seit ihr wieder zurück seid.«

»Der Freitagabend ohne dich war wie ein Weckruf. Wir haben es keinen Tag länger ausgehalten ohne dich, haben uns einen Flug gebucht, und hier sind wir.«

»Ach, ihr.« Ich umarme sie noch einmal, ehe wir ins Haus gehen, wo mich Mary Lou mit einem wissenden Grinsen ansieht.

»Du hast es gewusst?«

»Natürlich! Ich habe euch in das größte Zimmer, das ich habe, einquartiert, deine Sachen sind schon dort.«

»Ich danke dir.«

»Sehr gern.«

Wir machen es uns in unserem Zimmer gemütlich und reden stundenlang. Taylor erzählt von ihren Flitterwochen, Addison von einem neuen Werbevertrag mit einer bekannten Make-up-

Marke und ich von der schönen Zeit, die ich bis jetzt hier in Winchester verbracht habe.

»Wie geht es Zayn?«, frage ich schließlich, obwohl ich mich vor der Antwort auch fürchte.

»Ihm geht es total mies. Er hat am Freitag bei Nate kaum ein Wort gesprochen und immer auf den Platz gesehen, wo du immer sitzt.«

Er leidet also auch.

»Und wie geht es dir?«

»Beschissen«, gebe ich zu. Mein Herz ist gebrochen, und doch vermisse ich den Mann, der es zerschmettert hat. Das muss wohl Liebe sein, meine Gefühle für ihn sind immer noch dieselben.

»Könntest du ihm verzeihen? Sollte er sich entschuldigen?«

»Das kann ich jetzt noch nicht sagen. Er hat mir sehr wehgetan, und das kann ich nicht einfach so vergessen.«

»Das verstehen wir, und wir wollen dir auch nicht sagen, was du tun sollst und was nicht.«

»Das weiß ich. Ach, ich bin so froh, dass ihr da seid.«

»Wir auch. Ich war noch nie in England«, sagt Tae mit einem Strahlen im Gesicht.

»Dann werden wir in den nächsten Tagen viel unternehmen. Außerdem gibt es da einen Ort, den ich unbedingt besuchen will.«

Wir haben die vergangenen regenfreien Tage damit verbracht, Sehenswürdigkeiten zu besuchen und viel spazieren zu gehen. Wir haben uns bewusst Zeit füreinander genommen. Auch ich habe mich entspannt und mit meinen Freundinnen in den Tag hineingelebt, was ich schon lange nicht mehr gemacht habe. Für mich stand in den letzten Jahren immer meine Firma an erster Stelle.

In den letzten Tagen hatte ich viel Zeit zum Nachdenken, mich auf das zu konzentrieren, was wichtig ist. Ich telefoniere jeden Tag mit Rose, um nachzufragen, ob sie alles schafft. Im Büro läuft es glücklicherweise gut, denn meine Stellvertreterin, wie ich sie mittlerweile nenne, leistet hervorragende Arbeit. Ich werde ihr eine Lohnerhöhung geben, sobald ich nach Hause komme, das ist einer der neuen Punkte auf meiner Liste.

Der Besitzer des Anwesens hat mich inzwischen kontaktiert, und wir haben für September einen Besichtigungstermin ausgemacht. Ich habe das Haus ja nie von innen gesehen. Ich bin so aufgeregt wie schon lange nicht mehr. Unsere Wohnung werde ich Daniel und Taylor überlassen. Es soll mein Geschenk an sie sein.

Ich werde meinen Mitarbeitern mehr Aufgabengebiete übergeben. So kann es nicht mehr passieren, dass ich mich überarbeite, und zugleich werden die Talente meiner Mitarbeiter gefördert. Meine Freundschaften werde ich, auch wenn ich nach New Jersey ziehe, natürlich weiterhin pflegen. Den gemeinsamen Freitagabend würde ich nie aufgeben.

Dann wäre da noch das wichtigste Thema, das mich nächtelang keinen Schlaf finden lässt. Zayn. Nach der Trennung hat er noch nicht versucht, Kontakt mit mir aufzunehmen. Kein Anruf, keine Nachricht. Vielleicht haben die Mädels unrecht und er leidet gar nicht, sondern ist froh, dass wir nicht mehr zusammen sind.

Ich bin gerade mit einer Skizze fertig geworden und schließe das Grafiktablet, als Mary Lou mit einem Brief zu mir kommt.

»Der ist vorhin für dich angekommen«, sagt sie und reicht ihn mir.

Meine Hände zittern, als ich den Absender lese. Er ist von Zayn. »Danke«, flüstere ich und lege ihn auf den Tisch. Ich starre ihn eine gefühlte Ewigkeit an, weil ich zu nervös bin, um ihn gleich aufzumachen.

Plötzlich stellt Mary Lou eine Tasse Tee vor mir ab und sieht mich an, als wüsste sie genau, was ich gerade durchmache. Ich beschließe, dass es langsam Zeit wird, mich meinen Gefühlen zu stellen, schließlich kann ich nicht ewig davor weglaufen. Vorsichtig öffne ich den Umschlag und nehme den handgeschriebenen Brief heraus. Außerdem enthält er etwa fünfzig getippte Bögen, die doppelseitig bedruckt sind. Ich hole tief Luft und fange an zu lesen.

Vergeblich habe ich mit mir gerungen; es geht nicht mehr so weiter. Meine Gefühle lassen sich nicht länger unterdrücken. Ich muss Ihnen jetzt sagen, wie sehr ich Sie bewundere, wie sehr ich Sie liebe.

Liebste Grace,
eine Weile habe ich das leere Blatt Papier angestarrt und wusste nicht, wie ich diesen Brief beginnen soll. Keines meiner Worte könnte ausdrücken, wie sehr es mir leidtut, dir Schmerz zugefügt zu haben. Doch dann habe ich »Stolz und Vorurteil« gelesen, zum ersten Mal wirklich gelesen. Jane Austen hat mir die Augen geöffnet, deshalb finde ich es passend, diesen Brief mit einem Zitat aus deinem Lieblingsbuch zu beginnen.
Ich habe versucht, die Tatsache zu akzeptieren, dass ich dich vertrieben und verloren habe. Meine Gefühle wollte ich dabei unterdrücken, in der Hoffnung, dass der Trennungsschmerz verblasst, aber es gelingt mir nicht, da ich dich liebe. Ich liebe dich für deine Herzensgüte, weil du versuchst, jedem zu helfen, wenn es in deiner Macht steht. Sei es nun Aaliyah, deine Freunde oder meine Mutter.
Ich verehre dich, weil du ehrlich und loyal bist, weil deine Fa-

milie und Freunde alles für dich sind. Ich respektiere dich für deine Entschlossenheit und Kraft, deinen Ehrgeiz und Mut. Diese Liste könnte ich ewig fortführen, weil du ein unglaublicher Mensch bist. Ich danke dir dafür, dass ich durch dich der Mann geworden bin, der ich immer sein wollte. Jemand, der stolz auf das ist, was er tut, und seinen Weg gefunden hat. Der endlich weiß, wer er ist und zu wem er gehört. Zu dir. Mein Herz gehört dir, ganz egal, wo du bist.

Aber trotz meiner Gefühle verdiene ich dich nicht. Nicht nachdem ich dir in meiner Wut all diese Dinge an den Kopf geworfen habe. Ich bereue jedes einzelne Wort, denn keines hat der Wahrheit entsprochen. Du bist nicht schuld am Unfall meiner Mutter. Das warst du nie, aber meine Angst um sie hat mich nicht klar denken lassen, was unverzeihlich ist. Meine Mom ist für ihr Handeln selbst verantwortlich. Das weiß ich jetzt, und trotzdem habe ich das Gefühl, keine Entschuldigung der Welt ist passend für all das Unrecht, das ich dir angetan habe.

Aber ich will es versuchen, denn wenn mir die Trennung eines gezeigt hat, dann ist es, dass ich dich über alles liebe und uns niemals aufgeben möchte. Wie Mr Darcy werde ich die Hoffnung nicht verlieren und dir beweisen, dass ich deiner würdig bin.

Ich erinnere mich noch genau daran, als mich Anfang dieses Jahres ein Foto von dir in einem Weizenfeld, deine Schönheit, inspiriert hat. Es hat mir ein Bild meiner Protagonistin vor Augen gefühlt und mich dazu gebracht, mein verstaubtes Skript wieder aus der Schublade zu holen.

Ich habe nach einer Ewigkeit wieder geschrieben, und es hat sich nie besser angefühlt. Ich habe der Protagonistin dein Aussehen verliehen, und alles ist wie von selbst gekommen. Monatelang habe ich geschrieben, und ich möchte, dass du als Erste meinen ersten Roman liest, da ich es dir zu verdanken habe, dass ich ihn

beendet habe. Ich vertraue dir, und es würde mich mit Stolz er-
füllen, wenn du ihn lesen würdest.
Im Umschlag findest du die ersten hundert Seiten meines Ro-
mans, die übrigen schicke ich dir im nächsten Brief. Ich hoffe so
sehr, dass du mir eine zweite Chance gibst.

In ewiger Liebe
Zayn

Völlig ergriffen lege ich den Brief wieder auf den Tisch und
schließe die Augen. Tränen rinnen mir über die Wangen, teils
aus Schmerz und teils aus Freude. Zayn hat mir wehgetan wie
noch nie jemand zuvor, und doch liebe ich ihn.

Ich trockne meine Tränen und lese den Brief erneut. Ich
höre dabei Zayns Stimme in meinem Kopf, als würde er zu
mir sprechen. Wie sehr ich seine Stimme vermisse, wie gerne
ich ihn jetzt und hier sehen würde. Am liebsten würde ich ihn
sofort anrufen, aber ich werde mich erst bei ihm melden, wenn
ich sein Buch gelesen habe.

Ich greife nach den Papieren und blicke auf die Titelsei-
te. *Fire & Loss* von Zayn W. May. Ich wusste bislang nicht,
dass er einen zweiten Vornamen hat, aber weiter darüber nachdenken kann ich nicht, denn in dem Moment kommen Addison und Taylor in den Garten und setzen sich zu mir. Beide bemerken sofort die Blätter und den Umschlag auf dem
Tisch.

»Zayn hat mir einen Brief geschrieben.«

»Ich weiß«, sagt Addison und schenkt mir ein warmes Lächeln.

»Ach ja?«

»Zayn ist bei Drake gewesen und hat ihn gebeten, den Brief
zu verschicken. Drake hat mich vorher gefragt, weil er nicht

wusste, ob es okay wäre. Ich hoffe, ich habe keinen Fehler gemacht.«

»Nein. Hast du nicht. Ich bin froh, dass ich ihn bekommen
habe.«

»Das freut mich. Ihr zwei bekommt die Sache schon hin.
Aber lass dir Zeit.«

»Das werde ich.«

»Möchtest du lieber allein sein?«, fragt nun Taylor.

»Nein. Ich freue mich, dass ihr da seid.«

»Dann können wir ja ins Jane-Austen-Museum gehen,
oder?«, fragt Tae und setzt sich ihre Sonnenbrille auf.

»Na klar. Lasst uns gehen.«

Kapitel 37

GRACE

In dem Haus zu stehen, in dem meine Lieblingsautorin alle ihre Werke geschrieben hat, fühlt sich unglaublich an. In den Räumen des Museums scheint es so, als wäre die Zeit stehen geblieben. Das Sonnenlicht dringt durch die Fenster mit den Holzrahmen, und ich kann mir vorstellen, wie es wohl gewesen ist, hier zu wohnen. Ich sehe die alten Holzböden, die bei jedem Schritt knarren, bestaune die gut erhaltenen alten Möbel. Ich sehe Jane Austen mit ihren brünetten Locken vor mir, wie sie an ihrem Schreibtisch sitzt und *Stolz und Vorurteil* schreibt. Hat sie bei den lustigen Stellen lachen müssen? Hat sie sich selbst ein klein wenig in Mr Darcy verliebt?

Für mich bedeutet es so viel, an einem herrlichen Sommertag hier zu sein, in diesem Haus in dem ruhigen Dorf Chawton. Es ist eins der Highlights dieser Reise.

Immer wieder wandern meine Gedanken zu Zayn. Mein Herz ist in Aufruhr, seit ich seinen Brief gelesen habe. Der Schmerz ist noch immer da, schwächer nun, aber da. Ich weiß nicht, was ich tun, was ich fühlen soll. Es scheint alles zu viel.

Seufzend verlasse ich das Haus und gehe in den Garten des Museums. Meine Freundinnen liegen schon auf einer Wiese in der Sonne und blicken hinauf in den wolkenlosen Himmel. Es ist sechzehn Uhr, und es sind nur noch wenige Besucher da. Ich setze mich zu ihnen und atme tief durch. Wir schweigen alle drei, als wäre jede von uns in Gedanken ganz weit fort. Schließlich greife ich in meine Tasche und hole Zayns Roman hervor, den ich mitgenommen habe.

Ich fange an zu lesen und bin vom ersten Satz an gefesselt. Die Geschichte beginnt tragisch mit der jungen Danea, die ihr Dorf brennen sieht und weiß, dass es ihre Schuld ist. Ich begleite die junge Frau, deren Aussehen meinem gleicht, durch einen Wald, wo sie Monstern und Verbrechern entkommen muss, ehe sie sich einem Zirkel anschließt und einem Mann namens Elyas begegnet, der ihr vertraut erscheint, auch wenn sie nichts über ihn weiß.

Die sich langsam entwickelnde Liebesgeschichte verzaubert mich wie die Magie, die in Danea schlummert. Ich identifiziere mich mit ihr, leide, wenn sie leidet, fühle das, was sie fühlt, und verliebe mich in Elyas genauso, wie sie es tut. Er weiß, er muss sie töten, er hat keine andere Wahl. Es ist seine Aufgabe, und doch bringt er es nicht über sich, dieses zarte und zugleich starke Geschöpf umzubringen. Ich erkenne viele Charakterzüge von Zayn in seiner männlichen Hauptfigur. Er hat als Schriftsteller großes Talent, und ich fühle mich geehrt, die Erste zu sein, die dieses Buch lesen darf. Nie habe ich Zayn mehr vermisst als jetzt. Nie habe ich gedacht, dass ich einmal so sehr lieben würde, wie ich es jetzt tue.

Addy und Taylor haben sich im Museumsshop Bücher gekauft und ebenfalls gelesen, sodass wir einen entspannten Nachmittag verbringen.

Nachdem wir ins Cottage zurückgekehrt sind, schnappe ich mir mein Handy, während Tae und Addy sich fürs Abendessen fertig machen. Ich will mich unbedingt bei Zayn melden und überlege, was ich schreiben soll, denn ich habe so viel zu sagen. Nach einer Weile beschließe ich, mit seinem Roman zu beginnen.

Grace: Ich habe deinen Brief bekommen und die ersten Seiten deines Romans gelesen. Du hast etwas Unglaubliches und Magisches geschaffen. Ich bin sehr stolz auf dich.
Zayn: Ohne dich hätte ich dieses Buch niemals schreiben können.
Grace: Warum?
Zayn: Du warst meine Inspiration. Meine Muse sozusagen. Du hast es erst möglich gemacht. Ich glaube fest daran, dass es Schicksal war, dass wir uns verliebt haben.
Grace: Ob Schicksal oder nicht, es hat kein gutes Ende gefunden.
Zayn: Für mich ist es nicht zu Ende. Ich weiß, dass ich einen unverzeihlichen Fehler gemacht habe, aber ich werde um dich kämpfen.
Grace: Lass uns nicht darüber sprechen.
Zayn: Liebst du mich?
Grace: Zayn …
Zayn: Ich weiß, dass du es tust, deshalb werde ich dir Zeit lassen und mich nicht mehr melden, bis du dir ganz sicher bist. Ich hoffe, ihr Mädels habt viel Spaß. Bis dann. Ich liebe dich.

Ein paar Tage später bekomme ich wieder Post von Zayn, es ist ein dicker Umschlag. Zum Lesen seines Briefes habe ich mich in unser Zimmer zurückgezogen, falls ich in Tränen ausbrechen sollte.

Liebste Grace,
Wochen sind vergangen, seit ich dich das letzte Mal gesehen habe. Endlose Tage, an denen ich an die Wand starre und mir überlege, wie ich dich zurückgewinnen kann.
Ich vermisse dich … nicht nur deine Küsse und Umarmungen, sondern auch dein gutes Herz und deinen guten Einfluss auf mich. Vor noch nicht allzu langer Zeit war ich nur auf schnelle

Abenteuer aus, aber du hast mich zu einem besseren Menschen gemacht. Du hast etwas in mir gesehen, das ich selbst nicht erkannt habe. Du hast mir dabei geholfen, erwachsen zu werden und unabhängig zu werden. Aber vor allem hast du mir gezeigt, dass es wichtig ist, klare Ziele vor Augen zu haben. Ich habe das erste halbe Jahr glücklich mit dir verbracht, aber jetzt ohne dich habe ich mich hingesetzt und auch eine Jahresliste geschrieben.

1. *Mit Grace alt werden*
2. *Grace überglücklich machen*
3. *Grace heiraten*
4. *Eine Familie mit Grace gründen*
5. *Gesundheit für alle meine Liebsten*
6. *Meinen Roman veröffentlichen*
7. *Mehr Zeit mit meinen Eltern verbringen*
8. *Meine Freunde weiterhin oft sehen*
9. *Vom Schreiben leben können*
10. *Bungee-Jumpen*
11. *Die Welt bereisen*

Insgesamt fünfzig Punkte hat Zayn aufgelistet, und das Wichtigste auf seiner Liste bin ich. Die Tränen sind schon längst geflossen, und ich muss die Augen schließen und mich aufs Bett legen. Ich werde Zayn wohl immer lieben, dessen bin ich mir bewusst. Nachdem ich geweint habe, fühle ich mich besser. Es war längst überfällig, denn jetzt, wo ich mir erlaubt habe loszulassen, kann ich durchatmen und sehe klarer.

Deshalb habe ich lächelnd Ja gesagt, als Addison mich gefragt hat, ob wir gemeinsam spazieren gehen. Wir schlendern den Feldweg entlang, genießen den Wind, der unsere erhitzte Haut ein wenig abkühlt.

»Dieser Urlaub tut mir unglaublich gut«, sagt Addison. Wir drei tragen heute luftige Sommerkleider und haben unsere Haare locker hochgesteckt.

»Es ist einfach herrlich hier, und ich finde es wunderbar, dass wir drei so viel Zeit miteinander verbringen können«, fügt Tae hinzu und schiebt einen Ast zur Seite, um vorbeizukommen.

Der Weg wird nun immer schmaler, sodass wir hintereinander gehen müssen. Seit die Mädels hier sind, haben wir kaum über Zayn und mich geredet, aber ich beschließe, dass es damit nun ein Ende hat.

»Zayn hat mir so unglaublich wehgetan«, fange ich an.

»Das wissen wir, Süße«, flüstert Addy sanft.

»Er hat mich verletzt wie noch nie jemand zuvor. Er hat einen Fehler gemacht.« Darauf folgt Schweigen, denn hierzu gibt es nicht mehr viel hinzuzufügen. »Aber Fehler zu machen ist menschlich.«

Der Weg wird breiter und führt uns zu einem kleinen See. Wir lassen uns auf einer Sitzbank nieder. Addy und Tae sitzen links und rechts von mir und halten mich an der Hand. Eine Geste, die mir viel Kraft schenkt.

»Ich habe gedacht, dass ich ihm diesen Fehler nie verzeihen könnte, aber jetzt bekomme ich seine Briefe …« Ich blicke meinen Freundinnen in die Augen und kann ein sehnsüchtiges Lächeln nicht unterdrücken. »Er ist vollkommen ehrlich und verletzlich. Es muss ihn unglaublich viel Kraft und Mut kosten, sich so zu öffnen.«

»Das kann ich mir vorstellen.«

»Ich weiß seine Mühe zu schätzen, das tue ich jetzt mehr denn je. Denn auch wenn er mir wehgetan hat, glaube ich ihm, dass er mich liebt. Ich tue es ja auch. Unsere Liebe ist etwas, wovon ich so viele Jahre geträumt habe. Mein Leben lang habe ich nach einem Mann gesucht, der sein Herz öffnet, jemanden, der mir Briefe schreibt, mit mir tanzt und mich so liebt wie ich ihn. Und ich habe ihn gefunden. Zayn ist der Richtige, der Mann, mit dem ich alt werden möchte.«

Nun lächle ich strahlend, denn ich habe endlich eine Entscheidung getroffen. Ich habe beschlossen, Zayn zu verzeihen. Das, was wir haben, werde ich nicht so einfach aufgeben. Addison und Taylor umarmen mich und freuen sich mit mir gemeinsam.

»Ich bin so froh, dass du ihm noch eine zweite Chance gibst. Ihr beide habt es verdient, glücklich zu sein«, sagt Addison.

»Das haben wir«, flüstere ich und blicke meine Freundinnen glücklich an.

Kapitel 38

GRACE

»Da wir bald abreisen, möchte ich eine Abschiedsparty im Jane-Austen-Stil schmeißen«, teilt uns Addison beim Frühstück freudig mit.

»Eine Austen-Party?«, fragt Tae skeptisch.

»Genau. Mary ist einverstanden, dass wir sie hier im Garten machen. Sie meinte, die übrigen Gäste würden sich sicher freuen.«

Ich nicke heftig. »Ich finde die Idee großartig.«

»Das dachte ich mir. Ich habe schon alles notiert, was ich brauche. Ihr beide habt kaum etwas zu tun. Ihr sollt nur erscheinen und eine tolle Zeit haben.«

»Das bekommen wir hin«, sagen Taylor und ich fast gleichzeitig und prusten los.

In zwei Tagen fliegen wir nach Hause, und ich könnte nicht aufgeregter sein. Zum einen, weil ich mein Zuhause und meine Freunde vermisse, zum anderen, und das ist noch viel wichtiger, weil ich endlich Zayn wiedersehen werde.

Addison ist in ihrem Element gewesen und hat eine wunderschöne Feier im Garten vorbereitet. Die Gäste sowie Mary Lou sind begeistert von der Dekoration, der Musik und dem Flair, das meine Freundin geschaffen hat. Mitten im Garten steht ein Pavillon, in dem die Getränke und Snacks bereitstehen. Ich nehme mir ein Glas selbst gemachte Limonade und blicke auf das charmante Cottage, in dem ich so viel geweint, aber auch gelacht habe. Diese Geschäftsreise ist zu einem Urlaub geworden, den ich nie vergessen werde.

Hier wieder Energie zu tanken ist wunderbar gewesen, aber die Zeit hier hat mir auch gezeigt, dass ich mir ein Leben ohne Zayn nicht vorstellen kann. Addison und Taylor haben auf der Feier eine Menge Spaß, aber ich kann einfach nicht aufhören, an Zayn zu denken.

Heute Morgen habe ich wieder einen Brief von ihm bekommen, hatte aber noch keine Gelegenheit, ihn zu lesen. Jetzt brenne ich darauf zu erfahren, was er wohl dieses Mal schreibt und auch, wie sein Roman wohl enden wird. Also stehle ich mich davon und gehe ein wenig spazieren. Ich hebe mein Kleid ein wenig an, während ich über einen Feldweg zu einer Lichtung gehe, auf der eine Bank steht. Wie alle anderen weiblichen Gäste trage ich ein Kleid aus der Jane-Austen-Ära.

Es ist später Nachmittag, und die Hitze ist erträglicher als noch vor ein paar Stunden. Ich setze mich auf die Bank und blicke auf das satte Grün der Wiesen. Dann greife ich in meine Tasche und nehme den Umschlag heraus.

Liebste Grace,

du hältst nun den letzten Brief in den Händen, den ich dir schreibe, sowie die letzten Seiten meines Romans. Es bedeutet mir sehr viel, dass du ihn liest und dass er dir gefällt. Für jeden Autor sind das die nervenaufreibendsten Momente, wenn der Leser den Schluss erreicht und dann seine Meinung eventuell in einer Rezension kundtut. Ich bin zwar noch nicht lange Schriftsteller, aber ich versichere dir, dass ich hier in NYC zittere vor Aufregung.

Geht es dir gut? Die Mädels sind ja bei dir, und ich kann mir denken, dass ihr viel Spaß habt. Ich kann mir vorstellen, dass du jetzt, während du den Brief liest, irgendwo allein bist. Ich weiß nicht, wie es dir gerade geht, aber egal was geschieht und wie du dich entscheidest, es wird nichts an meinen Gefühlen für dich ändern.

Als du auf der Hochzeit von Tae und Dan in diesem wunderschönen Kleid zum Altar gegangen bist, habe ich unsere gemeinsame Zukunft gesehen. Unsere Hochzeit, Kinder, Thanksgiving-Dinner und so vieles mehr, aber vor allem habe ich es gefühlt. Tue ich immer noch. Ich weiß, dass du und ich für immer zusammen sein werden, weil du und ich Schicksal sind. Unvergänglich wie die Liebesgeschichte von Lizzy und Mr Darcy.

Ich habe es in den vorigen Briefen geschrieben und tue es erneut. Ich liebe dich und hoffe, dass du mir verzeihen kannst. Ich hoffe, dass du es in meinen Augen sehen kannst, dass ich dir nie wieder unrecht tun werde. Wir werden streiten, wir werden uns lieben, und wir werden diskutieren, und ich werde jeden einzelnen Moment davon zu schätzen wissen.

Ich wünsche dir viel Spaß beim Lesen und freue mich auf unser Wiedersehen.

In ewiger Liebe
Zayn

Jedes seiner geschriebenen Worte führt mir mehr vor Augen, dass ich Zayn längst verziehen habe und dass ich ihn liebe. Aber bevor ich ihn anrufen werde, möchte ich sein Buch zu Ende lesen, also greife ich zu den letzten Seiten und tauche ein in die Geschichte von Danea.

Als ich das Wort »Ende« lese, weine ich schon. Ich habe mich gefühlt, als hätte Zayn mit seiner Erzählung mein Herz herausgerissen, geschreddert und es dann langsam wieder zusammengesetzt. Es ist grandios und unverwechselbar, lebhaft und meiner Meinung nach das Beste, was ich jemals gelesen habe. Ich will schon nach dem Handy greifen und den Mann anrufen, dem ich diesen Lesegenuss zu verdanken habe, doch dann entdecke ich, dass noch etwas auf der Rückseite des letzten Blatts steht. Die Danksagung.

Dieses Buch ist meiner großen Liebe gewidmet, der Frau, die mich zu dem Mann gemacht hat, der ich nun bin. Nicht fehlerlos, aber überglücklich. Ohne sie würdet ihr dieses Buch nicht in den Händen halten. Ich möchte dir danken, Grace. Du bist die Eine. Ich habe dich fast verloren. Es war die schlimmste Zeit für mich, und ich bin jeden Tag dankbar, dass wir wieder zueinandergefunden haben, denn ich liebe dich, jetzt mehr als jemals zuvor. Du vervollständigst mich, und ich kann mir ein Leben ohne dich nicht mehr vorstellen. Deshalb möchte ich dich, Grace Willet-Colden, fragen: Willst du meine Frau werden und mich zum glücklichsten Mann der Welt machen?

Die Tränen tropfen auf meinen Schoß. Ich kann nicht fassen, was ich gerade gelesen habe. Zayn will mich heiraten? Er liebt mich so, wie ich es mir immer erträumt habe, und ich kann mich glücklich schätzen, ihn zu haben. Ich hebe den Blick, sehe auf den Feldweg und entdecke jemanden in einem altertümlichen Kostüm. Als ich genauer hinblicke, sehe ich Zayn May, der mit einem leichten Lächeln auf den Lippen auf mich zukommt.

Ich beginne zu zittern vor Freude, und mein Herz droht mir aus der Brust zu springen, aber ich kann mich nicht bewegen, sondern bin wie verzaubert von dem Anblick dieses Mannes.

Zayn bleibt vor mir stehen. »Grace«, flüstert er, und niemals habe ich meinen Namen schöner klingen hören als aus seinem Mund.

»Zayn. Du bist hier.«

»Ja, seit gestern schon.«

»Gestern?«

»Ja. Ich habe das hier so lange geplant. Ich wollte, dass es perfekt ist.« Zayn geht vor mir auf die Knie, ergreift meine Hand und blickt zu mir auf. »Nie war ich glücklicher in meinem Leben als mit dir an meiner Seite. Dich zu verlieren hat mir klargemacht, dass ich ohne dich nie wieder Glück erfahren würde. Du bist meine Sonne, mein Alles. Ich liebe dich mit meinem ganzen Herzen und frage dich: Willst du die Meine sein? Ich verspreche, dir nie wieder wehzutun und dich zu ehren bis ans Ende meiner Tage.«

Ich bin sprachlos, überwältigt und kann nicht aufhören zu zittern, aber als ich Unsicherheit in seinen Augen aufblitzen sehe, erlöse ich ihn.

»Ja, ja. Tausendmal ja.«

Zayn greift in seine Tasche und steckt mir einen wunderschönen, schlichten Ring aus Gelbgold mit einem fein geschliffenen Diamanten an den Finger, ehe er aufsteht und mich küsst. Unser Kuss ist nicht sanft, sondern wird dominiert von der Aufregung sowie der Sehnsucht, die uns beide in den letzten Tagen wohl zerfressen hat. Ich kann nicht fassen, dass dies alles passiert, dass Zayn und ich endlich wieder zusammen sind. Ich lasse ihn spüren, lasse ihn durch meinen Kuss wissen, dass ich die Seine bin und nie wieder von ihm getrennt sein möchte.

Kapitel 39

ADDISON

Ein Jahr später

»Bist du aufgeregt?«, fragt mich meine beste Freundin Grace, als wir gemeinsam mein Spiegelbild betrachten. Ich trage mein Brautkleid, ein selbst kreierter Traum in Perlweiß im Empire-Stil. Die halblangen Ärmel sind wie der Saum aus Spitze, an der Taille sind ebenso wie an der Schleife unterhalb der Brust Perlen eingestickt. In einer Woche heirate ich Drake, die Liebe meines Lebens, am Strand von Mexiko. Danach werden wir im Hotel bis tief in die Nacht feiern. Das Kleid ist das Einzige, was ich selbst beigesteuert habe. Um alles andere kümmert sich Paula, meine Wedding-Planerin. Ich will mich wie jede andere Braut beraten lassen und den Stress so minimal wie möglich halten.

»Eigentlich nicht. Paula wacht über alles, Drakes Bruder hat die Ringe, die Kleider der Brautjungfern sind auch fertig, somit müssen Drake und ich nur erscheinen und gut aussehen.«

»Ich wünsche mir, dass ich kurz vor meiner eigenen Hochzeit genauso relaxt bin wie du.«

»Das wirst du. Ich habe schon längst Entwürfe für dein Kleid, aber etwas fehlt mir noch, sozusagen der letzte Schliff.«

»Wirklich? Ich kann es kaum erwarten, es zu sehen.«

»Gedulde dich noch ein wenig. Du heiratest erst in einem Jahr.«

»Du hast recht. Ich versuche, geduldig zu sein.«

»Viel Glück dabei.«

Wir lächeln beide, ehe Grace um mich herumgeht und mein Kleid bestaunt. Meine Gedanken wandern in die Vergangenheit, als Grace und ich uns auf dem College zum ersten Mal begegnet sind. Es war sicher keine Liebe auf den ersten Blick zwischen uns.

»Kannst du dich noch an unsere erste Begegnung erinnern?«

Grace prustet los, ehe sie nickt. »Den Tag, an dem ich dich des Mordes beschuldigt habe?«

»Genau!« Ich lache laut auf und lege den Kopf in den Nacken. Das war vielleicht ein Spaß. »Die Story werde ich noch meinen Enkelkindern erzählen.«

»Das kannst du ruhig, du Mörderin.«

»Es war eine Pflanze, Grace.«

»Pflanzen sind auch Lebewesen.«

»Das hast du an dem Tag immer wieder gesagt.«

»Die arme Topfpflanze war schon total vertrocknet.«

»Das hast du mir ziemlich übel genommen.«

»Das stimmt. Ich habe eine Woche nicht mit dir gesprochen.«

Das waren tolle Zeiten, denn nachdem wir gemerkt haben, dass wir beide Außenseiter sind und gemeinsame Interessen haben, wurden wir schnell Freundinnen.

»Und sieh dich nun an«, höre ich Grace sagen und blicke sie an. »Sieh in den Spiegel, Addison.« Und das tue ich. Ich sehe mich, glücklicher als jemals zuvor.

»Wenn du eine Zeitreise machen könntest, was würdest du der jungen Addy sagen wollen?«

»Dass sie niemals aufgeben soll. Denn ihre Zeit wird kommen. Und du?«

»Ich würde der jungen, unsicheren Grace sagen, dass sie bald eine zweite Familie bekommt, die ihr Leben verändern wird.«

»Ja, alle unsere Freunde haben Einfluss auf unser Leben gehabt.«

Grace sieht in die Ferne, ist kurz mit den Gedanken weit fort, ehe sie sich zu mir umdreht. »Wir haben es geschafft. Wir haben die Liebe unseres Lebens gefunden.«

»Das haben wir. Und wir werden sie niemals wieder verlieren.«

Nach einer wunderschönen Zeremonie und einer unglaublich tollen Party sitzen Drake, ich und all unsere engen Freunde am Steg und blicken auf das Meer hinaus. Die meisten Gäste sind schon längst im Bett, aber wir sitzen hier und genießen die kühle Nachtluft. Die Sonne wird wohl bald aufgehen, und doch verspüre ich keine Müdigkeit. Eher Dankbarkeit. Ich habe meinen Traummann geheiratet und habe die besten Freunde, die man sich wünschen kann. Die Arme meines Mannes drücken mich fest an seine Brust, und ich seufze glücklich auf. Ich schaue nach links und lasse den Blick über meine geliebten Freunde wandern, die alle eng aneinandergerückt sind.

Ich weiß, dass Drake und ich eine Familie gründen und einander immer lieben werden. Mir ist bewusst, dass es auch harte Zeiten geben wird und wir an unserer Beziehung arbeiten müssen. Doch ich bin bereit für die Ups and Downs. Ich bin bereit, ein neues Kapitel in meinem Leben aufzuschlagen, und weiß, dass meine Freunde an meiner Seite bleiben.

»Ich hab euch lieb«, sage ich an meine Bande gerichtet.

»Wir dich auch, Schwesterchen«, sagt Daniel und lächelt auf die schlafende Tae in seinem Arm hinunter.

»Das Leben hat es gut mit uns gemeint, findet ihr nicht auch?«, meint Luke nachdenklich.

»Und ob. Wir haben die Steine auf unserem Weg beiseitegeschoben und sind genau dort, wo wir sein wollen.«

»Zu Hause«, flüstert Grace und küsst Zayns Handfläche. »Wenn wir zusammen sind, sind wir zu Hause.«

Kapitel 40

Ein Jahr später

»Nein.«

»Doch.«

»Nein.«

»Doch. Freust du dich nicht?«, fragt meine wunderschöne Frau und blickt traurig auf ihren Schoß.

Ich greife nach ihren Händen und blicke sie an. »Natürlich freue ich mich. Wir bekommen ein Baby.« Innerlich bin ich am Ausflippen, wenn auch etwas geschockt. Wir haben lange darüber gesprochen, dass wir einen Haufen Kinder wollen. Vor allem jetzt, da wir zu zweit in dieser großen Wohnung leben. Aber so viele Fragen und Ängste schwirren mir im Kopf herum.

»Ja, wir werden Eltern!«, kreischt Taylor und schlingt die Arme um mich.

Hätte jemand damals in der Highschool zu mir gesagt, ich würde Taylor Jensen heiraten und eine Familie mit ihr gründen, hätte ich ihm nicht geglaubt. Denn damals habe ich sie nur aus der Ferne angehimmelt, habe mir erträumt, der Mann an ihrer Seite zu sein, und sie dann durch den Umzug aus den Augen verloren. Ich habe Taylor aber nie vergessen können, selbst nach zehn Jahren nicht.

Und als sie vor ein paar Jahren sich weinend in meine Arme geworfen hat, weil sie einen wirklich schlimmen Tag hatte, war es genau wie damals. Die Gefühle sind noch immer da gewesen, und da wusste ich, ich darf sie nicht noch einmal verlieren. Dass ich ihr damals gesagt habe, ich würde auf Männer stehen, hat die Sache verkompliziert, aber schließlich haben wir uns gefunden. Wir sind zusammen und bald zu dritt.

»Ich möchte mit dir ausgehen«, sage ich plötzlich, weil ich gerne diese frohe Botschaft feiern möchte.

»Jetzt?« Sie sieht auf die Uhr an der Wand, es ist zwanzig Uhr.

»Klar. Lass uns auf deine Schwangerschaft anstoßen.«

»Gib mir zehn Minuten.«

»Okay.«

Während Tae in ihr Ankleidezimmer geht, lächle ich in mich hinein und stehe auf. Ich sehe mich um. Nachdem Grace nach New Jersey gezogen ist, haben wir an der Einrichtung nichts verändert, wir lieben es so, wie es ist. Wir haben aus meinem Zimmer einen Ankleideraum gemacht und unser Bett in Addisons altes Zimmer gestellt, sodass sich Taylor und sie auch über den Balkon unterhalten können.

Drake und Addison leben nach wie vor nebenan, sind allerdings oft beruflich unterwegs. Wenn sie es mal nicht zum Freitagabendtreffen bei Nate schaffen, dann skypen wir. Dank der Technik ist es dann so, als wären sie dabei. Luke und Ronan sind unsere engsten Vertrauten geworden. Wir verbringen viel Zeit miteinander und gehen auch unter der Woche aus. Linda und Pacey gesellen sich meist dazu, wenn es die Zeit und ihre Kinder zulassen. Da Linda keine Kinder bekommen kann, haben die beiden Zwillinge adoptiert, die mittlerweile zwei Jahre alt sind.

Mason und Lindsay sind zwei aufgeweckte Wirbelwinde, haben nur Unsinn im Kopf und sind die süßesten kleinen

Knirpse, die ich bis jetzt getroffen habe. Seit sie in unser Leben gekommen sind, hat sich der Wunsch in mir verstärkt, selbst Vater zu werden. Wir haben seit der Hochzeit nicht mehr verhütet, aber trotz aller Bemühungen hat es bis jetzt nicht sein sollen. Auch wenn ich manchmal das Gefühl habe, unser Leben ist perfekt, haben wir trotzdem auch Sorgen und Wünsche, die uns nicht gleich gewährt werden.

»Na? An was denkst du?« Taylor erscheint neben mir, sodass ich den Arm um sie lege und wir gemeinsam die Bücherwand anblicken.

»Daran, dass ich Gott danke, dass er dich wieder in mein Leben geführt hat.«

»Ach, du sagst immer so schöne Sachen.«

»Es ist wahr. Ich liebe dich, Tae. So sehr, dass es manchmal wehtut.«

»Dann bin ich aber beruhigt.«

»Ist das so?«

»Ja, denn mir geht es genauso.«

Hand in Hand spazieren wir durch die Straßen von New York. Diese Stadt war mir am Anfang so verhasst. Ich habe Pasadena und meine Freunde vermisst, sodass ich die Schönheit dieser Stadt nicht sehen wollte. Es hat eine Weile gedauert, aber jetzt bin ich zufrieden und glücklich hier. Wobei ich auch auf dem Mond leben könnte, wenn meine Frau an meiner Seite wäre.

Tae und ich unterhalten uns über ein neues Label, mit dem sie für ihren Blog zusammenarbeiten möchte. Sie merkt gar nicht, wo wir sind, bis ich stehen bleibe und sie verstummt. »Wir sind da.«

»Wo denn?« Dieses wunderbare Geschöpf blickt sich um, reckt den Hals, und an ihrem Lächeln weiß ich, dass es ihr endlich eingefallen ist.

»Wir sind an dem Ort, an dem wir uns wiedergetroffen haben.«

»Genau an der Stelle, wo du in Tränen ausgebrochen bist.«

»Damals war ich echt am Boden zerstört.«

»Das warst du, aber es war Schicksal, dass das alles passiert ist.«

»Ich bin da deiner Meinung. Hier hat alles angefangen.«

»Und hier werden wir auf unseren Familienzuwachs anstoßen.«

Kapitel 41

TAYLOR

Fünf Jahre später

»Daniel! Jetzt mach schon!« Ich sehe auf die Uhr, denn wir drohen zu spät zur Book–Release-Party von Zayn zu kommen, aber mein lieber Ehemann kommt einfach nicht runter. »Was macht er nur so lange da oben?«

»Vielleicht nimmt ihn Brad in die Mangel.«

»Oh.« Lächelnd entschuldige ich mich bei meiner Schwiegermutter, die mich nur schmunzelnd ansieht, und gehe die Stufen hinauf zu Bradleys Zimmer, aus dem die Stimme meines Mannes dringt. Ich lehne mich an den Türrahmen und lausche den beiden Männern in meinem Leben.

»Ich muss jetzt aber wirklich los, Kleiner. Onkel Zayn hat heute seinen großen Tag.«

»Wieso kann ich nicht mit euch gehen?«

»Weil es ziemlich spät wird.«

»Ich bin aber schon vier und kann lange aufbleiben.«

»Grandma kann dir noch eine Gute-Nacht-Geschichte vorlesen.«

»Oder auch zwei?«

»Na gut.«

»Danke.«

»Komm, gib Daddy einen Kuss.«

Bradley drückt den Mund an seine Wange, ehe er ihn fest umarmt. Das sind die Momente, in denen ich mein Glück kaum fassen kann. Ich bin gesegnet mit einem liebevollen Ehemann und Vater, einem wunderschönen Sohn und erwarte in vier Monaten unsere Tochter. Das Leben meint es gut mit mir, das wird mir jeden Tag mehr bewusst.

Daniel entdeckt mich und schenkt mir ein Lächeln, ehe er unseren Sohn zudeckt. Ich gehe in den Flur und warte auf ihn mit einem Kribbeln im Bauch, das spüre ich noch immer, wenn er in meiner Nähe ist. Als er die Tür hinter sich schließt, schlinge ich die Arme um seinen Nacken und küsse ihn. Er legt seine starken Hände unter meinen Po, hebt mich an und drückt mich gegen die Wand. Wir küssen einander wie verliebte Teenager, die es nicht mehr bis zu Hause aushalten können. Der Kuss ist wild und ungezügelt, und ich wünschte, wir könnten ihn vertiefen, aber schließlich löse ich mich keuchend von ihm.

»So schön das auch ist, aber wir kommen zu spät.«

»Ich weiß, aber dich zu küssen ist etwas, wofür ich mir immer Zeit nehmen werde.«

»Gut zu wissen.« Ich zwinkere ihm zu, gehe nach unten und wackle sexy mit den Hüften.

Addison hat schon die Plätze in der ersten Reihe für uns reserviert. Während Daniel Drake die Hand schüttelt, umarme ich freudig Addison. Nun, zumindest versuche ich es, denn unsere Schwangerschaftsbäuche machen es uns etwas schwer. Sie ist im neunten Monat schwanger und wird bald Mutter von Zwillingen.

»Du siehst gut aus«, sage ich und meine es auch so. Die Schwangerschaft verleiht ihr ein gewisses Glühen.

»Pff. Ich sehe aus wie ein Wal und fühle mich wie ein Faultier, weil ich ständig müde bin, aber ich liebe es.«

»Ich auch«, gebe ich zu und streichle über meinen Baby-
bauch. Es ist ihre erste Geburt, da die beiden sich Zeit gelassen
haben mit der Kinderplanung. Die Geburt ihrer Kinder wird
ihr Glück nun komplett machen.

Luke, Ronan, Pacey und Linda sind ebenfalls gekommen,
um unserem Freund zur Seite zu stehen. Wir sehen uns jetzt
nicht mehr so oft wie früher, aber wenn, ist es jedes Mal so, als
hätte sich nichts verändert. Der Alltagsstress perlt an uns ab,
und wir sind nur wir. Zehn Freunde, die einfach eine tolle Zeit
haben. Ich begrüße alle und setze mich, weil ich nicht mehr
stehen kann. Vor uns auf der Bühne stehen zwei Stühle und ein
Tisch, auf dem eine Menge Exemplare von Zayns neuestem
Werk liegen. Zayn hat vor etwa fünf Jahren sein erstes Buch
veröffentlicht. Als Selfpublisher hat er nicht viel dabei verdient,
sich aber eine kleine Leserschaft aufgebaut, bis er schließlich
von einer Agentur entdeckt wurde.

Heute erscheint sein zehntes Buch, das allein schon aufgrund der Vorbestellungen auf der *New-York-Times*-Bestsel-
lerliste landen wird. Er hat für seinen Traum hart gekämpft
und kann endlich seinen Erfolg genießen. Den Job bei Coleman & Sons hat er schon vor vier Jahren aufgegeben, ist aber
nach wie vor mit Sean Coleman befreundet.

Ich bin unheimlich stolz auf den Erfolg meines Freundes.
Ich bin stolz auf uns alle. Weil wir alle unseren Weg gemacht
und unsere Seelenverwandten gefunden haben. Es war kein
leichter Weg, aber wir haben es geschafft und sind allesamt
glücklich.

Grace und Zayn genießen ihr Leben auf dem Anwesen, das
meine Freundin schon immer kaufen wollte. Sie ist weiterhin
als Gartengestalterin tätig und erfolgreicher denn je. Zayns
Dad hat seine Firma verkauft, nachdem Zayn ihm klargemacht
hat, dass er nie in seine Fußstapfen treten wird. Er wollte sich

mehr Zeit für seine Frau nehmen, und genau in diesem Moment sind sie auf Weltreise.

Addison ist weiterhin Model, hilft nebenbei in Drakes Firma aus und plant mit ihm Events. Ganz zur Ruhe kommen ist nichts für Addison, sie braucht es, ständig etwas zu tun zu haben, wobei, wenn ihre Jungs Malcom und Michael auf der Welt sind, wird sie genug um die Ohren haben.

Ich blicke zu meinem Ehemann, der heute wieder zum Anbeißen aussieht, das tut er für mich selbst in Jogginghosen. Daniel hat den Job als Bodyguard aufgegeben und ist nun neben Ray für die Ausbildung von Security-Leuten zuständig. Er wollte einen weniger gefährlichen Job, nachdem Bradley geboren wurde. Ich bin noch immer Bloggerin. Neben den Modeposts blogge ich über mein Leben als Mutter, allerdings ohne Fotos von Brad, denn ich bin der Meinung, dass Kinder geschützt werden müssen.

Grace tritt aus einem Raum hinter der Bühne und kommt auf uns zu. »Hey Leute, danke, dass ihr alle hier seid.«

»Das ist doch selbstverständlich. Und, ist Zaynyboy nervös?«, fragt Luke neugierig.

»Ein wenig. Er kann den Hype, der um seine neue Reihe veranstaltet wird, gar nicht glauben, ist aber unendlich dankbar.«

»Das kann er auch sein.«

Grace setzt sich auf den freien Stuhl neben mir. Die Buchhandlung ist gut besucht, und die Gäste applaudieren, als Zayn in Begleitung eines Moderators die Bühne betritt. Der Mann stellt Zayn dem Publikum vor und plaudert ein wenig mit ihm über seine Anfänge und seinen Alltag als Schriftsteller. Kurz bevor Zayn zu lesen anfängt, blickt er zu seiner Ehefrau und strahlt sie an.

»Wie jede Lesung möchte ich auch diese mit der Danksagung beginnen.« Diese gilt wie immer Grace, seinem Fels in der Brandung und seiner ewigen Muse. Vor allen Menschen öffnet er sein Herz, und jedem im Raum wird klar, dass die beiden füreinander geschaffen sind. Ich sehe unsere Freunde an. Das hier ist Liebe. Wir sind Liebe.

Danksagung

Der größte Dank gilt meiner Lektorin Katharina Schmidt, die unglaublich viel Geduld mit mir hatte, obwohl wir (mal wieder) im Deadline-Stress waren. Ohne dich hätte ich das nie geschafft. Wir sind ein tolles Team, und ich bin so froh, dieses zehnte Buch gemeinsam mit dir geschrieben zu haben. Danke für alles.

Ich danke dir, liebe/r Leser/in. Vielleicht bist du seit *Up all Night* dieser WG verfallen, wie ich es bin, oder hast das Buch unabhängig von den anderen gelesen, aber egal welcher Weg dich dazu geführt hat, dieses Buch in die Hand zu nehmen, ich freue mich darüber.

Und ich möchte mir danken. Genau, richtig gelesen. Ich danke meiner inneren Stärke, dass ich nicht verzweifelt bin, als ich das Gefühl hatte, dieses Buch nie fertig zu bekommen. Diese Reihe zu schreiben war das Härteste, Aufregendste, Nervenaufreibendste und Wunderschönste, was ich jemals als Autorin erlebt habe, und ich freue mich schon auf alles, was noch kommt. Denn wenn man einmal Schriftstellerin ist, kann man einfach nicht mehr aufhören, Geschichten aufs Papier bringen zu wollen.

x April

Wie weit würdest du für deine große Liebe gehen?

April Dawson
UP ALL NIGHT
416 Seiten
ISBN 978-3-7363-0967-8

Als Taylor Jensen an ein und demselben Tag nicht nur ihren Job an einen Kollegen verliert, sondern auch ihren Freund beim Fremdgehen erwischt, hat sie von Männern erst einmal genug. Völlig verzweifelt läuft sie Daniel Grant in die Arme, der ihr ein Zimmer in seiner WG anbietet. Einst waren sie beste Freunde, aber ein männlicher Mitbewohner mit sexy Tattoos und einem unwiderstehlichen Lächeln ist das Letzte, was Tae jetzt gebrauchen kann. Doch Dan steht schon lange auf Männer, weshalb das heiße Prickeln zwischen ihnen nichts zu bedeuten hat – oder etwa doch?

»Eine Geschichte, die Mut macht und zeigt, dass jedes Ende ein neuer Anfang sein kann.« LOVINBOOKSWORLD

LYX

Wenn aus besten Freunden plötzlich mehr wird ...

Morgane Moncomble
NEVER TOO CLOSE
Aus dem
Französischen von
Ulrike Werner-Richter
464 Seiten
ISBN 978-3-7363-1122-0

Seit sie gemeinsam in einem Aufzug eingeschlossen waren, sind Loan und Violette beste Freunde. Das zwischen ihnen ist vollkommen platonisch – zumindest bis jetzt. Denn als Violette beschließt, dass sie nicht länger Jungfrau sein will, ist es Loan, den sie bittet, ihr auszuhelfen. Schließlich vertraut sie niemandem so sehr wie ihrem besten Freund. Loan ist von der Idee zunächst alles andere als begeistert, doch schließlich willigt er ein. Es ist ja nur dieses eine Mal ... oder?

»Ich bin total verliebt – in die Atmosphäre, den Humor, die Figuren.« LA FÉE LISEUSE ET LES LIVRE

LYX

Denn wir alle brauchen Träume …

Leisa Rayven
MISTER ROMANCE
Aus dem amerikanischen
Englisch von
Wiebke Pilz und
Nina Restemeier
448 Seiten
ISBN 978-3-7363-0810-7

Max Riley ist Mister Romance – der Mann, dem die Frauen New Yorks zu Füßen liegen. Ob erfolgreicher CEO oder Bad Boy mit einem Herz aus Gold: Wenn der Preis stimmt, lässt er jeden Wunsch in Erfüllung gehen – nur seine Identität hält er geheim. Journalistin Eden Tate will hinter sein Geheimnis kommen und lässt sich auf ein Spiel ein: drei Dates. Hat sie sich danach nicht in Max verliebt, gibt er ihr das Interview, das ihren Job retten könnte. Wenn doch, ist ihre Karriere für immer vorbei …

»Ich habe mein Herz an Leisa Rayvens Bücher verloren.« COLLEEN HOOVER

LYX